ROEPING

Van Danielle Steel zijn verschenen:

Hartslag*
Geen groter liefde*
Door liefde gedreven*
Juwelen*
Palomino*
Kinderzegen*
Spoorloos verdwenen*
Ongeluk*
Het geschenk*
De ring van de hartstocht*
Gravin Zoya*
Prijs der liefde*
Kaleidoscoop*
Souvenir van een liefde*
Vaders en kinderen*
Ster*
Bliksem*
Het einde van een zomer*
Vijf dagen in Parijs*
Vleugels*
Stille eer*
Boze opzet*
De ranch*
Bericht uit Vietnam*
De volmaakte vreemdeling*
De geest*
De lange weg naar huis*
Een zonnestraal*
De kloon en ik*
Liefde*
Het geluk tegemoet*
Spiegelbeeld*
Bitterzoet*
Oma Danina*
De bruiloft*
Onweerstaanbare krachten*
De reis*
Hoop*
De vliegenier*
Sprong in het diepe*
Thuiskomst*
De belofte*
De kus*
Voor nu en altijd*
De overwinning*
De Villa*
Zonsondergang in St.Tropez
Eens in je leven*
Vervulde wensen*
Het grote huis*
Verleiding*
Veranderingen*
Beschermengel*
Als de cirkel rond is*
Omzwervingen*
Veilige haven*
Losprijs*
Tweede kans*
Echo
(On)mogelijk*
Het wonder
Vrijgezellen
Het huis
Het debuut
De kroonprinses
Zussen
Roeping

*In POEMA-POCKET verschenen

DANIELLE STEEL

Roeping

SIJTHOFF

Uitgeverij Luitingh ~ Sijthoff B.V., Amsterdam

Oorspronkelijke titel: *Amazing Grace*

Vertaling: Marja Borg

Omslagontwerp: Anton Feddema

Omslagfotografie: Getty Images

ISBN 978 90 218 0106 3

NUR 343

www.boekenwereld.com

Voor mijn geliefde kinderen
Beatrix, Trevor, Todd, Nick, Sam,
Victoria, Vanessa, Maxx en Zara,
die allemaal hun roeping volgen,
die ik allemaal enorm bewonder,
op wie ik vreselijk trots ben
en van wie ik met heel mijn hart houd.

Liefs,
mam/d.s.

Elk verlies kent zijn winst.
Elke winst kent zijn verlies.
En met elk einde komt een nieuw begin.

SHAO LIN

Wie één wordt,
zal alles krijgen.

TAO TE CHING

Hoofdstuk 1

Sarah Sloane liep de balzaal van het Ritz-Carlton in San Francisco binnen en vond dat alles er fantastisch uitzag. Op de tafels lagen crèmekleurige damasten tafelkleden, en de zilveren kandelaars, de borden, het bestek en het kristal glansden. Het tafelgerei, in bruikleen afgestaan voor deze avond, was mooier dan dat van het hotel zelf, met borden met gouden randjes. Bij ieder couvert lag een in zilverpapier verpakt cadeautje. Een kalligraaf had de menu's op zwaar ecrukleurig papier geschreven die met een clip waren bevestigd aan zilveren standaardjes. De tafelkaartjes met kleine gouden engeltjes erop waren neergelegd volgens Sarahs zorgvuldig uitgedachte tafelschikking. De gouden sponsortafels bevonden zich voor in de zaal, drie rijen in totaal, met de zilveren en bronzen tafels daarachter. Op iedere stoel lag een mooi programma, samen met een veilingcatalogus en een nummerbordje.

Sarah had de avond georganiseerd met dezelfde nauwgezette ijver en precisie waarmee ze alles deed. Op dezelfde manier had ze liefdadigheidsevenementen in New York georganiseerd. Aan elk detail had ze een persoonlijke toets gegeven en het leek eerder een bruiloft dan een benefietavond, vond ze, terwijl ze keek naar de crèmekleurige rozen, vastgebonden met gouden en zilveren linten, die op iedere tafel stonden. Ze waren geleverd door de beste bloemist uit de stad voor een derde van de normale prijs. Saks verzorgde een modeshow, Tiffany stuurde modellen die hun sieraden droegen en zich tussen de mensen zouden mengen.

Op de veiling zouden dure spullen onder de hamer komen, zoals sieraden, exotische reizen, sportarrangementen en een zwarte Range Rover die voor het hotel stond met een enorm gouden lint eromheen, en er was de gelegenheid beroemdheden te leren kennen. Een erg gelukkig iemand zou de auto na afloop naar huis rijden. En de afdeling neonatologie van het ziekenhuis waarvoor de benefietavond was bedoeld, zou nog gelukkiger zijn. Dit was het tweede Kleine-engeltjesbal dat Sarah voor hen organiseerde. De totaalopbrengst van het eerste – toegangskaarten, veiling en giften – was meer dan twee miljoen dollar geweest. Vanavond hoopte ze drie miljoen binnen te slepen.

Het hoge niveau van het entertainment dat ze te bieden hadden, zou hen helpen hun doel te bereiken. Er was een dansorkest dat de hele avond tussen de verschillende onderdelen door zou spelen. Een van de leden van het comité was de dochter van een belangrijke muziekbons uit Hollywood. Haar vader had ervoor gezorgd dat Melanie Free gratis zou optreden, waardoor ze hoge prijzen hadden kunnen vragen voor de sponsortafels in het bijzonder, maar ook voor de losse stoelen. Melanie had drie maanden eerder een Grammy gewonnen en normaal gesproken vroeg ze voor dit soort solo-optredens wel anderhalf miljoen. Maar dit optreden schonk ze aan het goede doel. Het Kleine-engeltjesbal draaide alleen op voor de productiekosten, die echter behoorlijk hoog waren. De kosten voor reizen, onderdak, eten, haar roadies en band werden geschat op driehonderdduizend dollar, wat toch een koopje mocht heten, als je naging wie ze was en wat de impact van haar optreden was.

Iedereen was diep onder de indruk geweest toen ze de uitnodigingskaarten hadden ontvangen en zagen wie er optrad. Melanie Free was dé zangeres van dat moment en zag er ook nog eens fantastisch uit. Ze was negentien en als een raket omhooggeschoten dankzij de hits die ze achter elkaar had uitgebracht. De Grammy die ze onlangs had gekregen, was de slagroom op de taart, en Sarah was dan ook blij dat ze dit optreden nog steeds gratis wilde doen. Ze was doodsbang geweest dat Melanie op het laatste moment zou afzeggen. Bij benefietconcerten haakten veel sterren en zangers een paar uur voor het begin van de show nog af. Maar Melanies impresario had gezworen dat ze er zou zijn. Het leek een veelbelovende en opwindende avond te gaan worden, en de pers was dan ook in groten getale komen opdraven. Het comité was er zelfs in geslaagd om een paar Hollywoodsterren te laten invliegen, en iedereen die ertoe deed in San Francisco had een kaartje gekocht. De afgelopen twee jaar was dit de belangrijkste en lucratiefste benefietavond in de stad geweest – en, zei iedereen, ook de leukste.

Sarah was begonnen met de organisatie van de benefietavond naar aanleiding van haar eigen ervaring met de afdeling neonatologie, waar ze drie jaar geleden het leven hadden gered van haar dochtertje Molly, die drie maanden te vroeg was geboren. Ze was Sarahs eerste kind. De zwangerschap verliep goed. Sarah voelde zich fantastisch en zag er ook zo uit, en omdat ze tweeëndertig was, verwachtte ze geen problemen; tot ze op een regenachtige avond weeën kreeg die niet gestopt konden worden. Molly werd de volgende dag geboren en lag twee maanden in een couveuse op de intensive care van de afdeling neonatologie, terwijl Sarah en haar man Seth werkeloos moesten toekijken. Sarah was dag en nacht in het ziekenhuis gebleven en Molly had het overleefd zonder er nadelige gevolgen of permanente schade van te ondervinden. Ze was inmiddels een vrolijke, levenslustige peuter van drie die in de herfst naar de peuterklas zou gaan.

Sarahs tweede kind, Oliver – Ollie – was afgelopen zomer geboren, zonder problemen. Hij was een heerlijke, mollige, kirrende baby van negen maanden. Hun kinderen schonken Sarah en haar man veel vreugde. Ze was fulltimemoeder, en haar enige serieuze bezigheid was eens per jaar deze benefietavond organiseren. Het was gigantisch veel werk en eiste veel van haar organisatievermogen, maar ze was er goed in.

Sarah en Seth hadden elkaar zes jaar geleden leren kennen op de Stanford Business School. Na hun afstuderen waren ze meteen getrouwd, en hoewel ze allebei oorspronkelijk uit New York kwamen, waren ze in San Francisco blijven hangen. Seth had een baan gekregen in Silicon Valley, en vlak na de geboorte van Molly was hij zijn eigen hedgefonds begonnen. Sarah had besloten om niet te gaan werken. Tijdens hun huwelijksnacht was ze meteen zwanger geraakt van Molly, en ze wilde thuisblijven bij de kinderen. In New York had ze vijf jaar als analist op Wall Street gewerkt, voordat ze aan Stanford ging studeren. Ze wilde een paar jaar vrij nemen om van het moederschap te kunnen genieten. Seth deed het zo goed met zijn hedgefonds dat ze ook geen reden had om weer aan het werk te gaan.

Seth, zevenendertig jaar oud, had al een aardig vermogen bij elkaar verdiend en werd in de financiële wereld van zowel San Francisco als New York als een van de slimste beleggers beschouwd. Ze hadden een prachtig groot huis in Pacific Heights gekocht met uitzicht op de baai en het gevuld met belangrijke hedendaagse kunst: Calder, Ellsworth Kelly, De Kooning, Jackson Pollock en een handjevol veelbelovende onbekende kunstenaars. Sarah en Seth genoten volop van hun leven in San Francisco. De verhuizing was hun niet zwaar gevallen, want Seths ouders waren al lang geleden gestorven en die van Sarah waren naar Bermuda verhuisd, dus er was weinig wat hen nog bond aan New York. Zowel aan de oostkust als aan de westkust wist iedereen dat Sarah en Seth in San Francisco zouden blijven, waar ze een heerlijke aanwinst waren voor het zakelijke en society-wereldje. Een concurrerend hedgefonds had Sarah zelfs een baan aangeboden, maar het enige wat zij wilde, was veel tijd doorbrengen met Oliver en Molly – en met Seth als hij vrij had. Hij had net een vliegtuig gekocht, een G5, en vloog vaak naar L.A., Chicago, Boston en New York. Ze leidden een gouden leven dat ieder jaar beter werd. Hoewel zowel Sarah als Seth uit gegoede gezinnen kwam, was het extravagante leven dat ze nu leidden, voor hen allebei iets nieuws. Af en toe vroeg Sarah zich bezorgd af of ze niet te veel geld uitgaven. Behalve het huis in de stad hadden ze ook nog een prachtig huis aan Lake Tahoe, plus het vliegtuig. Maar volgens Seth kon het allemaal. Hij vond dat hij zo veel verdiende, dat ze het recht hadden om ervan te genieten. Hij deed dat in elk geval wel.

Seth reed in een Ferrari, en Sarah had een Mercedes stationcar die perfect was voor haar en de twee kinderen, hoewel ze ook een oogje had op de Range Rover die vanavond geveild zou worden. Ze had tegen Seth gezegd dat ze de auto echt een schatje vond. En wat het voornaamste was, het was voor een goed doel, een doel dat ze allebei een warm hart toedroegen. Per slot van rekening had de afdeling neonatologie Molly's leven gered. In een minder hightech, slechter uitgerust ziekenhuis, had hun nu schattige driejarige dochtertje het niet gehaald. Voor Sarah was het belangrijk om iets terug te kunnen doen, en daarom had ze de benefietavond bedacht. Na aftrek van de kosten zou het comité de gigantische winst aan het ziekenhuis overdragen. Seth had de eerste stap gezet door een gift van tweehonderdduizend dollar te doen uit naam van hen beiden. Sarah was erg trots op hem. Dat was ze altijd al geweest en dat was nog steeds zo. Haar hele wereld draaide om hem, en zelfs na vier jaar huwelijk en twee kinderen, waren ze nog stapel op elkaar. Ze overwogen zelfs om te proberen een derde kind te krijgen. De afgelopen maanden had de benefietavond haar compleet opgeslokt, maar voor augustus hadden ze een jacht gehuurd in Griekenland, en Sarah leek dat het perfecte moment om weer zwanger proberen te raken.

Ze liep langzaam om alle tafels in de balzaal heen en controleerde de namen op de naamkaartjes nog een keer met die op haar lijst. Een deel van het succes van het Kleine-engeltjesbal was te danken aan de voortreffelijke organisatie. Het was een topevenement. Nadat ze de gouden tafels had gecontroleerd, liep ze naar de zilveren, waar ze twee fouten aantrof. Met een ernstig gezicht ruilde ze de kaartjes om. Ze had net de laatste tafels gecontroleerd en was op weg naar de zes comitéleden die de tassen met cadeautjes aan het vullen waren, die aan het eind van de avond zouden worden uitgereikt, toen de vicevoorzitster van het comité opgewonden door de zaal naar haar toe kwam lopen. Ze was een mooie, lange blondine die getrouwd was met de directeur van een grote onderneming. Ze was een ex-model van negenentwintig uit New York en hij had haar gehuwd om haar jeugd en schoonheid. Ze had geen kinderen en wilde die ook niet. Ze had willen plaatsnemen in het comité van Sarah, omdat het benefiet zo'n groot evenement was en zo leuk om te doen. Met veel plezier had ze Sarah geholpen met de organisatie, en de twee vrouwen konden het goed met elkaar vinden. Zo donker als Sarah was, zo blond was Angela. Sarah had lang, steil, donkerbruin haar, een lichte huid en grote groene ogen. Ze was een heel mooie jonge vrouw, zelfs met haar haren in een paardenstaart, zonder make-up op, in een sweatshirt, spijkerbroek en op slippers. Het was net één uur geweest en over zes uur zouden beide vrouwen een volledige gedaanteverwisseling hebben ondergaan. Maar nu waren ze hard aan het werk.

'Ze is er!' fluisterde Angela met een brede grijns.

'Wie?' vroeg Sarah, met het klembord op haar heup geplant.

'Melanie natuurlijk! Ze zijn net aangekomen. Ik heb haar naar haar kamer gebracht.'

Sarah was opgelucht dat ze op tijd waren gearriveerd, met het privévliegtuig dat het comité had gecharterd om haar en haar entourage uit Los Angeles te laten overvliegen. Haar band en haar roadies waren al eerder gekomen met een lijnvlucht en waren al twee uur in het hotel. Melanie, haar beste vriendin, haar manager, haar assistente, haar kapper, haar vriendje en haar moeder waren met de chartervlucht gekomen.

'Alles in orde met haar?' vroeg Sarah met een bezorgde blik. Ze hadden van tevoren een lijst gekregen met Melanies wensen, zoals flessen Calistoga-water, magere yoghurt, allerlei biologische etenswaren en een kistje Cristalchampagne. De lijst besloeg zesentwintig pagina's en bevatte al haar persoonlijke behoeften, de wensen van haar moeder op het gebied van eten, en zelfs het merk bier dat haar vriendje dronk. En dan waren er nog veertig pagina's met de wensen van de band en alle elektrische en geluidsapparatuur die ze op de bühne nodig hadden. De grote vleugel die ze voor haar optreden wilde, was de vorige dag om twaalf uur 's nachts gebracht. Om twee uur die middag stond er een repetitie gepland voor Melanie en de band. Iedereen moest dan de balzaal uit, wat ook de reden was dat Sarah haar laatste ronde om één uur deed.

'Prima. Ze heeft een beetje raar vriendje, en haar moeder is doodeng, maar haar beste vriendin is een schatje. En Melanie is echt heel mooi en heel lief.'

Sarah had dezelfde indruk gekregen toen ze haar een keer aan de telefoon had gehad. De rest van de tijd had ze alleen met haar manager te maken gehad, maar ze had Melanie expres een keer gebeld om haar persoonlijk te bedanken voor haar benefietoptreden. En nu was het dan zover. Melanie had niet afgezegd om ergens anders een lucratiever optreden te verzorgen, het vliegtuig was niet neergestort, en ze waren op tijd. Het was warmer dan normaal op deze zonnige middag half mei. Het was zelfs heet en drukkend, wat niet vaak voorkwam in San Francisco, en het leek dan ook meer op een zomerse dag in New York. Sarah wist dat het weer snel zou omslaan, maar de stad had altijd iets feestelijks als de avonden warm waren. Het enige wat haar er niet aan beviel, was dat iemand haar had verteld dat dit soort dagen in San Francisco werd beschouwd als 'aardbevingsweer'. Ze hadden haar ermee geplaagd, maar toch hoorde ze het liever niet. Aardbevingen waren het enige waarover ze zich zorgen had gemaakt sinds hun verhuizing naar de stad, maar iedereen verzekerde haar dat ze bijna niet voorkwamen, en indien wel, dan waren het altijd kleintjes. In de zes jaar dat ze nu in de Bay Area woonde, had ze er ook nog geen eentje gevoeld. Dus dacht ze niet meer aan wat ze zeiden over 'aardbevingsweer'. Ze had op dit moment wel andere dingen aan haar hoofd, zoals de ster van de avond en haar entourage.

'Vind je dat ik even naar haar toe moet?' vroeg ze aan Angela. Ze wilde zich niet opdringen, maar ook niet onbeleefd zijn door hen te negeren. 'Ik was van plan haar even gedag te zeggen als ze naar beneden komt voor de repetitie om twee uur.'

'Steek anders alleen even je hoofd om de hoek van de deur om hallo te zeggen.'

Melanie en haar mensen hadden twee grote suites, en nog vijf luxe kamers op de bovenste verdieping, allemaal gratis ter beschikking gesteld door het hotel. Ze waren zo blij dat het evenement bij hen werd gehouden dat ze in totaal vijf suites voor de sterren en vijftien kamers en kleine suites voor de vips aan het comité hadden afgestaan. De band en de roadies zaten op een lagere verdieping, in minder luxueuze kamers, die het comité moest betalen uit hun budget, dat gedekt werd door de opbrengst van de avond.

Sarah knikte, stopte het klembord in haar tas en ging even kijken bij de vrouwen die dure spulletjes uit verschillende winkels in de cadeautassen stopten. En niet veel later was ze met de lift op weg naar de bovenste verdieping. Seth en zij hadden daar ook een kamer, dus ze kon haar eigen sleutel gebruiken voor de lift. Het was de enige manier om op die verdieping te kunnen komen. Seth en zij hadden besloten dat het handiger was zich in het hotel om te kleden dan zich tussendoor naar huis te haasten. Hun babysitter zou vannacht bij de kinderen blijven, zodat Sarah en Seth echt een avondje vrij hadden. Ze kon bijna niet wachten tot het morgen was en ze in bed roomservice konden bestellen en napraten over het evenement. Maar voorlopig hoopte ze alleen maar dat alles goed zou gaan.

Meteen toen ze uit de lift kwam, stond ze in de enorme lounge. Er was gezorgd voor pasteitjes, sandwiches, fruit en flessen wijn. Ook was er een kleine bar. Verder waren er comfortabele stoelen, tafels, telefoons, een uitgebreide keuze aan kranten en een reusachtige flatscreen-tv. Achter een balie stonden twee vrouwen om de gasten zo goed mogelijk van dienst te zijn, met restaurantreserveringen, vragen over de stad, om te vertellen waar wat was, waar ze manicures, massages of wat een gast ook maar wilde, konden krijgen. Sarah vroeg aan hen waar Melanies kamer was en liep toen verder de gang in. Om gedoe met de beveiliging en met fans te vermijden stond Melanie ingeschreven onder de naam Hastings, de meisjesnaam van haar moeder. Ze deden dat in elk hotel, net als veel andere sterren, die zich zelden inschreven onder hun eigen naam.

Sarah klopte zacht op de deur van de suite waarvan ze het nummer had gekregen van de vrouw in de lounge. Ze hoorde muziek, en even later werd de deur opengedaan door een kleine, stevige vrouw in een spijkerbroek en haltertopje. Ze had een geel notitieblok in de hand en in haar haren stak een pen. Over haar arm hing een avondjurk. Sarah nam, terecht, aan dat ze Melanies assistente was met wie ze ook telefonisch contact had gehad.

'Pam?' vroeg ze, en de andere vrouw knikte glimlachend. 'Ik ben Sarah Sloane. Ik kwam me snel even voorstellen.'

'Kom verder,' zei de vrouw vrolijk. Sarah volgde haar naar de woonkamer van de suite waar het een grote chaos was. Op de vloer lagen een stuk of vijf koffers, open, met hun inhoud overal verspreid. Eén koffer zat vol strakke jurkjes. De andere puilden uit van de laarzen, spijkerbroeken, handtassen, topjes, blouses, een kasjmieren deken en een teddybeer. Het leek alsof een hele troep danseresjes hun spullen op de grond had gedumpt. En naast al die koffers zat een klein, elfachtig, blond meisje op de grond. Ze keek even naar Sarah, maar rommelde toen weer verder in een van de tassen, blijkbaar op zoek naar iets. Het leek geen gemakkelijke opgave om iets te vinden tussen die stapels kleren.

Niet helemaal op haar gemak keek Sarah om zich heen, en toen zag ze haar, Melanie Free, languit op de bank in een trainingspak, met haar hoofd op haar vriendjes schouder. Hij was druk in de weer met de afstandsbediening en had een glas champagne in zijn andere hand. Hij was een aantrekkelijke jongen. Sarah wist dat hij acteur was en kortgeleden uit een succesvolle tv-serie was gestapt wegens drugsproblemen. Ze meende zich vaag te herinneren dat hij net uit een ontwenningskliniek was ontslagen en ondanks de champagnefles naast hem op de grond, maakte hij een nuchtere indruk toen hij naar haar lachte. Hij heette Jake. Melanie stond op om Sarah te begroeten. Met haar lange, steile, goudblondgeverfde haar zag ze eruit als zestien. Het haar van haar vriendje was pikzwart en stekelig, maar voordat Sarah iets tegen hen kon zeggen, dook Melanies moeder plotseling op en schudde haar de hand. Ze kneep zo hard dat het bijna pijn deed.

'Hoi, ik ben Janet, Melanies moeder. We vinden het hier fantastisch. Bedankt dat je voor alles hebt gezorgd wat op onze lijst stond. Mijn schatje houdt van haar vertrouwde dingetjes, je weet hoe dat gaat,' zei ze met een brede, vriendelijke lach. Ze was een aantrekkelijke vrouw van midden veertig die misschien ooit mooi was geweest, maar inmiddels haar beste tijd had gehad. Haar gezicht was weliswaar aantrekkelijk, maar ze was breed geworden in de heupen. Haar 'schatje' had nog steeds niets gezegd. Daar kreeg ze ook de kans niet voor met al dat gebabbel van haar moeder. Janet Hastings had felroodgeverfd haar. Een agressieve kleur, vooral vergeleken bij Melanies lichtblonde haar en bijna kinderlijke uiterlijk.

'Hoi,' zei Melanie zacht. Ze leek helemaal geen ster, maar gewoon een aantrekkelijk tienermeisje. Sarah gaf Melanie ook een hand, terwijl Melanies moeder bleef doorpraten. Er liepen nog twee vrouwen door de kamer, en het vriendje stond op en zei dat hij ging fitnessen.

'Ik zal jullie niet verder storen,' zei Sarah tegen Melanie en haar moeder. Toen keek ze Melanie recht aan. 'De repetitie om twee uur gaat door?' Melanie knikte en wierp een blik op haar assistente, terwijl haar manager vanuit de deuropening zei: 'De band kan om kwart over twee beginnen met de spullen klaarzetten. Melanie kan dan om drie uur op. We hebben maar een uur nodig voor de soundcheck.'

'Dat is prima,' zei Sarah, terwijl een kamermeisje binnenkwam om Melanies jurk, die voornamelijk uit lovertjes en gaas bestond, mee te nemen om hem te kunnen strijken. 'Ik zal er ook zijn om te zorgen dat jullie alles hebben wat jullie willen.' Zelf werd ze om vier uur bij de kapper verwacht, voor haar haren en nagels; en dan moest ze om zes uur weer in het hotel zijn om zich te verkleden, zodat ze om zeven uur haar opwachting kon maken in de balzaal, om de laatste puntjes op de i te zetten en de gasten welkom te heten. 'De piano is gisteravond gearriveerd. En hij is vanochtend gestemd.'

Melanie knikte glimlachend, terwijl haar beste vriendin triomfantelijk gilde. Sarah had iemand Ashley tegen haar horen zeggen. Ze zag er net zo kinderlijk uit als Melanie.

'Hebbes! Mag ik hem vanavond aan?' Ze hield een strak jurkje in luipaardprint op voor Melanie. Melanie knikte, en Ashley begon weer te giechelen toen ze de bijpassende schoenen met plateauzolen vond, met hakken die wel twintig centimeter hoog leken. Ze draafde weg om de outfit te passen, en Melanie keek Sarah verlegen glimlachend aan.

'Ashley en ik kennen elkaar al vanaf ons vijfde. We zaten op dezelfde school,' legde ze uit. 'Ze is mijn beste vriendin. Ze gaat overal met me mee naartoe.' Ashley was blijkbaar een onderdeel geworden van de entourage, en onwillekeurig dacht Sarah bij zichzelf dat het toch wel een erg vreemde levenswijze was. Hun manier van leven had bijna iets circusachtigs, altijd in hotelkamers en backstage. In een paar minuten tijd waren ze erin geslaagd om de elegante suite van het Ritz de aanblik te geven van een meisjesslaapzaal. En nu Jake was gaan fitnessen, waren er ook alleen nog maar vrouwen in de kamer. De kapster hield een dikke streng haar tegen Melanies blonde bos. Het was exact dezelfde kleur.

'Ik vind het zo aardig dat je dit wilt doen,' zei Sarah, terwijl ze Melanie glimlachend aankeek. 'Ik heb je bij de Grammy-uitreiking gezien en ik vond je fantastisch. Ga je "Don't Leave Me Tonight" zingen?'

'Ja,' antwoordde haar moeder voor haar, terwijl ze haar dochter een van de bestelde flessen Calistoga-water gaf. Ze ging tussen Melanie en Sarah in staan en voerde het woord alsof de mooie blonde superster niet bestond. Zonder nog iets te zeggen, ging Melanie weer op de bank zitten, pakte de afstandsbediening, nam een grote slok water en zette MTV op.

'We zijn gek op dat lied,' zei Janet met een brede lach.

'Ik ook,' zei Sarah, een beetje geschrokken van Janets sterke aanwezigheid. Ze leek haar dochters leven volledig te bestieren en leek bovendien te denken dat ze net zo'n ster was als Melanie zelf. Melanie had daar zo te zien geen bezwaar tegen, ze was er blijkbaar aan gewend. Een paar minuten later kwam haar vriendin weer de kamer in, in het geleende jurkje en wankelend op haar luipaardhakken. Het jurkje was haar duidelijk iets te groot. Ze ging meteen naast haar jeugdvriendin op de bank zitten om ook tv te gaan kijken.

Sarah had geen idee wie Melanie precies was. Ze leek geen eigen persoonlijkheid te hebben, en ook geen stem, behalve om mee te zingen. 'Ik ben vroeger revuemeisje in Las Vegas geweest, weet je,' vertelde Janet aan Sarah, die probeerde te doen alsof ze onder de indruk was. Ze geloofde het onmiddellijk, ze was er het type voor, ondanks de royaal gevulde spijkerbroek en enorme borsten, waarvan Sarah, terecht, vermoedde dat ze niet echt waren. Die van Melanie waren ook nogal indrukwekkend, maar ze was jong genoeg om ermee weg te komen dankzij haar slanke, sexy, gespierde lichaam. Janet leek een beetje op haar retour. Ze was een forse vrouw, met een luide stem en bijpassende persoonlijkheid. Sarah voelde zich een beetje overweldigd door haar, terwijl ze zocht naar een excuus om weg te kunnen gaan. Melanie en haar schoolvriendinnetje zaten aan de tv gekluisterd.

'Ik kom straks naar jullie toe om te kijken of alles in orde is voor de repetitie,' zei ze tegen Janet, aangezien zij de fulltimeafgevaardigde van haar dochter leek in het echte leven. Sarah berekende snel dat als ze twintig minuten bij de repetitie bleef, ze nog op tijd bij de kapper kon zijn. De rest zou dan toch al klaar zijn, was in feite al klaar.

'Dan zie ik je daar.' Janet lachte haar stralend toe, en Sarah verliet de suite en liep door de gang naar die van haarzelf.

Ze ging even zitten om de berichtjes op haar mobieltje te lezen. Het had twee keer getrild toen ze in Melanies suite was, maar ze had niet willen opnemen. Eentje was van de bloemist om te zeggen dat de bloemen voor de vier reusachtige vazen bij de deuren van de balzaal om vier uur zouden arriveren. Het andere was van de dansband om te bevestigen dat ze om acht uur zouden beginnen met hun optreden. Ze belde even naar huis om te vragen hoe het met de kinderen ging, en de babysitter zei dat alles in orde was. Parmani was een schat van een Nepalese vrouw die al sinds Molly's geboorte bij hen was. Sarah wilde geen inwonende oppas, want ze vond het heerlijk om zelf voor haar kinderen te zorgen, maar Parmani hielp haar overdag en bleef ook 's avonds wanneer Seth en Sarah uitgingen. Vannacht bleef ze slapen, wat zelden gebeurde, maar bij een speciale gelegenheid als deze wilde ze maar al te graag helpen. Ze wist dat deze benefietavond belangrijk was voor Sarah en ze wist ook hoe hard ze er de afgelopen maanden voor had gewerkt. Voordat ze ophingen, wenste ze haar nog succes. Sarah had eigenlijk nog even iets tegen Molly willen zeggen, maar die deed net haar middagdutje.

Nadat ze nog wat aantekeningen op haar klembord had gelezen en haar haren had geborsteld – ze zag er niet uit – was het tijd terug te gaan naar de balzaal voor de repetitie van Melanie en haar mensen. Er was haar al verteld dat Melanie er niemand bij wilde hebben als ze repeteerde. Nu ze er even over nadacht, vroeg ze zich af of dat Melanies eigen idee was, of dat haar moeder dat had verordonneerd. Melanie leek haar niet het type om het erg te vinden als er mensen bij waren. Er leek weinig tot haar door te dringen van wat er om haar heen gebeurde, wie binnenkwam, wie wegging, of wat ze deden. Maar misschien was het anders wanneer ze optrad, zei Sarah bij zichzelf. Toch leek Melanie de onverschilligheid en passieve houding te hebben van een meegaand kind – met een ongelooflijk mooie stem. Net zoals iedereen die vanavond zou komen, kon Sarah bijna niet wachten tot ze zou optreden.

De band was al in de balzaal toen Sarah binnenkwam. Ze stonden een beetje te praten en lachen, terwijl de roadies de laatste spullen uitpakten en de apparatuur opstelden. Ze waren bijna klaar, en de hele groep leek nogal een samengeraapt zootje. Er zaten acht mannen in Melanies band, en Sarah moest zichzelf eraan herinneren dat het leuke blonde meisje dat ze boven in de suite naar MTV had zien zitten kijken, op het ogenblik een van de grootste zangeressen ter wereld was. Ze had helemaal niets pretentieus of arrogants. Het enige waaraan je kon zien dat ze beroemd was, was die entourage van haar. Ze had helemaal niets van de slechte gewoontes of het vervelende gedrag van de meeste sterren. De zangeres die ze vorig jaar op het Kleine-engeltjesbal hadden gehad, had voordat ze opging een enorme woedeaanval gehad vanwege een probleem met het geluidssysteem. Ze had een fles water naar haar manager gegooid en gedreigd weg te lopen. Het probleem was opgelost, maar Sarah was bijna in paniek geraakt bij het idee van een afzegging op het allerlaatste moment. Melanies gemakkelijke houding was een opluchting, wat voor eisen haar moeder ook uit naam van haar stelde.

Sarah wachtte nog tien minuten terwijl de apparatuur werd opgesteld, zich afvragend of Melanie soms te laat naar beneden zou komen, maar daar durfde ze niet over te beginnen. Ze had discreet geïnformeerd of de band alles had wat ze nodig hadden, en toen ze zeiden dat ze tevreden waren, was ze rustig aan een tafel gaan zitten om hun niet voor de voeten te lopen, terwijl ze op Melanie wachtte. Het was tien voor vier toen ze binnenkwam, en Sarah begreep dat ze te laat bij de kapper zou komen. Ze zou zich straks als een gek moeten haasten om op tijd klaar te zijn. Maar de plicht ging voor, en dit was er één – zich bekommeren om hun ster, beschikbaar zijn, en haar desnoods paaien, mocht dat nodig zijn.

Melanie kwam binnen op slippers, in een minuscuul T-shirt en een afgeknipte spijkerbroek. Haar haren waren boven op haar hoofd vastgezet met een haarklem, en ze had haar beste vriendin bij zich. Haar moeder marcheerde voorop, de assistente en manager vormden de achterhoede, en er waren nog twee vervaarlijk uitziende bodyguards in de buurt. Het vriendje, Jake, viel nergens te bekennen. Melanie was de minst opvallende van het hele stel en leek bijna helemaal tussen hen te verdwijnen. Haar drummer gaf haar een Coke, ze maakte het blikje open, nam een slok, sprong het podium op en keek met samengeknepen ogen de zaal in. Vergeleken met de zalen waar ze normaal concerten gaf, was deze zaal heel klein. De balzaal straalde iets warms, intiems uit, vooral door de manier waarop Sarah hem had ingericht, en wanneer die avond de lampen zouden uitgaan en de kaarsen werden aangestoken, zou hij er prachtig uitzien. Maar nu was het er felverlicht, en nadat Melanie even had rondgekeken, schreeuwde ze tegen een van haar roadies: 'Lampen uit!' Ze kwam tot leven. Sarah zag het gewoon gebeuren, en voorzichtig liep ze naar het podium toe om even met haar te praten. Melanie keek lachend op haar neer.

'Ben je tevreden?' vroeg ze, met opnieuw het gevoel alsof ze tegen een kind praatte. Toen herinnerde ze zichzelf eraan dat Melanie dat ook was, al was ze dan een ster.

'Het ziet er fantastisch uit. Heel goed gedaan,' zei Melanie lief, en Sarah voelde zich geroerd.

'Dank je wel. Heeft de band alles wat ze nodig hebben?'

Melanie keek met een zelfverzekerde blik even over haar schouder. Ze was het gelukkigst als ze op het podium stond. Dit was wat ze het beste kon. Deze wereld was haar vertrouwd, al was het hier dan een stuk aangenamer dan waar ze meestal optrad. Ze was gek op haar suite, en Jake ook. 'Hebben jullie alles wat jullie nodig hebben, jongens?' vroeg ze aan de band. Ze knikten, zeiden dat ze tevreden waren en begonnen hun instrumenten te stemmen. Melanie vergat dat Sarah er was en draaide zich naar hen om. Ze zei wat ze als eerste moesten spelen. Ze hadden al afgesproken welke nummers ze zou zingen, waaronder ook haar huidige hit.

Sarah begreep dat ze haar niet meer nodig hadden en liep weg. Het was vijf over vier, en ze zou een halfuur te laat bij de kapper komen. Ze zou van geluk mogen spreken als ze haar nagels nog kon laten doen. Waarschijnlijk niet. Toen ze de balzaal uit kwam, werd ze meteen staande gehouden door een van de comitéleden met een cateringmanager in haar kielzog. Er was een probleem met de hors-d'oeuvres. De Olympiaoesters waren niet gekomen, en wat er wel was, was niet vers genoeg, dus moest ze iets anders kiezen. Voor de verandering eens een kleine beslissing. Sarah was wel aan grotere gewend. Ze zei tegen het comitélid dat zij maar een keuze moest maken, zolang het maar geen kaviaar of iets anders was wat hun budget te boven ging. Daarna haastte ze zich de lift in, rende door de lobby en liet haar auto ophalen door de parkeerhulp. Hij had hem dichtbij geparkeerd. De grote fooi die ze hem die ochtend had gegeven, had zijn vruchten afgeworpen. Met een scherpe bocht reed ze California Street in, sloeg links af en reed toen Nob Hill in. Een kwartier later arriveerde ze bij haar kapper, waar ze buiten adem binnenkwam, zich verontschuldigend omdat ze te laat was. Het was vijf over halfvijf, en ze moest uiterlijk zes uur weer weg. Ze had gehoopt om kwart voor zes klaar te zijn, maar dat zou niet meer lukken. Ze wisten dat ze die avond haar grote liefdadigheidsevenement had en namen haar snel mee naar een stoel. Ze gaven haar een glas mineraalwater, gevolgd door een kop thee. De manicure ging met haar aan de slag zodra haar haren waren gewassen en ze zorgvuldig werden geföhnd.

'Hoe is Melanie Free in het echt?' vroeg de kapster, hopend op roddels. 'Is Jake er ook?'

'Ja,' antwoordde Sarah discreet, 'en ze lijkt me echt een aardig kind. Het wordt vast fantastisch vanavond.' Ze deed haar ogen even dicht en probeerde zich uit alle macht te ontspannen. Het zou een lange en hopelijk succesvolle avond worden. Ze kon bijna niet meer wachten tot het zover was.

Terwijl Sarahs haar in een elegant knotje werd gedraaid, met kristallen sterretjes erin gestoken, meldde Everett Carson zich bij de hotelbalie. Hij was bijna twee meter lang, kwam oorspronkelijk uit Montana en leek nog steeds op de cowboy die hij in zijn jeugd was geweest. Hij was slungelachtig, zijn iets te lange haar zag er ongekamd uit, en hij droeg een spijkerbroek, een wit T-shirt en de cowboylaarzen waarvan hij altijd zei dat ze hem geluk brachten. Ze waren oud, afgedragen, comfortabel en gemaakt van zwart hagedissenleer. Ze waren zijn meest gekoesterde bezit en hij was dan ook van plan ze gewoon aan te houden bij de gehuurde smoking die hij vanavond zou dragen, op kosten van het tijdschrift. Hij liet zijn perskaart zien aan de balie, en ze glimlachten en zeiden dat hij werd verwacht. Het Ritz-Carlton was een stuk chiquer dan de hotels waar Everett gewoonlijk verbleef. Hij was net begonnen met zijn baan bij het tijdschrift. Hij was hier om foto's te maken van de benefietavond voor *Scoop*, een roddelblad uit Hollywood. Jarenlang was hij oorlogsfotograaf geweest voor Associated Press, maar nadat hij daar weg was gegaan en een jaar vrijaf had genomen, had hij weer geld nodig gehad, dus had hij deze baan geaccepteerd. Vanavond was hij precies drie weken in dienst van het blad. Tot nu toe had hij drie popconcerten gedaan en een Hollywoodhuwelijk, en dit was zijn tweede liefdadigheidsevenement. Het was helemaal niks voor hem. Hij begon zich een beetje een ober te voelen, met al die smokings die hij de afgelopen weken had gedragen. Hij miste de moeilijke omstandigheden waaraan hij gewend was geraakt, waarbij hij zich prettig had gevoeld, tijdens zijn negenentwintig jaar bij AP. Hij was net achtenveertig geworden en probeerde blij te zijn met de kleine, mooi ingerichte kamer waar ze hem naartoe brachten. Hij liet de gehavende tas die hem over de hele wereld had vergezeld op de grond vallen. Als hij zijn ogen dichtdeed, kon hij zich misschien voorstellen dat hij weer in Saigon was, of in Pakistan, of New Delhi... Afghanistan... Libanon... Bosnië, tijdens de oorlog daar. Hij vroeg zich voortdurend af hoe het mogelijk was dat een man als hij verzeild was geraakt in deze wereld van benefietavonden en trouwpartijen van beroemde mensen. Het was een wrede en bizarre straf voor hem.

'Dank je,' zei hij tegen de jongen die hem naar zijn kamer had gebracht. Op het bureautje lag een brochure over de afdeling neonatologie, en een persmap voor het Kleine-engeltjesbal dat hem gestolen kon worden. Maar hij zou zijn werk doen. Hij was hier om foto's te maken van beroemdheden en van Melanies optreden. Zijn hoofdredacteur had gezegd dat het belangrijk voor hen was, dus was hij gegaan.

Hij pakte een flesje fris uit de minibar, maakte het open en nam een slok. De kamer keek uit op het gebouw aan de overkant, en alles erin was brandschoon en ongelooflijk elegant. Hij begon te verlangen naar de geluiden en geuren van de krotten waar hij dertig jaar lang had geslapen, naar de stank van armoede in de achterafstegen van New Delhi en de andere exotische plekken waar zijn werk hem had gebracht.

'Rustig aan, Ev,' zei hij hardop tegen zichzelf, terwijl hij CNN opzette, aan het voeteneind van het bed ging zitten en een opgevouwen papier uit zijn zak pakte. Hij had het gedownload van internet en geprint voordat hij was vertrokken uit zijn kantoor in L.A. Hij had geluk, zei hij bij zichzelf. Er was vlakbij een bijeenkomst, in een kerk aan California Street, de Old St. Mary's. Hij begon om zes uur, duurde een uur, dus hij kon om zeven uur weer terug zijn in het hotel, wanneer de benefietavond begon. Het betekende wel dat hij in zijn smoking naar de bijeenkomst moest, anders zou hij het niet redden. Hij wilde niet dat iemand over hem zou klagen bij de redactie. Hij werkte er te kort om er nu al met de pet naar te kunnen gooien. Dat had hij wel altijd gedaan, en hij was er steeds mee weggekomen. Maar toen dronk hij nog. Dit was een nieuw begin, en hij wilde niet te ver gaan. Hij speelde de brave jongen, gewetensvol en eerlijk. Het voelde alsof hij weer opnieuw naar de kleuterklas ging. Na foto's te hebben gemaakt van stervende soldaten, met overal om hem heen granaatvuur, was het fotograferen van een benefietavond in San Francisco behoorlijk tam, hoewel anderen er misschien van zouden hebben genoten. Hij was niet een van hen, helaas. Voor hem was dit afzien.

Zuchtend dronk hij het flesje fris leeg, gooide het in de prullenbak, trok zijn kleren uit en stapte onder de douche.

De harde straal water voelde goed aan. In L.A. was het warm geweest vandaag, en hier was het warm en drukkend. De kamer had airconditioning, en toen hij onder de douche vandaan kwam, voelde hij zich al wat beter, en onder het aankleden hield hij zichzelf voor dat hij niet zo moest zeiken over zijn leven. Hij besloot er het beste van te maken. Hij snoepte van de chocolaatjes op het nachtkastje en at daarna nog een koek uit de minibar. Voor de spiegel klemde hij zijn strik vast en daarna trok hij het jasje van de gehuurde smoking aan.

'Allemachtig, je lijkt wel een musicus... of een echte heer,' zei hij grijnzend. 'Nee, haal je nou geen rare dingen in je kop... Je lijkt op een ober.' Hij was een verdomd goede fotograaf, die een keer een Pulitzer had gewonnen. Veel van zijn foto's hadden de omslag van *Time* gehaald. Hij had naam gemaakt, maar een tijdlang had hij alles verpest door te drinken. Dat was nu echter veranderd. Hij had een halfjaar in een ontwenningskliniek gezeten en nog eens vijf maanden in een retraitehuis om na te denken over zijn leven. Hij dacht dat hij het nu allemaal wel snapte. Geen drank. Nooit meer. Hij was zo diep gezonken dat hij bijna dood was gegaan in een armoedig hotel in Bangkok. De hoer die bij hem was, had hem het leven gered. Ze was bij hem gebleven totdat de ambulance kwam. Een van zijn collega-fotografen had ervoor gezorgd dat hij terug kon naar de Verenigde Staten. AP had hem ontslagen, omdat hij bijna drie weken niets van zich had laten horen en geen enkele deadline had gehaald, voor ongeveer de honderdste keer dat jaar. Het lukte hem gewoon niet meer, en tegen beter weten in had hij zich aangemeld bij een ontwenningskliniek, op voorwaarde dat ze hem er hooguit een maand zouden houden. Pas toen hij daar was, drong tot hem door hoe beroerd hij ervoor stond. Het was óf helemaal afkicken of doodgaan. Dus was hij een halfjaar gebleven en had hij ervoor gekozen om helemaal af te kicken in plaats van dood te gaan tijdens een volgend drinkgelag.

Sinds die tijd was hij aangekomen, zag hij er gezond uit en bezocht hij iedere dag een AA-bijeenkomst, soms wel drie op een dag. Het was niet meer zo moeilijk als in het begin, maar hij had bedacht dat de bijeenkomsten voor hem misschien niet meer zo nodig waren, maar dat hij door zijn aanwezigheid mogelijk iemand anders kon redden. Hij had een sponsor en stond nu iets meer dan een jaar droog.

Hij had zijn bewijs daarvan op zak, droeg zijn gelukslaarzen en was vergeten zijn haar te kammen. Hij pakte de kamersleutel en stapte om drie minuten over zes de kamer uit, met zijn cameratas over zijn schouder en een glimlach op zijn gezicht. Hij voelde zich al beter dan een halfuur geleden. Het leven van elke dag viel hem niet gemakkelijk, maar het ging al een stuk beter dan een jaar geleden. Zoals iemand bij de AA een keer tegen hem had gezegd: 'Ik heb nog steeds mijn slechte dagen, maar vroeger had ik slechte jaren.' Hij vond het leven zo beroerd nog niet toen hij het hotel uit liep, California Street insloeg en heuvelafwaarts naar de Old St. Mary's Church liep. Hij verheugde zich op de bijeenkomst. Hij was er helemaal voor in de stemming vanavond. Hij raakte het muntje in zijn zak aan, zoals hij vaak deed, om zichzelf eraan te herinneren hoe ver hij het afgelopen jaar was gekomen.

'Oké dan...' mompelde hij bij zichzelf, terwijl hij de pastorie in liep op zoek naar de groep. Het was precies acht minuten over zes. En hij wist dat hij, zoals altijd, zijn verhaal zou vertellen op de bijeenkomst.

Toen Everett de Old St. Mary's in liep, sprong Sarah uit haar auto en haastte zich het hotel in. Ze had drie kwartier de tijd om zich te verkleden en dan nog eens vijf minuten om van haar kamer naar de balzaal te gaan. Haar nagels waren gelakt, hoewel ze er twee had beschadigd toen ze te snel een greep in haar tas had gedaan voor de fooi. Maar ze zagen er goed uit, en ze vond ook dat haar haar leuk zat. Haar teenslippers maakten een flapperend geluid toen ze door de lobby rende. De portier glimlachte naar haar, terwijl ze zich langs hem haastte, en hij riep: 'Veel succes vanavond!'

'Dank u.' Ze zwaaide even, liet zich door de lift naar de bovenste verdieping brengen en was drie minuten later in haar kamer, waar ze het bad liet vollopen en haar jurk uit de plastic tas met rits pakte. Hij was glanzend wit met zilver en haar figuur zou er perfect in uitkomen. Ze had er zilveren Manolo Blahniksandaaltjes met hoge hakken bij gekocht, waar ze weliswaar nauwelijks op kon lopen, maar die fantastisch stonden bij de jurk.

Ze was binnen vijf minuten in en uit bad, ging zitten om haar make-up te doen, en deed net haar diamanten oorbellen in toen Seth om tien over halfzeven binnenkwam. Het was donderdag, en hij had haar gesmeekt om de benefietavond in het weekend te houden, zodat hij er de volgende ochtend niet zo vroeg uit zou hoeven, maar dit was de enige datum geweest waarop zowel het hotel vrij was én Melanie kon optreden, dus was het bij donderdag gebleven.

Seth leek gespannen, maar dat was hij altijd als hij van zijn werk kwam. Hij werkte hard, hield heel veel ballen tegelijk in de lucht. Hij had zijn succes niet te danken aan relaxed en nonchalant doen. Maar het viel haar op dat hij er vanavond wel bijzonder afgemat uitzag. Hij haalde een hand door zijn haar en boog zich voorover om zijn vrouw te kussen.

'Je ziet er doodmoe uit,' zei ze vol medelijden. Ze vormden een fantastisch team. Ze hadden het meteen heel goed met elkaar kunnen vinden toen ze elkaar op Stanford hadden leren kennen. Ze hadden een gelukkig huwelijk, hielden van hun leven en waren stapelgek op hun kinderen. Seth had haar de afgelopen jaren een ongelooflijk mooi leven bezorgd. Ze hield van alles van hun leven samen, maar vooral hield ze van hem.

'Ik ben kapot,' bekende hij. 'Hoe gaat het hier?' Hij vond het heerlijk om van haar te horen waar ze mee bezig was. Hij was haar trouwste supporter en grootste fan. Soms dacht hij dat het doodzonde was dat ze niets deed met haar zakelijke talent en haar opleiding, maar hij was blij dat ze zo toegewijd was aan de kinderen, en aan hem.

'Fantastisch!' Sarah grinnikte, terwijl ze zijn vragen over de avond beantwoordde en een bijna onzichtbare wit kanten string aandeed die niet te zien zou zijn onder haar jurk. Ze had er het figuur voor, en van alleen al naar haar kijken, raakte hij opgewonden. Hij kon het niet laten om haar bovenbeen te strelen. 'Niet doen, schat,' waarschuwde ze hem lachend, 'anders kom ik nog te laat. Doe jij maar rustig aan. Als je maar op tijd beneden bent voor het diner. Halfacht graag.' Hij keek even op zijn horloge en knikte. Het was tien voor zeven. Ze had nog vijf minuten om zich aan te kleden.

'Ik kom over een halfuurtje naar beneden. Ik moet nog even wat mensen bellen.' Dat moest hij iedere avond, en vanavond was daarop geen uitzondering. Sarah had er alle begrip voor. Dat hedgefonds van hem hield hem dag en nacht bezig. Het deed haar denken aan haar tijd op Wall Street, wanneer er een nieuw bedrijf op de beurs gebracht moest worden. Zijn leven was nu continu zo, en daarom was hij zo gelukkig en succesvol en konden ze het leven leiden dat ze leidden. Ze leefden als verschrikkelijk rijke mensen die twee keer zo oud waren dan zij. Sarah was daar dankbaar voor en ze beschouwde het dan ook niet als iets vanzelfsprekends. Ze draaide zich om zodat hij de rits van haar jurk kon dichttrekken. Hij stond haar prachtig.

Glunderend zei Seth: 'Wow! Je bent echt een stuk, schat!'

'Dank je.' Ze glimlachte naar hem, en ze kusten elkaar. Ze stopte een paar spulletjes in haar zilveren handtasje, trok de bijpassende sexy schoenen aan en zwaaide even toen ze naar de deur liep. Hij belde al met zijn mobieltje naar zijn beste vriend in New York om het een en ander te bespreken voor morgen. Ze nam niet de moeite om te luisteren. Ze zette nog snel even een klein flesje whisky en een glas met ijs naast hem neer. Hij schonk zijn glas dankbaar vol, terwijl ze de suitedeur achter zich dichttrok.

Ze nam de lift naar de balzaal, drie verdiepingen lager dan de lobby op de begane grond. Alles was volmaakt. In de vazen stonden crèmekleurige rozen. Achter lange tafels zaten mooie, jonge vrouwen in rode avondjurken klaar om gasten hun kaarten te overhandigen. Er liepen modellen rond in lange zwarte jurken, met prachtige sieraden van Tiffany om. Slechts een handjevol gasten was eerder dan Sarah gearriveerd. Net toen ze wilde controleren of alles naar wens verliep, kwam er een lange man met warrig, grijsbruin haar en een cameratas over zijn schouder binnenlopen. Hij glimlachte naar haar, terwijl hij bewonderend zijn blik over haar lichaam liet glijden en haar vertelde dat hij van *Scoop* was. Ze was blij. Hoe meer er over hen geschreven werd, hoe groter de opkomst volgend jaar zou zijn en hoe aantrekkelijker het voor artiesten zou worden om gratis op te treden, dus hoe meer geld de avond zou opbrengen. Het was belangrijk dat er over hen geschreven werd.

'Ik ben Everett Carson,' stelde de man zichzelf voor, terwijl hij een perskaart op het zakje van zijn smoking vastklemde. Hij zag er ontspannen en volkomen op zijn gemak uit.

'Ik ben Sarah Sloane, de voorzitter van het organisatiecomité. Kan ik je iets te drinken aanbieden?' bood ze aan, maar hij schudde grinnikend zijn hoofd. Het viel hem tegenwoordig altijd op dat dat het eerste was wat mensen zeiden wanneer ze iemand welkom heetten, meteen nadat ze zichzelf hadden voorgesteld. 'Kan ik je iets te drinken aanbieden?' Dat kwam soms zelfs meteen na 'Hallo'.

'Nee, dank je. Nog een speciaal iemand die ik vanavond moet fotograferen? Plaatselijke beroemdheden, de hotshots van de stad?' Ze vertelde dat het echtpaar Getty zou komen, Sean en

Robin Wright Penn, Robin Williams, en nog een handjevol namen die hij niet herkende, maar ze beloofde dat ze hen zou aanwijzen zodra ze binnenkwamen.

Daarna ging ze in de buurt van de lange tafels staan om de mensen te begroeten die uit de lift stapten. En Everett Carson begon de modellen te fotograferen. Twee van hen zagen er sensationeel uit, met hoge, ronde nepborsten en een interessant decolleté waarin diamanten kettingen hingen. De anderen waren hem te mager. Hij kwam terug om een foto van Sarah te maken, voordat ze het te druk kreeg. Ze was een mooie jonge vrouw, met haar donkere, opgestoken haar met fonkelende sterretjes erin en haar grote groene ogen die naar hem leken te lachen.

'Dank je,' zei ze beleefd, en hij schonk haar op zijn beurt een warme glimlach. Ze vroeg zich af waarom hij zijn haar niet had gekamd; was hij dat vergeten, of was dit zijn look? Haar blik viel op zijn afgedragen laarzen van zwart hagedissenleer. Hij leek haar wel een bijzonder type en hij had vast wel een interessant verhaal over zijn leven te vertellen, maar dat zou ze nooit te horen krijgen. Hij was gewoon een fotograaf van *Scoop* die vanavond was overgekomen uit L.A.

'Veel succes met je benefiet,' zei hij, en toen banjerde hij weer weg, net toen er uit de liften een stuk of dertig mensen tegelijk stroomde. Voor Sarah was de avond van het Kleine-engeltjesbal begonnen.

Hoofdstuk 2

Ze liepen achter op schema omdat de mensen er langer over deden om de balzaal binnen te komen en aan hun tafel plaats te nemen dan Sarah had voorzien. De ceremoniemeester van de avond was een Hollywoodster die jarenlang laat op de avond een talkshow op tv had gehad, maar onlangs met pensioen was gegaan. Hij deed het fantastisch. Hij spoorde iedereen aan om snel te gaan zitten, terwijl hij de beroemdheden voorstelde die voor de benefietavond waren overgekomen uit L.A., en natuurlijk ook de burgemeester en plaatselijke beroemdheden. Alles verliep volgens plan.

Sarah had beloofd om de speeches en dankwoorden tot een minimum te beperken. Na een korte toespraak van de hoofdarts van de afdeling neonatologie, lieten ze een kort filmpje zien over de wonderen die daar werden verricht. Vervolgens vertelde Sarah over haar eigen ervaringen met Molly. En daarna begon de veiling al, die liep als een speer. Een diamanten ketting van Tiffany ging weg voor honderdduizend dollar. De ontmoetingen met beroemdheden gingen weg voor verbazingwekkend hoge bedragen. Een schattige kleine yorkshireterriërpup ging weg voor tienduizend. En de Range Rover voor honderdtien. Seth was de op een na hoogste bieder, maar hij gaf het uiteindelijk op en liet zijn nummerbordje zakken. Sarah fluisterde dat het niet erg was, dat ze blij was met de auto die ze had. Hij glimlachte naar haar, maar leek er niet helemaal met zijn gedachten bij. Opnieuw viel haar op dat hij zo gespannen leek, en ze nam aan dat hij een zware dag op kantoor had gehad.

Gedurende de avond ving ze een paar keer een glimp op van Everett Carson. Ze had hem de nummers gegeven van de tafels waaraan de belangrijkste gasten zaten. *W* was er, *Town and Country*, *Entertainment Weekly* en *Entertainment Tonight*. Er stonden tv-camera's klaar voor Melanies optreden. De avond leek een enorm succes te worden. De veiling had meer dan vierhonderdduizend opgebracht, dankzij de behoorlijk agressieve veilingmeester. Twee zeer dure schilderijen van een plaatselijke galerie hadden er ook aan meegeholpen, plus dat er een paar fantastische cruises en reisjes onder de hamer waren gekomen. De kaartverkoop meegerekend had de benefietavond alle verwachtingen overtroffen, en bovendien kwamen in de dagen na zo'n evenement altijd nog cheques met giften binnen.

Sarah ging de tafels langs om mensen te bedanken voor hun komst en om vrienden te begroeten. Achter in de zaal stonden een paar tafels die gratis ter beschikking waren gesteld aan andere liefdadigheidsorganisaties, zoals het plaatselijke Rode Kruis en een stichting ter voorkoming van zelfmoord, en aan een tafel zaten allemaal priesters en nonnen van een katholieke liefdadigheidsorganisatie die verbonden was met het ziekenhuis waarin de afdeling neonatologie was gevestigd. Sarah keek naar de priesters met hun witte boorden en de vrouwen in eenvoudige, donkere marineblauwe of zwarte pakjes. Er zat slechts één non in habijt aan tafel, een kleine vrouw die eruitzag als een elfje, met rood haar en felblauwe ogen. Sarah herkende haar meteen. Het was zuster Mary Magdalen Kent, San Francisco's eigen versie van Moeder Teresa. Ze stond bekend om haar werk met daklozen en was nogal controversieel vanwege haar beschuldigingen aan het adres van de gemeente dat ze niet genoeg deden. Sarah had graag even met haar gepraat, maar ze had het te druk met de duizenden details die ze in de gaten moest houden om de avond tot een succes te maken. Ze liep snel langs de tafel met een knikje en een glimlach voor de priesters en nonnen die duidelijk genoten van de avond. Ze zaten te praten en lachen en dronken wijn, en Sarah was blij dat ze zich vermaakten.

'Ik had je hier niet verwacht vanavond, Maggie,' merkte de priester die de gratis eetgelegenheid voor de armen runde, lachend op. Hij kende haar goed. Zuster Maggie was een leeuwin op straat, een vechtjas als het ging om de mensen om wie ze gaf, maar een muisje bij sociale gelegenheden. Hij kon zich niet herinneren haar ooit eerder op een benefietavond te hebben gezien. Een van de andere nonnen, gekleed in een keurig blauw mantelpakje, met een gouden kruisje op haar revers, en een kort, goed geknipt kapsel, was het hoofd van de verpleegopleiding aan de universiteit van San Francisco. De andere nonnen maakten bijna een modieuze en wereldse indruk, terwijl ze van het verfijnde eten genoten. Zuster Mary Magdalen, of Maggie, zoals haar vrienden haar noemden, had er het grootste gedeelte van de avond een beetje ongemakkelijk bij gezeten, met haar kap een beetje scheef om haar korte, knalrode haar. Ze zag er eerder uit als een verkleed elfje dan als een non.

'Het is ook toeval dat ik er ben,' zei ze zacht tegen pater O'-Casey. 'Vraag me niet waarom, maar ik kreeg een kaartje van een maatschappelijk werkster met wie ik samenwerk. Ze moest naar een rozenkrans. Ik zei nog dat ze het beter aan iemand anders kon geven, maar ik wilde ook weer niet ondankbaar lijken.' Ze verontschuldigde zich voor het feit dat ze er was, omdat ze eigenlijk vond dat ze op straat moest zijn. Een evenement als dit was duidelijk niets voor haar.

'De boog kan niet altijd gespannen staan, Maggie. Je werkt harder dan iedereen die ik ken,' zei pater O'Casey vriendelijk. Zuster Mary Magdalen en hij kenden elkaar al jaren en hij bewonderde haar om haar radicale ideeën op het gebied van liefdadigheid en het vele werk dat ze verzette. 'Het verbaast me dat je een habijt draagt,' zei hij grinnikend, terwijl hij haar een glas wijn inschonk dat ze niet aanraakte. Ook voordat ze op haar eenentwintigste het klooster was in gegaan, had ze nooit gedronken of gerookt.

Ze moest lachen om zijn opmerking over wat ze aanhad. 'Het is de enige jurk die ik heb. Ik loop iedere dag in een spijkerbroek en sweatshirt rond. Voor mijn soort werk heb je geen mooie kleren nodig.' Ze keek even naar de andere drie nonnen aan tafel, die er meer als huivrouwen of universiteitsdocenten uitzagen dan als nonnen, op de kleine gouden kruisjes op hun revers na.

'Het is goed voor je om er eens uit te zijn.' Ze begonnen te praten over kerkpolitiek, over een controversieel standpunt dat de aartsbisschop onlangs had ingenomen met betrekking tot het wijden van priesters, en over de laatste verklaring van Rome. Ze was vooral geïnteresseerd in het voorstel tot een nieuwe wet waarover het stadsbestuur zich nu boog en die van invloed zou zijn op de mensen met wie ze op straat werkte. Ze vond de wet beperkt en oneerlijk en slecht voor haar mensen. Ze was erg intelligent, en na een paar minuten begonnen twee van de andere priesters en een van de nonnen zich ook met de discussie te bemoeien. Ze waren geïnteresseerd in haar mening, omdat ze meer van het onderwerp wist dan zij.

'Maggie, je bent veel te streng,' zei zuster Dominica, het hoofd van de verpleegopleiding. 'We kunnen niet alle problemen van iedereen in één keer oplossen.'

'Ik probeer het ook een voor een te doen,' zei zuster Mary Magdalen nederig. De twee vrouwen hadden iets gemeenschappelijks, want zuster Maggie had een opleiding tot verpleegster gevolgd voordat ze in het klooster was gegaan. Haar vaardigheden kwamen haar goed van pas bij haar werk. Terwijl ze verhit aan het discussiëren waren, werd het ineens donker in de zaal. De veiling was voorbij, het dessert stond op tafel en Melanie zou zo optreden. De ceremoniemeester had haar net aangekondigd, en langzaam werd het stil in de zaal. Verwachtingsvol keek iedereen naar het podium. 'Wie is dat?' vroeg zuster Mary Magdalen fluisterend, en de rest van de tafel begon te glimlachen.

'De hotste jonge zangeres van de wereld. Ze heeft net een Grammy gewonnen,' fluisterde pater Joe. Zuster Maggie knikte. Deze avond was echt helemaal niks voor haar. Ze was moe en wou dat het voorbij was, maar toen begon de muziek. Melanies bekendste nummer werd door de band ingezet en daarna kwam Melanie op, in een explosie van geluid, licht en kleur.

Zuster Mary Magdalen keek gefascineerd naar haar, net als alle andere aanwezigen. Iedereen raakte in de ban van Melanies schoonheid en de verbazingwekkende kracht van haar stem. Het was verder muisstil in de zaal.

'Wow!' zei Seth, terwijl hij vanaf de eerste rij naar haar keek. Hij klopte even op de hand van zijn vrouw. Ze had het fantastisch goed georganiseerd. In het begin van de avond had hij afwezig en bezorgd gedaan, maar nu was hij weer liefdevol en attent. 'Allemachtig, wat is ze goed!' voegde hij eraan toe, terwijl Sarah naar Everett Carson keek die gebukt voor het podium foto's maakte van Melanies optreden. Ze was adembenemend mooi in het bijna onzichtbare jurkje dat nauwelijks meer dan een illusie was en eerder leek op glittertjes op haar huid. Vlak voor het optreden was Sarah nog even backstage geweest. Haar moeder had er de regeltante uitgehangen en Jake was half bezopen geweest van de onverdunde gin.

De liedjes van Melanie betoverden iedereen. Voor het laatste lied ging ze op de rand van het podium zitten om wat dichter bij het publiek te zijn, terwijl ze hartverscheurend zong. Iedere man in de zaal was inmiddels verliefd op haar, en iedere vrouw wilde haar zijn. Sarah vond Melanie duizend keer mooier dan toen ze haar in haar suite had zien rondscharrelen. Ze had een enorme podiumpersoonlijkheid en een stem die niemand ooit nog zou vergeten. Door haar was de avond helemaal geslaagd, en Sarah leunde tevreden glimlachend achterover in haar stoel. Het was echt een volmaakte avond. Het eten was voortreffelijk, de zaal zag er prachtig uit, de pers was in groten getale komen opdraven, de veiling had enorm veel geld opgebracht, en Melanie was de grote klapper van de avond. Het evenement was een groot succes geweest en zou daardoor volgend jaar nog sneller uitverkocht raken, misschien zelfs wel voor hogere toegangsprijzen. Sarah wist dat ze goed werk had gedaan. Seth had gezegd dat hij trots op haar was, en ze was zelfs trots op zichzelf.

Ze zag dat Everett Carson onder het fotograferen nog iets dichter naar Melanie toe kroop. Sarah voelde zich gewoon duizelig van opwinding, het was bijna alsof de zaal zachtjes deinde. Even dacht ze dat het aan haar lag, maar toen keek ze instinctief omhoog en zag de kroonluchters zwaaien. Ze snapte er niets van, maar terwijl ze omhoogkeek, hoorde ze een laag gerommel, als een angstaanjagend gekreun. Een seconde lang leek alles te stoppen, terwijl de lampen flikkerden en de zaal deinde. Iemand vlak bij haar stond op en schreeuwde: 'Een aardbeving!' De muziek stopte, de tafels vielen om, het porselein viel kletterend in stukken, de lampen doofden en mensen begonnen te gillen. De zaal was in duisternis gehuld, het kreunende geluid nam toe, en iedereen begon erbovenuit te schreeuwen en gillen, terwijl het deinen van de zaal veranderde in een angstaanjagend geschud van de ene naar de andere kant. Sarah en Seth lagen inmiddels op de grond. Seth had haar nog snel onder hun tafel getrokken, voordat deze was omgevallen.

'O mijn god,' zei ze tegen hem. Ze klampte zich aan hem vast, terwijl hij zijn armen om haar heen sloeg en haar stevig vasthield. Het enige waar ze aan kon denken, waren hun kinderen thuis met Parmani. Ze huilde van angst, om hen, ze wilde zo snel mogelijk naar hen toe, als ze dit allemaal tenminste overleefden. Het golven van de zaal en het geluid van dingen die kapot vielen leek eeuwig te duren. Pas na een paar minuten stopte het. Het kabaal hield op, en iedereen schreeuwde en duwde en schoof dingen opzij, terwijl de exitbordjes weer aanfloepten dankzij een generator ergens in het hotel. Overal heerste chaos.

'Even stil blijven liggen,' zei Seth tegen haar. Ze kon hem voelen, maar in de totale duisternis zag ze hem niet. 'Anders worden we nog onder de voet gelopen.'

'Maar wat als het gebouw instort?' Ze trilde en huilde nog steeds.

'Dan zijn we er geweest,' zei hij botweg.

Ze waren zich er, net als alle andere aanwezigen, heel goed van bewust dat ze zich drie verdiepingen onder de grond bevonden. Ze hadden geen flauw idee hoe ze buiten moesten komen, via welke route. Het lawaai in de zaal was oorverdovend, terwijl iedereen naar elkaar schreeuwde, maar toen verschenen er ineens personeelsleden van het hotel met sterke zaklantaarns onder de exitbordjes. Iemand met een megafoon riep dat ze allemaal rustig moesten blijven, voorzichtig naar de uitgangen lopen en niet in paniek raken. In de hal was vaag licht te zien, maar in de balzaal bleef het pikdonker. Sarah had nog nooit zoiets engs meegemaakt. Seth trok haar aan haar arm omhoog, terwijl vijfhonderdzestig mensen zich een weg baanden naar de uitgangen. Sommige mensen huilden, anderen kreunden van de pijn, en weer anderen riepen om hulp omdat er iemand gewond was.

Zuster Maggie was al in de benen, maar in plaats van naar de uitgang te lopen, begon ze zich tussen de mensen door te bewegen. 'Wat ga je doen?' riep pater Joe haar achterna – door het licht dat uit de hal kwam, kon hij haar vaag zien. De enorme vazen met rozen waren omgevallen, en in de balzaal heerste totale chaos. Pater Joe dacht dat Maggie zich vergiste en de verkeerde kant uit liep.

'Ik zie je buiten!' schreeuwde ze, terwijl ze tussen de menigte verdween. Een paar minuten later zat ze al geknield naast een man die zei dat hij dacht dat hij een hartaanval had gehad, maar dat hij nitroglycerine in zijn borstzak had. Zonder plichtplegingen deed ze een greep in zijn zak, pakte een pil, stopte hem in zijn mond en zei toen dat hij stil moest blijven liggen. Ze wist zeker dat er zo hulp zou komen voor de gewonden.

Ze liet hem achter bij zijn geschrokken vrouw en liep verder over de met allerhande rommel bezaaide vloer, wensend dat ze haar werklaarzen droeg in plaats van de platte pumps die ze aanhad. De zaal was één grote hindernisbaan van omgevallen tafels, overal lag eten, borden, gebroken glas, met tussen de rommel mensen. Zuster Maggie ging ze systematisch af, net als een paar andere mensen die zeiden dat ze arts waren. Er waren veel artsen in de zaal geweest, maar slechts een handjevol was achtergebleven om de gewonden te helpen. Een huilende vrouw met een zere arm zei dat ze dacht dat ze weeën kreeg. Zuster Maggie zei dat ze dat uit haar hoofd moest laten tot ze weg was uit het hotel, en de zwangere vrouw glimlachte, terwijl Maggie haar overeind hielp. Zich vastklampend aan haar man begon de vrouw naar de uitgang te lopen. Iedereen was doodsbang voor naschokken, die nog erger konden zijn dan de aardbeving zelf. Het was zonder meer duidelijk dat dit een aardbeving van hoger dan zeven op de schaal van Richter was geweest, misschien zelfs wel acht. Er klonk weer luid gekreun toen de aarde tot rust kwam, wat niemand erg geruststellend vond.

Everett Carson was vlak bij het podium en Melanie geweest toen de aardbeving begon. Toen de zaal scheef begon te hangen, was ze rechtstreeks van het podium in zijn armen gegleden, en ze waren samen op de grond gevallen. Hij hielp haar overeind toen het beven ophield.

'Gaat het? Een fantastisch optreden trouwens,' zei hij luchtig. Nadat de deuren van de balzaal waren geopend en er vaag licht vanuit de hal naar binnen scheen, zag hij dat haar jurk was gescheurd en een van haar borsten ontbloot. Hij trok zijn smokingjasje uit en gaf het haar.

'Dank je wel.' Ze klonk verbijsterd. 'Wat is er gebeurd?'

'Een aardbeving van zeven tot acht op de schaal van Richter, schat ik,' antwoordde Everett.

'Shit, en wat nu?' Ze keek angstig, maar raakte niet in paniek.

'We volgen gewoon de instructies en zorgen dat we hier wegkomen zonder vertrapt te worden.' Hij had in de loop der jaren in Zuidoost-Azië aardbevingen meegemaakt, tsunami's en meer van dat soort rampen, maar het leed geen twijfel dat dit een erg zware was geweest. Het was precies honderd jaar geleden dat San Francisco was getroffen door de laatste grote aardbeving, in 1906.

'Ik moet eigenlijk mijn moeder gaan zoeken,' zei Melanie om zich heen kijkend. Ze zag haar nergens, en Jake ook niet. Bovendien was het moeilijk om mensen te herkennen in de zaal. Het was er veel te donker. En er waren zo veel mensen aan het schreeuwen, het was zo'n pandemonium om hen heen, dat je alleen degene die naast je stond, kon horen.

'Je kunt haar beter buiten gaan zoeken,' waarschuwde Everett haar toen ze wilde teruglopen naar waar het podium had gestaan. Dat was ingestort en alle apparatuur was eraf gegleden. De vleugel stond in een vreemde hoek te wankelen, maar was gelukkig op niemand terechtgekomen. 'Met jou ook alles goed?' Melanie keek nog steeds een beetje verbijsterd.

'Ja hoor.' Hij bracht haar naar de uitgang en zei dat hij zelf nog even zou blijven. Hij wilde zien of hij nog mensen kon helpen in de zaal.

Een paar minuten later struikelde hij over een vrouw die een man hielp die zei dat hij een hartaanval had gehad. De vrouw verdween om iemand anders te helpen, en Everett hielp de man de zaal uit. Hij en een andere man die zei dat hij arts was, zetten hem op een stoel en tilden hem op. Ze moesten hem drie verdiepingen omhoogsjouwen. Buiten stonden ambulances en brandweerwagens, en de mensen met lichte verwondingen die het gebouw uit stroomden, werden meteen geholpen. Ze vertelden over gewonden die nog binnen waren. Een bataljon brandweermannen haastte zich het gebouw in. Er was niets te zien van een brand, maar er lagen elektriciteitskabels op de grond en overal sprongen vonkjes in de lucht, terwijl brandweermannen door megafoons riepen dat iedereen daar uit de buurt moest blijven. Er werden versperringen neergezet. Het viel Everett meteen op dat de hele stad in duister was gehuld. En toen, eerder intuïtief dan beredeneerd, pakte hij de camera die nog steeds om zijn nek hing en begon foto's te maken, zonder de zwaargewonden lastig te vallen. Iedereen om hem heen leek verbijsterd. De man die een hartaanval had gehad, was al in een ambulance op weg naar het ziekenhuis, samen met een andere man die een gebroken been had. Op straat lagen gewonden, van wie de meesten uit het hotel kwamen, maar ook een paar anderen. De stoplichten deden het niet meer, en het verkeer was tot stilstand gekomen. Een tram was op de hoek van de straat uit de rails geschoten, waarbij minstens veertig mensen gewond waren geraakt, maar ze werden al bijgestaan door brandweerlieden en ambulancepersoneel. Eén vrouw was omgekomen, en ze hadden een zeildoek over haar heen gelegd. Het was verschrikkelijk om te zien.

Buiten merkte Everett ook pas dat zijn overhemd onder het bloed zat. Hij voelde dat hij een snee in zijn wang had, maar had geen idee hoe hij eraan kwam. Zo te merken was het een oppervlakkige wond en hij maakte zich er dan ook niet druk om. Hij pakte de handdoek aan die iemand van het hotel hem gaf en veegde er zijn gezicht mee schoon. Er stonden tientallen personeelsleden handdoeken, dekens en flessen water uit te delen aan de mensen die in shock om hen heen stonden. Niemand wist wat hij moest doen. Iedereen stond maar een beetje naar elkaar te staren en te praten over wat er was gebeurd. Een paar duizend mensen dromden samen op straat toen het hotel werd geëvacueerd. Een halfuur later zei de brandweer dat de balzaal leeg was. Pas toen zag Everett dat Sarah Sloane vlak bij hem stond, samen met haar man. Haar jurk was gescheurd en zat onder de vlekken van de wijn en het toetje dat op tafel hadden gestaan toen die was omgevallen.

'Alles in orde?' vroeg hij aan haar. Het was de vraag die iedereen elkaar stelde, steeds weer. Ze huilde, en haar man keek bezorgd. Net als iedereen. Overal om hen heen stonden mensen te huilen, in shock, bang, opgelucht, en bezorgd om hun familie thuis. Sarah had fanatiek geprobeerd om naar huis te bellen, maar haar mobieltje deed het niet. Seth had het zijne ook geprobeerd, en hij zag er beroerd uit.

'Ik maak me zorgen om de kinderen,' legde ze uit. 'Ze zijn thuis met de babysitter. Ik weet niet eens hoe we daar moeten komen. Ik denk dat we zullen moeten lopen.' Iemand had gezegd dat de parkeergarage waar iedereen zijn auto had geparkeerd, was ingestort en dat er mensen in vastzaten. De auto's waren met geen mogelijkheid te bereiken, en degenen die hun auto in de garage hadden geparkeerd, konden niet weg. Er reden geen taxi's. In slechts enkele minuten tijd was San Francisco een spookstad geworden. Het was na middernacht, en het was inmiddels een uur geleden dat de stad door de aardbeving was getroffen. Het personeel van het Ritz-Carlton was fantastisch, ze liepen rond en vroegen aan mensen of ze ergens mee konden helpen. Op dit moment kon niemand echt veel doen, alleen de brandweer en het ambulancepersoneel, die bezig waren een lijst op te stellen van de gewonden.

Een paar minuten later meldde de brandweer dat er twee straten verderop een schuilkelder was en iedereen werd opgedragen om daar zo snel mogelijk naartoe te gaan. Ze waarschuwden voor de elektriciteitskabels die op de grond lagen en raadden de mensen met klem aan om naar de schuilkelder te gaan en niet naar huis. De mogelijkheid van naschokken was voor iedereen een angstbeeld. Terwijl de brandweer instructies gaf, bleef Everett foto's maken. Dit was het soort werk waar hij van hield. Zonder de privacy van mensen te schenden, maakte hij foto's, heel discreet, in de wetenschap dat hij een historische gebeurtenis fotografeerde.

Eindelijk kwam er beweging in de mensenmenigte. Op trillende benen wandelde iedereen de heuvel af naar de schuilkelder. Ze hielden niet op met te praten over wat er was gebeurd, wat ze eerst hadden gedacht, waar ze precies waren geweest. Een man had in zijn hotelkamer onder de douche gestaan, en hij zei dat hij eerst dacht dat er een leiding trilde. Hij was slechts gekleed in een badjas en liep op blote voeten. In één ervan zat een snee, van al het glas op straat, maar hij moest er gewoon mee doorlopen. Een vrouw zei dat ze had gedacht dat ze door haar bed was gezakt toen ze op de grond viel, maar toen was de hele kamer gaan schudden als een of andere kermisattractie. Maar dit was geen kermisattractie. Dit was de op een na grootste ramp die de stad ooit was overkomen.

Everett pakte een fles water aan van een piccolo die ze stond uit te delen. Hij maakte hem open en nam een slok, en pas toen merkte hij hoe droog zijn mond was. Uit het hotel kwamen wolken stof zetten, van muren die waren ingestort. Er waren nog geen lichamen naar buiten gedragen. De doden werden verzameld in de lobby, waar brandweermannen ze bedekten met zeildoek. Tot nu toe waren er ongeveer twintig doden geborgen, en er werd gefluisterd dat er nog mensen vastzaten onder het puin, wat de paniek bij iedereen alleen maar deed toenemen. Hier en daar stonden mensen te huilen, omdat ze hun familie of vrienden met wie ze in het hotel waren geweest, niet konden vinden, of nog steeds niet hadden aangetroffen in de groep die bij het liefdadigheidsevenement was geweest. Die laatsten waren eenvoudig te herkennen aan hun gescheurde en besmeurde avondkleding. Ze leken net de overlevenden van de *Titanic*.

Ineens zag Everett Melanie en haar moeder staan. Haar moeder stond hysterisch te huilen. Melanie maakte echter een alerte en kalme indruk. Ze droeg nog steeds het jasje van zijn gehuurde smoking.

'Gaat het?' luidde zijn inmiddels vertrouwde vraag, en ze knikte glimlachend.

'Ja. Maar mijn moeder is helemaal over haar toeren. Ze denkt dat er zo een nog grotere volgt. Wil je je jasje niet terug?'

Als ze het hem terug zou geven, zou ze zo goed als naakt zijn, dus hij schudde zijn hoofd.

'Ik kan wel een deken omslaan,' zei ze.

'Hou maar. Het staat je goed. Heb je iedereen van jouw groep teruggevonden?' Hij wist dat ze een hele entourage bij zich had, maar hij zag alleen haar moeder.

'Mijn vriendin Ashley heeft haar enkel bezeerd en daar wordt nu naar gekeken door het ambulancepersoneel. Mijn vriendje was zo dronken dat de bandleden hem naar buiten hebben moeten dragen. Hij staat daar ergens te kotsen.' Ze maakte een vaag gebaar. 'Met de rest is alles goed.' Nu ze niet meer op het podium stond, leek ze weer een gewone tiener, maar hij herinnerde zich maar al te goed hoe opzienbarend haar optreden was geweest. En de andere aanwezigen zouden zich dat ook altijd blijven herinneren na deze avond.

'Jullie kunnen beter naar de schuilkelder gaan. Daar is het veiliger,' zei hij tegen hen. Janet Hastings begon meteen aan haar dochters arm te rukken. Ze was het met Everett eens en wilde binnen zijn voordat er nog een aardbeving kwam.

'Ik blijf nog even hier,' zei Melanie zacht. Ze zei tegen haar moeder dat ze maar vast vooruit moest gaan, wat haar nog harder aan het huilen maakte. Melanie zei dat ze wilde blijven om te helpen, wat Everett bewonderenswaardig vond. En toen vroeg hij zich voor het eerst af of hij soms zin had in drank. Tot zijn vreugde merkte hij dat dat niet zo was. Dat was nieuw voor hem. Zelfs bij zoiets groots als een aardbeving voelde hij geen behoefte om dronken te worden. Er verscheen een brede grijns om zijn mond, terwijl Melanie in de mensenmassa verdween. Haar moeder raakte meteen in paniek.

'Die redt zich wel,' stelde Everett Janet gerust. 'Als ik haar straks weer tegenkom, zal ik haar ook naar de schuilkelder sturen.' Janet keek hem onzeker aan, maar de beweging van de menigte in de richting van de kelder en haar eigen verlangen om erheen te gaan, voerden haar mee. Everett dacht bij zichzelf dat Melanie zich wel zou redden, of hij haar nou vond of niet. Ze was jong en vindingrijk, haar bandleden waren in de buurt, en bovendien leek het hem geen slecht idee dat ze de gewonden wilde helpen. Het stikte van de mensen die op de een of andere manier wel hulp konden gebruiken, meer dan het ambulancepersoneel aankon.

Toen hij verderging met fotograferen, stuitte hij op de kleine roodharige vrouw die de man met de hartaanval had geholpen en daarna verder was gelopen. Nu hielp ze een kind dat ze overhandigde aan een brandweerman die beloofde haar moeder te gaan zoeken. Everett nam een paar foto's van de vrouw, terwijl ze met het kind in de weer was, en liet daarna zijn camera weer zakken.

'Ben je arts?' vroeg hij belangstellend. Ze had erg zelfverzekerd geleken toen ze de man met de hartaanval had geholpen.

'Nee, verpleegster,' antwoordde ze. Haar felblauwe ogen keken hem even aan en toen glimlachte ze.

Ze had iets heel grappigs en ontroerends. En ze had de onweerstaanbaarste ogen die hij ooit had gezien. 'Dat komt goed uit vanavond.' Veel mensen waren gewond geraakt, hoewel niet allemaal even ernstig. Maar heel wat mensen hadden zich gesneden aan glas, andere hadden lichte of iets zwaardere verwondingen, en een aantal mensen was in shock. Hij wist dat hij de vrouw ook op de benefietavond had gezien, maar hij kon haar eenvoudige zwarte jurk en platte schoenen daar niet helemaal mee rijmen. Haar kap was tijdens de nasleep van de aardbeving verdwenen en het kwam dus geen moment bij hem op dat ze ook nog iets anders kon zijn dan alleen maar verpleegster. Ze had een leeftijdloos, tijdloos gezicht en het zou moeilijk zijn om te raden hoe oud ze was. Hij schatte eind dertig, begin veertig. In werkelijkheid was ze tweeënveertig. Terwijl hij haar volgde, bleef ze even staan om met iemand te praten en zelf ook een slok water te nemen. Iedereen begon last te krijgen van de stofwolken die nog steeds uit het gebouw opstegen.

'Ga je naar de schuilkelder? Ze kunnen daar waarschijnlijk ook wel hulp gebruiken,' merkte hij op. Hij had zijn strik inmiddels weggegooid en op zijn overhemd zat bloed van de snee op zijn wang.

Ze schudde haar hoofd. 'Als hier niets meer te doen is, ga ik richting huis. Ik denk dat ze bij mij in de buurt ook wel hulp kunnen gebruiken.'

'Waar woon je?' vroeg hij nieuwsgierig, hoewel hij de stad niet goed kende. Maar deze vrouw had iets wat hem intrigeerde. Misschien zat er een verhaal in, je kon nooit weten. Zijn journalistieke instinct kwam tot leven door alleen maar naar haar te kijken.

Ze moest glimlachen om zijn vraag. 'Ik woon in het Tenderloindistrict, dat is niet zo ver hiervandaan.' Maar het was wel een heel andere wereld dan deze hier. In deze buurt konden een paar straten al heel veel uitmaken.

'Dat is niet zo'n lekkere buurt, hè?' Hij werd steeds nieuwsgieriger. Hij had wel eens van het Tenderloindistrict gehoord, met zijn verslaafden, hoeren en zwervers.

'Nee,' antwoordde ze naar waarheid. Maar ze was er gelukkig.

'Dus daar woon je?' Hij keek verbijsterd en verward.

'Ja.' Ze glimlachte naar hem. Haar rode haar en gezicht zaten onder het stof en de onweerstaanbare blauwe ogen keken hem ondeugend aan. 'Het bevalt me daar wel.'

Op dat moment wist hij intuïtief dat er een verhaal in zat, dat ze een van de helden van de avond zou blijken te zijn. Wanneer ze terugging naar het Tenderloindistrict, wilde hij met haar mee. Zeker weten, want er zou een verhaal voor hem in zitten.

'Ik ben Everett. Mag ik met je mee?' vroeg hij simpelweg.

Na een korte aarzeling knikte ze. 'Het kan gevaarlijk zijn om er te komen, met al die losliggende elektriciteitsdraden. En ze zullen geen haast maken om de mensen in die buurt te helpen.

Alle reddingsteams zullen hiernaartoe komen, of naar andere buurten gaan. Ik ben trouwens Maggie.'

Het duurde nog een uur voordat ze bij het Ritz vertrokken. Het was inmiddels drie uur 's nachts. De meeste mensen waren óf naar de schuilkelder óf hadden besloten naar huis te gaan. Hij had Melanie nergens meer gezien, maar hij maakte zich geen zorgen om haar. De ambulances hadden de zwaargewonden meegenomen en de brandweer leek alles onder controle te hebben. In de verte hoorden ze sirenes, en Everett nam aan dat er branden waren uitgebroken. Aangezien ook de waterleidingen kapot waren, zou het blussen moeilijk worden. Hij volgde de kleine vrouw als een schaduw, terwijl ze naar haar huis gingen. Ze liepen California Street in, daarna heuvelafwaarts in zuidelijke richting over Nob Hill. Ze kwamen langs Union Square, sloegen na een tijdje rechts af en liepen toen verder in westelijke richting over O'Farrell. Ze schrokken allebei toen ze zagen dat bijna alle winkelruiten op Union Square uit hun sponningen waren gesprongen en kapot op straat lagen. Voor het St. Francis Hotel speelden zich dezelfde taferelen af als ze bij het Ritz hadden gezien. De hotels waren geëvacueerd en de mensen naar de schuilkelders verwezen. Ze deden er een halfuur over om haar buurt te bereiken.

De mensen stonden er op straat en zagen er duidelijk anders uit, slecht gekleed, sommigen waren onder invloed van drugs en anderen leken angstig. Etalages waren kapot, er lagen dronkaards op straat, en een groepje prostituees stond bij elkaar. Everett vond het intrigerend om te merken dat bijna iedereen Maggie kende. Ze maakte met iedereen een praatje en vroeg hoe het ging, of er gewonden waren, of er al hulp was gekomen, hoe het met de buurt ging. Ze praatten geanimeerd met haar. Na een tijdje gingen Everett en zij in een deuropening op een stoepje zitten. Het was inmiddels bijna vijf uur 's ochtends, maar Maggie leek nog helemaal niet moe.

'Wie ben je?' vroeg hij gefascineerd. 'Ik heb het gevoel alsof ik in een of andere vreemde film zit, met een engel die naar aarde is afgedaald, en misschien ben ik wel de enige die je kan zien.' Ze moest lachen om zijn beschrijving van haar en herinnerde hem eraan dat de anderen geen moeite leken te hebben om haar te zien. Ze was echt, ze was een mens en goed zichtbaar, zoals elk van de hoeren op straat hem zou kunnen vertellen.

'Misschien moet je vragen wát ik ben, niet wíé ik ben,' zei ze rustig. Ze wou dat ze haar habijt kon uittrekken. Het was niet meer dan een saaie, lelijke zwarte jurk, maar ze miste haar spijkerbroek. Voor zover ze kon zien, had het gebouw waar ze woonde geen al te ernstige schade opgelopen. Het leek haar niet erg gevaarlijk om naar binnen te gaan. Er was hier geen politie of brandweer die mensen naar schuilkelders verwees.

'Hoe bedoel je?' Everett keek haar niet-begrijpend aan. Hij was moe. Het was voor hen allebei een lange nacht geweest, maar Maggie leek nog steeds fris als een hoentje en zag er stukken levendiger uit dan op de benefietavond.

'Ik ben non,' antwoordde ze simpelweg. 'Dit zijn de mensen met wie ik werk, voor wie ik zorg. Ik werk meestal op straat. Nee, altijd eigenlijk. Ik woon hier nu bijna tien jaar.'

'Ben je non?' vroeg hij verbaasd. 'Waarom heb je dat niet gezegd?'

'Weet ik niet.' Ze haalde haar schouders op, volledig op haar gemak bij hem, vooral hier in haar straat. Dit was de wereld die ze het beste kende, veel beter dan welke balzaal dan ook. 'Ik heb er niet bij stilgestaan. Maakt het uit dan?'

'Natuurlijk maakt het uit… Ik bedoel, natuurlijk niet,' verbeterde hij zichzelf. Hij dacht even na. 'Ja, het maakt wel uit. Dat is echt een belangrijk iets van je. Je bent een heel interessant mens, vooral als je hier woont. Moet je niet in een klooster wonen of zo?'

'Nee, het klooster waar ik in zat, is tien jaar geleden gesloten. Er waren gewoon niet genoeg nonnen meer om het gaande te houden. Het is nu een school. Het bisdom geeft ons allemaal een toelage en we wonen nu in appartementen. Sommige nonnen wonen met twee of drie in één huis, maar niemand wilde hier met mij komen wonen.' Ze grijnsde naar hem. 'Ze wilden in een nettere buurt wonen. Ik heb hier mijn werk. Dit is mijn missiepost.'

'Hoe heet je echt?' vroeg hij, volledig geïntrigeerd. 'Ik bedoel je nonnennaam.'

'Zuster Mary Magdalen,' antwoordde ze zacht.

'Ik sta echt met mijn mond vol tanden,' gaf hij toe, terwijl hij een sigaret uit zijn zak pakte. Het was de eerste deze avond, maar ze leek er niets op tegen te hebben. Ze leek volledig op haar gemak in het echte leven, ondanks het feit dat ze non was. Het was jaren geleden dat hij met een non had gepraat, maar dan niet zo vrijelijk als nu. Het voelde alsof ze oorlogskameraden waren na wat ze samen hadden meegemaakt, en in zekere zin waren ze dat ook. 'Vind je het leuk om non te zijn?' vroeg hij.

Ze knikte, dacht even na en keek hem toen aan. 'Ik vind het heerlijk. Het klooster in gaan was het beste wat ik ooit heb gedaan. Ik heb altijd geweten dat ik dat wilde, al van kindsbeen af. Zoals sommigen weten dat ze dokter willen worden, of advocaat of balletdanser. Ze noemen het wel een vroege roeping. Ik heb dit altijd gewild.'

'Heb je nooit spijt gehad?'

'Nee.' Ze keek hem vrolijk lachend aan. 'Helemaal nooit. Dit leven is perfect voor me. Meteen nadat ik klaar was met mijn verpleegopleiding, ben ik het klooster in gegaan. Ik ben opgegroeid in Chicago, als oudste van zeven kinderen. Ik heb altijd geweten dat dit bij me paste.'

'Heb je nooit een vriendje gehad?' Hij was geïntrigeerd door wat ze hem vertelde.

'Eentje,' vertelde ze, niet in het minst gegeneerd. Ze had in geen jaren aan hem gedacht. 'Toen ik studeerde.'

'Wat is er precies gebeurd?' Hij was ervan overtuigd dat een of andere romantische tragedie haar het klooster in had gejaagd. Hij kon zich niet voorstellen dat iemand zoiets om een andere reden zou doen. Het idee was hem compleet vreemd. Hij was luthers opgevoed en had zijn eerste non pas ontmoet toen hij het huis al uit was. Hij had er nooit veel van begrepen. Maar hier zat hij dan naast deze gelukkige kleine vrouw die kalm, opgewekt en tevreden over haar leven tussen hoeren en junks praatte. Hij was echt stomverbaasd.

'Hij is omgekomen bij een auto-ongeluk toen ik in mijn tweede jaar zat. Maar het zou niet hebben uitgemaakt als hij was blijven leven. Ik heb hem meteen vanaf het begin verteld dat ik non wilde worden, hoewel ik niet zeker weet of hij me wel geloofde. Daarna heb ik nooit meer een vriendje gehad, want ik wist het inmiddels zeker. Waarschijnlijk had ik het ook met hem uitgemaakt. Maar we waren allebei nog jong, en het was allemaal heel onschuldig. Zeker naar de maatstaven van tegenwoordig.'

Met andere woorden, begreep Everett, ze was als maagd het klooster in gegaan en was dat nog steeds. Het hele idee kwam hem ongelooflijk voor. En wat zonde van zo'n mooie vrouw. Ze maakte zo'n levendige indruk. 'Verbazingwekkend gewoon.'

'Niet echt. Sommige mensen kiezen daar nou eenmaal voor.' Ze vond het volkomen vanzelfsprekend, in tegenstelling tot hem. 'En jij? Getrouwd? Gescheiden? Kinderen?' Ze voelde dat ook hij een verhaal had, en hij had er geen bezwaar tegen om dat met haar te delen. Het was fijn om met haar te praten, en hij genoot van haar gezelschap. Het drong nu pas tot hem door dat de eenvoudige zwarte jurk haar habijt was. Dat verklaarde ook waarom ze geen avondkleding had gedragen zoals alle anderen op de benefietavond.

'Op mijn achttiende heb ik een meisje zwanger gemaakt. Ik ben met haar getrouwd omdat haar vader zei dat dat moest, dat hij me anders zou vermoorden. Een jaar later zijn we uit elkaar gegaan. Het huwelijk was niks voor mij, niet op die leeftijd tenminste. Ze heeft een scheiding aangevraagd en is hertrouwd, geloof ik. Ik heb mijn zoon maar één keertje gezien na de scheiding, toen hij een jaar of drie was. Ik was toen gewoon nog niet toe aan het vaderschap. Ik voelde me er wel rot over toen ik wegging, maar het was allemaal nogal overweldigend voor een jongen die zo jong was als ik toen. Dus ben ik weggegaan. Ik wist niet wat ik anders moest. Ik heb zijn hele leven en het grootste gedeelte van het mijne over de hele wereld gezworven om oorlogen en rampgebieden te fotograferen voor AP. Het was een krankzinnig leven, maar het paste bij me. Ik vond het heerlijk. En nu ben ik eindelijk volwassen, en is hij dat ook. Hij heeft me niet meer nodig, en zijn moeder was zo kwaad op me dat ze ons kerkelijk huwelijk later ook nietig heeft laten verklaren om te kunnen hertrouwen. Dus officieel heb ik nooit voor hem bestaan,' vertelde hij rustig, terwijl ze naar hem keek.

'Iedereen heeft zijn ouders nodig,' zei ze zacht, en ze waren allebei even stil, terwijl hij over haar woorden nadacht. 'AP zal blij zijn met de foto's die je vannacht hebt gemaakt,' zei ze bemoedigend.

Hij zei niks over zijn Pulitzer. Daar had hij het nooit over. 'Ik werk niet meer voor ze,' zei hij alleen maar. 'Ik heb onderweg een paar slechte gewoontes opgepikt. Ongeveer een jaar geleden is het uit de hand gelopen. Ik ben toen in Bangkok bijna doodgegaan aan alcoholvergiftiging, maar een hoer heeft me gered. Ze zorgde ervoor dat ik in het ziekenhuis kwam, en uiteindelijk ben ik teruggekomen en afgekickt. Ik ben naar een ontwenningskliniek gegaan nadat AP me had ontslagen, waar ze trouwens groot gelijk in hadden. Ik sta nu een jaar droog, en dat voelt behoorlijk goed. Ik ben net begonnen met mijn baan bij het tijdschrift waarvoor ik de benefietavond moest fotograferen. Niet echt mijn ding. Het is een roddelblad. Ik laat me nog liever doodschieten in een of andere achterbuurt dan dat ik in zo'n smoking rond moet lopen in een balzaal.'

'Ik ook,' zei ze lachend. 'Dat is ook niet echt iets voor mij.' Ze legde uit dat ze het kaartje van een vriendin had gekregen en dat ze het zonde had gevonden om het weg te gooien, hoewel ze eigenlijk geen zin had gehad. 'Ik werk het allerliefst met deze mensen hier. Maar over je zoon. Vraag je je wel eens af hoe het met hem gaat? Zou je hem niet eens willen zien? Hoe oud is hij nu?' Zij, op haar beurt, was ook nieuwsgierig naar Everett en daarom bracht ze zijn zoon weer ter sprake. Ze hing de theorie aan dat familie erg belangrijk was voor mensen. Bovendien kwam het zelden voor dat ze met iemand als hij kon praten. En voor hem moest het nog raarder zijn om met een non te praten.

'Over een paar weken wordt hij dertig. Ik denk wel eens aan hem, maar het is een beetje te laat voor dat soort dingen. Veel te laat. Ik kan moeilijk nu nog zijn leven binnenwandelen en vragen hoe het gaat. Hij zal me wel haten omdat ik ben weggegaan.'

'Haat je jezelf erom?' vroeg ze.

'Soms. Niet zo vaak. Toen ik in de ontwenningskliniek zat, heb ik er veel over nagedacht. Maar je kunt niet zomaar het leven van iemand binnenwandelen die al bijna dertig is.'

'Waarom niet?' vroeg ze zacht. 'Misschien vindt hij het wel leuk om wat van je te horen. Weet je waar hij woont?'

'Vroeger wist ik dat wel. Ik zou er wel achter kunnen komen. Maar ik geloof niet dat ik dat moet doen. Wat moet ik tegen hem zeggen?'

'Misschien zijn er dingen die hij aan jou wil vragen. Misschien is het voor hem wel fijn om te horen dat het feit dat je bent weggegaan, niets met hem te maken had.'

Ze was een intelligente vrouw, en Everett knikte, terwijl hij haar aankeek.

Daarna liepen ze nog een tijdje door de buurt, waar verrassend weinig beschadigd was. Sommige mensen waren naar schuilkelders gegaan. Een paar waren gewond geraakt en naar het ziekenhuis afgevoerd. Met de rest leek weinig aan de hand, hoewel niemand uitgepraat raakte over de kracht van de aardbeving. Het was een hele zware geweest.

Om zes uur 's ochtends zei Maggie dat ze ging proberen een paar uur te slapen en dat ze daarna weer de straat op zou gaan om te kijken hoe haar mensen het maakten. Everett zei dat hij waarschijnlijk zou proberen om zo snel mogelijk een bus, een trein of een vliegtuig terug naar L.A. te nemen, of anders een auto zou huren als hij er eentje kon vinden. Hij had genoeg foto's gemaakt. Voor zichzelf wilde hij nog een tijdje door de stad dwalen om te zien of hij nog iets anders wilde fotograferen voordat hij terugging. Hij wilde geen verhaal mislopen en wist nu al dat hij fantastisch materiaal mee terugnam. Hij had zelfs wel zin om nog een paar dagen te blijven, maar hij wist niet hoe zijn hoofdredacteur dat zou vinden. En hij kon ook niet bellen, want alle telefoonverbindingen in San Francisco en omgeving lagen plat.

'Ik heb een paar mooie foto's van jou gemaakt vannacht,' zei hij tegen Maggie toen hij afscheid van haar nam voor haar deur. Ze woonde in een oud uitziend, sjofel gebouw, maar dat leek haar niet te deren. Ze zei dat ze er al jaren woonde en dat ze gewoon onderdeel van het meubilair was in de buurt. Hij schreef haar adres op en zei dat hij haar wat afdrukken zou opsturen. Hij vroeg haar ook om haar telefoonnummer, voor het geval hij nog eens in de stad was. 'Dan neem ik je mee uit eten,' beloofde hij. 'Ik vond het leuk om met je te praten.'

'Dat vond ik ook.' Ze glimlachte naar hem. 'Het zal veel tijd kosten om de stad weer op te ruimen. Ik hoop dat er niet al te veel doden zijn gevallen.' Ze keek bezorgd. Ze konden op geen enkele manier aan nieuws komen. Ze waren van de wereld afgesloten, zonder elektriciteit, zonder mobieltjes. Het was een raar gevoel.

Toen hij afscheid van haar nam, kwam de zon op. Hij vroeg zich af of hij haar ooit nog zou weerzien. Het leek onwaarschijnlijk. Het was voor iedereen een vreemde en onvergetelijke nacht geweest.

'Dag, Maggie,' zei hij, terwijl ze de deur van haar gebouw opende. In de hal lagen overal stukjes pleisterwerk, maar ze merkte glimlachend op dat het er nauwelijks beroerder uitzag dan anders. 'Pas goed op jezelf.'

'Jij ook,' zei ze. Ze zwaaide even en deed toen de deur dicht. Een nare stank was naar buiten komen drijven toen ze de deur had opengedaan, en hij vond het onvoorstelbaar dat ze daar woonde. Ze was echt een heilige, dacht hij toen hij wegliep, en toen begon hij zacht te lachen. Hij had de nacht van de aardbeving in San Francisco doorgebracht met een non. Hij vond haar een held. Hij kon bijna niet wachten tot de foto's van haar klaar waren. En terwijl hij terugliep door het Tenderloindistrict, moest hij vreemd genoeg aan zijn zoon denken, aan hoe Chad eruit had gezien toen hij drie was, en voor het eerst in zevenentwintig jaar miste hij hem. Misschien zou hij hem ooit gaan opzoeken, als hij ooit nog eens in Montana was, en als Chad daar nog woonde. Het was iets om over na te denken. Sommige dingen die Maggie tegen hem had gezegd, hadden hem geraakt, maar hij dwong zichzelf weer ergens anders aan te denken. Hij wilde zich niet schuldig voelen tegenover zijn zoon.

Daar was het te laat voor, en het zou hen geen van beiden helpen. Hij beende weg op zijn gelukslaarzen, langs de dronkaards en hoeren in Maggies straat. In het licht van de opgaande zon liep hij terug naar het centrum, zich afvragend wat voor verhalen over de aardbeving hij daar zou aantreffen. Hij had eindeloos veel mogelijkheden om foto's te maken. En wie weet zou hij nog een keer een Pulitzer krijgen. Zelfs na de schokkende gebeurtenissen van afgelopen nacht voelde hij zich beter dan hij zich in jaren had gevoeld. Hij was weer aan de slag als fotograaf en hij voelde zich zelfverzekerder en meer de baas over zijn eigen leven dan ooit.

Hoofdstuk 3

Sarah en Seth waren begonnen aan de lange wandeling van het Ritz naar huis. Hoewel Sarah nauwelijks vooruitkwam op haar hoge hakken, lag er zo veel glas op straat dat ze haar schoenen ook niet durfde uit te trekken. Bij iedere stap kreeg ze er een blaar bij. De elektriciteitskabels op de grond vonkten, en ze liepen er met een grote boog omheen. Na een tijdje kregen ze gelukkig een lift voor ongeveer de laatste tien straten, van een arts die terugkwam uit St. Mary's Hospital. Het was drie uur 's ochtends, en hij was na de aardbeving naar het ziekenhuis gegaan om te kijken hoe het met zijn patiënten ging. Hij vertelde dat de boel redelijk onder controle was in het ziekenhuis. De noodaggregaten werkten en slechts een klein gedeelte van het lab van de radiologie op de benedenverdieping was verwoest. De rest leek in orde, hoewel de patiënten en het personeel zichtbaar geschrokken waren.

Net als overal in de stad deed ook in het ziekenhuis de telefoon het niet, maar ze volgden het nieuws via radio's en tv's op batterijen, om te horen welke gedeelten van de stad het zwaarst waren getroffen.

Hij vertelde ook dat de Marina weer zwaar was getroffen, net als bij de kleinere aardbeving van '89. De Marina was aangelegd op een oude vuilstortplaats en de brandweer had de branden die daar woedden nog steeds niet onder controle. Er werd ook melding gemaakt van plunderingen in de stad. Zowel Russian als Nob Hill had de aardbeving met een kracht van 7.9 op de schaal van Richter redelijk goed overleefd, zoals iedereen in het Ritz-Carlton met eigen ogen had kunnen zien. Sommige wijken in het westen van de stad waren zwaar beschadigd, net als Noe Valley, de Castro en de Mission. En ook delen van Pacific Heights hadden het zwaar te verduren gehad. De brandweer probeerde mensen te redden die vastzaten in gebouwen en liften, maar moest tegelijkertijd proberen om voldoende mankracht in te zetten om de branden die in de hele stad waren uitgebroken, onder controle te houden. Dat was geen sinecure, want bijna overal waren de waterleidingen kapot.

Terwijl hun weldoener Seth en Sarah naar huis reed, hoorden ze in de verte sirenes. Meteen na de aardbeving waren de twee belangrijkste bruggen van de stad, de Bay Bridge en de Golden Gate, afgezet. De Golden Gate had woest heen en weer gezwaaid, en er waren een aantal gewonden gevallen. Twee delen van het bovendek van de Bay Bridge waren neergestort op het dek eronder, en blijkbaar zaten in het puin auto's vast met mensen erin. Tot dusverre waren de reddingspogingen van de politie mislukt. Er waren afschuwelijke berichten over mensen die vastzaten in auto's en schreeuwden terwijl ze stierven. Niemand wist nog hoeveel levens de aardbeving had geëist. Maar het was waarschijnlijk dat het er veel zouden zijn en daarbij nog eens duizenden gewonden. Ze luisterden met zijn drieën naar de radio, terwijl ze voorzichtig door de straten reden.

Sarah gaf de arts hun adres. Ze zei niet veel onderweg, maar bad in stilte voor haar kinderen. Het was onmogelijk om contact te krijgen met de babysitter om te horen hoe het ging. Zowel de gewone telefoonlijnen als de mobiele netwerken deden het niet. De stad leek volkomen afgesloten van de buitenwereld. Het enige wat Sarah wilde weten, was hoe het met Oliver en Molly ging. Seth staarde als verdoofd uit het raampje en probeerde steeds opnieuw zijn mobieltje, terwijl de arts het laatste stuk aflegde. Eindelijk arriveerden ze bij hun grote huis op de top van een heuvel aan Divisadero en Broadway, met uitzicht op de baai. Het leek ongeschonden. Ze bedankten de arts, wensten hem het beste en stapten uit. Sarah rende naar de voordeur, met een uitgeputte Seth op haar hielen.

Sarah was al bij de deur toen hij haar inhaalde. Ze had haar onmogelijke schoenen uitgeschopt en rende de hal in. Er was geen stroom, dus de lampen waren uit, en het was ongebruikelijk donker zonder het licht van de straatlantaarns. Ze rende langs de woonkamer om naar boven te gaan, maar toen zag ze de babysitter slapend op de bank zitten, met de soezende baby in haar armen en Molly zacht snurkend naast zich. Op tafel brandden kaarsen. De babysitter leek diep in slaap, maar ze werd wakker toen Sarah bij haar kwam staan.

'O... hallo... Wat een zware aardbeving!' zei ze fluisterend om de kinderen niet wakker te maken. Maar toen Seth ook binnenkwam, en de drie volwassenen samen begonnen te praten, roerden de kinderen zich in hun slaap. Sarah keek om zich heen. Alle schilderijen hingen scheef, twee beelden waren omgevallen, net als een kleine antieke tafel en een aantal stoelen. De kamer zag er vreselijk rommelig uit, en overal lagen boeken en kleinere spulletjes op de grond. Maar haar kinderen maakten het goed, en dat was het enige wat belangrijk was. Ze leefden nog en waren niet gewond geraakt. Maar toen haar ogen aan het flauwe licht wenden, zag ze dat Parmani een bult op haar voorhoofd had. Ze vertelde dat Olivers kast op haar was gevallen toen ze hem bij het begin van de aardbeving snel uit zijn wiegje had willen halen. Sarah was blij dat ze niet buiten bewustzijn was geraakt en dat er niets op de baby was gevallen toen alles van de planken was gegleden. Bij de aardbeving van '89 was een baby in de Marina gestorven toen er een zwaar voorwerp van een plank in de wieg was gevallen. Sarah was blij dat de geschiedenis zich niet herhaald had bij haar zoontje.

Op de schoot van de babysitter ontwaakte Oliver, hij hief zijn hoofdje en zag zijn moeder. Sarah tilde hem op en hield hem tegen zich aan. Molly was nog diep in slaap, opgerold als een balletje naast de babysitter. Ze leek net een pop, en haar ouders keken glimlachend naar haar, dankbaar dat ze veilig was.

'Dag liefje, heb je lekker geslapen?' vroeg Sarah aan haar zoontje. De baby leek een beetje te schrikken van hun aanwezigheid, zijn gezicht vertrok, zijn lipje trilde, en toen begon hij te huilen. Sarah vond het het mooiste geluid dat ze ooit had gehoord, net zo mooi als in de nacht van zijn geboorte. Ze had zich de hele avond vreselijk veel zorgen gemaakt om haar kinderen, meteen toen de aardbeving was begonnen. Ze had alleen maar naar huis gewild om hen in haar armen te nemen. Ze boog zich voorover en streelde Molly's been, alsof ze zichzelf ervan wilde vergewissen dat ze leefde. 'Het moet heel eng voor je zijn geweest,' zei ze meelevend tegen Parmani, terwijl Seth naar de studeerkamer liep en de telefoon pakte. De lijn was nog steeds dood. De hele stad zat zonder telefoon. Op weg naar huis had hij zijn mobieltje onophoudelijk geprobeerd.

'Dit is belachelijk gewoon,' snauwde hij toen hij de kamer weer in kwam. 'Je zou toch denken dat de mobieltjes het nog zouden moeten doen. Willen ze soms dat we de rest van de week van de hele wereld afgesneden blijven? Het is ze geraden dat ze morgen de boel weer aan de gang hebben.' Maar hij wist, net als Sarah, dat daar weinig kans op was.

Er was ook geen elektriciteit, en Parmani was zo verstandig geweest om het gas af te sluiten, dus het was kil in huis, maar gelukkig was het een zwoele nacht. Op een doorsnee winderige avond zouden ze het koud hebben gehad.

'We zullen een tijdje moeten kamperen,' zei Sarah kalm. Ze was weer gelukkig, met haar baby in haar armen en haar dochtertje in het zicht op de bank.

'Misschien dat ik morgen naar Stanford of San Jose rijd,' zei Seth vaag. 'Ik moet een paar mensen bellen.'

'Die arts vertelde dat hij in het ziekenhuis had gehoord dat alle wegen zijn afgesloten. Ik denk dat we echt vastzitten.'

'Dat kan niet,' zei Seth. Hij keek paniekerig op de lichtgevende wijzerplaat van zijn horloge. 'Misschien kan ik beter meteen gaan. In New York is het nu bijna zeven uur 's ochtends. Tegen de tijd dat ik in San Jose ben, komen de mensen aan de oostkust net op kantoor. Ik moet vandaag een transactie rond zien te krijgen.'

'Kun je niet een dagje vrij nemen?' opperde Sarah, maar Seth rende de trap op zonder antwoord te geven. Binnen vijf minuten was hij alweer beneden, gekleed in spijkerbroek en sweater en op sportschoenen, met een blik van opperste concentratie op zijn gezicht en een aktetas in zijn hand.

Hun beide auto's zaten vast in de garage in het centrum en waren misschien wel voorgoed verloren gegaan. Het zou onmogelijk zijn om ze eruit te halen, als ze ze al konden vinden, en bovendien was een groot gedeelte van de garage ingestort, dus de eerstkomende tijd zouden ze er toch niet in mogen. Maar Seth keek Parmani verwachtingsvol aan en glimlachte naar haar in het zachte licht van de woonkamer. Ollie was weer in slaap gevallen in Sarahs armen, getroost door haar vertrouwde warmte en stemgeluid.

'Parmani, kan ik jouw auto niet een paar uur lenen? Ik wil

proberen naar het zuiden te rijden, misschien dat ik daar kan bellen. En wie weet werkt mijn mobieltje daar ook wel.'

'Natuurlijk,' antwoordde de babysitter, hoewel ze verbaasd leek. Ze vond het maar een vreemd verzoek, net als Sarah overigens. Dit was niet het moment om te proberen San Jose te bereiken. Sarah vond Seths obsessie met zijn werk nogal ongepast op dit moment, vooral omdat hij hen achterliet in de stad.

'Kun je niet gewoon even niets doen? Niemand verwacht vandaag telefoontjes uit San Francisco. Dit is echt belachelijk, Seth. Stel je voor dat er nog een aardbeving komt of een naschok? Dan zijn wij hier alleen, en misschien kun je dan wel niet terugkomen.' Of erger, misschien stortte er een viaduct in en werd hij verpletterd. Ze wilde niet dat hij wegging, maar hij liep met een vastbesloten blik naar de voordeur. Parmani zei dat de sleuteltjes in de auto zaten en dat de auto in hun garage stond. Het was een Honda Accord, een oude rammelbak, maar hij bracht haar waar ze wezen moest. Van Sarah mocht ze de kinderen er niet in meenemen, en ze vond het ook geen prettig idee dat Seth er nu de weg mee op ging. De auto had meer dan honderdzestigduizend op de teller staan, beschikte niet over moderne veiligheidsvoorzieningen en was minstens tien jaar oud.

'Maken jullie je maar niet druk, dames.' Hij glimlachte. 'Ik kom heelhuids terug.' Hij deed de deur open en vertrok.

Sarah vond het een eng idee dat hij er nu op uitging, de straatlantaarns en stoplichten deden het niet, en misschien lagen er wel allerlei obstakels op de weg. Maar ze zag dat hij zich door niets zou laten weerhouden. Hij was vertrokken voordat ze nog iets had kunnen zeggen. Parmani ging nog een zaklantaarn halen, terwijl Sarah bij flakkerend kaarslicht in haar huiskamer zat na te denken over Seth. Het was één ding om een workaholic te zijn, maar iets anders om nu als een gek naar het zuiden te jakkeren, slechts een paar uur na een grote aardbeving, en vrouw en kinderen alleen achter te laten. Het beviel haar helemaal niet. Ze vond zijn gedrag irrationeel en dwangmatig.

Parmani en zij bleven bijna tot zonsopkomst zachtjes in de woonkamer zitten praten. Ze overwoog om naar boven te gaan en met de kinderen in haar kamer te gaan liggen, maar beneden voelde ze zich veiliger, in staat om snel het huis te verlaten, mocht er nog een aardbeving komen. Parmani zei dat er in de tuin een boom was omgevallen, en dat boven ook van alles op de grond lag. Er was een grote spiegel in stukken gevallen en een paar ramen aan de achterkant waren opengesprongen en op de betonnen vloer beneden kapotgevallen. Het meeste serviesgoed en kristal lag in scherven op de keukenvloer, en ook al het eten was letterlijk van de schappen gevlogen. Parmani vertelde dat er ook flessen vruchtensap en wijn waren gebroken, en Sarah zag er nu al tegen op alles op te ruimen. Parmani verontschuldigde zich voor het feit dat zij het nog niet had gedaan, maar ze was te bezorgd geweest om de kinderen en had ze niet zo lang alleen willen laten. Sarah zei dat ze het zelf wel zou doen. Op een gegeven moment ging ze even een kijkje nemen, nadat ze Oliver, die nog steeds sliep, op de bank had gelegd. Ze schrok toen ze de keuken zag, die in een paar uur tijd in een rampgebied was veranderd. De meeste kastdeurtjes stonden open en alles was eruit gevallen. Ze vreesde dat het haar dagen zou kosten om alle rommel op te ruimen.

Toen de zon opkwam, wilde Parmani koffie gaan zetten, maar ineens herinnerde ze zich dat ze geen gas en stroom hadden. Ze stapte voorzichtig over de troep en de scherven, liet wat heet water uit de kraan in een kopje lopen en hing er een theezakje in. Hoewel het heel lauw was, bracht ze het toch naar Sarah, die het troostend vond om iets warms te drinken. Parmani pelde voor zichzelf een banaan. Sarah had gezegd dat ze geen zin had in eten, omdat ze nog te geschokt was.

Ze had de thee nog niet op of Seth kwam weer binnenlopen. Hij keek ontmoedigd.

'Dat was snel,' merkte Sarah op.

'De wegen zijn afgesloten.' Hij leek stomverbaasd. 'Ik bedoel, echt alle wegen. De oprit naar de 101, helemaal ingestort.' Hij vertelde haar niets over het verschrikkelijke bloedbad onder het viaduct. Overal politiewagens en ambulances. Hij had van de politie moeten omkeren. Ze hadden hem streng verteld dat hij naar huis moest gaan en daar blijven. Dit was niet het moment om de weg op te gaan. Hij had ze nog willen wijsmaken dat hij in Palo Alto woonde, maar de agent had gezegd dat hij dan toch in de stad moest blijven tot de wegen weer werden opengesteld. En in antwoord op Seths vraag had hij gezegd dat dat nog wel enkele dagen kon duren. Misschien zelfs een week, gezien de enorme schade aan de wegen. 'Ik heb Nineteenth Avenue geprobeerd om de 280 op te komen, van hetzelfde laken een pak. Toen het strand om naar Pacifica te komen, maar daar zijn aardverschuivingen. Alles is afgezet. De bruggen heb ik niet eens geprobeerd, want op de radio hoorden we al dat die waren afgesloten. Shit, Sarah,' zei hij boos. 'We zitten helemaal vast!'

'Een poosje maar. Ik snap niet waar je je zo druk over maakt. Bovendien hebben we hier genoeg op te ruimen. En niemand in New York zal verwachten dat je belt. Ze weten beter wat hier aan de hand is dan wij. Geloof me, Seth, niemand zal dat telefoontje van jou missen.'

'Je snapt het niet,' mompelde hij somber. Daarna rende hij de trap op en sloeg de slaapkamerdeur achter zich dicht.

Sarah liet de kinderen bij Parmani, die het tafereel met belangstelling had gevolgd, en ging toen ook naar boven. Seth liep te ijsberen door de slaapkamer, als een gekooide leeuw. Een erg boze leeuw die eruitzag alsof hij dadelijk iemand zou verscheuren, en bij gebrek aan een ander slachtoffer leek het erop dat hij haar zou aanvallen.

'Sorry liefje,' zei ze zacht. 'Ik weet dat je midden in een deal zit. Maar tegen natuurrampen is niets te doen. Die deal kan wel een paar dagen wachten.'

'Nee, dat kan hij niet.' Hij spuugde haar de woorden in het gezicht. 'Sommige deals kunnen niet wachten, en dit is er één van. Het enige wat ik nodig heb, is een klotetelefoon.'

Als ze had gekund, had ze er een voor hem tevoorschijn getoverd, maar dat kon niet. Bovendien was ze alleen maar blij dat er niets met de kinderen was gebeurd. Zijn obsessie met zijn werk, onder deze omstandigheden, vond ze behoorlijk extreem. Maar tegelijkertijd besefte ze dat hij daarom ook zo veel succes had. Seth hield nooit op met werken. Hij zat dag en nacht met zijn mobieltje aan zijn oor om deals te sluiten. Zonder telefoon voelde hij zich machteloos, gevangen, alsof iemand zijn stembanden had doorgesneden en zijn handen vastgebonden. Ze zag aan hem dat het voor hem een grote ramp was en wou dat ze hem kon kalmeren.

'Zeg maar wat ik voor je kan doen, Seth,' zei ze, terwijl ze op bed ging zitten en naast zich op het matras klopte. Ze dacht aan een massage, een bad, een kalmeringspil, of hem in haar armen nemen en samen met hem op bed gaan liggen.

'Wat je voor me kunt doen? Is dat een grap of zo?' Hij stond bijna te schreeuwen in hun prachtig ingerichte slaapkamer. De zon was inmiddels op, en het zachte geel en het hemelsblauw waarin ze de kamer had laten schilderen, kwamen heel mooi uit in het vroege ochtendlicht. Seth zag er echter niets van, hij keek haar alleen maar boos aan.

'Ik meen het,' zei ze kalm. 'Ik zal doen wat ik kan om je te helpen.'

Hij keek haar aan alsof ze haar verstand had verloren. 'Sarah, je hebt geen idee wat er aan de hand is. Geen flauw idee.'

'Nou, vertel het me dan. We hebben dezelfde studie gedaan, hoor. Ik ben niet stom of zo.'

'Nee, ik ben hier degene die stom is,' zei hij, terwijl hij op bed ging zitten en een hand door zijn haar haalde. Hij kon haar niet eens aankijken. 'Ik moet voor twaalf uur vanmiddag zestig miljoen dollar overmaken van onze kapitaalrekening.' Zijn stem had een doodse klank en Sarah keek hem vol ontzag aan.

'Doe je zo'n grote investering? Wat koop je? Grondstoffen? Klinkt riskant in zulke hoeveelheden.' Goed, de handel in grondstoffen was niet alleen riskant, maar hij kon ook zeer lucratief zijn als het goed ging. Ze wist dat Seth een geniale investeerder was.

'Ik koop niks, Sarah.' Hij keek haar even aan, maar wendde toen zijn gezicht weer af. 'Ik probeer me in te dekken. Dat is het enige wat ik doe, en als het me niet lukt, zit ik diep in de stront... zitten we diep in de stront... We zullen alles kwijtraken wat we bezitten... Misschien draai ik zelfs de bak in.' Onder het praten keek hij naar de grond.

'Hoe bedoel je?' vroeg ze paniekerig. Aan zijn gezicht zag ze dat hij geen grapje maakte.

'Er zijn deze week registeraccountants langs geweest, om ons nieuwe fonds te controleren. Dat wilden de investeerders, omdat ze wilden weten of we echt zo veel geld in ons fonds hadden gestoken als we beweerden. Dat doen we uiteindelijk ook wel. Natuurlijk. Ik heb het wel vaker gedaan. Sully Markham heeft me bij eerder accountantsonderzoek altijd gedekt. En uiteindelijk verdienen we dat geld gewoon en zetten het op die rekening, maar soms, in het begin, als we het nog niet hebben, helpt Sully me met de boel een beetje aanvullen voor zo'n onderzoek.'

Sarah keek hem stomverbaasd aan. 'Een beetje? Je noemt doen

alsof je over zestig miljoen beschikt een beetje aanvullen? Jezus Seth, hoe heb je dat nou kunnen doen? Stel je voor dat ze het hadden ontdekt... of dat je dat geld later niet bij elkaar had gekregen.' En toen, terwijl ze het zei, wist ze dat dat nu het geval was. Hij had het geld niet.

'Ik moet aan dat geld zien te komen, anders is Sully in New York de pineut. Hij moet dat geld vandaag weer op zijn rekening hebben. De banken zijn dicht. Mijn mobieltje doet het verdomme niet, dus ik kan Sully niet eens bellen om te zeggen dat hij zich op een of andere manier moet zien in te dekken.'

'Ik neem aan dat hij dat zelf wel kan bedenken. De hele stad is lamgelegd, dus hij snapt vast wel dat jij nu niets kunt doen.' Sarah was bleek geworden onder het praten. Het was nog nooit bij haar opgekomen dat Seth wel eens malafide kon zijn. En zestig miljoen was niet niks. Het was heel veel geld. Het was fraude op grote schaal. Ze had echt nooit ook maar één seconde gedacht dat Seth uit hebzucht tot zoiets in staat zou kunnen zijn. Het deed haar twijfelen aan alles wat ze samen hadden, aan hun hele leven, maar wat het belangrijkste was, het deed haar twijfelen aan wie hij was.

'Ik had het gisteren al moeten doen,' zei hij somber. 'Dat had ik Sully beloofd, bij het sluiten van de beurs. Maar de accountants zijn tot bijna zes uur gebleven. Daarom was ik zo laat in het Ritz. Ik wist dat hij tot twee uur vanmiddag de tijd had, en ik had nog tot elf uur, dus ik dacht dat ik het vanochtend wel kon regelen. Ik was ongerust, maar niet in paniek. Maar nu ben ik wel in paniek. We zitten echt heel diep in de stront. Hij krijgt maandag de accountants op bezoek. Hij zal het moeten uitstellen. Hier zijn de banken dan vast nog niet open. En ik kan verdomme niet eens bellen om hem te waarschuwen.' Hij keek alsof hij elk moment kon gaan huilen, terwijl ze hem vol ongeloof aanstaarde.

'Hij zal het inmiddels wel hebben gecontroleerd en dan heeft hij gezien dat je nog niks hebt overgemaakt.' Ze voelde zich een beetje duizelig worden, alsof ze in een achtbaan zat, zonder iets om zich aan vast te houden, zonder veiligheidsriem. Ze kon zich niet eens voorstellen hoe Seth zich moest voelen. Hij liep het risico de gevangenis in te draaien. En wat zou er dan met hen gebeuren?

'Goed, dan ziet hij dat ik niks heb overgemaakt. En wat dan? Nu die stomme aardbeving de hele stad lam heeft gelegd, krijg ik dat geld nooit op tijd op zijn rekening. Dus als die accountants maandag bij hem op de stoep staan, heeft hij een tekort van zestig miljoen, en er is niets wat ik daaraan kan veranderen.'

Sully Markham en hij hadden zich allebei schuldig gemaakt aan diefstal en fraude. Ze wist, net zoals Seth dat had geweten toen hij het deed, dat het een ernstig misdrijf was. Het was bijna te pijnlijk om eraan te denken. Ze had het gevoel dat de hele kamer draaide toen ze naar hem keek.

'Wat ga je nu doen, Seth?' Haar stem was niet meer dan een fluistering. Ze wist wat de gevolgen waren van wat hij had gedaan, maar wat ze niet begreep, was waarom hij het had gedaan, of wanneer hij met zijn frauduleuze praktijken was begonnen. Hoe was het mogelijk dat hun dit overkwam?

'Ik weet het niet,' antwoordde hij eerlijk. Toen keek hij haar recht in de ogen. Hij was bang, net als zij. 'Dit kan me wel eens de das omdoen, Sarah. Ik heb dit soort dingen eerder gedaan. En ik heb Sully er ook wel eens mee geholpen. We zijn oude vrienden. We zijn alleen nog nooit gesnapt, en tot nu toe heeft het me geen windeieren gelegd. Maar nu zit ik in de stront.'

'O, mijn god,' zei ze zacht. 'Wat gebeurt er als ze je gaan vervolgen?'

'Dat weet ik niet. Dit valt niet weg te poetsen. Ik denk trouwens toch niet dat Sully die controle kan uitstellen. De investeerders bepalen altijd het tijdstip van de controle en ze willen je echt geen gelegenheid geven om trucs uit te halen of met de boekhouding te knoeien. En we hebben zwaar geknoeid. Ik weet niet of hij al heeft geprobeerd om die controle uit te stellen toen hij hoorde dat hier een aardbeving was en hij zag dat ik nog geen geld had overgemaakt. Zestig miljoen verdoezel je niet zomaar. Zo'n groot gat valt ze natuurlijk altijd op. En het ergste is dat het spoor rechtstreeks naar mij wijst. Als Sully niet een of ander wonder verricht voor maandag, ben ik erbij.

Als de accountants het ontdekken,' vervolgde hij, 'heb ik binnen vijf minuten de financiële autoriteiten op mijn dak. Ik heb geen schijn van kans als ik hier blijf, maar ik kan ook niet weg. Als het gebeurt, gebeurt het. We zullen een heel goede advocaat moeten nemen en zien of we een deal kunnen sluiten met het Openbaar Ministerie, als het zover komt. Een andere mogelijkheid is 'm smeren naar Brazilië, maar dat wil ik jou niet aandoen. Dus moeten we maar gewoon afwachten, tot het stof van de aardbeving neerdaalt en dan kijken wat er gebeurt. Ik heb daarstraks mijn BlackBerry geprobeerd, maar die doet het ook niet. We kunnen alleen maar afwachten... Het spijt me, Sarah,' voegde hij eraan toe. Hij wist niet wat hij anders tegen haar moest zeggen en hij zag dat ze tranen in haar ogen had toen ze hem aankeek.

Ze had echt helemaal nooit verwacht dat hij malafide was, en nu had ze het gevoel alsof ze was geraakt door een sloopkogel. 'Hoe heb je dat nou kunnen doen?' vroeg ze, terwijl de tranen haar over de wangen stroomden. Ze had al die tijd roerloos naast hem gezeten en keek hem alleen maar aan, niet in staat om te geloven wat hij haar had verteld. Maar het was wel duidelijk dat het waar was. Haar leven was van het ene op het andere moment veranderd in een horrorfilm.

'Ik had niet verwacht dat ze ons ooit zouden snappen,' zei hij schouderophalend.

Hij leek het ook ongelooflijk te vinden, maar om andere redenen dan zij. Seth snapte het niet. Hij had geen idee hoe verraden ze zich voelde door zijn bekentenis. 'Maar zelfs als je nooit gesnapt zou worden, hoe kon je zoiets dan doen? Je hebt alle denkbare wetten overtreden, gelogen tegen je investeerders. Wat als je al hun geld was kwijtgeraakt?'

'Tot nu toe is het me altijd gelukt ermee weg te komen. Maar wat klaag je nou eigenlijk? Moet je eens zien hoe snel ik mijn bedrijf heb opgebouwd. Waaraan denk je dat we dit alles hier te danken hebben?' vroeg hij met een armgebaar dat de hele slaapkamer omvatte.

Ze besefte dat ze hem helemaal niet kende. Ze had altijd gedacht dat ze hem kende, maar dat was niet zo. Het was alsof de Seth die ze had gekend, was verdwenen en er een crimineel voor in de plaats was gekomen. 'En wat gebeurt er met dit alles als je de gevangenis in draait?' Ze had nooit van hem verwacht dat hij zo succesvol zou zijn, maar ze leefden inderdaad op grote voet. Dit huis in de stad, nog een gigantisch huis aan Lake Tahoe, hun vliegtuig, de auto's, het geld, de sieraden. Hij had een kaartenhuis gebouwd dat op het punt van instorten stond, en ze vroeg zich af hoe erg het zou worden. Seth zag er gestrest en beschaamd uit, en dat mocht ook wel.

'Tja, dan raken we alles kwijt,' zei hij eenvoudigweg. 'Zelfs als ik niet de gevangenis in draai. Ik zal boetes moeten betalen, en rente op het geld dat ik heb geleend.'

'Je hebt het niet geleend, je hebt het gestolen. En hetzelfde geldt voor Sully. Dat geld was van zijn investeerders, niet van jullie. Je hebt een deal gesloten met je vriendje zodat je iedereen kon voorliegen. Dat is helemaal fout, Seth.' Ze wilde niet dat hij gesnapt zou worden, omwille van hem niet en omwille van haar en de kinderen niet, maar ze wist dat het alleen maar rechtvaardig zou zijn wanneer hij werd gesnapt.

'Nou, dank je wel voor je lesje in fatsoen,' zei hij verbitterd. 'Hoe dan ook, om je vraag te beantwoorden, dit alles hier zal binnen de kortste keren weg zijn. Ze zullen alles in beslag nemen, of een deel ervan, de huizen, het vliegtuig en het meeste van de rest. Wat ze niet inpikken, kunnen we verkopen.' Hij deed er bijna nonchalant over. Meteen bij het begin van de aardbeving gisteravond, had hij geweten dat het voorbij was.

'En waar moeten we dan van leven?'

'We zullen geld moeten lenen van vrienden, neem ik aan. Hoe moet ik dat nou weten, Sarah? Dat zien we dan wel weer. Vandaag zitten we nog goed. Niemand zal me oppakken op de dag na een aardbeving. En wat er volgende week gebeurt, zien we dan wel weer.'

Sarah wist echter net zo goed als hij dat hun hele wereld op instorten stond. Het was onvermijdelijk na al die zogenaamde handigheidjes die hij had uitgehaald. Hij had hun bestaan op de ergst mogelijke manier op het spel gezet.

'Denk je echt dat ze beslag zullen leggen op het huis?' Ineens keek ze paniekerig om zich heen. Dit was haar thuis. Ze had misschien niet zo'n luxueus huis nodig, maar dit was waar ze woonden, het huis waar hun kinderen opgroeiden. Het vooruitzicht alles kwijt te raken boezemde haar angst in. Van het ene op het andere moment konden ze berooid raken, als Seth zou worden opgepakt en vervolgd. De paniek sloeg toe. Ze zou werk moeten zoeken, een nieuw huis. En waar zou Seth zijn? In de gevangenis? Nog maar een paar uur geleden had ze alleen maar willen weten of haar kinderen de aardbeving hadden overleefd, of het huis niet was ingestort. En nu, na alles wat Seth haar had verteld, was de rest ingestort, en waren de kinderen nog het enige wat ze hadden. Ze wist niet eens meer wie Seth was, niet na wat hij haar allemaal had verteld. Ze was vier jaar getrouwd geweest met een vreemde. Hij was de vader van haar kinderen. Ze had hem vertrouwd, ze had van hem gehouden.

Ze begon steeds harder te huilen, en Seth wilde zijn armen om haar heen slaan, maar ze weerde hem af. Ze wist niet of hij een vriend of een vijand was. Zonder aan haar of aan de kinderen te denken, had hij alles op het spel gezet. Ze was woedend op hem, maar ook kapot van verdriet over wat hij had gedaan.

'Ik hou van je, schat,' zei hij zacht.

Ze keek hem verbaasd aan. 'Hoe kun je dat nou zeggen? Ik hou ook van jou. Maar moet je eens zien wat je ons hebt aangedaan. Niet alleen jezelf en mij, maar ook de kinderen. Straks staan we op straat. En zit jij misschien in de gevangenis.' Dat laatste was vrijwel zeker.

'Misschien valt het wel mee,' probeerde hij haar gerust te stellen.

Ze geloofde hem niet. Ze had genoeg verstand van de regels en wetten van het financiële verkeer om niet in zijn platitudes te trappen. Hij liep groot gevaar om gearresteerd te worden en de gevangenis in te draaien. En als dat gebeurde, zou het leven zoals ze dat kenden, samen met hem verdwijnen. Hun leven zou nooit meer hetzelfde zijn.

'Wat moeten we nu doen?' vroeg ze ongelukkig, terwijl ze haar neus snoot. Ze leek in niets meer op de glamoureuze vrouw van de avond ervoor. Ze zag eruit als een erg bange vrouw. Ze had een trui aangetrokken over haar avondjurk en zat met blote voeten op bed te huilen. Ze leek nog het meest op een tiener van wie de wereld was ingestort. En dat was hij ook, door toedoen van haar man.

Ze maakte haar knotje los en liet haar donkere haar over haar schouders vallen. Ze leek twee keer zo jong zoals ze daar zat, hem boos aankijkend. Ze had zich nog nooit zo verraden gevoeld. Het ging haar niet om het geld en de levensstijl die ze kwijt zouden raken, hoewel dat ook meespeelde. Maar alles had zo veilig geleken, en dat was belangrijk voor haar geweest, en voor hun kinderen. Hij had hen beroofd van het gelukkige leven dat hij voor hen had geschapen, van het gevoel van veiligheid waar ze op had gerekend. Hij had hen allemaal op het spel gezet toen hij dat geld had gebruikt dat Sully Markham hem had geleend. Hij had hun leven opgeblazen.

'Tja, het enige wat we kunnen doen, is afwachten,' zei hij kalm, terwijl hij naar het raam liep en naar buiten keek. Hij zag branden in de verte, en in het vroege zonlicht kon hij ook de schade aan de andere huizen zien. Er waren bomen omgevallen, balkons hingen in vreemde hoeken aan de gevels, schoorstenen waren afgebroken. Iedereen liep met een verbaasde blik rond. Maar niemand was zo verbijsterd als Sarah, die lag te huilen in hun slaapkamer. Het was nog slechts een kwestie van tijd voor er een einde zou komen aan het leven zoals ze dat kenden, en misschien ook aan hun huwelijk.

Hoofdstuk 4

Melanie bleef die nacht nog heel lang op straat voor het Ritz-Carlton om mensen te helpen of te proberen hulp voor hen te krijgen. Ze trof twee kleine meisjes aan die verdwaald waren en hielp hen hun moeder te vinden. Verder kon ze niet veel doen. Ze was geen verpleegster zoals zuster Mary Magdalen, maar wat ze wel kon, was mensen troosten en geruststellen. Een van haar bandleden bleef een tijdje bij haar, maar hij ging uiteindelijk naar de anderen in de schuilkelder. Hij wist dat ze een grote meid was en wel voor zichzelf kon zorgen. Niemand van haar entourage was bij haar gebleven. Ze droeg nog steeds de jurk en plateauzolen die ze bij het optreden had aangehad, met het smokingjasje van Everett Carson eroverheen, dat inmiddels besmeurd was met stof en het bloed van de mensen die ze had geholpen. Maar het voelde goed om buiten te zijn. Voor het eerst sinds lange tijd had ze het gevoel dat ze kon ademen, ondanks het stof van pleisterwerk in de lucht.

Ze zat op de bumper van een brandweerwagen een donut te eten en een kop koffie te drinken en had het met de brandweermannen over wat er was gebeurd. Deze waren zowel geschokt als opgetogen omdat ze koffiedronken met Melanie Free.

'Hoe is het eigenlijk om Melanie Free te zijn?' vroeg een van de jongere mannen haar. Hij was geboren in San Francisco en opgegroeid in de Mission. Zijn vader zat bij de politie, net als twee van zijn broers, en twee anderen zaten net als hij bij de brandweer. Zijn zussen waren allemaal meteen getrouwd nadat ze van school waren gekomen. Melanie Frees leven was mijlenver verwijderd van het zijne, maar zoals ze daar koffie zat te drinken en een donut zat te eten, vond hij haar er heel gewoon uitzien.

'Soms is het wel leuk,' gaf ze toe. 'Maar vaak is het ook stomvervelend. Het is hard werken, onder grote druk, vooral als we concerten geven. En journalisten zijn echt klote.' Ze moesten allemaal lachen om haar opmerking, terwijl ze nog een donut pakte. De brandweerman die haar de vraag had gesteld, was tweeëntwintig en had drie kinderen. Hij vond haar leven interessanter klinken dan het zijne, hoewel hij gek was op zijn vrouw en kinderen. 'En jij?' vroeg ze aan hem. 'Vind jij je werk leuk?'

'Ja, hoor. Meestal wel. Vooral in dit soort nachten. Dan heb je echt het gevoel dat je nodig bent, dat je goed werk doet. Beter dan dat ze met bierflesjes naar je gooien of in het wilde weg op je schieten als je je kop laat zien in de Bay View om een brand te blussen die ze zelf hebben aangestoken. Maar zo gaat het niet altijd. Meestal vind ik het wel leuk om brandweerman te zijn.'

'Brandweermannen zijn schatjes,' zei Melanie. Toen giechelde ze. Ze kon zich niet herinneren wanneer ze voor het laatst donuts had gegeten. Haar moeder zou haar vermoorden. Anders dan haar moeder was Melanie continu op dieet, op haar moeders aandringen. Dat was een van die kleine dingetjes die ze nu eenmaal over moest hebben voor haar roem. Ze leek veel jonger dan negentien zoals ze op de bumper van de brandweerwagen zat te kletsen met de mannen.

'Nou, ik vind jou ook wel een schatje,' zei een van de oudere mannen toen hij langs haar heen liep. Hij was net vier uur bezig geweest mensen te bevrijden uit de lift waarin ze hadden vastgezeten. Eén vrouw was flauwgevallen, de anderen maakten het goed. Het was voor iedereen een lange nacht geweest. Melanie zwaaide naar de twee kleine meisjes die ze met hun moeder had herenigd en die nu op weg waren naar de schuilkelder. De moeder keek stomverbaasd toen tot haar doordrong wie Melanie was. Zelfs met haar ongekamde en warrige haar en het vuil op haar gezicht, was de beroemdheid gemakkelijk te herkennen.

'Vind je het niet vermoeiend om altijd herkend te worden?' vroeg een van de andere brandweermannen.

'Ja, heel vermoeiend. Mijn vriendje haat het. Hij heeft een keer een fotograaf in zijn gezicht geslagen en toen werd hij gearresteerd. Het werkt hem echt op de zenuwen.'

'Ik hoor het.' De brandweerman lachte en ging weer aan het werk. De mannen die achterbleven, zeiden dat ze beter naar de schuilkelder kon gaan. Dat was veiliger. Ze had de hele nacht hotelgasten en toevallige voorbijgangers geholpen, maar de autoriteiten wilden dat iedereen naar schuilkelders ging. Overal loerde het gevaar van vallend puin, raamsponningen, uithangborden, brokken beton. Het was echt niet veilig voor haar. Om maar te zwijgen van de vele elektriciteitskabels op straat.

De jongste van de brandweermannen bood aan om met haar mee te lopen naar de schuilkelder twee straten verderop en met tegenzin accepteerde ze zijn aanbod. Het was zeven uur 's ochtends, en ze wist dat haar moeder dodelijk bezorgd en waarschijnlijk in alle staten zou zijn. Op weg naar de grote kerk waar de mensen heen werden gestuurd, praatte Melanie ongedwongen met de jonge brandweerman. Het bleek dat het hele gebouw afgeladen vol zat, en vrijwilligers van het Rode Kruis en kerkleden deelden er ontbijt uit. Toen Melanie zag hoeveel mensen er waren, vroeg ze zich af hoe ze haar moeder hier ooit zou kunnen vinden. Bij de deur bedankte ze de brandweerman voor het brengen en daarna begon ze zich een weg door de menigte te banen, op zoek naar een bekend gezicht. Iedereen was aan het praten, huilen, lachen, sommigen keken bezorgd, en honderden mensen waren op de grond gaan zitten.

Uiteindelijk vond ze haar moeder. Ze zat naast Ashley en Pam, Melanies assistente. Ze hadden zich urenlang zorgen gemaakt over haar. Janet slaakte een gil toen ze haar zag en sloeg haar armen om haar dochter heen. Ze plette Melanie bijna, maar meteen daarna begon ze tegen haar uit te varen omdat ze de hele nacht was weggebleven.

'Allemachtig, Melanie, ik dacht dat je dood was, dat je geelektrocuteerd was, of een stuk beton van het hotel op je kop had gekregen.'

'Ik ben gebleven om te helpen,' zei Melanie zacht. In de buurt van haar moeder verschrompelde haar stem altijd tot niets. Het viel haar op dat Ashley krijtwit was. Ze was doodsbang, de aardbeving had haar enorm aangegrepen. Ze had de hele nacht ineengedoken naast Jake gezeten, die haar negeerde en gewoon in slaap was gevallen dankzij alle alcohol die hij voor de aardbeving had genuttigd.

Hij deed één oog open en keek even vragend naar Melanie toen hij haar moeder hoorde gillen. Zo te zien had hij een enorme kater. Hij herinnerde zich niets meer van haar optreden en wist niet eens zeker of hij er wel bij was geweest, hoewel hij zich wel het rock-'n-rollen van de aardbeving herinnerde.

'Leuk jasje,' merkte hij op, terwijl hij met samengeknepen ogen naar het smerige smokingjasje keek. 'Waar heb jij de hele nacht uitgehangen?' Hij leek eerder nieuwsgierig dan bezorgd.

'Druk geweest,' zei ze, maar ze boog zich niet voorover om hem een kus te geven. Hij zag er niet uit. Hij had op de vloer geslapen, met zijn jasje als kussen onder zijn hoofd. De meeste roadies lagen ook te slapen, net als de jongens van de band.

'Vond je het niet eng buiten?' vroeg Ashley met een angstige blik.

Melanie schudde haar hoofd. 'Nee. Heel veel mensen hebben hulp nodig. Kinderen die hun ouders kwijt zijn, mensen die medische hulp nodig hebben. Er zijn veel mensen met snijwonden door al het glas dat overal ligt. Ik heb gedaan wat ik kon.'

'Je bent toch verdorie geen verpleegster,' viel haar moeder tegen haar uit. 'Je hebt een Grammy gewonnen. Mensen die een Grammy hebben gewonnen, zijn er niet om het handje van anderen vast te houden.' Janet keek haar woedend aan. Dit was niet het image dat ze voor haar dochter wenste.

'Waarom niet, mama? Wat is er verkeerd aan om anderen te willen helpen? Het stikte van de mensen die bang waren en die iemand nodig hadden.'

'Laat dat maar aan anderen over,' zei haar moeder, terwijl ze zich naast Jake uitstrekte op de vloer. 'Jezus, ik vraag me af hoe lang we hier nog vastzitten. Ze zeggen dat de luchthaven gesloten is vanwege schade aan de verkeerstoren. Ik hoop verdomme dat ze ons wel met dat privévliegtuig naar huis brengen.' Dat soort dingen was belangrijk voor haar. Ze was heel goed in gebruikmaken van alle extraatjes die hun werden aangeboden. Ze vond dat allemaal veel belangrijker dan Melanie het vond. Melanie zou net zo tevreden zijn geweest in een Greyhoundbus.

'Wat maakt dat nou uit, mam? Misschien kunnen we een auto huren om naar huis te rijden. Het heeft geen haast. Als we maar thuiskomen. Mijn volgende optreden is pas volgende week.'

'Nou, ik ben niet van plan een week op de vloer van een kerk te slapen. Ik ga dood van de rugpijn. Ze zullen echt iets fatsoenlijkers voor ons moeten vinden.'

'Alle hotels zijn dicht, mama. De generatoren doen het niet, het is er gevaarlijk, de ijskasten werken niet.' Dat had Melanie allemaal gehoord van de brandweermannen met wie ze had gepraat. 'En hier zijn we in elk geval veilig.'

'Ik wil terug naar L.A.,' zei haar moeder klagerig. Ze zei tegen Pam dat ze moest blijven vragen wanneer er weer gevlogen kon worden, en Pam beloofde dat ze dat zou doen. Ze vond het bewonderenswaardig dat Melanie de hele nacht mensen had geholpen. Zelf had ze de hele nacht voor Janet lopen slepen met dekens, sigaretten en koffie die werd gezet op butagasstellen in de keuken. En Ashley was zo in paniek geweest dat ze twee keer had overgegeven. Jake was stomdronken als een blok in slaap gevallen. Het was een verschrikkelijke nacht geweest, maar gelukkig hadden ze het allemaal overleefd.

Melanies kapster en manager hadden allebei vooraan in de kerk sandwiches, koeken en flessen water staan uitdelen. Al die spullen, afkomstig uit de enorme keuken van de kerk, waar normaal gesproken daklozen werden opgevangen, waren al snel op. Daarna gaven ze de mensen blikken kalkoen, gekruide ham en gedroogd vlees. Het zou niet lang meer duren voordat alles echt op was. Melanie maakte het niet uit, ze had toch geen honger.

Om twaalf uur 's middags kregen ze te horen dat ze zouden worden overgebracht naar het Presidiopark. Er zouden bussen komen en ze zouden in groepjes de kerk verlaten. Ze kregen dekens, slaapzakken en toiletspulletjes, zoals tandenborstels en tandpasta, die ze samen met hun eigen bezittingen meenamen, want ze zouden niet terugkomen in de kerk.

Melanie en haar entourage kregen pas om drie uur 's middags een plaatsje in de bus. Het was haar gelukt om een paar uur te slapen, en ze voelde zich prima, terwijl ze haar moeder hielp om de dekens op te rollen. Ze porde Jake wakker. 'Kom Jake, we gaan,' zei ze, zich afvragend wat hij de avond ervoor precies had gebruikt. Hij was de hele dag van de wereld geweest en had zo te zien nog steeds een stevige kater. Hij was een mooie jongen, maar toen hij opstond en om zich heen keek, zag hij er behoorlijk beroerd uit.

'Jezus, ik haat deze kutfilm. Het is net de set van zo'n rampenfilm, en ik voel me net een figurant. Het is alsof er elk moment iemand bloed op mijn gezicht kan komen verven en een stuk verband om mijn kop wikkelen.'

'Nou, zelfs bebloed en met een verband om zul je er nog heel goed uitzien,' stelde Melanie hem gerust, terwijl ze haar haren begon te vlechten.

Op weg naar de bus liep haar moeder de hele tijd te klagen. Ze zei dat het gewoon walgelijk was zoals ze werden behandeld, wist dan helemaal niemand wie ze waren? Melanie zei dat dat niet uitmaakte, dat het niemand ene moer kon schelen. Ze waren gewoon mensen die een aardbeving hadden overleefd, niet anders dan alle anderen.

'Pas op je woorden, meisje,' berispte haar moeder haar. 'Zo hoort een ster niet te praten.'

'Ik ben hier geen ster, mam. Het kan niemand ene reet schelen of ik kan zingen of niet. Iedereen is moe, hongerig, bang, en ze willen allemaal naar huis, net als wij. We zijn heus niet anders dan de anderen.'

'Zo is dat, Mellie,' zei een van de jongens van haar band.

Toen ze instapten, herkenden twee tienermeisjes haar en begonnen te gillen. Ze gaf hun allebei een handtekening, wat ze nogal belachelijk vond. Ze voelde zich allesbehalve een ster, halfnaakt en smerig, in een mannenjasje dat zijn beste tijd had gehad en het doorzichtige jurkje dat ze op het podium had aangehad.

'Zing eens wat voor ons,' smeekten de meisjes, maar Melanie lachte hen uit. Ze zei dat ze echt niet zou gaan zingen. De meisjes waren jong en onnozel en ongeveer veertien. Ze woonden vlak bij de kerk en zaten met hun families in de bus. Ze vertelden dat een gedeelte van hun appartementengebouw was ingestort en dat ze door de politie waren gered, maar dat er niemand gewond was geraakt, op een oude vrouw na die op de bovenverdieping woonde en haar been had gebroken. Ze hadden veel te vertellen.

Twintig minuten later kwamen ze aan bij het park waar ze naar oude legerhangars werden gebracht waarin het Rode Kruis stretchers voor hen had neergezet en een mess opgezet. In een van de hangars was een veldhospitaal ingericht, bemand door vrijwilligers met een medische achtergrond, ambulancepersoneel, artsen en verpleegsters, en een aantal vrijwilligers van plaatselijke kerken en van het Rode Kruis.

'Misschien kunnen ze ons met een helikopter wegbrengen,' zei Janet, terwijl ze op haar stretcher ging zitten, compleet geschokt door de accommodatie. Jake en Ashley liepen weg om iets te eten te gaan halen, en Pam bood aan ook wat voor Janet mee te nemen, omdat ze had gezegd dat ze te moe en te getraumatiseerd was om nog in beweging te komen. Ze was lang niet oud genoeg om zo hulpeloos te doen, maar ze had echt geen zin om uren in de rij te moeten staan voor smerig eten. De band en de roadies stonden buiten te roken, en nadat alle anderen weg waren gegaan, liep Melanie stilletjes door de menigte naar de balie voor in de hangar. Ze sprak zacht met de vrouw die de leiding had, een sergeant van de reservetroepen, in camouflagepak en op legerkistjes.

Ze keek Melanie verbaasd aan, want ze had haar meteen herkend. 'Wat doe jij hier?' vroeg ze met een vriendelijke lach. Ze zei Melanies naam niet. Dat was niet nodig. Ze wisten allebei wie ze was.

'Ik heb hier gisteravond opgetreden op een benefietavond,' zei Melanie rustig. Ze glimlachte naar de vrouw in camouflagepak. 'En net als iedereen zit ik hier nu vast.'

'Wat kan ik voor je doen?' De vrouw vond het spannend om Melanie in levenden lijve te ontmoeten.

'Ik wilde vragen of ik iets kan doen om te helpen.' Dat leek haar beter dan op haar stretcher te blijven zitten luisteren naar het geklaag van haar moeder. 'Hebben jullie geen vrijwilligers nodig?'

'Ik weet dat er een heel stel vrijwilligers in de mess aan het werk is, koken en voedsel uitdelen. Het veldhospitaal zit een eindje verderop, maar ik weet niet precies wat ze daar nodig hebben. Je kunt anders wel hier achter de balie helpen, als je wilt. Maar misschien krijg je dan last als ze je herkennen.'

Melanie knikte. Daar had ze zelf ook al aan gedacht. 'Ik probeer eerst het ziekenhuis wel.' Dat klonk haar beter in de oren.

'Goed idee. Kom maar terug als je niks kunt vinden. Het is hier een gekkenhuis nu de bussen arriveren. We verwachten vanavond nog eens vijftigduizend mensen in het Presidiopark. Ze worden per bus uit alle delen van de stad hiernaartoe gebracht.'

'Dank je voor je hulp.' Melanie ging terug naar haar moeder.

Janet lag op haar stretcher een ijsje te eten dat Pam voor haar had meegenomen. In haar andere hand had ze een zak koekjes. 'Waar ben je geweest?' vroeg ze met een blik op haar dochter.

'Wat dingen gevraagd,' antwoordde Melanie vaag. 'Ik kom zo weer terug,' zei ze tegen haar moeder. Ze liep meteen weer weg, gevolgd door Pam. Melanie vertelde haar assistente dat ze naar het veldhospitaal ging om te kijken of ze daar nog vrijwilligers konden gebruiken.

'Weet je het zeker?' vroeg Pam bezorgd.

'Ja. Ik heb geen zin om hier een beetje zitten te niksen en naar het gekanker van mijn moeder te luisteren. Dan kan ik me net zo goed nuttig maken.'

'Ik heb gehoord dat ze goed bemand zijn. Lui van de reservetroepen en het Rode Kruis.'

'Kan zijn. Maar volgens mij kunnen ze in een ziekenhuis altijd mensen gebruiken. Hier kun je alleen maar water en voedsel uitdelen. Ik kom straks wel terug, en als ik niet terugkom, dan weet je waar je me kunt vinden. Het veldhospitaal is een eindje verderop.'

Pam knikte en ging toen terug naar Janet, die zei dat ze hoofdpijn had en een aspirientje en water wilde. Dat werd uitgedeeld in de mess. Veel mensen hadden hoofdpijn van het stof en van de stress en de angst. Pam had zelf ook hoofdpijn, niet alleen van afgelopen nacht, maar vooral van Janets veeleisendheid.

Melanie verliet onopgemerkt de hangar, met gebogen hoofd en haar handen in de zakken van het smokingjasje. Tot haar verbazing voelde ze een muntje in een van de zakken zitten. Dat was haar niet eerder opgevallen. Onder het lopen pakte ze het uit de zak. Er stond een Romeins cijfer op, de I, samen met de letters AA, en op de andere kant het verslaafdengebed, de *Serenity Prayer.* Ze nam aan dat het van Everett Carson was, de fotograaf die haar het jasje had geleend. Ze stopte het terug in de zak. Ze wilde dat ze andere schoenen aanhad. Het was lastig lopen op de grindtegels met de plateauzolen waarin ze had opgetreden. Ze voelde zich er wankel op.

In nog geen vijf minuten was ze bij het ziekenhuis, waar het gonsde van de drukte. Een generator zorgde voor licht in de hal en er stond een verbazingwekkende hoeveelheid apparatuur die uit de opslag kwam of was gestuurd door ziekenhuizen in de buurt. Het zag er allemaal heel professioneel uit, vol witte jassen, legeruniformen en Rode Kruisarmbanden. Heel even had Melanie het gevoel dat ze hier niks te zoeken had, dat het stom was om zich hier te willen aanmelden als vrijwilligster.

Bij de ingang was een balie waar mensen zich moesten inchecken, en net zoals ze in de hun toegewezen hangar had gedaan, vroeg ze aan de militair achter de balie of ze ook vrijwilligers nodig hadden.

'Nou en of.' Hij grijnsde naar haar. Hij had een zuidelijk accent en tanden die op pianotoetsen leken. Tot haar opluchting herkende hij haar niet. Hij ging iemand anders vragen waar ze nog vrijwilligers konden gebruiken. Binnen een minuut was hij alweer terug.

'Hoe lijkt het je om met daklozen te werken? Die worden de hele dag al met busladingen vol binnengebracht.' Tot dusverre waren de meeste gewonden gevallen onder degenen die op straat leefden.

'Mij best.' Ze lachte naar hem.

'Veel van hen zijn gewond geraakt omdat ze in portieken sliepen. We zijn al uren bezig met ze te hechten. Net als heel veel andere mensen.' De dakloze patiënten waren een grotere uitdaging, vertelde hij, omdat ze al in een slechte conditie hadden verkeerd voor de aardbeving, en velen van hen waren geestelijk niet helemaal in orde en moeilijk te behandelen. Melanie liet zich niet afschrikken door zijn woorden. Hij vertelde haar niet dat bij een van de zwervers een been was doorgesneden door een kapotte ruit, maar die man was door de ambulance al ergens anders heen gebracht. In het veldhospitaal werden vooral de lichtgewonden geholpen, maar daar waren er veel van, wel duizenden.

Twee vrijwilligers van het Rode Kruis schreven de mensen in. Er waren ook maatschappelijk werkers in de buurt om te kijken of ze op andere manieren konden helpen. Ze probeerden mensen over te halen om zich in te schrijven voor gemeentelijke daklozenprogramma's of voor permanente opvang, als ze daarvoor in aanmerking kwamen, maar sommigen hadden daar totaal geen belangstelling voor, zelfs als ze wel in aanmerking kwamen. Ze waren in het park omdat ze verder nergens terechtkonden, net zoals iedereen. En iedereen kreeg er een bed en gratis eten. Er was een hele hangar ingericht alleen met douches.

'Wil je soms iets anders om aan te trekken?' Een van de vrijwilligers die de leiding had, glimlachte naar haar. 'Dat moet me een jurk geweest zijn, zeg. Zo meteen krijgt er nog iemand een hartaanval als dat jasje openvalt.' Ze grijnsde breeduit, en Melanie keek lachend naar haar weelderige borsten die zowel uit het jasje als uit de restanten van haar jurk dreigden te barsten. Ze had er helemaal niet meer aan gedacht.

'Dat zou fijn zijn. En als het kan, zou ik ook wel andere schoenen willen. Op deze kan ik bijna niet lopen. Ik ga dood van de pijn.'

'Dat is niet zo raar,' zei de vrijwilliger. 'Achter in de hangar ligt een hele berg slippers. Die heeft iemand hier afgeleverd voor de mensen die op blote voeten hun huis zijn uit gerend. We zijn de hele dag al bezig om glas uit voeten te verwijderen.' Meer dan de helft van de mensen was hier blootsvoets gearriveerd.

Melanie verheugde zich op de slippers. Iemand gaf haar een camouflagebroek en een T-shirt. Op het T-shirt stond HARVEY'S BAIL BONDS en de broek was te groot. Ze vond een stuk touw waarmee ze de broek ophield. Daarna trok ze de slippers aan en gooide haar schoenen en jurk weg, samen met het smokingjasje. Ze verwachtte niet dat ze Everett ooit zou weerzien, maar het speet haar wel een beetje dat ze zijn jasje moest weggooien, hoewel dat toch niet veel soeps meer was, want het zat onder het stof en het vuil. Op het laatste moment dacht ze aan het muntje van de AA en ze stopte het in de zak van haar legerbroek. Misschien zou het haar geluk brengen, en mocht ze hem ooit nog eens tegenkomen, dan kon ze dat in elk geval nog aan hem teruggeven.

Vijf minuten later liep ze al met een klembord rond om mensen in te schrijven. Ze sprak mannen die al jarenlang op straat leefden en naar drank stonken, met vrouwen die aan de heroïne verslaafd waren en geen tanden meer hadden, met kinderen uit de Marina en Pacific Heights die gewond waren geraakt en samen met hun ouders waren. Jonge paartjes, oude mensen, mensen die duidelijk in goeden doen waren, en anderen die arm waren. Mensen van alle rassen, leeftijden en maten. Het was een typische doorsnee van de stad en het echte leven. Sommigen liepen nog steeds in shock rond en zeiden dat hun huizen waren ingestort, anderen hadden hun benen gebroken of enkels verstuikt en strompelden onhandig rond. Ze zag ook een aantal mensen met gebroken schouders en armen. Melanie werkte urenlang door, ze stopte zelfs niet om even wat te eten of op adem te komen. Ze was nog nooit zo gelukkig geweest en ze had ook nog nooit zo hard gewerkt. Het was al bijna middernacht toen het wat rustiger werd, maar toen was ze al acht uur bezig, zonder pauze, en ze vond het helemaal niet erg.

'Hé Blondie!' riep een oude man naar haar. Ze bleef staan om hem zijn wandelstok aan te geven en glimlachte naar hem. 'Wat moet zo'n mooi meisje als jij hier? Zit je in het leger?'

'Nee, hoor. Die broek is geleend. Kan ik soms iets voor u doen?'

'Ik kan niet alleen naar de wc. Kun je niet een man voor me gaan zoeken?'

'Tuurlijk.' Ze liep naar een van de reservisten en nam hem mee naar de man met de wandelstok, en de mannen vertrokken samen naar de portable wc's die achterin waren neergezet. Even later ging ze voor het eerst die avond zitten en pakte dankbaar een flesje water aan van een Rode Kruisvrijwilliger.

'Dank je,' zei ze glimlachend. Ze stierf van de dorst, maar ze had gewoon geen tijd gehad om iets te gaan drinken. Ze had ook niets gegeten sinds tussen de middag, maar ze had niet eens honger. Daar was ze te moe voor. Het was bovendien warm in het veldhospitaal. Ze zat net van haar water te genieten voordat ze weer aan het werk zou gaan, toen een kleine vrouw langs haar heen vloog, gekleed in spijkerbroek, sweatshirt en roze basketbalschoenen van Converse. Op het knalroze sweatshirt stond: JESUS IS COMING. LOOK BUSY. De vrouw had felblauwe ogen die Melanie even aankeken. Toen begon ze te lachen.

'Ik heb genoten van je optreden gisteravond,' fluisterde ze.

'O ja? Was je er ook?' Dat was natuurlijk logisch, anders had ze het niet gezegd. Melanie was ontroerd. Het leek wel een miljoen jaar geleden dat ze haar optreden had moeten afbreken voor de aardbeving. 'Dank je. Wat een avond, hè? Ben je veilig naar buiten gekomen?' De roodharige vrouw zag er niet gewond uit, en ze droeg een blad met verband, pleisters en een schaar. 'Werk je voor het Rode Kruis?'

'Nee, ik ben verpleegster.'

Melanie vond dat ze er eerder uitzag als een kind op zomerkamp in haar roze shirt en met basketbalschoenen aan. De vrouw droeg ook een kruisje om haar nek, en Melanie moest glimlachen om de tekst op haar shirt. Haar blauwe ogen leken te vonken, en zo te zien had ze het erg druk.

'Ben jij van het Rode Kruis?' wilde de vrouw weten. Ze kon wel wat hulp gebruiken. Ze was al uren bezig kleine wonden te hechten en mensen voor de nacht terug te sturen naar andere hangars. Ze probeerden het tempo hoog te houden bij de hulp aan de slachtoffers. Na een eerste controle werden de zwaarste gevallen naar ziekenhuizen met IC vervoerd, maar de lichtgewonden hielden ze hier, zodat de ziekenhuizen zich konden concentreren op de ergste gevallen. Tot dusverre werkte het systeem.

'Nee, maar ik was hier toch, dus ik dacht, dan kan ik net zo goed helpen,' legde Melanie uit.

'Heel goed. Wil je soms helpen bij het hechten? Of val je flauw als je bloed ziet?'

'Dat is me nog niet gebeurd,' zei Melanie. Ze had sinds gisteravond al heel wat bloed gezien, maar ze was er nog niet misselijk van geworden, in tegenstelling tot Ashley, en Jake, en haar moeder.

'Mooi, dan kun je mij komen helpen.' De vrouw nam Melanie mee naar achteren in de hangar, waar ze een klein plekje voor zichzelf had gemaakt met een geïmproviseerde onderzoekstafel en steriele medische hulpmiddelen. Er stond een rij mensen te wachten om gehecht te worden. Even later moest Melanie haar handen van haar wassen met chirurgische zeep en daarna moest ze haar de hulpmiddelen aangeven, terwijl zij voorzichtig de patiënten hechtte. Het waren voornamelijk lichte verwondingen, op een paar uitzonderingen na. En de kleine vrouw met het rode haar wist van geen ophouden. Om een uur of twee 's nachts was het even wat rustiger, en ze gingen allebei zitten om water te drinken en wat met elkaar te praten.

'Ik weet natuurlijk hoe jij heet,' zei het elfje met het rode haar grijnzend. 'Maar ik ben je vergeten te vertellen hoe ik heet. Ik ben Maggie. Zuster Maggie,' voegde ze eraan toe.

'Zuster als in non?' vroeg Melanie verbaasd. Het was geen moment bij haar opgekomen dat dit wezentje in het roze en met het vlammende haar een non zou kunnen zijn. Je zag het nergens aan, behalve misschien aan het kruisje om haar nek, maar dat droegen andere mensen ook. 'Je ziet er niet echt als een non uit,' zei ze lachend. Als kind had ze op een katholieke school gezeten, en sommige nonnen had ze best cool gevonden, de jongere in elk geval wel. De leerlingen waren het er allemaal over eens geweest dat de oude nonnen gemeen waren, maar dat zei ze niet tegen Maggie. Die had helemaal niets gemeens over zich, ze was een en al zonnigheid, glimlachjes, grapjes en hard, hard werken. Melanie vond dat ze fantastisch met mensen kon omgaan.

'Ik zie er wel uit als een non,' vond Maggie. 'Zo zien nonnen er tegenwoordig uit.'

'Niet op mijn school,' zei Melanie. 'Leuk sweatshirt trouwens.'

'Die heb ik van wat kinderen gekregen die ik ken. Ik weet niet zeker of de bisschop er blij mee is, maar iedereen moet er altijd om lachen. Dus ik vond het wel een goed idee om het vandaag aan te trekken. Mensen kunnen wel wat vrolijkheid gebruiken. Zo te horen is er enorm veel schade in de stad en zijn er heel veel huizen verloren gegaan, voornamelijk door branden. Waar woon jij, Melanie?' vroeg ze belangstellend, terwijl ze allebei hun flesje leegdronken en weer opstonden.

'In L.A. Met mijn moeder.'

'Heel goed.' Maggie knikte goedkeurend. 'Met jouw succes had je voor hetzelfde geld alleen kunnen zijn, of zwaar in de problemen zitten. Heb je een vriend?'

Melanie knikte glimlachend. 'Ja. Hij is hier ook. Hij ligt waarschijnlijk te slapen in de hangar die ze ons hebben toegewezen. Ik had ook een vriendin bij me voor het optreden, en mijn moeder is hier ook en wat mensen die voor me werken, en de jongens van mijn band natuurlijk.'

'Dat klinkt naar een aardig grote groep. Is je vriend wel aardig voor je?' De helblauwe ogen keken Melanie onderzoekend aan, en Melanie aarzelde even voordat ze antwoord gaf. Zuster Maggie was oprecht geïnteresseerd in Melanie. Ze leek haar zo'n vriendelijk, intelligent meisje. Je kon nergens aan merken dat ze beroemd was. Ze had totaal geen pretenties en gedroeg zich zo bescheiden dat je bijna zou denken dat ze verlegen was. Dat vond Maggie leuk aan haar. Ze gedroeg zich als ieder meisje van haar leeftijd en niet als een beroemdheid.

'Soms is hij wel aardig voor me,' antwoordde Melanie. 'Maar hij heeft zo zijn eigen problemen. Die zitten soms in de weg.'

Maggie kon tussen de regels door lezen en begreep dat hij waarschijnlijk te veel dronk of drugs gebruikte. Wat haar meer verbaasde, was het feit dat Melanie eruitzag alsof ze dat niet deed, dat ze in haar eentje naar het ziekenhuis was gekomen om te helpen, dat ze zich echt nuttig wilde maken en dat ze alles weloverwogen deed. Ze stond echt met beide voeten op de grond.

'Jammer,' zei Maggie, doelend op Jake. Toen zei ze tegen Melanie dat ze lang genoeg had gewerkt. Ze was bijna elf uur aan één stuk in touw geweest, terwijl ze de nacht ervoor bijna niet had geslapen. Ze zei dat ze beter terug kon gaan naar haar hangar om wat te gaan slapen, anders zou ze morgen niets aan haar hebben. Maggie zou op een stretcher in het veldhospitaal slapen in het gedeelte dat ze hadden afgezet voor vrijwilligers en medisch personeel. Ze waren van plan om hen in een apart gebouw onder te brengen, maar dat was er nog niet van gekomen.

'Kan ik morgen terugkomen?' vroeg Melanie hoopvol. Ze vond het heerlijk dat ze iets nuttigs had kunnen doen. Bovendien maakte dat het wachten minder saai en ging de tijd ook sneller.

'Kom maar zodra je weer wakker bent. Je kunt ontbijten in de mess. Ik ben hier. Je kunt komen wanneer je maar wilt,' zei zuster Maggie vriendelijk.

'Dank je,' zei Melanie beleefd, nog steeds verbaasd dat ze non was. 'Tot morgen dan, zuster.'

'Welterusten, Melanie.' Maggie glimlachte. 'En bedankt voor je hulp.' Melanie zwaaide even toen ze wegliep, en Maggie keek haar na. Ze was zo'n mooi meisje, en Maggie had het idee, ze wist zelf niet precies waarom, dat ze ergens naar op zoek was, dat er iets belangrijks ontbrak aan haar leven. Het was moeilijk te geloven, met dat uiterlijk en die stem van haar en het succes dat ze had. Maar wat het ook was waarnaar ze op zoek was, Maggie hoopte dat ze het zou vinden. Ze meldde zich af om zelf ook te gaan slapen.

Melanie liep terug naar de hangar waar ze de anderen had achtergelaten, met nog steeds een glimlach om haar lippen. Ze had genoten van de samenwerking met Maggie. Ze kon nog steeds nauwelijks geloven dat de levendige vrouw non was. Ze wilde dat ze zo'n moeder had, een moeder vol medeleven, warmte en wijsheid, in plaats van de moeder die ze had, die haar altijd zat te pushen en teerde op het leven van haar dochter. Melanie was zich er terdege van bewust dat haar moeder zelf een ster had willen zijn en nu dacht dat ze dat ook een beetje was omdat haar dochter het helemaal had gemaakt en een beroemdheid was geworden. Het voelde soms als een zware last, om haar moeders droom te moeten waarmaken in plaats van haar eigen droom. Ze wist niet eens precies wat haar droom was. Het enige wat ze wist, was dat ze een paar uur lang, meer dan ooit op het podium, het gevoel had gehad dat ze haar droom die nacht had gevonden in de nasleep van de aardbeving in San Francisco.

Hoofdstuk 5

Melanie was om negen uur de volgende ochtend terug in het veldhospitaal. Ze had er eerder kunnen zijn, maar ze was even blijven luisteren naar de aankondiging die via luidsprekers in het hoofdgebouw werd gedaan. Honderden mensen luisterden samen naar hoe het er in de stad voor stond. Er waren inmiddels meer dan duizend doden, en ze zeiden dat het nog minstens een week, zo niet langer, zou duren voordat er weer stroom was. Ze noemden de buurten op die de meeste schade hadden opgelopen en zeiden ook dat het netwerk voor mobiele telefonie waarschijnlijk nog minstens tien dagen buiten werking zou zijn. Ze vertelden dat er vanuit het hele land noodgoederen werden binnengevlogen. De president had de dag ervoor een bezoekje afgelegd aan de getroffen stad en was daarna teruggevlogen naar Washington, nadat hij de hulp van de regering had aangeboden en de bewoners had geprezen om hun moed en hulpvaardigheid. De tijdelijke bewoners van het Presidio werd verteld dat er door de dierenbescherming een speciale opvang was geregeld waar loslopende huisdieren heen gebracht konden worden, in de hoop de dieren weer met hun baasje te kunnen herenigen. Ook werd gemeld dat er tolken beschikbaar waren voor de talen Chinees en Spaans, en degene die de aankondiging deed, bedankte iedereen voor hun medewerking aan de regels die in het tijdelijke kamp waren ingesteld. Ze zeiden dat er nu meer dan tachtigduizend mensen in het park woonden, en dat er later die dag nog twee messes zouden worden geopend. Ze beloofden de bewoners op de hoogte te houden van verdere ontwikkelingen en wensten iedereen een prettige dag toe.

Toen Melanie zich bij Maggie in het veldhospitaal meldde, beklaagde de kleine non zich over het feit dat de president wel met een helikopter over het Presidio was gevlogen, maar niet de moeite had genomen om het veldhospitaal te bezoeken. De burgemeester was een dag eerder heel kort geweest, en de gouverneur zou die middag een tour door het Presidio maken. Er waren ook heel veel journalisten. Ze leken een modelstad te worden binnen de stad die bijna twee dagen eerder ernstig was verwoest door de aardbeving. Gezien de kracht van de aardbeving waren de plaatselijke autoriteiten diep onder de indruk van hoe goed georganiseerd alles verliep en van het geciviliseerde gedrag dat de inwoners tentoonspreidden. In het kamp heerste een sfeer van vriendelijkheid en medeleven, het gevoel van kameraadschappelijkheid dat je ook aantrof bij soldaten in oorlogsgebied.

'Je bent er ook vroeg bij,' zei Maggie toen Melanie zich meldde.

Melanie zag er jong en mooi uit, en ook schoon, hoewel ze dezelfde kleren droeg als gisteren. Ze had geen andere, maar ze was om zeven uur opgestaan om aan te schuiven bij de rij voor de douches. Het was heerlijk geweest om haar haren te wassen en een warme douche te nemen. En in de mess had ze cornflakes en droge toast gegeten.

Gelukkig hadden ze generatoren, zodat het voedsel gekoeld kon worden. Het medische personeel was bang voor voedselvergiftiging en dysenterie als het eten niet gekoeld kon worden.

Maar tot nu toe waren de verwondingen het grootste probleem en niet ziektes, hoewel dat natuurlijk nog kon veranderen.

'Heb je een beetje kunnen slapen?' vroeg Maggie. Slapeloosheid was een van de belangrijkste symptomen van een trauma en veel mensen die naar het ziekenhuis kwamen, vertelden dat ze al twee dagen niet hadden geslapen. Een hele stoet psychiaters had aangeboden om als vrijwilliger traumaslachtoffers bij te staan en hun was een aparte hal toegewezen. Maggie had al veel mensen naar hen toe gestuurd, vooral ouderen en kinderen, die bang en van streek waren.

Ze liet Melanie intakegesprekken voeren. Ze moest alle bijzonderheden, symptomen en gegevens van patiënten noteren. Alles werd gratis gedaan door vrijwilligers, ook de administratie en de hele papierwinkel. Melanie was blij dat ze in het veldhospitaal was. De nacht van de aardbeving was verschrikkelijk eng geweest, maar voor het eerst van haar leven had ze het gevoel dat ze iets belangrijks deed, in plaats van alleen maar een beetje zingen en backstage rondhangen in concertzalen en platenstudio's. Hier deed ze wat voor de mensen. En Maggie was erg tevreden over haar werk.

Er werkten nog meer nonnen en priesters in het Presidio, van uiteenlopende ordes en plaatselijke kerken. Er liepen ook dominees rond die met mensen praatten en kantoortjes hadden ingericht waar mensen naartoe konden gaan voor counseling. Geestelijken van alle gezindten bezochten de gewonden en zieken. Slechts een handjevol was te herkennen aan hun witte boorden of habijten of andere religieuze parafernalia. Ze vertelden wie ze waren en spraken op het hele terrein mensen aan. Sommigen deelden zelfs eten uit in de mess. Maggie kende veel van de priesters en nonnen. Ze leek iedereen te kennen. Melanie zei er later die ochtend wat van, toen ze even pauze hielden, en Maggie lachte. 'Ik loop ook al een hele tijd mee.'

'Vind je het leuk om non te zijn?' Melanie was nieuwsgierig naar haar. Ze vond haar de interessantste vrouw die ze ooit had leren kennen. In de bijna twintig jaar die ze op aarde rondliep had ze nog nooit iemand ontmoet die zo veel vriendelijkheid, wijsheid, diepte en compassie bezat. Ze leefde naar haar geloof en stelde het ten voorbeeld, in plaats van erover te praten. En ze had een bepaalde zachtmoedigheid en waardigheid die iedereen met wie ze in aanraking kwam, voelde. De anderen die in het ziekenhuis werkten, zeiden over haar dat ze helemaal aan haar roeping voldeed.

'Ik vind het heerlijk om non te zijn,' antwoordde Maggie. 'Altijd al. Ik heb er nooit een seconde spijt van gehad. Het past bij me,' zei ze met een blij gezicht. 'Ik vind het fijn om getrouwd te zijn met God, om de bruid van Jezus te zijn,' voegde ze eraan toe.

Melanie was onder de indruk van haar woorden. Pas toen viel haar de witgouden trouwring op die Maggie droeg, en Maggie zei dat ze die had gekregen toen ze tien jaar geleden haar gelofte had afgelegd. Ze had lang moeten wachten op die ring, vertelde ze, en hij symboliseerde het leven en het werk waar ze van hield en waar ze trots op was.

'Het is vast heel moeilijk om non te zijn,' merkte Melanie vol respect op.

'In dit leven is alles moeilijk,' zei Maggie wijs. 'Wat jij doet, is ook niet gemakkelijk.'

Melanie was het niet met haar eens. 'Wel waar. Voor mij wel. Ik houd van zingen en het gaat me makkelijk af. Daarom doe ik het ook. Maar tournees zijn soms wel moeilijk, omdat je zo veel onderweg bent en je iedere dag moet werken. Vroeger gingen we altijd met een grote bus en dan reden we de hele dag door en traden we 's avonds op, met repetities zodra we ergens aankwamen. Tegenwoordig is het een stuk gemakkelijker, nu we vliegen.' De goede tijden waren eindelijk aangebroken dankzij haar enorme succes.

'Gaat je moeder altijd met je mee?' vroeg Maggie. Ze was nieuwsgierig naar Melanies leven. Melanie had verteld dat ze met haar moeder en nog wat andere mensen in San Francisco was. Maggie wist dat het bij haar werk hoorde om met een hele entourage te reizen, maar ze vond het gezelschap van haar moeder nogal ongewoon, zelfs voor een meisje van die leeftijd. Melanie was bijna twintig.

'Ja. Zij regelt zo'n beetje mijn leven,' vertelde Melanie met een diepe zucht. 'Mijn moeder wilde vroeger zelf altijd zangeres worden. Ze is revuemeisje in Las Vegas geweest en ze is dolenthousiast omdat ik het zo goed doe. Een beetje te enthousiast soms.' Ze glimlachte. 'Ze heeft me altijd erg gepusht om mijn best te doen.'

'Dat is toch niet zo slecht?' merkte zuster Maggie op. 'Zolang ze niet te hard pusht tenminste. Wat denk je er zelf van?'

'Ik vind soms wel dat ze te ver gaat,' antwoordde Melanie eerlijk. 'Ik wil graag zelf beslissingen nemen. Mijn moeder denkt altijd dat ze het beter weet.'

'En is dat ook zo?'

'Dat weet ik niet. Volgens mij neemt ze de beslissingen die ze voor zichzelf zou hebben genomen. Ik weet niet altijd zeker of het ook de mijne zijn. Ze kreeg bijna een hartaanval toen ik een Grammy kreeg,' vertelde Melanie lachend.

Maggie keek haar glimlachend aan. 'Dat moet een heel groots moment zijn geweest, de kroon op je werk. Wat een ongelooflijke eer.' Hoewel ze het meisje nauwelijks kende, was ze toch trots op haar.

'Ik heb hem aan mijn moeder gegeven,' zei Melanie zacht. 'Ik had het gevoel alsof zij hem had gewonnen. Zonder haar was het me niet gelukt.'

Door de manier waarop ze het zei, vroeg Maggie zich af of Melanie dit soort roem zelf wel wilde, of dat ze alles alleen maar deed om haar moeder een plezier te doen. 'Er is veel wijsheid en moed voor nodig om te weten welke weg we zelf willen bewandelen, en welke weg we nemen om anderen een plezier te doen.'

Melanie keek haar bedachtzaam aan. 'Wilde je familie dat je non werd? Of vonden ze het erg?' Haar ogen leken vol vragen.

'Ze waren dolblij. In mijn familie was dat heel wat. Mijn ouders wilden liever dat hun kinderen priester of non werden dan dat ze gingen trouwen. Tegenwoordig klinkt dat een beetje gek. Maar twintig jaar geleden waren katholieke families daar trots op. Een van mijn broers was priester.'

'Was?' vroeg Melanie.

'Hij is na tien jaar uitgetreden en alsnog getrouwd. Ik dacht echt dat het de dood van mijn moeder zou worden. Mijn vader was toen al overleden, anders zou hij er echt dood aan zijn gegaan. Voor mijn familie geldt: als je eenmaal je gelofte hebt afgelegd, treed je niet meer uit. Eerlijk gezegd was ik zelf ook een beetje teleurgesteld in hem. Maar hij is een fantastische man, en ik geloof niet dat hij er ooit spijt van heeft gekregen. Zijn vrouw en hij hebben zes kinderen en ze zijn erg gelukkig. Dus ik neem aan dat dat zijn echte roeping was, en niet de kerk.'

'Heb jij nooit kinderen gewild?' vroeg Melanie op melancholieke toon. Het leven dat Maggie leidde leek haar nogal treurig, ver van haar familie, nooit getrouwd, met daklozen werken, haar hele leven in armoede doorbrengen. Maar toch leek het perfect bij Maggie te passen. Dat zag je aan haar ogen. Ze was een gelukkige vrouw, die voldoening haalde uit haar werk en duidelijk tevreden was met haar leven.

'De mensen die ik leer kennen, zijn mijn kinderen. De mensen die ik op straat ken en jaar in jaar uit tegenkom, de daklozen die ik help en van straat weet te halen. En dan zijn er nog de bijzondere mensen zoals jij, Melanie, die toevallig op mijn pad komen en me weten te raken. Ik ben heel blij dat ik je heb leren kennen.' Ze omhelsden elkaar even, lieten het gesprek voor wat het was en gingen weer aan het werk.

'Ik ben ook blij dat ik jou heb leren kennen,' zei Melanie nog. 'Als ik groot ben, wil ik net zo zijn als jij,' eindigde ze giechelend.

'Je wilt non worden? O, ik denk niet dat je moeder dat leuk zal vinden! In het klooster doen ze niet aan sterren! Het hoort een gemeenschap van nederigheid en blijmoedige ontbering te zijn.'

'Nee, ik bedoel dat ik ook mensen wil gaan helpen. Ik wou dat ik zoiets kon doen als jij.'

'Dat kan, als je dat wilt. Je hoeft er niet voor bij een religieuze orde te gaan. Het enige wat je moet doen, is je mouwen oprollen en aan de slag gaan. Overal zijn mensen die hulp nodig hebben, zelfs onder welvarende mensen. Geld en succes maken mensen niet altijd gelukkig.' Het was een boodschap voor Melanie, en die wist dat, maar wat belangrijker was, het was een boodschap voor haar moeder.

'Ik heb geen tijd om vrijwilligerswerk te doen,' beklaagde Melanie zich. 'En van mijn moeder mag ik niet eens in de buurt komen van mensen die ziek zijn. Ze is bang dat ik dan ook ziek word en concerten moet afzeggen.'

'Misschien zul je ooit de tijd vinden voor allebei. Wanneer je wat ouder bent misschien.' En wanneer haar moeder de teugels wat liet vieren, mocht dat ooit gebeuren. Maggie had het idee dat Melanies moeder meeliftte op Melanies roem. Ze joeg haar eigen dromen na via haar dochter. Ze had het geluk dat Melanie inderdaad beroemd was geworden. De non met de blauwe ogen had een zesde zintuig voor mensen, en ze voelde gewoon dat

Melanie gegijzeld was door haar moeder en dat ze diep vanbinnen, zonder het te weten, vocht voor haar vrijheid.

Na het gesprek kregen ze het weer druk met Maggies patiënten. Ze zagen de hele dag een eindeloze stroom van gewonden aan zich voorbijtrekken, de meesten met lichte verwondingen die ook wel door een verpleegster konden worden behandeld. De anderen werden volgens het selectiesysteem dat ze in het veldhospitaal toepasten, doorgestuurd. Melanie was een goede assistente, en zuster Maggie gaf haar geregeld complimentjes.

Later die middag namen ze lunchpauze. Ze gingen samen buiten in de zon zitten en aten verrassend lekkere kalkoensandwiches. Blijkbaar hadden zich erg goede koks als vrijwilliger aangemeld. Het eten kwam overal vandaan, in vele gevallen geschonken door andere steden, of zelfs door andere staten. Alles werd per luchtbrug aangevoerd en vaak per helikopter in het park zelf afgeleverd. Geneesmiddelen, kleren en beddengoed voor de duizenden mensen die in het park verbleven, werden ook per luchtbrug aangevoerd. Het was net alsof ze in oorlogsgebied woonden, met dag en nacht het geklapwiek van helikopters in de lucht. Veel ouderen zeiden dat ze daardoor niet konden slapen. De jongeren maakte het niet uit, ze waren er snel aan gewend geraakt. Het geluid was een symbool van de schokkende ervaring die ze hadden meegemaakt.

Ze hadden net hun sandwiches op toen Melanie Everett zag lopen. Net als vele anderen droeg hij nog de kleren van tijdens de aardbeving, in zijn geval een zwarte smokingbroek en een wit smokinghemd. Hij liep langs zonder hen te zien, met zijn camera om zijn nek en zijn cameratas om zijn schouder. Melanie riep hem. Hij draaide zich om en toen hij hen zag, leek hij verbaasd. Hij kwam snel aanlopen en ging naast hen op de boomstam zitten.

'Wat doen jullie hier? En samen ook nog. Hoe kan dat?'

'Ik werk hier in het veldhospitaal,' legde zuster Maggie uit.

'En ik ben haar assistente. Ik heb me aangeboden als vrijwilligster toen ze ons vanuit de kerk hiernaartoe verhuisden. Ik word al een echte verpleegster.' Melanie straalde van trots.

'En een heel goeie ook,' voegde Maggie eraan toe. 'Maar wat doe jij hier, Everett? Kom je hier alleen foto's maken of slaap je hier ook?' vroeg ze belangstellend. Ze had hem niet meer gezien sinds de ochtend na de aardbeving, toen hij had gezegd dat hij ging kijken wat er verder in de stad allemaal gebeurde. Zelf was ze sindsdien ook niet meer thuis geweest, mocht hij al hebben geprobeerd haar te vinden, wat ze betwijfelde.

'Ik zal nu misschien wel moeten. Ik zat in een opvang in het centrum, maar dat hebben ze moeten sluiten. Het gebouw ernaast begint gevaarlijk te hellen, dus hebben ze ons geëvacueerd, met de raad om hiernaartoe te gaan. Ik had eigenlijk gedacht dat ik allang weg zou zijn, maar je komt de stad niet uit. Er is geen enkel vervoer, dus we zitten hier allemaal vast. Ach, er zijn ergere dingen,' zei hij glimlachend tegen de twee vrouwen. 'Bovendien heb ik een paar mooie foto's kunnen maken.' Onder het praten richtte hij zijn camera op hen en maakte een foto van de twee glimlachende vrouwen in het zonnetje. Ze zagen er allebei gelukkig en ontspannen uit, ondanks de omstandigheden. Dat kwam omdat ze het allebei druk hadden en genoten van hun werk. Dat was aan hun gezichten en ogen te zien. 'Ik denk dat mensen hun ogen uitkijken als ze deze foto zien van Melanie Free, de wereldberoemde superster, zittend op een boomstam, in camouflagebroek en op slippers, na een aardbeving aan het werk in een veldhospitaal als assistente van een verpleegster. Dit wordt echt een historische foto.' En van Maggie had hij ook een paar fantastische foto's uit de eerste nacht. Hij kon bijna niet wachten tot hij terug was in L.A. om ze te zien. En hij wist zeker dat zijn hoofdredacteur ook dolgelukkig zou zijn met alle foto's van de nasleep van de aardbeving. En wat het blad niet wilde gebruiken, kon hij misschien ergens anders verkopen. Misschien zou hij weer een prijs winnen. Intuïtief wist hij dat hij fantastisch materiaal had. De foto's die hij had gemaakt, waren volgens hem van historische waarde. Dit was een unieke situatie die in geen honderd jaar was voorgekomen en misschien ook in geen honderd jaar meer zou voorkomen. Dat hoopte hij tenminste. Maar de stad had de enorme beving verrassend goed doorstaan, net als zijn inwoners.

'Wat gaan jullie nu doen?' vroeg hij. 'Weer aan het werk? Of nemen jullie even pauze?'

Ze hadden net een halfuur pauze achter de rug en stonden op het punt weer aan het werk te gaan. 'Weer aan het werk,' antwoordde Maggie voor hen beiden. 'En jij?'

'Ik denk dat ik me ga inschrijven voor een stretcher. En misschien kom ik daarna even bij jullie langs. Misschien kan ik wat mooie foto's maken, als jullie patiënten dat niet erg vinden.'

'Dat zul je aan hen moeten vragen,' zei Maggie stijfjes. Ze had altijd respect voor haar patiënten, ongeacht wie ze waren.

Op dat moment moest Melanie ineens aan zijn jasje denken. 'Sorry. Het zag er niet uit, en ik dacht dat ik je toch nooit zou weerzien. Ik heb het weggegooid.'

Everett lachte om de verontschuldigende blik op haar gezicht. 'Maakt niks uit. Het was toch gehuurd. Ik zal ze wel zeggen dat het is gestolen tijdens de aardbeving. Ik denk niet dat ze er geld voor zullen vragen. En ze hadden het toch niet terug willen hebben. Echt, Melanie, het maakt niet uit. Maak je er maar niet druk over.'

Toen dacht ze ook ineens aan het muntje. Ze pakte het uit haar broekzak en gaf het aan hem. Het was het muntje dat hij had gekregen bij zijn eenjarige jubileum bij de AA, en hij was dolblij dat hij het terug had.

'Maar dat wil ik wel terug. Mijn geluksmuntje!' Hij gleed er met zijn vingers overheen alsof het toverkracht bezat. Voor hem was dat ook zo. Hij had het gemist dat hij de afgelopen twee dagen niet naar bijeenkomsten had kunnen gaan, en het muntje voelde als een schakel naar wat hem meer dan een jaar geleden had gered. Hij kuste het en stopte het in zijn broekzak, het enige wat er nog over was van zijn gehuurde pak. En de broek was inmiddels ook te gehavend om nog terug te kunnen brengen. Hij zou hem weggooien zodra hij thuiskwam. 'Dank je wel dat je mijn muntje hebt bewaard.' Hij miste de bijeenkomsten van de AA omdat die hem hielpen om met stress om te gaan, maar toch taalde hij niet naar alcohol. Hij was alleen maar uitgeput. Het waren twee erg lange en vermoeiende dagen geweest, en voor sommige mensen ook erg tragische.

Maggie en Melanie liepen terug naar het veldhospitaal, en Everett ging zich inschrijven voor een slaapplaats voor die nacht. In het Presidiopark stonden zo veel gebouwen waarin mensen konden worden ondergebracht dat er geen risico bestond dat er geen plaats meer was. Het was een oude militaire basis die jaren geleden was gesloten, maar alle gebouwen waren bewaard gebleven. George Lucas had zijn legendarische filmstudio laten bouwen in het oude ziekenhuis van het Presidio.

'Ik spreek jullie later nog,' beloofde Everett. 'Ik kom straks wel even langs.'

Het was diezelfde middag, wat later, toen het even wat rustiger was, dat Sarah Sloane naar het ziekenhuis kwam met haar twee kinderen en haar Nepalese babysitter. De baby had koorts en hoestte en hield steeds één oortje vast. Ze had haar dochtertje ook meegenomen, want, zei ze, ze had haar niet thuis willen laten. Ze wilde de kinderen geen minuut alleen laten, niet na de traumatische ervaring van donderdagavond. Als er weer een aardbeving kwam, waar iedereen bang voor was, dan wilde ze bij hen zijn. Ze had Seth alleen achtergelaten in het huis, nog steeds in de toestand van angstige wanhoop waarin hij sinds donderdag verkeerde. Het werd alleen maar erger. Hij wist dat er geen kans bestond dat de banken binnenkort zouden opengaan of dat hij met de buitenwereld zou kunnen communiceren om zich in te dekken. Zijn carrière, en misschien ook zijn leven zoals dat de afgelopen jaren was geweest, was voorbij. En dat van Sarah ook. In de tussentijd maakte zij zich zorgen om de baby. Dit was helemaal het verkeerde moment om ziek te worden. Ze was naar de Eerste Hulp van het dichtstbijzijnde ziekenhuis gegaan, maar die namen alleen zwaargewonden op. Ze hadden haar verwezen naar het veldhospitaal in het Presidio, dus was ze met Parmani's auto gekomen. Melanie had haar bij de balie gezien en vertelde Maggie wie ze was. Ze gingen samen naar Sarah toe, en Maggie slaagde erin de baby binnen een minuut aan het lachen en kirren te maken, hoewel hij nog steeds aan zijn oortje trok. Sarah vertelde wat hij mankeerde. En hij leek inderdaad een beetje koortsig.

'Ik ga een arts voor jullie zoeken,' beloofde Maggie. Ze liep weg, maar was binnen een paar minuten alweer terug om Sarah op te halen, die met Melanie stond te praten over het benefiet en over hoe fantastisch haar optreden was geweest en wat een schok het was toen de aardbeving begon.

Melanie, Sarah, het kleine meisje en de babysitter volgden Maggie naar de arts die al op hen zat te wachten. Zoals Sarah al vreesde, had de baby oorontsteking. De koorts was iets gezakt in de zwoele meilucht, maar de arts zei dat hij het begin van een rode keel had. Hij gaf haar een antibioticum waarvan ze zei dat Oliver dat wel vaker had gehad, en daarna gaf hij Molly een lolly en woelde even met zijn hand door haar haren. De arts was voor allebei de kinderen erg aardig, hoewel hij al sinds donderdagavond vlak na de aardbeving aan het werk was en tussendoor nauwelijks had geslapen. Iedereen werkte ontzettend hard, vooral Maggie, hoewel Melanie eigenlijk niet voor haar onderdeed.

Ze verlieten net het hokje van de arts toen Sarah Everett zag binnenkomen. Het was alsof hij iemand zocht, en Melanie en Maggie zwaaiden allebei naar hem. Hij kwam naar hen toe op de vertrouwde zwarte laarzen van hagedissenleer waar hij zo trots op was. Ze hadden de aardbeving ongeschonden doorstaan.

'Wat is dit? Een reünie van de benefietavond?' vroeg hij plagend aan Sarah. 'Je weet wel hoe je feesten moet organiseren, zeg. Een beetje heftig aan het eind, maar voor de rest heb je het prima gedaan.' Hij keek haar lachend aan, en Sarah bedankte hem.

Terwijl Maggie naar Sarah keek, met de baby in haar armen, viel haar op dat ze van slag leek. Dat was haar meteen al opgevallen, maar ze had het toen geweten aan de zorgen om Olivers koorts en oorpijn. Maar nu Sarah was gerustgesteld, vroeg Maggie zich af of er soms iets anders aan de hand was. Ze had altijd snel door als iemand met iets zat.

Maggie stelde voor dat de babysitter de baby zou nemen. Molly bleef ook in de buurt van Parmani, terwijl de non vroeg of ze even met Sarah kon praten. Melanie en Everett waren geanimeerd aan het kletsen, en Maggie nam Sarah even apart, zodat niemand zou kunnen horen wat er werd gezegd.

'Gaat het?' vroeg Maggie aan Sarah. 'Je lijkt me een beetje van streek. Kan ik je misschien ergens mee helpen?' Toen ze tranen in Sarahs ogen zag verschijnen, was ze blij dat ze ernaar had gevraagd.

'Nee... ik... Echt... Het gaat prima... Nou ja... Ik heb wel een probleem, maar daar kun jij me toch niet bij helpen.' Hoewel ze graag haar hart wilde uitstorten, wist ze dat dat niet kon.

Het kon wel eens te gevaarlijk zijn voor Seth. Ze hoopte nog steeds, tegen beter weten in, dat niemand zou ontdekken wat hij had gedaan. Maar je kon niet ongemerkt stiekem met zestig miljoen dollar schuiven. Zijn misdrijf kon onmogelijk ongestraft blijven. Steeds als ze eraan dacht, werd ze misselijk, en dat was haar aan te zien. 'Het is mijn man... Ik kan er nu niks over zeggen.' Ze veegde de tranen uit haar ogen en keek de non dankbaar aan. 'Maar aardig dat je ernaar vraagt.'

'Nou, je weet waar je me kunt vinden, voorlopig dan.' Maggie pakte een pen en een stukje papier en schreef het nummer van haar mobieltje op. 'Als het netwerk weer in de lucht is, kun je me op dit nummer bereiken. Tot die tijd ben ik hier. Soms helpt het om met iemand te praten, gewoon als vrienden. Ik wil me niet opdringen, dus jij moet maar bellen als je denkt dat ik iets voor je kan doen.'

'Dank je wel,' zei Sarah dankbaar. Ze herinnerde zich dat Maggie een van de nonnen op de benefietavond was geweest. Net als Melanie en Everett vond ze Maggie er helemaal niet uitzien als een non, vooral niet met haar spijkerbroek en roze basketbalschoenen. Ze zag er heel schattig uit, en ook verrassend jong. Maar ze had de ogen van een vrouw die alles al eens had gezien. Haar ogen hadden niets jongs. 'Ik zal je bellen,' beloofde Sarah.

Ze liepen terug naar de anderen. Onderweg veegde Sarah de tranen van haar wangen.

Everett had ook iets gemerkt, maar hij zei niets. Hij complimenteerde haar nog een keer met de benefietavond en het geld dat ze hadden binnengehaald. Hij zei dat het een fantastische avond was geweest, vooral dankzij Melanie. Hij had voor iedereen een vriendelijk woordje. Een erg aardige, rustige man.

'Ik wou dat ik hier ook wat kon doen,' zei Sarah, die onder de indruk was van de efficiëntie waarmee de hele operatie was georganiseerd.

'Jouw kinderen hebben je thuis nodig,' merkte Maggie op. Ze voelde dat Sarah haar kinderen op dit moment net zo hard nodig had als omgekeerd. Wat het probleem met haar man ook was, het was wel duidelijk dat Sarah behoorlijk van streek was.

'Ik geloof dat ik ze nooit meer alleen laat,' zei Sarah rillend. 'Ik was donderdagavond gek van angst, maar gelukkig bleek alles in orde toen ik thuiskwam.' En de bult op Parmani's hoofd was ook al afgezakt. Ze logeerde bij hen, want ze kon nog steeds niet naar huis. Haar hele buurt lag in puin en was afgezet. Toen ze ernaartoe waren gereden om een kijkje te nemen, had ze van de politie haar appartement niet in gemogen, omdat een deel van het dak was ingestort.

Alle bedrijven en diensten van de stad waren nog gesloten. Het Financial District was afgezet. Niemand kon aan het werk, want er was geen stroom, geen gas, geen telefoon, en alle winkels waren ook nog gesloten.

Sarah vertrok een paar minuten later met de babysitter en de kinderen. Nadat ze Maggie hadden bedankt voor haar hulp, stapten ze in Parmani's oude auto en reden weg. Sarah had Maggie haar telefoonnummer en adres gegeven, en ook het nummer van haar mobieltje, terwijl ze zich onwillekeurig had afgevraagd hoe lang ze nog op dat adres zouden wonen, of ze hun huis zouden kwijtraken. Ze hoopte dat ze nog een poosje konden blijven, en misschien kon Seth in het ergste geval een deal sluiten met het Openbaar Ministerie. Toen ze wegging, had ze ook afscheid genomen van Everett en Melanie. Waarschijnlijk zou ze hen nooit meer zien, want ze woonden allebei in L.A. Sarah vond Melanie echt heel aardig en haar optreden was grandioos geweest, zoals Everett ook al had gezegd. Iedereen die er toen bij was geweest, zou het ermee eens zijn, ondanks het verschrikkelijke slot van de avond.

Nadat Sarah was vertrokken, stuurde Maggie Melanie erop uit

om wat voorraad te gaan halen en bleef ze zelf nog even met Everett staan praten. Maggie wist dat het pakhuis waar alle spullen werden bewaard, een behoorlijk eindje weg was, dus Melanie zou wel even wegblijven. Het was geen smoes, ze had echt spullen nodig. Vooral hechtdraad. Alle artsen met wie ze ooit had gewerkt, hadden altijd opgemerkt dat ze zo keurig kon hechten. Dat kwam omdat ze in het klooster jarenlang had geborduurd. Het was prettig om iets omhanden te hebben wanneer de nonnen na het eten samenkwamen en wat zaten te praten. Sinds ze alleen woonde in haar appartement, borduurde ze zo goed als nooit meer. Maar ze was nog steeds goed in kleine, nette steekjes.

'Ze lijkt me een aardige vrouw,' zei Everett over Sarah. 'Ik vond dat benefiet echt buitengewoon goed gedaan.' Hoewel ze al weg was, prees hij haar toch nog een keer. En hoewel ze een stuk burgerlijker was dan de mensen met wie hij meestal omging, vond hij haar echt aardig. Ze had iets stevigs en integers over zich dat door haar conservatieve buitenkant heen scheen. 'Gek hè? Zoals we elkaar steeds tegenkomen. Het lot is iets wonderlijks,' vervolgde hij. 'Ik kwam jou tegen voor het Ritz en heb je toen de hele nacht gevolgd, tot aan je huis toe. En nu kom ik hier voor een slaapplaats, en dan loop ik je alweer tegen het lijf. En Melanie heb ik die avond ook leren kennen en toen heb ik haar mijn jasje gegeven. En dan leren jullie elkaar hier ook kennen, en dan vind ik jullie hier allebei weer, en dan komt de vrouw die het benefiet heeft georganiseerd waar we elkaar van kennen, hier het veldhospitaal binnenlopen met een kind met oorpijn. En daar staan we dan, allemaal samen. In zo'n grote stad als deze is het al een godswonder als twee mensen elkaar ooit nog een keer tegen het lijf lopen, maar wij doen niet anders de afgelopen paar dagen. Nou ja, het is in elk geval troostend om vertrouwde gezichten te zien. Daar houd ik van.' Hij glimlachte naar Maggie.

'Ik ook,' beaamde ze. Ze kwam in haar leven zo vaak onbekenden tegen dat ze het tegenwoordig erg leuk vond om haar vrienden te zien.

Ze bleven nog een tijdje met elkaar praten totdat Melanie eindelijk terugkwam. Ze had de spullen bij zich waarom Maggie had gevraagd en keek heel vrolijk. Ze wilde heel graag helpen en voelde zich triomfantelijk omdat de verplegingsofficier alles op Maggies lange lijst voorradig had gehad. Hij had haar alle medicijnen meegegeven waarom Maggie had gevraagd, hij had verband in de juiste maten, zowel gaas- als elastisch verband, en een volle doos tape laten brengen.

'Soms heb ik de indruk dat je meer verpleegster dan non bent. Je verleent veel zorg aan gewonden,' merkte Everett op.

Ze knikte, hoewel ze het er niet helemaal mee eens was. 'Ik verleen zorg aan de gewonden van lichaam en geest,' zei ze rustig. 'En als je denkt dat ik meer verpleegster dan non ben, is dat waarschijnlijk omdat je dat normaler vindt. Maar in werkelijkheid ben ik meer non dan wat dan ook. Laat je niet van de wijs brengen door die roze schoenen. Die draag ik voor de grap. Maar non zijn is een serieuze zaak, en het belangrijkste in mijn leven. "Kiesheid is beter dan onbesuisde heldenmoed." Dat vind ik mooi gezegd; ik weet niet meer wie het zei, maar het is waar. Mensen worden er ongemakkelijk van als ik ga lopen rondbazuinen dat ik non ben.'

'Waarom dan wel?' vroeg Everett.

'Volgens mij zijn mensen bang voor nonnen,' zei ze nuchter. 'Daarom is het ook zo fijn dat we geen habijten meer hoeven te dragen. Daarmee houd je mensen op afstand.'

'Ik vond ze juist altijd mooi. Toen ik klein was, maakten nonnen altijd veel indruk op me. Ze waren zo mooi, nou ja, sommigen dan. Maar tegenwoordig zie je geen al te jonge nonnen meer. Misschien is dat maar goed ook.'

'Daar zou je wel eens gelijk in kunnen hebben. Mensen treden niet meer zo jong in als vroeger. In mijn orde zijn vorig jaar nog twee vrouwen van in de veertig opgenomen, volgens mij was de ene al vijftig en weduwe. De tijden zijn veranderd, maar in elk geval weten ze nu wat ze doen als ze intreden. In mijn tijd maakten veel mensen de fout om in het klooster te gaan terwijl ze dat eigenlijk niet hadden moeten doen. Het is geen makkelijk leven,' vertelde ze ronduit. 'En het vergt een enorm aanpassingsvermogen, hoe je leven er daarvoor ook heeft uitgezien. Het is nooit eenvoudig om in een gemeenschap te wonen. Ik geef toe dat ik het wel mis. Maar ik ben eigenlijk alleen maar in mijn appartement om te slapen.'

Hij had een glimp van haar huis opgevangen, een klein appartementje in een achterbuurt.

Daarna kwam er een nieuwe stroom van patiënten, met kleine klachten, en Melanie en Maggie moesten weer aan het werk. Everett sprak voor die avond met hen af in de mess, als ze konden wegkomen. De avond ervoor hadden ze allebei niet gegeten. Maar het bleek dat ze ook die avond hun eten misliepen. Er werd een spoedgeval binnengebracht, en Maggie had Melanies hulp nodig bij het hechten van de vrouw.

Melanie leerde veel van Maggie, en daar liep ze aan te denken toen ze later die avond terugging naar het gebouw waar de rest van haar entourage kampeerde. Ze zaten zich er dood te vervelen, want ze hadden helemaal niets te doen. Melanie had een paar keer tegen Jake en Ashley gezegd dat ze zich ook moesten aanmelden als vrijwilliger, want ze zouden hier vast nog wel een week vastzitten volgens de omroepberichten van die ochtend. De verkeerstoren op het vliegveld was ingestort, dus ze konden onmogelijk weg. De luchthaven was gesloten, net als alle wegen.

'Waarom ben je zo veel in het ziekenhuis?' vroeg Janet op klagende toon. 'Zo meteen loop je er nog iets engs op.'

Melanie schudde haar hoofd en keek haar moeder recht in de ogen. 'Mama, volgens mij wil ik verpleegster worden.' Ze glimlachte toen ze het zei, half om haar moeder te plagen, half om haar te ergeren. Maar ze vond het echt fijn dat ze kon helpen in het veldhospitaal. Ze vond het heerlijk om met Maggie samen te werken en ze leerde heel veel nieuwe dingen.

'Ben je wel goed wijs?' zei haar moeder met een blik en stem vol woede. 'Verpleegster? Na alles wat ik heb gedaan voor je carrière? Ik heb me doodgewerkt om je te krijgen waar je bent, en nu wil jij dat allemaal weggooien om ondersteken te gaan legen?' Haar moeder keek paniekerig en gekwetst tegelijkertijd bij het idee dat Melanie een ander beroep zou kiezen, terwijl ze een beroemdheid was die de wereld aan haar voeten had liggen.

'Ik heb nog helemaal geen ondersteek geleegd,' zei Melanie ferm.

'Geloof me, dat komt er vanzelf wel van. En ik wil je er nooit meer over horen.'

Melanie reageerde niet. Ze kletste wat met de rest van hun groep, zat een tijdje te geinen met Ashley en Jake en ging toen naar bed, nog steeds in haar camouflagebroek en T-shirt, en viel in slaap. Ze was kapot. En in haar slaap droomde ze dat ze wegliep en bij het leger ging. Maar toen ze daar was, ontdekte ze dat de drilmajoor die haar dag en nacht tiranniseerde, haar moeder was. 's Ochtends herinnerde ze zich haar droom nog en ze vroeg zich af of het een nachtmerrie was geweest of haar echte leven.

Hoofdstuk 6

Op zondag werd in het ochtendbulletin verteld dat er door de hele stad heen veel mensen waren gered, ze waren uit liften bevrijd en weggehaald onder ingestorte huizen of omgevallen gebouwen. De bouwvoorschriften waren sinds de aardbeving van 1989 strenger geworden, dus er was minder schade dan verwacht, maar de kracht van de laatste aardbeving was zo groot geweest dat er toch enorm veel was vernield, en het dodental stond tot nu toe op meer dan vierduizend. En nog lang niet alle buurten waren aan de beurt geweest. Noodhulpdiensten zochten nog steeds naar overlevenden onder het puin en onder de ingestorte viaducten naar de snelweg. Het was nog maar zestig uur geleden dat de stad door de aardbeving was getroffen, dus er bestond nog hoop dat er mensen konden worden gered die ergens vastzaten.

Het nieuws was tegelijkertijd angstwekkend en bemoedigend, en de mensen liepen met sombere gezichten het grasveld af waar de berichten iedere dag werden omgeroepen. De meesten gingen naar de mess voor het ontbijt. Er was ook gezegd dat het waarschijnlijk nog enkele weken zou duren voordat iedereen weer terug kon naar huis. De bruggen, de wegen, de vliegvelden en grote gedeelten van de stad waren nog afgesloten. Met geen mogelijkheid kon worden voorspeld wanneer er weer stroom zou zijn of wanneer het leven weer normaal zou worden.

Everett stond rustig te praten met zuster Maggie toen Melanie binnen kwam lopen na het ontbijt met haar moeder, haar assistente, Ashley, Jake en nog wat bandleden. Ze begonnen onrustig te worden en wilden terug naar L.A., wat op het moment echter onmogelijk was. Ze konden alleen maar afwachten. In het kamp deed het gerucht de ronde dat Melanie Free er was. Ze was in de mess gezien met haar vrienden, en haar moeder had stom genoeg ook over haar opgeschept. Maar tot nu toe besteedde niemand in het ziekenhuis veel aandacht aan haar. Zelfs wanneer ze haar herkenden, glimlachten ze alleen maar en gingen verder waar ze mee bezig waren. Iedereen zag dat ze hard werkte als vrijwilligster. Pam had zich aangemeld als vrijwilligster voor de inschrijfbalie, want er kwamen nog steeds mensen binnendruppelen nu het voedsel in de stad opraakte, en iedereen zijn toevlucht zocht in het Presidio.

'Ha, kleintje,' begroette Everett haar ongedwongen.

Ze grijnsde. Ze had een nieuw T-shirt gehaald van de tafels met tweedehandskleding, plus een grote herentrui met gaten erin, zodat ze eruitzag als een weesje. Ze droeg nog steeds haar camouflagebroek en slippers.

Zuster Maggie had ook andere kleren aangetrokken. Ze had wat spullen meegenomen in een tas toen ze zich als vrijwilligster was komen aanmelden. Op het T-shirt dat ze vandaag aanhad, stond de tekst JESUS IS MY MATE, en Everett was in de lach geschoten toen hij het zag.

'Is dat de hedendaagse versie van het habijt?' Ze droeg nu rode basketbalschoenen en zag er nog steeds uit als een studente die in een zomerkamp werkt. Haar kleine gestalte droeg bij aan de indruk dat ze jaren jonger was dan ze in werkelijkheid was.

Ze had gemakkelijk voor dertig kunnen doorgaan. Ze was echter twaalf jaar ouder, en maar zes jaar jonger dan hij, hoewel hij stukken ouder leek, oud genoeg zelfs om haar vader te kunnen zijn. Pas wanneer je met haar praatte, ontdekte je haar rijpheid en wijsheid.

Hij wilde die dag wat foto's in het Presidio maken en zei dat hij daarna naar de Marina en Pacific Heights zou lopen om te zien of daar nog wat gebeurde. Mensen werd verzocht om uit het Financial District en het centrum weg te blijven, omdat de gebouwen daar hoger waren, en gevaarlijker, en de schade dus veel groter. De politie was nog steeds bang dat er zware voorwerpen of stukken beton van de gebouwen zouden vallen. Het was gemakkelijker om door de buitenwijken te lopen, hoewel een aantal daarvan ook was afgezet door de politie en noodhulpdiensten. Boven de stad cirkelden nog steeds helikopters, meestal heel laag, zodat je zelfs de gezichten van de piloten kon zien. Van tijd tot tijd landden ze op het Crissy Field in het Presidio en dan babbelden de piloten met mensen die wilden horen hoe het ervoor stond in de stad of de gebieden eromheen. Veel mensen die hun toevlucht hadden gezocht in het Presidio, woonden in East Bay, op het schiereiland, of in de provincie Marin, en ze konden niet terug naar huis omdat alle bruggen en snelwegen waren afgesloten. Ze kregen weinig echte informatie, maar het stikte van de geruchten, over doden, vernielingen en bloedbaden. Het was geruststellend om iets te vernemen van mensen die het met eigen ogen hadden gezien, en de helikopterpiloten waren de betrouwbaarste bron die ze konden vinden.

Net als de twee dagen ervoor, hielp Melanie Maggie de hele dag. Er druppelden nog steeds gewonden binnen, en de eerstehulpafdelingen van ziekenhuizen in de hele stad verwezen nog steeds mensen naar hen door. Die middag werd er een enorme luchtbrug geopend voor meer voedsel en medicijnen. De maaltijden in de mess waren overvloedig en er bleek een overdaad aan verrassend goede, creatieve koks rond te lopen. De eigenaar en kok van een van de beste restaurants uit de stad zat met zijn gezin in een van de hangars en hij had de leiding genomen over de mess, tot vreugde van iedereen. De maaltijden waren bijzonder goed, hoewel Melanie en Maggie nooit tijd leken te hebben om te eten. In plaats van lunchpauze te nemen gingen ze samen met de meeste dokters uit het kamp de hulpgoederen ophalen die waren ingevlogen.

Toen Melanie aan het worstelen was met een grote doos, kwam er een jongeman in een gescheurde spijkerbroek en haveloze trui aanlopen die de doos glimlachend van haar overnam, vlak voordat ze hem dreigde te laten vallen. Er stond FRAGILE op, en ze bedankte hem, opgelucht dat hij een ramp had helpen voorkomen. Er zaten flesjes insuline in, met spuiten, voor de diabetici in het kamp, en blijkbaar waren er daar veel van. Ze hadden zich allemaal meteen bij aankomst bij het ziekenhuis gemeld. Een ziekenhuis in Washington State had hun de benodigde spullen gestuurd.

'Dank je,' zei ze buiten adem. De doos was enorm groot. 'Ik liet hem bijna vallen.'

'Die doos is nog groter dan jij,' zei haar weldoener glimlachend. 'Ik heb je al eerder zien rondlopen in het kamp,' vervolgde hij vriendelijk terwijl hij met de doos in zijn armen met haar meeliep naar het ziekenhuis. 'Je komt me bekend voor. Kennen we elkaar soms ergens van? Ik zit op Berkeley. Ik studeer techniek, met als specialisatie de ontwikkelingslanden. Zit je soms ook op Berkeley?' Hij wist zeker dat hij haar gezicht ergens van kende.

Ze glimlachte alleen maar. 'Nee, ik kom uit L.A.,' zei ze vaag, terwijl ze het veldhospitaal naderden. De jongen was lang, had blauwe ogen, en zijn haar was net zo blond als dat van haar. Hij zag er jong en gezond uit. 'Ik was die avond toevallig hier,' legde ze uit.

Hij keek haar lachend aan, onder de indruk van haar schoonheid, zelfs met haar ongekamde haar, zonder make-up en vieze kleren. Ze liepen er hier allemaal bij als schipbreukelingen. Hij had de gympen van iemand anders aan, want hij had de bewuste nacht in de stad bij een vriend geslapen en was in boxershorts en op blote voeten het huis uit gerend, vlak voordat het was ingestort. Gelukkig had iedereen die er woonde het overleefd.

'Ik kom uit Pasadena,' vertelde hij. 'Ik zat op de UCLA, maar ik ben vorig jaar overgestapt naar Berkeley. Het bevalt me hier wel. Tenminste, dat was zo.' Hij grinnikte. 'Maar in Los Angeles hebben we ook last van aardbevingen.'

Hij bracht de doos voor haar naar binnen, waar zuster Maggie hem vertelde waar hij hem kon neerzetten. Hij wilde graag nog even blijven om wat langer met Melanie te praten. Ze had niets over zichzelf verteld, en hij vroeg zich af waar ze studeerde. 'Trouwens, ik heet Tom. Tom Jenkins.'

'Ik heet Melanie,' zei ze zacht, zonder haar achternaam erbij te vermelden.

Maggie liep glimlachend weg. Het was wel duidelijk dat de jongen geen flauw idee had wie Melanie was, wat Maggie wel eens fijn voor haar leek. Eindelijk praatte er eens iemand met haar alsof ze een gewoon mens was en niet omdat ze een beroemdheid was.

'Ik werk in de mess,' ging hij verder. 'Zo te zien hebben jullie het hier aardig druk.'

'Ja,' zei Melanie luchtig, terwijl hij haar hielp met het openmaken van de doos.

'Ik neem aan dat je hier nog wel een tijdje bent. Dat geldt voor iedereen trouwens. Ik hoorde dat de verkeerstoren op het vliegveld als een kaartenhuis is ingestort.'

'Ja, ik denk ook dat we voorlopig niet weg kunnen.'

'We hadden nog maar twee weken college voor de boeg. Volgens mij gaan we helemaal niet meer terug. Er zal ook wel geen officiële uitreiking zijn. Ze zullen ons onze bul moeten sturen. Ik was van plan de hele zomer hier te blijven. Ik had een baantje gevonden bij de gemeente, maar dat zal ook wel niks worden, hoewel, ze zullen wel zitten te springen om ingenieurs. Maar zodra ik kan, ga ik terug naar L.A.'

'Ik ook,' zei ze, terwijl ze samen de doos begonnen uit te pakken.

Tom had geen haast om terug te gaan naar de mess. Hij vond het leuk om met haar te praten. Ze leek hem heel aardig en verlegen, gewoon een heel leuk meisje. 'Heb je een medische achtergrond?' vroeg hij belangstellend.

'Geen enkele, maar ik leer hier veel.'

'Ze is een hartstikke goede assistente,' zei Maggie, die terugkwam om de inhoud van de doos te controleren. Alles wat ze hadden beloofd, was er, zag ze tot haar grote opluchting. Ze hadden een eerste voorraad insuline van de plaatselijke ziekenhuizen en het leger gekregen, maar daar waren ze al bijna doorheen. 'Ze zou een fantastische verpleegster zijn,' voegde ze er glimlachend aan toe. Daarna liep ze weg om wat spullen uit de doos naar de voorraadkamer te brengen.

'Mijn broer studeert medicijnen. In Syracuse,' vertelde hij.

Het was duidelijk dat hij tijd probeerde te rekken, en Melanie keek hem glimlachend aan. 'Ik zou best een verpleegopleiding willen doen,' bekende ze. 'Maar dan vermoordt mijn moeder me. Ze heeft andere plannen met me.'

'Zoals?' Hij was geïntrigeerd door haar en vroeg zich nog steeds af waar hij haar toch van kende. In sommige opzichten leek ze op het spreekwoordelijke buurmeisje, alleen was ze mooier. Hij had nog nooit een buurmeisje gehad dat zo mooi was als zij.

'Het is nogal gecompliceerd. Ze heeft allerlei dromen die ik voor haar moet waarmaken. Gewoon van dat stomme moeder-dochtergedoe. Ik ben enig kind, dus ik moet haar hele verlanglijstje vervullen.' Het was prettig om tegen hem te kunnen klagen, hoewel ze hem helemaal niet kende. Hij was meelevend en luisterde echt. Ze had het gevoel alsof ze eindelijk eens iemand had gevonden wie het interesseerde wat ze dacht.

'Mijn vader wilde heel graag dat ik rechten ging studeren. Hij heeft echt veel druk op me uitgeoefend. Het lijkt hem saai om ingenieur te zijn en hij zegt nog regelmatig tegen me dat je met werken in ontwikkelingslanden niet echt je brood kunt verdienen. Daar zit wel wat in, maar als ik eenmaal mijn bul heb, kan ik later altijd nog een tweede studie doen. Ik zou rechten hebben gehaat. Hij heeft altijd een dokter en een advocaat in de familie gewild. Mijn zus heeft natuurkunde gestudeerd en geeft nu zelf les aan het MIT. Mijn ouders vinden een goede opleiding heel erg belangrijk. Maar een universitaire opleiding zegt niks over of je een goed mens bent. Ik wil meer zijn dan alleen maar een man met een goede opleiding. Ik wil iets doen voor de wereld. Mijn familie vindt een goede opleiding belangrijker dan goed geld verdienen.'

Het was wel duidelijk dat hij uit een hoogopgeleid gezin kwam, en Melanie wist dat hij het niet zou begrijpen als ze hem vertelde dat haar moeder alleen maar wilde dat ze beroemd werd. Ze droomde er nog steeds van om ooit te gaan studeren, maar door het vele toeren en alle platenopnames had ze daar nooit tijd voor, en als het in dit tempo doorging, zou ze er ook nooit tijd voor krijgen. Ter compensatie las ze veel, en ze wist dan ook donders goed wat er gaande was in de wereld. Het showbizzleven leek haar nooit helemaal genoeg.

'Ik kan maar beter weer eens teruggaan naar de mess,' zei hij. 'Ik zou helpen met wortelsoep maken. Ik kan echt helemaal niet koken, maar tot nu toe heeft niemand dat gemerkt.' Hij lachte en zei toen dat hij hoopte haar nog eens in het kamp tegen het lijf te lopen.

Ze zei dat hij altijd kon terugkomen als hij gewond raakte, hoewel ze hoopte dat dat niet zou gebeuren.

Hij zwaaide even naar haar en liep weg.

Zuster Maggie kwam weer aanlopen en zei met een twinkeling in haar ogen: 'Wel een schatje, hè?'

Melanie giechelde als een echte tiener. Ze had zo helemaal niets van de superster die ze ook was. 'Ja, hè? En hij is ook heel aardig. Hij is net afgestudeerd aan Berkeley. Als ingenieur. Hij komt uit Pasadena.' En hij leek in niets op Jake, met zijn gladde uiterlijk en acteercarrière en regelmatige opnames in een afkickkliniek, hoewel ze echt wel een tijdje van hem had gehouden. Maar onlangs had ze zich er nog tegen Ashley over beklaagd dat hij zo ongelooflijk egocentrisch was. Ze wist zelfs niet eens zeker of hij haar wel trouw was. Tom daarentegen zag eruit als een door en door fatsoenlijke, nuchtere, aardige jongen. En, dat zou ze ook zo tegen Ashley hebben gezegd, hij was echt een schatje. Hot. Een stuk. Met hersens. En een fantastische glimlach.

'Misschien kom je hem nog eens tegen in L.A.,' zei Maggie hoopvol. Ze vond het heerlijk als jonge mensen verliefd werden. Van Melanies huidige vriendje was ze niet erg onder de indruk. Hij was een keer langsgekomen in het ziekenhuis, had gezegd dat het er vreselijk stonk en was toen meteen teruggegaan naar hun hangar om wat op bed te gaan liggen. Hij had zich nergens als vrijwilliger aangemeld en vond het belachelijk dat iemand als Melanie voor verpleegster speelde. Hij deelde de mening van Melanies moeder, die zich vreselijk ergerde aan waar haar dochter mee bezig was en er iedere avond over klaagde wanneer Melanie terugkwam en zich op haar stretcher liet vallen.

Maggie en Melanie gingen weer aan de slag, en Tom praatte

in de mess even met de vriend bij wie hij had gelogeerd in de nacht van de aardbeving en die aan de universiteit van San Francisco studeerde.

'Ik zag wel met wie je stond te praten,' zei Toms vriend met een sluw lachje. 'Slim van je, hoor, om haar te gaan helpen.'

'Ja hè,' zei Tom blozend. 'Ze is mooi, hè? En ook heel aardig. Ze komt uit L.A.'

'Meen je niet.' Zijn vriend lachte, terwijl ze grote pannen wortelsoep op het enorme butagasfornuis zetten dat ze van de marechaussee hadden gekregen. 'Waar dacht je dan dat ze vandaan kwam? Van Mars?'

Tom had geen flauw idee waarom zijn vriend zo moest lachen om de paar dingen die hij over Melanie had verteld. 'Hoe bedoel je? Ze had toch ook hiervandaan kunnen komen?'

'Man, lees je dan helemaal nooit roddelrubrieken of zo? Natuurlijk woont ze in L.A., met die carrière van haar. Shit, man, ze heeft net een Grammy gewonnen.'

'Echt?' Tom keek hem stomverbaasd aan. 'Ze heet Melanie...' Ineens besefte hij wie ze was en wat hij had gedaan. Hij schaamde zich dood. 'O jezus, ze zal me wel een oen vinden... Ik had haar niet herkend. O mijn god. Ik dacht dat ze gewoon een of ander leuk blond meisje was dat bijna een doos liet vallen. Maar wel met een lekker kontje,' voegde hij er grinnikend aan toe. Maar wat nog beter was, was dat ze hem een leuk mens leek, nuchter en helemaal niet arrogant. Wat ze had verteld over haar moeders ambities voor haar, had hem natuurlijk aan het denken moeten zetten. 'Ze zei dat ze wel verpleegster wilde worden, maar dat ze dat niet mag van haar moeder.'

'Natuurlijk niet. Ze verdient hartstikke veel geld als zangeres. Man, als ik haar moeder was, zou ze van mij ook geen verpleegster mogen worden. Ze verdient vast miljoenen met al die platen.'

Tom keek hem geërgerd aan. 'En wat dan nog? Als ze het nou niet leuk vindt? Niet alles draait om geld.'

'Wel als je op haar niveau zit,' zei zijn vriend praktisch. 'Ze kan het meeste ervan opzijleggen en dan kan ze later doen waar ze zin in heeft. Hoewel ik me haar niet als verpleegster kan voorstellen.'

'Maar ze lijkt het leuk te vinden, en de vrijwilligster voor wie ze werkt, zei ook dat ze er goed in is. Het is vast wel fijn voor haar dat niemand haar hier herkent.' Toen trok er weer een beschaamde blik over zijn gezicht. 'Of ben ik soms de enige mens ter wereld die niet weet wie ze is?'

'Dat lijkt me wel. Ik had al gehoord dat ze hier in het kamp zat. Maar ik zag haar ook vanochtend voor het eerst, toen jij met haar stond te praten. Maar je hebt gelijk, ze is een stuk. Goed gedaan, man.' Zijn vriend feliciteerde hem met zijn goede smaak.

'Ja, nou, ze vindt me vast de stomste vent in het kamp. En waarschijnlijk ben ik echt de enige die niet wist wie ze was.'

'Waarschijnlijk vond ze dat wel schattig,' stelde zijn vriend hem gerust.

'Ik zei nog tegen haar dat ze me bekend voorkwam en of we elkaar soms ergens van kenden,' vertelde hij kreunend. 'Ik dacht dat ze misschien ook op Berkeley zat.'

'Nee,' zei zijn vriend met een brede grijns. 'Stukken beter zelfs! Ga je nog een keertje bij haar langs?' Hij hoopte van wel. Hij wilde haar ook wel eens zien. Gewoon één keer, zodat hij kon zeggen dat hij haar kende.

'Misschien. Als ik nog durf. Het is zo stom van me.'

'Stel je niet aan. Ze is het waard. En trouwens, dit is vast je enige kans om een beroemdheid te leren kennen.'

'Zo gedraagt ze zich anders helemaal niet. Ze is heel gewoon,' vertelde Tom. Het was een van de dingen die hij zo leuk aan haar had gevonden, dat ze zo nuchter leek. En daarbij was ze ook nog heel slim en aardig. En blijkbaar een harde werker.

'Zet je nou maar over je eigen stommiteit heen en ga gewoon een keertje bij haar langs.'

'Ja. Misschien,' zei Tom niet al te overtuigend. Ze begonnen in de soep te roeren. Hij vroeg zich af of ze in de mess zou komen lunchen.

Everett kwam laat die middag terug van zijn wandeling door Pacific Heights. Hij had foto's gemaakt van een vrouw die onder een gebouw uit was gehaald. Ze had een been verloren, maar leefde nog. Het was een erg ontroerend moment geweest toen ze haar eronderuit hadden getrokken, en zelfs hij had moeten huilen. Het waren emotionele dagen, en ondanks zijn ervaring in oorlogsgebieden had hij in het kamp dingen gezien die hem diep raakten. Hij vertelde Maggie erover toen ze even buiten zaten tijdens haar eerste pauze sinds uren. Melanie was binnen om insuline en injectienaalden uit te delen aan de mensen die dat kwamen ophalen nadat was omgeroepen dat er nieuwe voorraad was.

'Weet je,' zei Everett glimlachend tegen Maggie. 'Ik ga het nog jammer vinden als ik terug moet naar L.A. Het bevalt me hier wel.'

'Ik heb het hier altijd fijn gevonden,' zei ze rustig. 'Toen ik hiernaartoe kwam vanuit Chicago werd ik meteen verliefd op de stad. Ik zou hier bij de karmelietessen gaan, maar ben in een andere orde terechtgekomen. Ik vond het fantastisch om met daklozen te werken.'

'Onze eigen Moeder Teresa,' zei hij plagerig, zich er niet van bewust dat ze al ontelbare malen met de heilige non was vergeleken. Ze beschikte over dezelfde eigenschappen als nederigheid, energie en eindeloos veel compassie, die allemaal hun oorsprong vonden in haar geloof en goedhartigheid. Ze leek bijna van binnenuit verlicht te worden.

'Ik denk dat de karmelietessen te saai voor me zouden zijn geweest. Te veel bidden en te weinig de handen uit de mouwen steken. Ik pas beter in mijn orde,' zei ze met een vredige blik, terwijl ze allebei van hun water nipten.

Het was weer een warme dag. Het was al sinds vlak voor de aardbeving ongebruikelijk warm voor de tijd van het jaar. In San Francisco was het nooit echt heet, maar nu wel. Maar de namiddagzon voelde aangenaam aan op hun gezicht.

'Heb je nooit eens genoeg gehad van je roeping of eraan getwijfeld?' vroeg hij belangstellend. Ze waren inmiddels vrienden, en ze fascineerde hem mateloos.

'Waarom zou ik?' vroeg ze verbaasd.

'Omdat bijna alle mensen wel eens twijfelen aan de keuzes die ze in hun leven hebben gemaakt. Ik twijfel vaak,' bekende hij.

Ze knikte. 'Jij hebt voor moeilijker keuzes gestaan. Getrouwd op je achttiende, gescheiden, je zoon achtergelaten, weg uit Montana, werk gaan doen dat eigenlijk ook meer een roeping dan een baan is. Je hebt je persoonlijke leven moeten opofferen. En daarna moest je stoppen met je werk, met drinken. Dat waren allemaal grote beslissingen die vast niet eenvoudig waren om te nemen. Mijn keuzes zijn altijd veel eenvoudiger geweest. Ik doe gewoon wat me wordt verteld. Gehoorzaamheid. Dat maakt het leven een stuk eenvoudiger.' Ze klonk kalm en zelfverzekerd.

'Is het echt zo eenvoudig? Ben je het nooit eens oneens met je meerderen? Wil je nooit eens iets op jouw manier doen?'

'Mijn enige meerdere is God,' zei ze simpelweg. 'Uiteindelijk werk ik voor Hem. En ja,' voegde ze er omzichtig aan toe, 'soms denk ik dat wat de moeder-overste wil of wat de bisschop zegt, stom is, of kortzichtig, of te ouderwets. De meesten van hen vinden me vrij radicaal, maar ze laten me inmiddels behoorlijk mijn eigen gang gaan. Ze weten dat ik hen niet in verlegenheid zal brengen, en ik probeer niet al te uitgesproken meningen te verkondigen over de plaatselijke politiek. Want dan raakt iedereen van slag, vooral als ik gelijk heb.' Ze grijnsde.

'Maar vind je het dan niet erg om geen eigen leven te hebben?' Hij kon het zich niet voorstellen. Hij was veel te onafhankelijk om in gehoorzaamheid aan wie dan ook te kunnen leven, en al helemaal niet aan een kerk en de mensen die daar de dienst uitmaakten. Maar voor haar was dat de essentie van haar leven.

'Dit is mijn leven. Ik houd ervan. Het maakt me niet uit of ik hier in het Presidio werk, of in het Tenderloindistrict, of met prostituees of verslaafden. Ik ben er alleen maar om hen te helpen, in dienst van God. Net zoiets als het leger het land dient. Ik volg gewoon de bevelen op. Ik hoef de regels niet zelf te verzinnen.'

Everett had juist altijd problemen gehad met bazen en regels, wat op een bepaald moment in zijn leven ook de reden was geweest dat hij was gaan drinken. Het was zijn manier om zich niet aan de regels te houden, om te ontsnappen aan de verpletterende druk die hij voelde wanneer anderen hem vertelden wat hij moest doen. Maggie ging er heel wat luchtiger mee om dan hij, ook nu hij niet meer dronk. Van mensen die de baas over hem speelden, kreeg hij nog steeds de zenuwen, hoewel hij er iets beter tegen kon dan vroeger. Hij was ouder, milder, en de afkickkliniek had ook geholpen.

'Zoals jij het brengt, lijkt het zo eenvoudig,' zei hij zuchtend, terwijl hij zijn water opdronk en haar onderzoekend aankeek. Ze was een mooie vrouw, maar toch hield ze iets achter, ze zorgde ervoor om niet op een persoonlijke, vrouwelijke manier betrokken te raken. Ze was heerlijk om naar te kijken, maar toch bleef er steeds een onzichtbare muur tussen hen in staan, en zij zorgde dat hij daar bleef. Die muur was krachtiger dan het habijt dat ze niet droeg. Of anderen het nu konden zien of niet, ze was zich er altijd volledig van bewust dat ze non was, en zo wilde ze het ook.

'Het is ook eenvoudig, Everett,' zei ze zacht. 'Ik laat me leiden door de Heer en doe wat ik van Hem moet doen, wat altijd precies het goede lijkt. Ik ben er om te dienen, niet om de boel te bestieren of anderen te vertellen hoe ze moeten leven. Dat is mijn taak niet.'

'De mijne ook niet,' zei hij langzaam. 'Maar ik heb wel mijn eigen mening over de meeste dingen. Zou je niet je eigen huis willen hebben, een gezin, man en kinderen?'

Ze schudde haar hoofd. 'Daar heb ik nooit echt over nagedacht. Ik heb nooit gedacht dat dat iets voor mij was. Als ik getrouwd was en kinderen had, zou ik alleen voor hen zorgen. Op deze manier kan ik voor veel meer mensen zorgen.' Ze leek er zielstevreden mee.

'Maar hoe zit het met jou? Wil jij niet meer dan dit? Voor jezelf?'

'Nee,' zei ze welgemeend. Ze glimlachte naar hem. 'Mijn leven is goed zoals het is, ik houd van mijn leven. Dat bedoelen ze met roeping. Ik ben geroepen om dit te doen, dit was de bedoeling. Het is alsof je bent uitverkoren. Het is een eer. Ik weet dat jij het als een opoffering ziet, maar voor mij voelt het niet zo. Ik heb niets opgegeven. Ik heb veel meer gekregen dan ik ooit heb kunnen dromen of willen. Ik kan me niets meer wensen.'

'Dan heb je geluk.' Hij voelde zich even bedroefd. Het was hem duidelijk dat ze niets voor zichzelf wenste, dat ze zichzelf niet toestond om na te denken over wat ze nodig zou kunnen hebben, dat ze geen enkele behoefte had om zichzelf vooruit te helpen of iets te verwerven. Het bracht haar geluk en voldoening dat ze haar leven aan God had gegeven. 'Ik heb juist altijd dingen gewild die ik niet had. Ik heb me afgevraagd hoe het zou zijn om mijn leven met iemand te delen, om een gezin te hebben, kinderen die ik kan zien opgroeien. Gewoon iemand om samen mee van het leven te genieten. Als je wat ouder bent, is het niet zo leuk meer alles alleen te doen. Het voelt egoïstisch en leeg. Wat is het nut van alles als je het niet kunt delen met iemand van wie je houdt? En dan ga je dood, alleen. Op de een of andere manier heb ik nooit tijd gehad om dat soort dingen te doen. Ik had het te druk met het fotograferen in oorlogsgebieden. Of misschien was ik te bang voor een vaste relatie, omdat ik zo jong al gedwongen was om te trouwen. Het was minder eng om beschoten te worden dan om getrouwd te blijven.'

Hij klonk gedeprimeerd toen hij dat zei, en ze raakte even zijn arm aan. 'Misschien moet je proberen om je zoon te vinden,' zei ze zacht. 'Misschien heeft hij je wel nodig, Everett. Misschien kun je iets voor hem betekenen. En misschien dat hij de leegte die jij voelt, kan opvullen.' Ze zag dat hij eenzaam was en vond dat hij, in plaats van te kijken naar de lege toekomst die hij voor zich zag, beter iets met zijn verleden kon doen en zijn zoon gaan zoeken.

'Misschien.' Hij dacht er even over na en veranderde toen van onderwerp. Het idee zijn zoon te gaan zoeken boezemde hem angst in. Het was gewoon te moeilijk. Het was allemaal zo lang geleden, en waarschijnlijk had Chad hem altijd gehaat omdat hij hem in de steek had gelaten en het contact verwaarloosd. Toentertijd was Everett zelf pas eenentwintig geweest en al die verantwoordelijkheid was hem gewoon te veel geworden. Dus had hij de benen genomen en zesentwintig jaar lang vergetelheid gezocht in de drank. Hij had geld gestuurd voor het levensonderhoud van zijn zoon totdat die achttien was geworden, maar dat was inmiddels al twaalf jaar geleden. 'Ik mis mijn bijeenkomsten,' zei hij ineens. 'Ik voel me altijd klote als ik niet naar de AA kan. Ik probeer altijd twee keer per dag te gaan. Soms vaker.'

En nu was hij al drie dagen niet geweest. In de verwoeste stad waren geen bijeenkomsten, en hij had ook niet geprobeerd om zelf iets te organiseren in het kamp. 'Ik vind dat je hier zo'n bijeenkomst moet organiseren,' moedigde ze hem aan. 'Misschien zitten we hier nog wel een week. Dat is veel te lang om zonder bijeenkomst te zitten, en dat geldt niet alleen voor jou, maar voor iedereen hier die er normaal gesproken naartoe gaat. Het kan niet anders of er is veel belangstelling voor, met zo veel mensen op één plek.'

'Misschien dat ik dat doe,' zei hij met een glimlach. Ze wist hem altijd weer op te beuren. Ze was echt een opmerkelijke vrouw, in ieder opzicht. 'Volgens mij houd ik van je, Maggie, als maatje,' zei hij op zijn gemak. 'Ik heb nog nooit iemand zoals jij ontmoet. Ik wou dat ik een zus als jij had gehad.'

'Dank je.' Ze lachte hem lief toe en stond toen op. 'Je doet me een beetje denken aan een van mijn broers. Degene die priester was. Misschien moet je ook priester worden,' vervolgde ze plagend. 'Je hebt mensen veel te bieden. En denk eens aan alle schokkende dingen die je tijdens de biecht hoort!'

'Zelfs dat kan me niet overhalen!' Hij sloeg zijn ogen ten hemel. Hij zei haar gedag en ging toen naar een van de vrijwilligers van het Rode Kruis die de leiding had over het bestuur van het kamp. Daarna ging hij terug naar zijn hangar om een bord te maken. VRIENDEN VAN BILL W. De leden van de AA wisten wat dat betekende. Het was de code die aangaf dat er een bijeenkomst zou worden gehouden, waarbij ze gebruikmaakten van de naam van de stichter. Met dit mooie weer konden ze de bijeenkomst zelfs buiten houden, in een rustig gedeelte van het park, dat hij had ontdekt op een van zijn wandelingen. Het was de volmaakte plek, onder bomen. De kampbeheerder beloofde dat hij het de volgende ochtend zou laten omroepen. De aardbeving had hen hier allemaal samen gebracht, ieder met zijn eigen problemen en zijn eigen leven. Langzamerhand werden ze een stad in een stad, helemaal van henzelf. Zoals zo vaak had Maggie het weer bij het rechte eind gehad. Hij voelde zich meteen een stuk beter nu hij een AA-bijeenkomst in het kamp organiseerde. En toen moest hij weer aan Maggie denken, aan de positieve invloed die ze op hem had. Voor hem was ze niet gewoon een vrouw of een non, ze was een tovenares.

Hoofdstuk 7

Met een schaapachtig gezicht ging Tom de volgende dag terug naar het ziekenhuis om Melanie te zoeken. Hij zag haar toen ze op weg was naar een schuur waar ze de was deden in wasmachines die op butagas werkten. Ze had haar armen vol en struikelde bijna toen ze hem zag. Hij hielp haar de wasmachines vol te laden, terwijl hij zich verontschuldigde voor zijn stommiteit toen ze elkaar hadden leren kennen.

'Sorry, Melanie. Meestal ben ik niet zo dom. Maar ik heb het verband gewoon niet gelegd. Waarschijnlijk omdat ik niet had verwacht je hier te zien.'

Ze glimlachte. Het maakte haar niets uit dat hij haar niet had herkend. Integendeel, ze vond het juist wel prettig. 'Ik heb hier donderdagavond opgetreden op een benefiet.'

'Ik vind je muziek hartstikke goed, en je stem ook. Je kwam me al zo bekend voor,' zei hij lachend, terwijl hij zich eindelijk weer ontspande. 'Ik dacht dat ik je vast van Berkeley kende.'

'Was dat maar waar,' zei ze grinnikend toen ze weer naar buiten liepen. 'Ik vond het wel fijn dat je niet wist wie ik was. Soms is het strontvervelend dat iedereen me herkent en tegen me begint te slijmen,' zei ze plompverloren.

'Dat kan ik me voorstellen.' Ze liepen terug naar het centrale plein en haalden een flesje water bij een vrachtwagen. Daarna gingen ze op een boomstam zitten praten. Het was een mooie, groene plek, met in de verte de Golden Gate Bridge en de baai die glinsterde in de zon. 'Houd je van wat je doet?'

'Soms wel. Soms is het lastig. Mijn moeder oefent veel druk op me uit. Ik weet dat ik dankbaar zou moeten zijn. Ik heb mijn carrière en mijn succes aan haar te danken. Dat houdt ze me ook steeds voor. Maar eigenlijk wil zij het liever dan ik. Ik houd gewoon van zingen, van muziek. En soms zijn de optredens ook leuk, de tournees en dat soort dingen. Maar af en toe wordt het me te veel. En je hebt eigenlijk geen keus. Je doet het goed of helemaal niet. Je kunt het niet halfbakken doen.'

'Heb je ooit wel eens een pauze ingelast? Gewoon even vrij genomen?'

Ze schudde haar hoofd. Toen lachte ze, wetend dat ze heel kinderlijk klonk. 'Dat mag niet van mijn moeder. Ze zegt dat dat professionele zelfmoord zou zijn. Ze zegt dat je op mijn leeftijd niet aan pauzes inlassen doet. Ik heb altijd willen studeren, maar dat is onmogelijk te combineren met wat ik doe. Ik begon bekend te raken toen ik nog op de middelbare school zat, dus ben ik met school gestopt en kreeg privéleraren. Uiteindelijk heb ik wel mijn einddiploma gehaald. Ik meende het echt toen ik zei dat ik wel verpleegster zou willen worden. Maar dat mag nooit van haar.' Zelfs in haar eigen oren klonk het als het verhaal van het arme rijke meisje.

Maar Tom voelde met haar mee. Hij ving een glimp op van het soort druk dat er op haar werd uitgeoefend. Het leek hem maar niks, hoe anderen er ook over dachten. Ze keek droevig als ze het erover had, alsof ze een groot deel van haar jeugd had gemist, wat natuurlijk ook zo was. Hij had gewoon medelijden met haar als hij naar haar keek.

'Ik zou je best eens willen zien optreden,' zei hij bedachtzaam. 'Ik bedoel, nu ik je ken.'

'In juni geef ik een concert in L.A. Daarna ga ik op tournee. Eerst naar Las Vegas, en dan de rest van het land. Juli, augustus en een deel van september. Misschien dat je in juni kunt komen.' Dat vond ze een leuk idee, net als hij, hoewel ze elkaar nog maar kort kenden.

Ze slenterden terug naar het veldhospitaal waar hij bij de ingang afscheid van haar nam, met de belofte later terug te komen. Hij had niet gevraagd of ze een vriend had, en ze was vergeten hem over Jake te vertellen. Die was zo onaangenaam sinds ze hier waren. Hij liep de hele tijd te klagen. Hij wilde naar huis. Dat wilden tachtigduizend andere mensen ook, maar die zeurden er niet over. Het ongemak waar ze allemaal mee te stellen hadden, was niet speciaal bedoeld om hem te pesten. Gisteravond had ze zoiets tegen Ashley gezegd, dat Jake zich gedroeg als een verwend kind. Ze kreeg een beetje genoeg van zijn luimen. Hij was onvolwassen en egoïstisch. Maar toen ze weer aan het werk ging met Maggie, dacht ze al niet meer aan hem, en ook niet meer aan Tom.

Everetts AA-bijeenkomst die avond in het kamp was een groot succes. Tot zijn verbazing kwamen er bijna honderd mensen opdagen, allemaal even blij dat er een bijeenkomst was. Het VRIENDEN VAN BILL W.-bord had de aandacht van de ingewijden getrokken, en die ochtend was omgeroepen waar de bijeenkomst zou worden gehouden. Hij duurde twee uur, en een verbazend groot aantal mensen nam het woord. Everett voelde zich een nieuw mens toen hij om halfnegen het ziekenhuis in liep om Maggie erover te gaan vertellen. Het viel hem op dat ze er moe uitzag.

'Je had helemaal gelijk! Het was fantastisch!' Zijn ogen glansden van opwinding toen hij haar vertelde dat de bijeenkomst een groot succes was geweest. Ze was heel blij voor hem. Hij bleef nog een uurtje in het ziekenhuis rondhangen. Het was er niet druk. Maggie had Melanie al naar haar eigen hangar teruggestuurd. Everett en zij praatten een hele tijd met elkaar.

Uiteindelijk gingen ze samen weg. Ze meldde zich af bij de balie, en hij liep met haar mee naar het gebouw waar alle kerkelijke vrijwilligers verbleven. Er waren nonnen, priesters, dominees, fraters, een paar rabbijnen en twee boeddhistische monniken in oranje gewaden. Ze kwamen en gingen, terwijl Maggie en Everett samen op het stoepje zaten. Ze vond het fijn om met hem te praten. En hij voelde zich een nieuw mens na de bijeenkomst en bedankte haar nog een keer toen hij opstond om weg te gaan.

'Dank je, Maggie. Je bent een fantastische vriendin.'

'En jij een fantastische vriend, Everett.' Ze glimlachte naar hem. 'Ik ben blij dat het zo goed is gegaan.' Ze was wel even bang geweest voor wat er zou gebeuren als er niemand kwam opdagen. Maar de groep had afgesproken om iedere dag op dezelfde tijd bijeen te komen, en ze had het gevoel dat het zou uitgroeien tot iets groots. Iedereen had last van stress. Zelfs zij voelde het. De priesters in haar gebouw lazen iedere ochtend de mis, wat haar goeddeed, net zoals de AA-bijeenkomst hem goed had gedaan. En voordat ze ging slapen, bad ze altijd minstens een uur, of net zolang als ze erin slaagde haar ogen open te houden. Het waren lange dagen, zware, uitputtende dagen.

'Tot morgen,' zei hij, en toen vertrok hij.

Ze ging naar binnen en liep de trap op. De hal werd verlicht door lantaarns die op batterijen werkten. Ze dacht aan Everett terwijl ze de zaal in liep die ze deelde met zes andere nonnen, die allemaal als vrijwilligsters in het Presidio werkten, en voor het eerst sinds jaren voelde ze afstand tot hen. Een van hen was al twee dagen aan het klagen over het feit dat ze geen habijt kon dragen. Ze had het hare achtergelaten in het klooster toen daar door een gaslek brand was uitgebroken en ze allemaal hadden moeten vluchten. Ze waren in badjas en op slippers aangekomen in het Presidio. Ze zei dat ze zich naakt voelde zonder haar habijt. De afgelopen jaren had Maggie er een hekel aan gehad om het hare te dragen. Op de avond van het benefiet had ze het alleen maar aangetrokken omdat ze geen jurk had. Ze had alleen maar de kleren waarin ze met de daklozen werkte.

Voor het eerst voelde ze afstand tussen haar en de andere nonnen. Ze wist niet goed waarom, maar op de een of andere manier kwamen ze haar kleingeestig voor, en onwillekeurig moest ze denken aan wat ze tegen Everett had gezegd, dat ze het heerlijk vond om non te zijn. Dat was ook zo, maar soms werkten andere nonnen, en zelfs priesters, haar op de zenuwen. Dat vergat ze soms. De band die ze had, was met God, en met de verloren zielen met wie ze werkte. Af en toe vond ze mensen uit religieuze ordes gewoon irritant, vooral wanneer ze arrogant en bekrompen deden over hun eigen keuze.

Haar gevoelens baarden haar echter zorgen. Everett had haar gevraagd of ze ooit twijfelde aan haar roeping en zij had gezegd van niet. Dat deed ze ook niet, maar ze vond het heerlijk om met hem te praten, ze hield van hun filosofische uitwisselingen, van de grappige dingen die hij zei. En terwijl ze aan hem dacht, maakte ze zich alweer zorgen. Ze wilde zich niet aangetrokken voelen tot een man. Ze vroeg zich af of de andere non soms gelijk had. Misschien hadden nonnen hun habijt wel nodig om mensen eraan te herinneren wie ze waren, om ze op afstand te houden. Tussen haar en Everett was geen afstand. In de ongewone omstandigheden waaronder iedereen leefde, hadden zich nauwe vriendschappen gevormd, waren er onverbrekelijke banden gesmeed en bloeiden er zelfs romances op. Ze wilde best een goede vriendin van Everett zijn, maar beslist niet meer dan dat. Dat hield ze zichzelf voor terwijl ze haar gezicht met koud water waste en zoals iedere avond op haar stretcher ging liggen bidden. Hij mocht beslist niet tussen haar en haar gebeden komen, maar toch gleden haar gedachten steeds naar hem af, en ze moest zichzelf streng voorhouden dat ze niet aan hem mocht denken. Voor het eerst in jaren realiseerde ze zich weer dat ze alleen de bruid van God was. Alleen Hem behoorde ze toe. Zo was het altijd geweest en zo zou het altijd zijn. En terwijl ze hartstochtelijk bad, lukte het haar uiteindelijk om het beeld van Everett uit te wissen en alleen nog maar God te zien. Ze slaakte een diepe zucht van verlichting toen ze klaar was met haar gebed, haar ogen sloot en vredig in slaap viel.

Melanie was kapot toen ze die avond naar haar eigen hangar ging. Het was voor de derde achtereenvolgende dag dat ze zo hard had gewerkt, en hoewel ze ervan genoot, moest ze zichzelf bekennen dat het heerlijk zou zijn om nu een warm bad te kunnen nemen, in haar eigen comfortabele bed te stappen met de tv aan en dan in slaap te vallen. In plaats daarvan sliep ze in een enorme zaal met een paar honderd anderen. Het was er lawaaiig en vol, het stonk er en haar stretcher was keihard. En ze zou hier nog minstens een paar dagen moeten blijven. De stad was nog steeds volledig afgesloten, ze konden met geen mogelijkheid weg. Ze moesten er maar het beste van zien te maken, en dat zei ze ook iedere keer tegen Jake wanneer hij liep te klagen. Ze was teleurgesteld in hem, in zijn zeurderigheid. Hij leek alles voornamelijk op haar af te reageren. En Ashley was geen haar beter. Ze huilde vaak, zei dat ze last had van posttraumatische stress en dat ze naar huis wilde. Janet vond het ook allemaal niks, maar zij maakte tenminste nog vrienden en had het continu met iedereen over haar dochter om te laten merken hoe belangrijk en bijzonder ze wel niet was. Het kon Melanie niks schelen. Ze was eraan gewend. Haar moeder deed dat altijd en overal. De jongens van de band en de roadies hadden ook veel vrienden gemaakt met wie ze wat rondhingen en pokerden. Pam en zij waren de enigen van hun groep die werkten, dus Melanie zag de anderen nauwelijks meer.

Op weg naar binnen pakte ze een blikje fris. De hal was slecht verlicht, alleen langs de wanden stonden lantaarns die op batterijen werkten. Als je niet oppaste, kon je zomaar over iemand struikelen of vallen. Sommige mensen lagen in slaapzakken in de gangpaden, anderen op stretchers, en de hele nacht door huilde er wel ergens een kind. Het was alsof ze zich onderdeks op een schip bevond of in een vluchtelingenkamp, wat het in feite natuurlijk ook was. Melanie liep naar het gedeelte waar hun groep sliep. Ze hadden een stuk of vijftien stretchers bij elkaar gezet, en sommigen van de roadies lagen in slaapzakken op de grond. Jakes stretcher stond naast die van haar.

'Hoi liefje,' fluisterde ze in het halfduister. Het was al stil in de hangar. De meeste mensen gingen vroeg slapen. Ze waren van streek, bang en gedeprimeerd omdat ze zoveel waren kwijtgeraakt. Bovendien was er 's avonds niets te doen, dus gingen ze maar naar bed. Jake verroerde zich niet, en ze nam aan dat hij sliep. Haar moeder was er nog niet, ze was blijkbaar de hort op. Net toen Melanie naar haar eigen stretcher wilde lopen, bewoog er iets in Jakes slaapzak. Twee hoofden tegelijk piepten eruit. Het eerste gezicht dat haar aanstaarde, was dat van Ashley, het tweede van Jake. Ze keken allebei geschrokken en gegeneerd.

'Wat doe jij hier?' Hij klonk boos en verbaasd.

'Volgens mij slaap ik hier,' zei Melanie. Eerst drong niet goed tot haar door wat ze zag, maar toen begreep ze het maar al te goed. 'Nou, dat is fijn,' zei ze tegen Ashley, die ze al bijna haar hele leven kende. 'Heel fijn. Wat een klotestreek van jullie.' Ze fluisterde nog steeds, want ze wilde niet dat de anderen haar hoorden. Ashley en Jake zaten inmiddels rechtop. Melanie zag dat ze geen kleren aanhadden. Ashley haalde wat gymnastische toeren uit en kroop toen uit de slaapzak, slechts gekleed in een T-shirt en string die van Melanie waren. 'Je bent een klootzak,' zei Melanie tegen Jake. Ze wilde weglopen, maar Jake greep haar arm beet, worstelde zich uit de slaapzak, met alleen zijn onderbroek aan.

'Stel je niet aan, schatje. We waren alleen maar een beetje aan het klooien. Het heeft helemaal niks te betekenen.'

Er begonnen mensen naar hen te kijken. En wat erger was, ze wisten wie ze was. Daar had haar moeder wel voor gezorgd.

'Nou, voor mij betekent het wel wat,' zei ze. Ze draaide zich weer om en keek hen aan. Eerst sprak ze Ashley aan. 'Ik vind het niet erg als je mijn ondergoed steelt, Ash, maar dan ook nog mijn vriendje stelen, is misschien een beetje te veel van het goede, vind je ook niet?'

'Sorry, Mel.' Ashley liet haar hoofd zakken. De tranen stroomden haar over de wangen. 'Ik weet niet... Het is hier zo eng... Ik ben zo bang hier... Ik heb vandaag een angstaanval gehad. Jake wilde me alleen maar troosten... Ik... Het was niet...' Ze begon steeds harder te huilen.

Melanie werd al misselijk als ze naar haar keek. 'Hou die praatjes maar voor je. Ik zou dat nooit bij jou hebben gedaan. En als jullie allebei nou eens met jullie luie reet opstonden om hier wat nuttigs te gaan doen, dan zouden jullie elkaar niet uit verveling hoeven te neuken. Ik ben kotsmisselijk van jullie.' Melanies stem trilde.

'Arrogante trut!' beet Jake haar toe. Hij had blijkbaar besloten dat de aanval de beste verdediging was.

Die vlieger ging bij Melanie echter niet op. 'Val dood!' riep ze.

Op dat moment kwam haar moeder aanlopen, niet goed begrijpend wat er aan de hand was. Ze zag dat ze ruzie hadden, maar had geen flauw idee waarom. Ze had zitten kaarten met wat nieuwe vriendinnen van haar en een stel heel aantrekkelijke mannen.

'Val zelf dood! Je bent heus niet zo hot als je zelf denkt, hoor!' diende hij haar van repliek.

Melanie liep weg, op de hielen gevolgd door haar moeder die zich meteen zorgen begon te maken. 'Wat is er gebeurd?'

'Ik wil het er niet over hebben,' zei Melanie. Ze liep naar de uitgang, want ze had frisse lucht nodig.

'Melanie, waar ga je naartoe?' riep haar moeder haar na, terwijl de mensen in hun gangpad wakker werden en naar haar staarden.

'Naar buiten. Maak je geen zorgen. Ik ga heus niet terug naar L.A.' Ze rende de deur uit.

Toen Janet terugkwam bij hun stretchers, trof ze een huilende Ashley aan, en Jake die blijkbaar een woedeaanval had. Hij stond met dingen te smijten, en mensen die in de buurt lagen, riepen dat hij daarmee moest ophouden, anders zouden ze hem een schop onder z'n kont komen verkopen. Hij was niet erg populair in het gedeelte waar zij sliepen. Hij was tegen zo'n beetje iedereen bot geweest, en niemand vond hem aardig, al was hij dan een tv-ster. Janet keek dodelijk bezorgd en vroeg een van de bandleden om in te grijpen.

'Ik haat het hier!' schreeuwde Jake. Hij liep ook naar buiten.

Ashley rende hem achterna. Het was vreselijk stom van hen geweest, dat wist ze best. Ze kende Melanie; loyaliteit en trouw betekenden veel voor haar. Ze was bang dat Melanie het haar nooit zou vergeven en zei dat ook tegen Jake, terwijl ze buiten zaten, op blote voeten en met dekens om zich heen geslagen. Ashley keek om zich heen, maar ze zag Melanie nergens.

'Ach, ze kan doodvallen,' zei Jake. 'Wanneer kunnen we hier verdomme eindelijk eens weg?' Hij had aan een van de helikopterpiloten gevraagd of ze hen niet mee terug konden nemen naar L.A. De piloot had Jake aangekeken alsof hij zijn verstand had verloren. Ze vlogen voor de regering en waren niet te huur.

'Ze vergeeft het me nooit,' jammerde Ashley.

'Nou en? Wat maakt dat nou uit?' Hij ademde de koele avondlucht in. Hij had gewoon een beetje gein gemaakt met Ashley, ze hadden verder toch niks te doen, en Melanie had het ook zo verdomde druk met Florence Nightingale uit te hangen. Hij zei dat als Melanie niet zo veel weg was geweest, dit nooit zou zijn gebeurd. Het was haar schuld, niet die van hen. 'Je bent veel beter dan zij,' zei hij tegen Ashley, die aan zijn lippen hing en zich tegen hem aan nestelde.

'Echt waar?' vroeg ze hoopvol. Ze zag er al een stuk minder schuldbewust uit dan een paar minuten daarvoor.

'Zeker weten, schatje, zeker weten.' Ze gingen weer naar binnen, en ze sliep bij hem in de slaapzak, want Melanie was er toch niet.

Janet deed net alsof ze het niet zag, maar ze begreep precies wat er was gebeurd. Nou ja, ze had Jake toch nooit gemogen. Ze vond hem niet goed genoeg voor haar dochter, en van zijn geschiedenis met drugs moest ze ook weinig hebben.

Melanie was teruggegaan naar het veldhospitaal en sliep op een van de lege stretchers die ze paraat hielden voor nieuwe patiënten. De dienstdoende verpleegster had gezegd dat ze daar wel kon slapen toen Melanie had uitgelegd dat ze problemen had gehad in haar eigen hangar. Ze beloofde meteen weg te gaan als ze het bed nodig hadden voor een patiënt.

'Maak je daar maar geen zorgen over,' zei de verpleegster vriendelijk tegen haar. 'Probeer maar wat te slapen. Zo te zien zit je er helemaal doorheen.'

'Ja,' zei Melanie, maar ze lag nog uren wakker en dacht na over de gezichten van Ashley en Jake toen ze uit zijn slaapzak waren gekropen. Het was niet echt een verrassing voor haar dat Jake dat had gedaan, hoewel ze hem er wel om haatte. Ze vond hem een klootzak omdat hij haar had bedrogen met haar beste vriendin. Maar het was Ashleys verraad dat haar het meest kwetste. Jake en Ashley waren allebei slap en egoïstisch, ze gebruikten haar schaamteloos. Ze wist dat het erbij hoorde en ze had soortgelijke dingen al eerder overleefd. Maar ze had schoon genoeg van alle teleurstellingen die hoorden bij beroemd zijn. Wat was er gebeurd met liefde, eerlijkheid, fatsoen, trouw en echte vrienden?

Melanie was diep in slaap toen Maggie haar de volgende ochtend op de stretcher aantrof. Ze legde voorzichtig een deken over haar heen. Ze had geen idee wat er was gebeurd, maar intuïtief wist ze dat het weinig goeds kon zijn wat Melanie hier had gebracht. Ze liet haar zo lang mogelijk slapen. Melanie leek nog een kind terwijl ze sliep. Maggie liep bij haar weg en begon aan haar werkdag. Er was zo veel te doen.

Hoofdstuk 8

Op maandagochtend was de spanning in het huis van Seth en Sarah aan Divisadero om te snijden. Zoals Seth al sinds de aardbeving deed, probeerde hij alle telefoons in huis, al hun mobieltjes, hun autotelefoons en zelfs zijn BlackBerry, maar zonder succes. San Francisco was nog steeds volledig van de buitenwereld afgesloten. Er vlogen nog steeds helikopters laag over hun heen om te zien hoe het ervoor stond en daarvan melding te maken aan de noodhulpdiensten. Ze hoorden ook nog steeds overal sirenes. En als het kon, bleven de mensen thuis. San Francisco leek net een spookstad met alle lege straten, en bij hen thuis hing een sfeer van dreigend onheil. Sarah liet Seth met rust en bekommerde zich voornamelijk om de kinderen. Ze hadden nog steeds hun vaste routine, maar Seth en zij spraken nauwelijks met elkaar. Ze was zo geschrokken van wat hij haar had verteld dat ze geen woorden meer had.

Ze gaf de kinderen hun ontbijt, hoewel hun voedselvoorraad in rap tempo afnam. Daarna speelde ze met hen in de tuin en duwde de schommel voor Molly. Molly vond het grappig dat de boom was omgevallen. Met Olivers keel en oor ging het een stuk beter dankzij de antibiotica die hij had gekregen. De kinderen waren allebei in een opperbest humeur, wat niet van hun ouders gezegd kon worden. Sarah en Parmani maakten voor de lunch broodjes pindakaas en jam en bananen in plakjes. Na de lunch brachten ze de kinderen naar bed voor hun middagdutje.

Het was stil in huis toen Sarah eindelijk naar Seth in zijn studeerkamer ging. Hij zag er geteisterd uit en zat zonder iets te zien naar de muur te staren, in gedachten verzonken. 'Gaat het?' vroeg ze.

Hij nam niet eens de moeite om haar antwoord te geven. Hij draaide zich alleen maar om en keek haar met gebroken ogen aan. Alles wat hij voor hen had opgebouwd, stond op het punt om in te storten. Hij zag er grauw en verslagen uit.

'Wil je wat eten?' vroeg ze.

Hij schudde zijn hoofd en keek haar zuchtend aan. 'Je snapt toch wel wat er gaat gebeuren, hè?'

'Niet echt,' zei ze zacht, terwijl ze ging zitten. 'Ik weet wat je me hebt verteld, dat ze Sully's boekhouding gaan controleren en dan zullen ontdekken dat het geld van de investeerders verdwenen is, en dat ze dan het spoor zullen volgen en bij jou uitkomen.'

'Dat heet diefstal en beursfraude. Dat zijn zware vergrijpen. Om maar te zwijgen van de rechtszaken die Sully's investeerders zullen aanspannen, en die van mij ook. Het wordt een vreselijke puinhoop, Sarah. En het zal een hele tijd duren voordat het voorbij is.' Hij had sinds donderdagavond nergens anders aan kunnen denken, en zij sinds vrijdagochtend niet.

'Wat bedoel je precies met puinhoop?' vroeg ze op droevige toon. Het leek haar beter om te weten wat hem te wachten stond. Want dat stond haar ook te wachten.

'Waarschijnlijk gaan ze over tot vervolging. Er zal een aanklacht tegen me worden ingediend bij de Kamer van Inbeschuldigingstelling. Er komt een proces. En waarschijnlijk zal ik veroordeeld worden en beland ik in de gevangenis.' Hij keek op zijn horloge. In New York was het nu vier uur, vier uur na het tijdstip waarop het geld weer op Sully's rekening had moeten staan om op tijd te zijn voor het accountantsonderzoek. Het was gewoon pure pech dat ze zo vlak na elkaar hun boekhouding moesten overleggen, en nog grotere pech dat de aardbeving in San Francisco alle communicatie en al het betalingsverkeer had platgelegd. Ze maakten geen schijn van kans, want het was onmogelijk om de sporen van hun malversaties nog uit te wissen. 'Sully zal er ondertussen al wel roodgloeiend bij zijn en dan zal de toezichthouder deze week wel een onderzoek naar de boeken beginnen, en daarna naar die van mij, zodra de stad weer bereikbaar is. Sully en ik zitten in hetzelfde schuitje. De investeerders zullen rechtszaken aanspannen wegens verduistering, diefstal en fraude.' Om het nog erger te maken, voegde hij eraan toe: 'Ik weet bijna zeker dat we het huis zullen kwijtraken en de rest ook.'

'En wat dan?' vroeg ze met hese stem. Dat ze hun huis en al hun bezittingen zouden kwijtraken, schokte haar minder dan de ontdekking dat Seth geen eerlijk man was, dat hij een oplichter en een fraudeur was. Ze kende hem zes jaar, had al die jaren van hem gehouden, om nu tot de ontdekking te komen dat ze hem helemaal niet kende. Ze zou niet geschokter hebben gekeken als hij voor haar ogen in een weerwolf was veranderd. 'Wat gebeurt er met mij en de kinderen?'

'Dat weet ik niet, Sarah,' antwoordde hij eerlijk. 'Misschien moet je gaan werken.'

Ze knikte. Er waren ergere dingen. Ze was maar al te bereid te gaan werken als dat hen hielp, maar wat als hij werd veroordeeld? Wat gebeurde er dan met hun leven, hun huwelijk? Als hij de gevangenis in moest, wat dan, en voor hoe lang? Ze kon het hem niet eens vragen, want ze kreeg de woorden niet uit haar mond, en hij zat daar maar met zijn hoofd te schudden, terwijl de tranen hem langzaam over de wangen liepen. Wat haar ook angst inboezemde, was dat hij ook nu alleen nog maar aan zichzelf leek te denken en niet aan hen. Wat gebeurde er met haar en de kinderen als hij de gevangenis in draaide?

'Denk je dat de politie meteen op de stoep staat, zodra alles in de stad het weer doet?' Ze had geen flauw idee wat hun te wachten stond. Zelfs in haar ergste nachtmerries had ze dit niet kunnen bedenken.

'Ik weet het niet. Ik denk dat de toezichthouder een onderzoek begint. Maar het kan al heel snel misgaan. Zodra de banken opengaan, zien ze dat geld op mijn rekening en dan ben ik erbij.'

Ze knikte, terwijl ze probeerde alles te verwerken, zich probeerde te herinneren wat hij had gezegd. 'Je zei dat Sully en jij dit wel vaker hebben gedaan. Hoe vaak?' Ze keek somber en haar stem klonk hees. Seth was niet één keer oneerlijk geweest, maar misschien wel heel vaak en dat jarenlang.

'Een paar keer.' Hij klonk gespannen toen hij dat zei.

'Wat is een paar keer?' Ze moest het weten.

'Wat doet dat ertoe?' Zijn kaken verstijfden. 'Drie... misschien vier keer. Sully heeft me geholpen met het opzetten ervan. De eerste keer was vlak nadat we waren begonnen, om onszelf een duwtje in de rug te geven, en de belangstelling van investeerders te wekken voor het fonds. Een soort lokkertje... Het werkte, dus heb ik het weer gedaan. Het zorgde ervoor dat de grote investeerders mee wilden doen, omdat ze dachten dat we over veel geld beschikten.'

Hij had hen voorgelogen, bedrogen, had gewoon pure fraude gepleegd. Ze kon het bijna niet bevatten, maar begreep nu wel waar zijn snelle en grote succes aan te danken was. Het wonderkind waar iedereen het over had, was een leugenaar en een dief, een oplichter. En het schokkendste was nog wel dat ze met hem was getrouwd. Hij had haar ook voor de gek gehouden. Ze had nooit gevraagd om alle extravagante luxe waarmee hij hen had overladen. Dat had ze allemaal niet nodig. In het begin had ze zich er zelfs zorgen om gemaakt. Maar Seth had gezegd dat hij geld als water verdiende, dat ze alle luxe en de fantastische levensstijl die erbij hoorde, verdienden. Huizen, sieraden, mooie auto's, zijn vliegtuig. Het was allemaal gebouwd op leugens. En nu stond hij op het punt om gesnapt te worden en zou alles waarvoor hij had gewerkt, verdwijnen, ook uit haar leven.

'Krijgen we ook problemen met de belasting?' vroeg ze paniekerig. Dan zou zij er ook bij betrokken raken, want ze deden een gezamenlijke aangifte. Wat zou er met de kinderen gebeuren als ook zij de gevangenis in moest? Alleen het idee al kneep haar keel dicht van angst.

'Nee,' stelde hij haar gerust. 'De belastingaangifte is brandschoon. Dat zou ik jou nooit aandoen.'

'Hoezo niet?' De tranen die haar in de ogen hadden gebrand, stroomden nu over haar wangen. Ze voelde zich overweldigd door wat hij allemaal had verteld. De aardbeving waardoor de stad was getroffen, was kinderspel vergeleken met wat hun te wachten stond. 'Je hebt die andere dingen ook gedaan. Je hebt jezelf in gevaar gebracht en sleept ons nu mee in de val.' Ze vroeg zich af wat ze haar ouders moest vertellen. Ze zouden geschokt zijn en diepbeschaamd wanneer de media er eenmaal lucht van kregen. Dit was niet iets wat ze geheim konden houden. Het zou groot nieuws zijn, en nog groter als hij inderdaad werd veroordeeld en de gevangenis in draaide. De kranten zouden hun geluk niet op kunnen. Hoe hoger de klim, hoe harder de val. Dat was niet moeilijk te voorspellen, besefte ze terwijl ze opstond en door de kamer begon te ijsberen. 'We moeten een advocaat nemen, Seth, een hele goeie.'

'Dat regel ik wel.' Hij keek naar haar, terwijl ze uit het raam staarde.

Ze zag dat de bloembakken van de buren van de vensterbanken waren gevallen en nog steeds op de stoep lagen, met overal aarde en bloemen. De buren waren naar de opvang in het Presidio vertrokken nadat hun schoorsteen was ingestort, en niemand had de rotzooi opgeruimd. Het zou veel werk zijn om de stad weer op te ruimen. Maar de rotzooi in de stad was niets vergeleken bij de rotzooi waar Seth mee te maken zou krijgen.

'Het spijt me, Sarah,' fluisterde hij.

'Mij ook,' zei ze, terwijl ze zich naar hem omdraaide. 'Ik weet niet of het wat voor je betekent, maar ik hou van je, Seth. Meteen toen ik je leerde kennen, hield ik van je. En dat doe ik nog steeds, zelfs na dit. Ik weet alleen niet hoe het verder moet. Of we wel verdergaan samen.' Ze zei het niet, maar ze wist niet of ze het hem ooit kon vergeven dat hij zo oneerlijk was geweest, over zo weinig integriteit bleek te beschikken. Het was een schokkende openbaring geweest over de man van wie ze hield. Als hij echt zo anders was dan ze had gedacht, van wie hield ze dan eigenlijk? Als ze naar hem keek, was het net alsof ze hem niet kende, en in feite was dat ook zo.

'Ik hou ook van jou,' zei hij ongelukkig. 'Het spijt me zo. Ik had nooit verwacht dat het zover zou komen. Ik had niet verwacht dat we betrapt zouden worden.' Hij zei het alsof hij een appel van een groentekar had gestolen of verzuimd had een boek terug te brengen naar de bibliotheek. Ze begon zich af te vragen of hij wel besefte wat hij had gedaan.

'Daar gaat het niet om. Het gaat er niet om dat je bent betrapt. Het gaat om wie je bent en wat je dacht toen je dit allemaal zat uit te dokteren. Het risico dat je daarmee hebt genomen. De leugens. De mensen die je allemaal zonder enige schaamte hebt voorgelogen, niet alleen die investeerders, maar ook mij en de kinderen. Dit zal hen ook raken. Als jij de gevangenis in verdwijnt, zullen zij daar de rest van hun leven mee moeten leven. Ze zullen horen wat je hebt gedaan, en hoe denk je dat ze tegen je aan zullen kijken als ze eenmaal volwassen zijn? Wat zegt hun dit over jou?'

'Het zegt hun dat ik ook maar een mens ben en een fout heb gemaakt,' zei hij spijtig. 'Als ze van me houden, zullen ze het me vergeven, net als jij.'

'Misschien is het wel niet zo eenvoudig. Ik weet niet hoe je uit zoiets als dit tevoorschijn komt, wat voor mensen we dan zijn. Hoe kun je ooit vergeten dat iemand die je volledig vertrouwde, een leugenaar en een bedrieger blijkt te zijn, een dief... een fraudeur... Hoe kan ik je ooit weer vertrouwen?'

Hij zei niets, hij keek alleen maar naar haar. Hij was al drie dagen niet bij haar in de buurt geweest. Dat kon hij niet. Ze had een drie meter hoge muur tussen hen opgetrokken. Zelfs 's nachts in bed lagen ze ieder ineengedoken aan hun eigen kant, met een grote, lege ruimte tussen hen in. Hij raakte haar niet aan, en zij kon het niet opbrengen om de eerste stap te zetten. Ze voelde zich te gekwetst, was te gedesillusioneerd en teleurgesteld. Hij wilde dat ze het hem vergaf, dat ze het begreep, dat ze hem steunde, maar ze had geen flauw idee of ze dat ooit zou willen of kunnen. Het was zoiets groots.

Ze was bijna blij dat de stad was afgesloten van de buitenwereld. Ze had tijd nodig om alles te verwerken voordat hun wereld instortte. Maar aan de andere kant, als er geen aardbeving was geweest, zou dit allemaal niet zijn gebeurd. Hij zou het geld dan op tijd hebben overgemaakt aan Sully, die dan op zijn beurt weer met zijn boekhouding zou hebben geknoeid. En op een gegeven moment zouden ze het weer hebben gedaan en misschien later betrapt worden. Vroeg of laat zou dat zijn gebeurd. Niemand was ooit zo slim om voor altijd weg te komen met zo'n groot misdrijf als dit. Het was zo eenvoudig dat het zielig was en zo oneerlijk dat je verstand ervan stilstond.

'Ga je bij me weg, Sarah?' Dat zou voor hem het toppunt zijn. Hij wilde dat ze hem bleef steunen, maar zo te zien was ze dat niet van plan. Sarah had extreem starre ideeën over eerlijkheid en integriteit. Ze legde de lat hoog, voor zichzelf en voor anderen. Hij had alles waar ze voor stond met voeten getreden. Hij had zelf zijn gezin op het spel gezet en hij vermoedde dat dat voor haar wel eens de druppel kon zijn die de emmer zou doen overlopen. Het gezin was heilig voor haar. Ze leefde naar de normen en waarden waarin ze geloofde. Ze was een vrouw van eer en verwachtte, en dacht, van hem dat hij een man van eer was.

'Ik weet het niet,' antwoordde ze eerlijk. 'Ik heb geen idee wat ik ga doen. Ik kan het allemaal nauwelijks nog bevatten. Wat je hebt gedaan, is zoiets enorms dat ik het geloof ik nog steeds niet helemaal snap.' De aardbeving en alles wat eromheen was gebeurd, had haar minder geschokt dan dit. Ze keek alsof haar eigen leven en dat van de kinderen was ingestort.

'Ik hoop dat je bij me blijft,' zei hij. Hij klonk bedroefd en kwetsbaar. 'Ik wil dat je blijft.' Hij had haar nodig. Hij was bang dat hij dit in zijn eentje niet zou aankunnen, maar hij besefte dat hij dat misschien wel moest, en tot op zekere hoogte begreep hij ook dat het zijn eigen schuld was.

'Ik wil ook blijven.' Ze begon weer te huilen. Ze had zich nog nooit zo verschrikkelijk gevoeld, behalve toen ze had gedacht dat hun baby zou doodgaan. Gelukkig was Molly gered. Maar ze vreesde dat niets Seth zou kunnen redden. Zelfs als hij een briljante advocaat had die het op duizend manieren op een akkoordje zou proberen te gooien, kon ze zich niet voorstellen dat hij zou worden vrijgesproken, niet met alle bewijzen van de bank die ze zouden hebben. 'Ik weet alleen niet of ik het kan,' voegde ze eraan toe. 'Laten we afwachten wat er gebeurt zodra we weer contact hebben met de buitenwereld. Ik neem aan dat de ellende dan niet lang op zich zal laten wachten.'

Hij knikte. Ze wisten allebei dat hun isolement voor hen allebei uitstel van executie betekende. Ze konden gewoonweg niets doen. Ze konden alleen maar zitten wachten. Het maakte er de stress die ze sinds de aardbeving voelden alleen maar groter op, maar toch was ze blij dat ze extra tijd had om na te denken. Voor haar pakte dat beter uit dan voor Seth, die als een gekooid dier door het huis liep, terwijl hij zich afvroeg wat er met hem zou gaan gebeuren. Hij maakte zich daar continu zorgen over. Hij wilde zo graag met Sully praten, horen wat er in New York gebeurde. Hij controleerde constant zijn BlackBerry, alsof die plotseling tot leven zou kunnen komen. Maar de BlackBerry bleef dood, net als alles, en net als hun huwelijk waarschijnlijk.

Net als de voorgaande drie nachten lagen ze in bed flink ver uit elkaar. Seth wilde de liefde met haar bedrijven, voor de troost die hij eraan zou ontlenen, de geruststelling dat ze nog steeds van hem hield, maar hij durfde niet in haar buurt te komen en kon haar ook niet kwalijk nemen wat ze voelde. Nog lang nadat ze in slaap was gevallen, lag hij wakker aan zijn kant van het bed. Midden in de nacht werd Oliver wakker. Hij huilde en trok weer aan zijn oortje. Hij kreeg ook tandjes, en Sarah wist niet goed of hij last had van zijn oor of van zijn tanden. Ze wiegde hem lange tijd in haar armen in de grote, comfortabele schommelstoel op zijn kamer tot hij uiteindelijk weer in slaap viel. Ze legde hem niet terug in zijn wiegje, ze bleef zitten, met hem in haar armen, kijkend naar de maan en luisterend naar de helikopters die boven de stad patrouilleerden. Het klonk alsof ze zich in oorlogsgebied bevonden, en terwijl ze daar zo zat te luisteren, drong tot haar door dat dat ook zo was. Ze wist dat ze een vreselijke tijd tegemoet gingen. Er viel niet aan te ontkomen, het viel niet te veranderen. Het was onmogelijk de klok terug te draaien naar voordat het was gebeurd. Net zoals de stad had staan schudden op zijn grondvesten, deed hun eigen leven dat, en het zou niet lang duren voordat alles instortte en in stukken zou vallen.

De rest van de nacht bleef ze in de schommelstoel zitten, Ollie wiegend in haar armen. Ze ging niet terug naar bed. Ze kon zichzelf er niet toe zetten om weer naast Seth te gaan liggen, en misschien kon ze dat wel nooit meer. De volgende dag verhuisde ze van hun slaapkamer naar de logeerkamer.

Hoofdstuk 9

Op vrijdag, de achtste dag na de aardbeving, kregen de bewoners van het kamp in het Presidio te horen dat de wegen en het vliegveld weer zouden worden vrijgegeven. Er was een tijdelijke verkeerstoren gebouwd. Dat Highway 280 en Highway 101 weer opengingen, betekende dat iedereen weer vrijelijk naar het zuiden kon reizen, maar de Golden Gate Bridge zou nog een paar dagen afgesloten blijven, zodat het noorden onbereikbaar bleef. De Bay Bridge zou nog maanden dicht blijven, tot hij was gerepareerd. Dat hield in dat forenzen van de East Bay de stad alleen maar konden bereiken via de Richmond Bridge en de Golden Gate Bridge, of via de Dumbarton Bridge of de San Mateo Bridge naar het zuiden. Het woon-werkverkeer zou een ramp worden, met veel files en oponthoud. Voorlopig betekende het dat alleen degenen die op het schiereiland woonden zaterdag naar huis konden.

Er werd een aantal buurten ontsloten en de bewoners daarvan konden gaan kijken hoe het er met hun huizen voor stond. Anderen zouden te maken krijgen met politieafzettingen als het te gevaarlijk was om een buurt te betreden. In het Financial District was het nog steeds een puinhoop. Niemand mocht erin, dus veel zaken bleven noodgedwongen dicht. Stroom zou in het weekend slechts in een klein gedeelte van de stad weer beschikbaar zijn. Er gingen geruchten dat de elektriciteitsvoorziening pas over enkele maanden volledig zou zijn hersteld, en met een beetje geluk misschien al over een maand. De stad had acht dagen helemaal platgelegen, maar begon nu langzaam weer op te krabbelen. Er waren weer tekenen van leven, hoewel het nog maanden zou duren voordat San Francisco weer de oude was. In het kamp hadden veel mensen het erover om weg te gaan uit de stad. Ze hadden jarenlang geleefd met de dreiging van een grote aardbeving, en nu die had plaatsgevonden, was hij te hard aangekomen. Ouderen zeiden dat ze toch niet lang genoeg zouden leven om er nóg een mee te maken, dus hun maakte het niet uit. Jonge mensen wilden zo snel mogelijk alles weer opbouwen en opnieuw beginnen. En velen in de leeftijd daartussenin zeiden dat ze het helemaal hadden gehad met de stad. Ze waren te veel kwijtgeraakt en waren te bang. Er was een continue kakofonie van bezorgde stemmen in de slaapzalen, de mess, op de wandelpaden en zelfs op het strand langs Crissy Field. Als het mooi weer was, was het gemakkelijker om te vergeten wat er was gebeurd. Maar 's avonds laat, als er naschokken waren, raakten velen weer in paniek. Het was voor iedereen in de stad een traumatische tijd.

Nadat Melanie en Tom hadden gehoord dat het vliegveld de volgende dag zou opengaan, gingen ze op het strand zitten praten, uitkijkend over de baai. Ze hadden er een gewoonte van gemaakt om hier iedere dag naartoe te komen. Ze had hem verteld wat er was gebeurd tussen Jake en Ashley, en dat ze sinds die avond in het ziekenhuis had geslapen. Ze wilde heel graag naar huis om die twee niet meer te hoeven zien, maar ze vond het leuk dat ze Tom beter had leren kennen.

'Wat ga jij nu doen?' vroeg ze kalm. Ze voelde zich altijd op haar gemak en rustig bij hem. Hij had iets ongedwongens en straalde zelfvertrouwen en fatsoen uit.

Het was prettig om iemand te kennen die niets met de muziekbusiness of de showbusiness in het algemeen te maken had. Ze had schoon genoeg van acteurs, zangers, muzikanten en alle andere gekken met wie ze dagelijks te maken kreeg. Ze had met enkelen van hen een relatie gehad, en die waren altijd geëindigd zoals die met Jake, of soms nog erger. Het waren narcisten, junks, gekken of gewoon kerels zonder manieren die alleen maar misbruik van haar maakten. Ze had nog nooit iets van een geweten of moraal bij hen gemerkt, ze deden gewoon waar ze zin in hadden. Ze wilde iets beters dan dat. Hoewel ze pas negentien was, was ze veel evenwichtiger dan al die mannen bij elkaar. Ze gebruikte geen drugs en had dat ook nooit gedaan, ze had nog nooit iemand bedrogen, ze loog niet, was niet alleen maar bezig met zichzelf. Ze was gewoon een fatsoenlijk, eerlijk mens. En dat verwachtte ze ook van een ander. Tom en zij hadden de afgelopen dagen veel gepraat over haar carrière en wat haar plannen daarmee waren. Ze wilde niet stoppen, maar ze wilde wel de touwtjes in handen nemen. Het leek onwaarschijnlijk dat haar moeder dat ooit zou toestaan. Ze had tegen Tom gezegd dat ze er schoon genoeg van had om eeuwig gecontroleerd en gebruikt te worden, ze had er schoon genoeg van dat anderen bepaalden hoe haar leven eruitzag. Hij was onder de indruk van haar logica, haar rationaliteit en haar gezonde verstand.

'Ik zal eerst naar Berkeley moeten om mijn appartement leeg te halen,' zei hij in antwoord op haar vraag. 'Maar zo te horen duurt het nog wel even voordat ik daarnaartoe kan. Op zijn minst moeten de Golden Gate Bridge en de Richmond Bridge weer in gebruik zijn genomen, anders kom ik niet eens naar de East Bay. En daarna ga ik terug naar Pasadena. Ik had eigenlijk de hele zomer hier willen blijven. Ik zou hier in de herfst aan een baan beginnen, maar niemand weet hoe het zal lopen, alles hangt af van hoe snel kantoren en bedrijven weer opengaan.' Net als zij was hij praktisch ingesteld, evenwichtig en wist hij goed wat hij wilde. Hij was tweeëntwintig, wilde eerst een paar jaar gaan werken en dan economie gaan studeren, misschien aan de UCLA. 'En jij? Wat zijn jouw plannen voor de komende weken?' Ze hadden het er nog niet tot in detail over gehad. Hij wist dat in juli haar tournee begon, na een concert in Las Vegas. Ze had hem verteld dat ze het daar haatte, maar het was een belangrijk optreden voor haar, het begin van een grote tournee. In september zou ze weer terug zijn in L.A. Maar hij had geen idee wat ze in juni wilde doen. Het was pas mei.

'Ik ga volgende week opnames maken voor een nieuwe cd. We doen wat nummers die ik ook tijdens de tournee zal zingen. Het is een goed opwarmertje voor me. Maar verder heb ik niet echt iets te doen tot aan mijn concert in juni, in L.A., vlak voor mijn vertrek naar Las Vegas. Denk je dat je dan al terug bent in Pasadena?' Met een hoopvol gezicht vertelde ze hem de datum.

Hij glimlachte, terwijl hij naar haar zat te luisteren. Hij had genoten van hun tijd samen en haar weerzien zou als een droom zijn. Maar hij moest steeds denken dat ze hem waarschijnlijk zou vergeten zodra ze weer terug was in L.A.

'Ik zou het heel leuk vinden als je als mijn gast naar het concert in L.A. zou komen. Het is een gekkenhuis als ik aan het werk ben, maar voor jou is dat misschien wel leuk om eens mee te maken. Als je wilt, kun je wat vrienden meenemen.'

'Mijn zusje zou het fantastisch vinden,' zei hij glimlachend. 'Ze is in juni ook thuis.'

'Nou, dan neem je haar toch mee,' zei ze. Wat zachter vervolgde ze: 'Ik hoop dat je belt als je terug bent.'

'Neem je dan wel op?' vroeg hij bezorgd. Buiten het Presidio, in haar echte leven, was ze een superster. Wat zou ze nou met hem moeten? Hij was beginnend ingenieur, een nul in haar wereldje. Toch leek ze te genieten van zijn gezelschap, net zoals hij van het hare genoot.

'Natuurlijk neem ik op,' stelde ze hem gerust. 'Ik hoop echt dat je belt.' Ze krabbelde het nummer van haar mobieltje voor hem op een papiertje. In en rond San Francisco deden de mobieltjes het nog niet, en dat zou nog wel een tijdje zo blijven. Computer- en gewoon telefoonverkeer was ook nog niet mogelijk. Er werd gefluisterd dat dat nog een week zou duren.

Ze liepen terug naar het ziekenhuis, en terwijl ze naar binnen gingen, merkte hij plagend op: 'Ik neem aan dat je voorlopig niet aan je verpleegopleiding begint, als je op tournee gaat.'

'Misschien in een ander leven.' Ze had Tom de dag ervoor voorgesteld aan haar moeder, maar die was niet erg onder de indruk van hem geweest. Voor haar was hij zomaar een jongen en dat hij afgestudeerd ingenieur was, zei haar niets. Ze wilde dat Melanie uitging met producers, zangers, bekende acteurs, mannen met wie ze de krant zou halen en die op de een of andere manier haar carrière vooruit konden helpen. Wat zijn gebreken ook waren, Jake had wel tot die categorie behoord, een fijn lokkertje voor de media. Tom zou dat nooit worden. En zijn saaie, nuchtere, goed opgeleide familie in Pasadena kon al helemaal niet op haar belangstelling rekenen. Maar ze maakte zich er geen zorgen over, ze ging ervan uit dat Melanie hem meteen weer zou vergeten zodra ze uit San Francisco weg waren, en dat ze hem dan ook nooit meer zou zien. Ze had geen idee van hun plannen om elkaar in L.A. te treffen.

Melanie werkte de hele dag, tot diep in de avond, samen met Maggie. Ze aten de pizza op die Tom hun uit de mess kwam brengen. Het eten was tot ieders verrassing nog altijd heel goed, dankzij een voortdurende bevoorrading met vers vlees, fruit en groenten, ingevlogen per helikopter, en dankzij de creatieve vaardigheden van de koks.

Na zijn laatste AA-bijeenkomst kwam Everett naar hen toe. Hij zei dat hij de organisatie had overgedragen aan een vrouw van wie het huis in de Marina volledig was verwoest en die van plan was om nog enkele maanden in het kamp te blijven. De afgelopen dagen waren er steeds meer mensen naar de bijeenkomsten gekomen, wat hem een enorme steun in de rug had gegeven. Hij bedankte Maggie nog een keer voor haar aanmoediging. Ze verzekerde hem er bescheiden van dat hij het zonder haar ook wel zou hebben gedaan. Ze bleven nog even samen zitten praten nadat Melanie en Tom een stukje waren gaan wandelen op hun laatste avond samen. Dit was een tijd die ze zich allemaal nog lang zouden herinneren, en sommigen van hen op aangrijpende wijze.

'Ik heb helemaal geen zin om terug te gaan naar L.A.,' bekende Everett nadat Tom en Melanie waren weggelopen. Ze hadden beloofd terug te komen om hun welterusten te wensen. De mensen uit L.A. zouden morgen allemaal vertrekken, en het was Melanies laatste werkdag in het ziekenhuis geweest. 'Red je het wel hier?' Hij maakte zich zorgen om Maggie. Ze was vurig en stroomde over van de energie, maar tegelijkertijd had ze ook iets kwetsbaars, wat hij juist zo mooi vond aan haar.

'Natuurlijk red ik me wel. Doe niet zo raar. Ik ken wel beroerdere plekken. Mijn eigen buurt bijvoorbeeld.' Ze lachte.

Hij keek haar glimlachend aan. 'Ik ook. Maar ik vond het fijn om hier met jou te zijn, Maggie.'

'Zuster Maggie voor jou,' herinnerde ze hem eraan. Toen grinnikte ze. Er was iets tussen hen wat haar van tijd tot tijd zorgen baarde. Hij behandelde haar als een vrouw, en niet meer als non. Hij wilde haar beschermen, en zij moest hem eraan herinneren dat nonnen geen gewone vrouwen waren, dat ze werden beschermd door God. 'De Heer is mijn Herder,' citeerde ze uit de Bijbel. 'Hij zorgt voor me. Ik red me hier wel. Zorg jij maar dat je je in L.A. ook redt.' Ze hoopte nog steeds dat hij naar Montana zou gaan om zijn zoon te zoeken, hoewel ze wist dat hij daar nog niet aan toe was. Maar ze hadden het er een paar keer over gehad, en ze had hem aangemoedigd om erover na te denken.

'Ik zal het druk krijgen met alle foto's te ontwikkelen die ik hier heb gemaakt. Mijn redacteur zal knettergek van me worden.' Hij glimlachte, benieuwd naar de foto's die hij hier had gemaakt sinds de avond van de aardbeving. 'Ik zal je afdrukken sturen van de foto's die ik van jou heb gemaakt.'

'Dat zou ik leuk vinden.' Ze glimlachte. Het was voor iedereen een bijzondere tijd geweest, voor sommigen tragisch, voor anderen had het hun leven in positieve zin voorgoed veranderd. Ze hoopte dat Melanie in de toekomst tijd zou vrijmaken voor vrijwilligerswerk. Met haar zachtaardigheid en charme had ze heel wat mensen hier weten te troosten. 'Ze zou een fantastische non zijn,' zei Maggie tegen Everett.

Hij bulderde van het lachen. 'Hou op met dat zieltjes winnen. Geen sprake van dat die meid ooit zal intreden. Haar moeder zou haar vermoorden.' Hij had Janet één keer ontmoet, met Melanie, en had meteen een hekel aan haar gehad. Hij vond haar ordinair, arrogant, bazig, pretentieus en lomp. Ze behandelde Melanie alsof ze vijf was, terwijl ze tegelijkertijd het succes van haar dochter op een grandioze manier uitbuitte.

'Ik heb haar voorgesteld om eens een kijkje te gaan nemen bij een katholieke missiepost in L.A. Ze zou daar goed werk kunnen verrichten met daklozen. Ze zei tegen me dat ze het leuk zou vinden op een goede dag te stoppen met alles wat ze doet en dan een halfjaar vrij te nemen om iets te gaan doen in een ander land. Er gebeuren wel vreemdere dingen. Ze leeft in een idiote wereld. Misschien dat ze op zekere dag wel even een adempauze kan gebruiken.'

'Zou kunnen, maar het lijkt me niet waarschijnlijk, met zo'n moeder. Niet terwijl ze platina-albums maakt en Grammy's wint. Het zal nog wel een tijdje duren voordat ze zoiets kan gaan doen. Als ze het ooit al doet.'

'Je kunt nooit weten,' zei Maggie. Ze had Melanie de naam gegeven van een priester in L.A. die met daklozen werkte en ieder jaar een paar maanden naar Mexico ging om daar te helpen.

'En jij?' vroeg hij aan haar. 'Wat ga jij nu doen? Zo snel mogelijk terug naar het Tenderloindistrict?' Hij haatte de buurt waar ze woonde. Het was er gevaarlijk, of ze dat nu wilde toegeven of niet.

'Ik denk dat ik nog een tijdje hier blijf. De andere nonnen blijven ook, samen met wat priesters. Veel mensen die hier nu nog wonen, kunnen geen kant uit. Ze zullen dit kamp nog minstens een halfjaar open moeten houden. Ik blijf in het veldhospitaal werken, maar van tijd tot tijd zal ik even gaan kijken hoe het er thuis voor staat. Er is hier waarschijnlijk meer voor me te doen. Hier kan ik mijn beroep als verpleegster uitoefenen.'

'Wanneer zien wij elkaar weer, Maggie?' Hij maakte zich zorgen. Hij had het heerlijk gevonden om haar elke dag te zien en voelde haar nu al uit zijn leven wegglippen, misschien wel voorgoed.

'Dat weet ik niet.' Even keek ze zelf ook bedroefd, maar toen glimlachte ze, omdat ze zich iets herinnerde wat ze hem al dagen had willen vertellen. 'Weet je, Everett, als ik jou zie, moet ik steeds denken aan een film die ik vroeger heb gezien. Het was toen al een oude film, met Robert Mitchum en Deborah Kerr. Een non en een marinier die samen op een onbewoond eiland belanden. Ze worden bijna verliefd op elkaar, maar net niet. Althans, ze zijn verstandig genoeg om dat niet te laten gebeuren, maar ze raken wel bevriend. In het begin gedraagt hij zich vreselijk, wat haar schokt. Hij drinkt heel veel, en ik geloof dat ze zijn drank verstopt. Ze weet hem enigszins te fatsoeneren, en hij zorgt heel goed voor haar, net als zij voor hem. Ze moesten zich schuilhouden voor de Japanners toen ze op dat eiland waren. Het was tijdens de Tweede Wereldoorlog. En aan het eind worden ze gered. Hij gaat weer bij de marine en zij gaat terug naar het klooster. De film heette *Heaven Knows, Mr. Allison*, en het was echt een leuke film. Ik vond hem prachtig. Deborah Kerr was een heel goede non.'

'Jij ook,' zei hij treurig. 'Ik zal je missen, Maggie. Het was zo fijn om iedere dag met je te kunnen praten.'

'Je kunt me altijd bellen als het mobiele netwerk het weer doet, hoewel dat nog wel even kan duren, geloof ik. Ik zal voor je bidden, Everett,' zei ze, terwijl ze hem recht in de ogen keek.

'Misschien ga ik ook wel voor jou bidden,' zei hij. 'En die film, dat gedeelte waarin ze bijna verliefd worden, maar in plaats daarvan goed bevriend raken. Is dat ook met ons gebeurd?'

Ze dacht even na en antwoordde toen: 'Ik denk dat we daar allebei te verstandig voor zijn, en te realistisch. Nonnen worden niet verliefd.'

'Maar wat als dat wel gebeurt?' drong hij aan. Hij wilde een beter antwoord dan dat.

'Dat doen ze gewoon niet. Dat kunnen ze niet. Ze zijn al met God getrouwd.'

'Dat is flauw. Er zijn nonnen die wel het klooster verlaten. Die zelfs trouwen. Je broer was eerst ook priester, maar nu niet meer. Maggie...'

Ze legde hem het zwijgen op voordat hij iets zou zeggen wat ze allebei zouden betreuren. Ze kon niet bevriend met hem zijn als hij haar strakke grenzen niet respecteerde en over de schreef ging. 'Everett, stop. We zijn goede vrienden van elkaar geworden. Laten we daar dankbaar voor zijn.'

'En als ik meer wil?'

'Dat wil je niet.' Ze keek hem glimlachend aan met haar felblauwe ogen. 'Je wilt het alleen maar omdat het onbereikbaar is. Dat denk je tenminste. Het stikt van de mensen daarbuiten.'

'Maar er is niemand zoals jij. Ik heb nog nooit iemand gekend zoals jij.'

'Voor mij geldt hetzelfde. Je bent een fantastische man en ik ben er trots op dat ik je heb leren kennen. Ik durf te wedden dat je nog een Pulitzer wint met de foto's die je hier hebt gemaakt.' Hij had het haar uiteindelijk een beetje beschroomd verteld, tijdens een van hun lange gesprekken over zijn leven en zijn werk. 'Of wat voor prijs dan ook. Ik kan bijna niet wachten tot die foto's worden gepubliceerd.' Voorzichtig probeerde ze hem in veiliger vaarwater te loodsen, en dat wist hij. Ze zou geen andere deur voor hem openen en zou het ook niet toestaan als hij dat probeerde.

Het was tien uur toen Melanie en Tom terugkwamen om afscheid te nemen. Ze zagen er gelukkig en jong uit, en een beetje in de war van hun ontluikende romance. Everett benijdde hen. Voor hen begon het leven pas. Hij had het gevoel alsof dat van hem al bijna voorbij was, het mooiste gedeelte in elk geval, hoewel de AA en het feit dat hij van de drank af was zijn leven voorgoed hadden veranderd en eindeloos verbeterd. Hij verveelde zich alleen in zijn baan, hij miste de oorlogsgebieden. San Francisco en de aardbeving hadden zijn leven weer wat sjeu gegeven en hij hoopte dat de foto's goed waren geworden. Maar hij wist ook dat hij weer terugging naar een baan die hem weinig uitdaging bood en te weinig beroep deed op zijn vaardigheden en kennis. Dat was allemaal het gevolg van zijn alcoholisme.

Melanie gaf Maggie een kus, en toen gingen Tom en zij weg. Everett zou de volgende ochtend tegelijk met Melanie en haar entourage terugreizen naar L.A. Ze zouden de eersten zijn die uit San Francisco vertrokken, en om acht uur zou een bus hen komen ophalen. Het Rode Kruis had dat geregeld. Later zouden ook anderen naar diverse bestemmingen vertrekken. Ze waren al gewaarschuwd dat het vliegveld misschien alleen te bereiken was via achterafstraten, omdat er veel omleidingen waren op de snelweg. Het kon wel twee uur, zo niet langer, duren voordat ze het vliegveld bereikten.

Everett nam met een spijtig gevoel afscheid van Maggie. Toen hij haar omhelsde, duwde hij haar iets in de hand. Ze keek pas wat het was toen hij wegliep en zag dat het zijn muntje van de AA was. Hij noemde het zijn geluksmuntje. Glimlachend keek ze ernaar, met tranen in de ogen. Daarna stopte ze het in haar zak.

Tom liep met Melanie mee naar haar hangar. Omdat het de laatste avond was, zou ze daar slapen. Het was voor het eerst dat ze er terug was sinds het incident met Jake en Ashley. Ze had hen wel op het centrale plein gezien, maar had hen verder gemeden. Ashley was een paar keer naar het ziekenhuis gekomen om met haar te praten, maar toen had Melanie gedaan alsof ze het druk had, of ze was via de achterdeur naar buiten geglipt en had aan Maggie gevraagd om haar weg te sturen. Ze had geen zin om naar leugens, smoezen en verhalen te moeten luisteren. Wat haar betreft, verdienden ze elkaar. Ze vond het veel leuker om bij Tom te zijn. Hij was heel bijzonder en bezat een diepte en vriendelijkheid die niet onderdeed voor de hare.

'Ik bel je zodra de telefoon het weer doet, Melanie,' beloofde Tom. Hij was dolblij nu hij wist dat ze zijn telefoontjes zou beantwoorden. Hij had het gevoel dat hij de lotto had gewonnen en kon zijn geluk niet op. Het maakte hem niet uit wie ze voor anderen was, voor hem was ze het leukste meisje dat hij ooit had ontmoet. En zij was net zo onder de indruk van hem, om dezelfde redenen.

'Ik zal je missen,' zei ze zacht.

'Ik jou ook. Veel succes met de opnames.'

Ze haalde haar schouders op. 'Ach, dat is niet zo moeilijk, en soms is het ook wel leuk om te doen. Als het goed gaat. We moeten heel veel repeteren als we weer terug zijn. Ik heb nu al het gevoel dat ik alles ben verleerd.'

'Dat geloof ik niet. Daar zou ik me geen zorgen over maken als ik jou was.'

'Ik zal aan je denken,' zei ze, en toen moest ze lachen. 'Wie had ooit kunnen denken dat ik nog eens heimwee zou krijgen naar een vluchtelingenkamp in San Francisco?'

Hij moest ook lachen, en toen, zonder waarschuwing, nam hij haar in zijn armen en kuste haar. Ze was buiten adem toen ze weer naar hem keek. Het kwam onverwacht voor haar, maar ze vond het heerlijk. Hij had nog niet eerder geprobeerd om haar te kussen, niet tijdens hun wandelingen en ook niet wanneer ze met elkaar zaten te praten. Tot op dat moment waren ze alleen maar vrienden geweest, en hopelijk bleven ze dat, al voegden ze er dan iets aan toe.

'Pas goed op jezelf, Melanie,' zei hij zacht. 'Slaap lekker. Ik zie je morgenvroeg.' In de mess waren ze bezig lunches in te pakken voor degenen die morgenochtend zouden vertrekken. Niemand kon voorzien hoe lang ze op het vliegveld zouden moeten wachten en of daar iets te eten zou zijn. Omdat dat laatste onwaarschijnlijk leek, zorgde de mess ervoor dat ze voldoende te eten bij zich hadden om het een tijdje te kunnen uithouden.

Melanie liep bijna zwevend de hangar in, met een melancholiek lachje om haar lippen, en ging naar de plek waar hun groep al die tijd had gekampeerd. Ze zag dat Ashley niet meer bij Jake sliep, maar eigenlijk kon het haar ook niets meer schelen. Haar moeder was al diep in slaap, ze snurkte en was helemaal aangekleed. Het zou hun laatste nacht in het kamp zijn. Morgen, zodra ze terug waren in de luxe van hun leven in L.A. zou dit alles als een droom zijn. Maar Melanie wist dat ze deze week nooit zou vergeten.

Ze zag dat Ashley nog wakker was, maar ze negeerde haar expres. Jake lag met zijn rug naar haar toe en verroerde zich niet toen ze in het bed naast het zijne stapte, wat een hele opluchting was. Ze had helemaal geen zin om hem te zien en keek ook niet echt uit naar morgen, als ze samen zouden moeten reizen. Maar ze hadden geen keus. Ze zouden allemaal met hetzelfde vliegtuig vertrekken, samen met nog ongeveer vijftig andere mensen uit het kamp.

Toen Melanie de deken over zich heen trok, hoorde ze Ashley fluisteren: 'Mel... Mel... Het spijt me zo.'

'Laat maar, Ash... Maak je er maar niet druk over,' zei Melanie, met haar gedachten bij Tom. Ze ging met haar rug naar haar jeugdvriendin liggen die haar had verraden en vijf minuten later sliep ze al, met een schoon geweten.

Ashley lag de hele nacht te woelen, wetend dat ze haar beste vriendin voorgoed kwijt was. En ze wist ook dat Jake dat niet waard was geweest.

Hoofdstuk 10

Tom en zuster Maggie kwamen de anderen de volgende ochtend uitzwaaien. Twee schoolbussen zorgden voor het vervoer. Iedereen wist dat het een lange rit zou zijn naar het vliegveld. Het eten dat voor de reizigers was klaargemaakt, was al ingeladen. Tom en nog wat vrijwilligers van de mess waren er om zes uur 's ochtends pas mee klaar geweest. Alles was gereed voor vertrek.

Tot ieders verbazing vloeiden er tranen bij het afscheid. Ze hadden allemaal verwacht blij te zijn dat ze weg konden, maar in plaats daarvan vonden ze het ineens moeilijk om afscheid te nemen van hun nieuwe vrienden. Ze beloofden elkaar te bellen en schrijven en zelfs op te zoeken. De mensen in het Presidio hadden zo veel verdriet en angst gedeeld dat de band die ze hadden opgebouwd niet snel verbroken zou worden.

Tom praatte rustig met Melanie, terwijl Jake, Ashley en de anderen instapten en Janet Melanie aanspoorde om op te schieten. Ze nam niet eens de moeite om Tom gedag te zeggen. Ze zwaaide naar twee vrouwen die waren gekomen om afscheid van haar te nemen. Sommigen wilden dat ze ook naar huis konden, maar velen van hen hadden geen huis meer en dus niets om naar terug te gaan. Het contingent uit L.A. had het geluk dat ze het getroffen gebied konden verlaten en hun normale leven weer oppakken. Het zou nog lang duren voordat in San Francisco alles weer bij het oude was.

'Pas goed op jezelf, Melanie,' fluisterde Tom, terwijl hij haar vasthield en nog een keer kuste.

Melanie had geen idee of Jake het zag, maar na wat hij had gedaan, kon het haar ook niet schelen. Het was uit tussen hen, en dat had al veel eerder moeten gebeuren. Ze wist zeker dat hij meteen weer naar de drugs zou grijpen zodra ze terug waren in L.A. In het kamp was hij tenminste nog gedwongen geweest niet te gebruiken. Maar misschien had hij zelfs daar een dealer gevonden. Ook dat kon haar geen ene moer meer schelen.

'Ik bel je zodra ik in Pasadena ben,' voegde Tom eraan toe.

'Pas jij ook goed op jezelf,' fluisterde ze. Daarna kuste ze hem zacht op de lippen en stapte samen met de anderen in. Jake keek haar vuil aan toen ze langs hem heen liep.

Everett had vlak achter haar in de rij gestaan voordat ze instapten. Hij nam afscheid van Maggie, die hem liet zien dat ze zijn muntje in haar zak had.

'Goed bewaren, Maggie,' zei hij. 'Het zal je geluk brengen.'

'Ik heb altijd al geluk gehad,' zei ze glimlachend. 'Ik heb geluk gehad dat ik jou heb leren kennen.'

'Niet zoveel geluk als ik. Pas goed op jezelf. Ik bel je,' beloofde hij. Hij kuste haar op de wang, keek voor de laatste keer in die bodemloze blauwe ogen en stapte in.

Hij draaide het raampje open en zwaaide naar haar toen ze wegreden.

Maggie en Tom stonden de bus nog lang na te kijken, en daarna gingen ze allebei weer aan het werk. Maggie was stil en bedroefd toen ze het ziekenhuis in liep. Ze vroeg zich af of ze

Everett ooit nog zou zien, maar mocht dat niet zo zijn, dan wist ze dat dat de wil van God was. Ze had het gevoel dat ze op dit moment niet meer kon vragen. Ook al zouden ze elkaar nooit meer zien, ze had een bijzondere week met hem doorgebracht. Ze raakte het AA-muntje in haar zak even aan en ging toen als een bezetene aan het werk om niet meer aan hem te hoeven denken. Ze wist dat ze zichzelf dat niet mocht toestaan. Hij ging terug naar zijn eigen leven, zij naar het hare.

De rit naar het vliegveld duurde nog langer dan was voorspeld. Er lagen nog steeds obstakels op de weg. Delen van het wegdek waren gescheurd en zagen er zwaar gehavend uit. Viaducten waren ingestort, net als veel gebouwen, zagen ze, en de chauffeurs van de twee bussen moesten voorzichtig rijden en vele omwegen maken om het vliegveld te kunnen bereiken. Het was al bijna middag toen ze aankwamen. Ze zagen dat verschillende terminals schade hadden opgelopen. De verkeerstoren die er negen dagen eerder nog had gestaan, was compleet van de aardbodem verdwenen. Er waren niet veel reizigers, en er waren ook maar weinig vliegtuigen geland, maar dat van hen stond al klaar. Het zou om één uur vertrekken. Ze maakten een haveloze indruk toen ze incheckten. De meesten waren hun creditcards kwijt en slechts een handjevol mensen beschikte nog over contant geld. Het Rode Kruis betaalde indien nodig de reis. Pam had Melanies creditcards bij zich en betaalde voor hun hele groep. Ook Pam, die veel werk had verzet als vrijwilligster, liet een heel stel nieuwe vrienden achter in het Presidio. Toen Pam hun tickets wilde betalen, zei Janet dat Melanie en zij eerste klas wilden zitten.

'Dat is nergens voor nodig, mam,' zei Melanie rustig. 'Ik ga liever bij de anderen zitten.'

'Na wat we allemaal hebben meegemaakt? Pff, ze zouden ons

het vliegtuig gratis ter beschikking moeten stellen.' Janet leek te zijn vergeten dat de anderen dezelfde beproevingen hadden doorstaan als zij.

Everett stond vlak bij hen. Terwijl hij zijn ticket betaalde met de creditcard van het tijdschrift, die hij nog steeds had, keek hij Melanie even aan.

Ze glimlachte naar hem en hief haar ogen ten hemel, net toen Ashley kwam aanlopen met Jake. Ze leek zich nog steeds te generen als ze haar oude vriendin zag.

Jake keek alsof hij overal schoon genoeg van had. 'Jezus, ik kan bijna niet wachten tot we terug zijn in L.A.,' zei hij bijna grommend.

Everett keek hem grinnikend aan. 'Nee, dan wij, wij willen juist heel graag hier blijven,' zei hij.

Melanie begon te lachen, hoewel het in zijn geval nog waar was ook, en in het hare ook. Ze hadden allebei mensen in het kamp achtergelaten om wie ze gaven.

Het luchtvaartpersoneel was buitengewoon vriendelijk. Ze waren zich goed bewust van wat deze mensen hadden doorstaan, en iedereen werd als een vip behandeld, niet alleen Melanie en haar entourage. De band en de roadies vlogen met hen mee naar huis. Theoretisch gezien zouden ze moeten vliegen met tickets van de benefietorganisatie, maar die waren in het hotel verloren gegaan. Pam zou het later met hen regelen. Op dit moment wilde iedereen alleen maar naar huis. Sinds de aardbeving hadden ze geen contact gehad met hun familie en hadden ze hun niet persoonlijk kunnen laten weten dat alles goed met hen ging, behalve via het Rode Kruis, dat erg behulpzaam was geweest. En nu nam de luchtvaartmaatschappij de zorg van hen over.

Ze zochten hun stoelen in het vliegtuig. Meteen na het opstijgen werden ze welkom geheten door de gezagvoerder die zei dat hij hoopte dat de afgelopen negen dagen niet al te traumatisch voor hen waren geweest. Hij had het nog niet gezegd of verschillende passagiers barstten in huilen uit.

Everett had nog een paar laatste foto's genomen van Melanie en haar groep. Ze leken in helemaal niets op hoe ze er bij aankomst hadden uitgezien. Melanie droeg weer een camouflagebroek, opgehouden door een touw, met een T-shirt dat van een man moest zijn geweest die tien keer zo breed was als zij. Janet droeg nog steeds wat van de kleren die ze backstage had aangehad tijdens het benefietconcert. Van haar polyester broek had ze veel plezier gehad, hoewel ook zij uiteindelijk wat sweaters had moeten uitzoeken tussen de tweedehandsspullen. De sweater die ze op dit moment droeg, was haar een paar maten te groot. Hij stond ook niet echt goed bij de broek en de hoge hakken die ze geweigerd had in te ruilen voor de slippers die alle anderen inmiddels droegen. Pam was van top tot teen gehuld in legerkleding die ze had gekregen van de marechaussee. En de roadies en bandleden leken net gevangenen in hun overalls. Everett wist dat het een fantastische foto was die *Scoop* meteen zou willen publiceren, waarschijnlijk op de omslag, als contrast voor de foto's die hij van haar optreden had genomen, toen ze een strak netjurkje met lovertjes had gedragen en schoenen met plateauzolen. Zoals Melanie zelf zei, haar voeten leken wel die van een boerin, haar chique L.A.-pedicure was compleet verdwenen in het stof en grind van het kamp waar ze op slippers had rondgelopen. Everett zelf droeg nog steeds zijn geliefde zwarte laarzen van hagedissenleer.

Tijdens de vlucht werden er champagne, cocktailnootjes en pretzels geserveerd, en nog geen uur later landden ze op LAX, met veel gejuich en gegil en tranen. De afgelopen negen dagen waren voor hen allemaal schokkend geweest. Sommigen hadden het er beter van afgebracht dan anderen, maar zelfs onder de beste omstandigheden was het nog een zware tijd geweest.

En ze hadden vele verhalen te vertellen, over waar ze aan waren ontsnapt, wat ze hadden overleefd, over hun verwondingen, hun angsten. Eén man had een been in het gips en liep op krukken die hij van het veldhospitaal had gekregen. Ook waren er verschillende mensen met een arm in het gips. Melanie herkende degenen die door Maggie waren gehecht. Op sommige dagen had ze het gevoel gehad dat ze de helft van het kamp hadden gehecht. Door alleen maar aan Maggie te denken, miste ze haar al. Ze was van plan haar zo snel het weer kon op haar mobieltje te bellen.

Het toestel taxiede naar de terminal waar een muur van journalisten en fotografen op hen stond te wachten toen ze uit het vliegtuig stapten. Zij waren de eerste overlevenden van de aardbeving in San Francisco die terugkeerden naar L.A. Er waren ook tv-camera's die zich meteen op Melanie stortten toen ze een beetje verbluft door de gate liep. Haar moeder had haar gezegd dat ze haar haren moest kammen, voor het geval dat, maar ze had niet de moeite genomen. Het kon haar echt niet schelen. Ze was blij dat ze weer thuis was, hoewel ze er in het kamp eigenlijk weinig aan had gedacht. Daarvoor had ze het te druk gehad.

De fotografen herkenden ook Jake en namen wat foto's van hem, maar hij liep pal langs Melanie heen, zonder een woord te zeggen, en ging naar buiten. Hij zei tegen iemand die in de buurt stond dat hij hoopte haar nooit meer te zien. Gelukkig hoorde geen van de journalisten die opmerking.

'Melanie! Melanie! Hier! Hier! Hoe was het? Was je bang? Ben je gewond geraakt? Toe, lach eens even lief. Je ziet er fantastisch uit!'

Everett dacht droog bij zichzelf dat iedereen er op zijn negentiende fantastisch uitzag.

Het viel niemand op dat ook Ashley zich in de menigte bevond. Ze stond iets naar achteren bij Janet en Pam te wachten zoals ze al wel duizend keer eerder had gedaan. De roadies en de bandleden namen afscheid van Melanie en haar moeder en vertrokken. De jongens van de band zeiden dat ze haar volgende week wel bij de repetities zouden zien, en Pam zei dat ze hen zou bellen om een afspraak te maken. Melanies volgende plaatopname was over nog geen week.

Het duurde een halfuur voordat ze zich een weg hadden weten te banen door de zee van journalisten en fotografen. Everett hielp hen daarbij en begeleidde hen naar een paar taxi's die buiten stonden te wachten. Voor het eerst sinds een paar jaar stond er geen limousine op Melanie te wachten, maar dat kon haar niet schelen; het enige wat ze wilde, was zo snel mogelijk zien weg te komen van de persmuskieten. Everett sloeg het portier van haar taxi dicht, zwaaide en keek hen na. Wat een week, dacht hij onwillekeurig. Meteen na Melanies vertrek dropen ook de journalisten af. Melanie zat in de eerste taxi, samen met Pam, en Ashley zat in de tweede met Janet. Jake was allang weg. En de roadies en bandleden hadden ook voor zichzelf gezorgd.

Everett keek om zich heen, ondanks alles blij dat hij terug was. L.A. zag eruit alsof er helemaal niets was gebeurd. Het was bijna niet te geloven dat het leven hier normaal door was gegaan. Het was niet te bevatten dat de wereld bijna had opgehouden te bestaan in San Francisco en dat hier alles z'n gewone gangetje ging. Het gaf hem een vreemd gevoel.

Hij nam ook een taxi en gaf de chauffeur het adres van zijn favoriete AA-bijeenkomst. Hij wilde eerst daar even langs, voordat hij naar huis ging. En de bijeenkomst was fantastisch. Toen hij het woord mocht voeren, vertelde hij de aanwezigen over de aardbeving, over de bijeenkomsten die hij had georganiseerd in het Presidio, en voordat hij zichzelf kon tegenhouden, flapte hij eruit dat hij verliefd was geworden op een non. Aangezien onderbreken niet was toegestaan volgens het twaalfstappenplan, reageerde niemand. Pas na afloop, toen hij opstond en er mensen naar hem toe kwamen met vragen over de aardbeving, zei een van de mannen die hij kende er iets over.

'Over niet beschikbaar gesproken, man. Hoe moet dat nou verder?'

'Het gaat ook niet verder,' zei Everett kalm.

'Kan ze het klooster niet verlaten voor jou?'

'Dat wil ze niet. Ze vindt het fijn om non te zijn.'

'En hoe moet dat dan met jou?'

Everett dacht even na en zei toen: 'Ik ga gewoon verder met mijn leven. Ik blijf naar de bijeenkomsten komen. En ik zal altijd van haar blijven houden.'

'Lukt je dat?' vroeg zijn mede-AA-lid bezorgd.

'Het zal wel moeten,' antwoordde Everett. Na die woorden liep hij rustig de deur uit, hield een taxi aan en ging naar huis.

Hoofdstuk 11

Melanie was van plan het weekend rustig aan de rand van het zwembad door te brengen en als nooit tevoren te genieten van haar huis in Hollywood Hills. Dat was het volmaakte tegengif voor negen dagen van stress en traumatische ervaringen, hoewel ze wist dat haar ervaringen een stuk minder traumatisch waren geweest dan die van vele anderen. Vergeleken met mensen die gewond waren geraakt, die dierbaren of hun huis waren kwijtgeraakt, ging het met haar redelijk goed en had ze zelfs het gevoel dat ze zich nuttig had kunnen maken in het veldhospitaal in het kamp. En ze had Tom leren kennen.

Zoals te verwachten viel, en tot haar grote opluchting, belde Jake haar niet één keer sinds hun terugkomst. Ashley belde wel een paar keer en dan sprak ze met haar moeder, want Melanie wilde haar telefoontjes niet beantwoorden. Ze zei tegen haar moeder dat ze klaar was met Ashley.

'Vind je niet dat je een beetje streng voor haar bent?' vroeg haar moeder op zaterdagmiddag, terwijl Melanie haar nagels liet doen aan de rand van het zwembad. Het was een prachtige dag. Pam had voor haar een massage geregeld voor later die middag. Maar Melanie voelde zich schuldig om haar luiheid. Ze wou dat ze terug was in het veldhospitaal bij Maggie, ze wou dat ze Tom kon zien. Ze hoopte dat ze hem gauw zou weerzien. Dan had ze iets om naar uit te kijken nu ze weer terug was in haar vertrouwde wereldje in L.A. Ze miste hen allebei.

'Ze is met mijn vriendje naar bed geweest, mam,' bracht ze Janet in herinnering.

'Nou, volgens mij was dat meer zijn schuld dan de hare.' Janet mocht Ashley graag en had haar beloofd om met Melanie te zullen praten zodra ze weer thuis waren. Ze had gezegd dat alles weer goed zou komen.

Melanie dacht daar echter heel anders over. 'Hij heeft haar heus niet verkracht, hoor. Ze wilde zelf ook. Als ze om me gaf, of als onze vriendschap iets voor haar te betekenen had, dan had ze dat niet gedaan. Maar dat kon haar allemaal niets schelen. En nu kan het mij niet meer schelen.'

'Doe niet zo kinderachtig. Jullie zijn al sinds jullie vijfde bevriend.'

'Precies,' zei Melanie koeltjes. 'Dus dan is het niet zo raar dat ik een beetje loyaliteit van haar verwacht. Maar voor haar geldt dat blijkbaar niet. Nou, ze mag hem hebben. Maar wat mij betreft is het voorbij. Over en uit. Het was gewoon een klotestreek. Blijkbaar betekende onze vriendschap voor haar niet zoveel als voor mij. Goed dat ik het weet.' Melanie gaf geen duimbreed toe.

'Ik heb haar beloofd dat ik even met je zou praten en dat alles dan wel weer goed zou komen. Wil je me soms voor gek zetten? Of afdoen als een leugenaar?'

Het geslijm en de bemoeizucht van haar moeder hadden alleen maar tot gevolg dat Melanie voet bij stuk hield. Voor haar waren integriteit en loyaliteit wel belangrijk. Vooral gezien het leven dat ze leidde. Ze werd omringd door mensen die haar zouden gebruiken zodra ze de kans kregen. Dat hoorde nu eenmaal bij roem en succes. Ze verwachtte het van buitenstaanders, of zelfs van Jake, die gewoon een misbaksel bleek te zijn, maar ze verwachtte het niet, en accepteerde het ook niet, van haar beste vriendin. Ze was kwaad dat haar moeder haar probeerde om te praten.

'Zoals ik al zei, ik ben klaar met haar, mam. En dat verandert niet meer. Ik zal beleefd tegen haar doen wanneer ik haar zie, meer zal ze van mij niet krijgen.'

'Dat zal erg moeilijk voor haar zijn,' zei Janet vol medelijden, maar het was verspilde moeite.

Melanie vond het helemaal niks dat haar moeder Ashley verdedigde. 'Daar had ze dan aan moeten denken voordat ze bij Jake in de slaapzak kroop. En ik neem aan dat het niet bij die ene keer is gebleven.'

Janet reageerde niet op haar woorden, maar zei: 'Misschien moet je er nog maar even over nadenken.'

'Dat heb ik al gedaan. En laten we het nu ergens anders over hebben.'

Met een bezorgd gezicht liep Janet weg. Ze had Ashley beloofd dat ze haar zou bellen, maar nu wist ze niet wat ze moest zeggen. Ze vond het vreselijk om haar te moeten vertellen dat Melanie haar niet meer wilde zien, hoewel het daar wel op neerkwam. Wat Melanie betreft was hun vriendschap voorbij. Een vriendschap van veertien jaar naar de knoppen. En Janet kende haar dochter. Als Melanie zich verraden voelde en zei dat het voorbij was, dan was dat zo. Ze had het eerder gezien, bij anderen. Een vriendje, voor Jake, dat haar had bedrogen; een manager die ze had vertrouwd en die geld van haar had gestolen. Melanie liet niet met zich sollen en wist precies waar haar grenzen lagen. Janet belde Ashley die middag en zei dat ze Melanie nog wat tijd moest gunnen om af te koelen, ze voelde zich nog steeds erg gekwetst. Ashley zei dat ze dat snapte en begon te huilen. Janet beloofde dat ze haar gauw weer zou bellen. Ashley was als een dochter voor haar, maar ze was niet als een zus geweest voor haar beste vriendin toen ze met Jake naar bed was gegaan. En Ashley kende Melanie goed genoeg om te weten dat Melanie het haar nooit zou vergeven.

Toen de manicure klaar was met haar nagels, sprong Melanie in het zwembad. Een tijdlang trok ze baantjes, en toen arriveerde haar trainer. Pam had ook die afspraak voor haar geregeld en daarna was ze naar huis gegaan. Nadat de trainer weer was weggegaan, bestelde Janet Chinees, en at Melanie twee zachtgekookte eieren. Ze zei dat ze geen trek had en iets moest afvallen. In het kamp was het eten te lekker geweest en te dik makend. Ze moest weer serieus in training voor het concert dat ze over een paar weken had. Toen ze aan Tom dacht, die met zijn zusje zou komen, glimlachte ze. Ze had haar moeder nog steeds niets over hen verteld. Ach, ze had nog tijd genoeg voordat hij hier zou zijn. Hij zou nog een poosje in San Francisco blijven. Niemand wist wanneer hij naar L.A. zou kunnen komen.

Gek genoeg vroeg haar moeder ineens naar hem toen ze in de keuken de zachtgekookte eieren zat te eten. Het was alsof ze gedachten kon lezen. Ze zat haar eten naar binnen te schrokken en zei dat ze de afgelopen negen dagen gewoon honger had geleden, wat helemaal niet waar was. Iedere keer dat Melanie haar had gezien, had ze donuts of ijs of chips zitten eten. Zo te zien was ze in de afgelopen week zo'n drie kilo aangekomen, als het er geen vijf waren.

'Je hebt je toch niet het hoofd op hol laten brengen door die jongen uit het kamp, hè? Die voor ingenieur had gestudeerd in Berkeley?'

Het verbaasde Melanie dat haar moeder dat nog wist. Ze had zo laatdunkend over hem gedaan dat Melanie het ongelooflijk vond dat ze zich nog herinnerde wat voor opleiding hij had gevolgd. Maar blijkbaar wist ze precies wie hij was.

'Maak je daar nou maar niet druk om, mam,' zei Melanie vaag. Ze vond dat het haar moeder niets aanging. Over twee weken werd ze twintig. Wat haar betrof was ze oud genoeg om haar eigen vrienden uit te zoeken. Ze had veel geleerd van haar fouten, bijvoorbeeld dat ze iets met Jake was begonnen. Tom was heel anders en ze vond het heerlijk om deel uit te maken van zijn leven, dat veel gezonder en aardser was dan dat van Jake.

'Wat bedoel je daarmee?' vroeg haar moeder met een bezorgde blik.

'Gewoon, dat het een aardige jongen is en dat ik een grote meid ben en dat we elkaar misschien binnenkort weerzien. Dat hoop ik tenminste. Als hij belt.'

'Natuurlijk belt hij. Ik zag zo dat hij gek op je was. En bovendien ben je Melanie Free.'

'Wat maakt dat nou uit?' vroeg Melanie geërgerd.

'Het maakt heel veel uit,' zei Janet. 'Voor iedereen, behalve voor jou. Soms ga je echt te ver in die bescheidenheid van je. Geloof me, geen enkele man kan wie je als mens bent scheiden van wie je als ster bent. Dat zit gewoon niet in hun genen. Natuurlijk is die jongen onder de indruk van je, net als iedereen. Wie wil nou iets met zomaar een meisje als je ook een beroemdheid kan krijgen? Hij zou echt reuze trots op je zijn.'

'Volgens mij is hij daar helemaal niet gevoelig voor. Hij is serieus, hij is afgestudeerd als ingenieur en hij is een goed mens.'

'Saai gewoon,' zei haar moeder met een gezicht vol afkeer.

'Dat is niet saai. Hij is intelligent,' hield Melanie koppig vol, 'Ik houd van intelligente mannen.' Ze verontschuldigde zich er niet voor. Het was gewoon zo.

'Dan is het maar goed dat je Jake aan de kant hebt gezet. Ik werd gek van die jongen de afgelopen week. Hij kon alleen maar jammeren.'

'Ik dacht dat je hem wel leuk vond,' zei Melanie verbaasd.

'Ja, dat dacht ik ook,' zei Janet. 'Maar tegen de tijd dat we daar vertrokken, had ik mijn buik vol van hem. Met sommige mensen kun je beter niet in een crisissituatie belanden. En hij is daar een van. Hij kan het alleen maar over zichzelf hebben.'

'Blijkbaar is Ashley ook zo iemand die je er beter niet bij kunt hebben in een crisis. Vooral niet als ze naar bed gaat met je eigen vriendje. Van mij mag ze hem hebben. Ik heb nog nooit zo'n egoïstische zak meegemaakt.'

'Daar kun je wel eens gelijk in hebben. Maar schrijf Ashley nou niet ook meteen af.'

Melanie reageerde niet. Ze had Ashley al afgeschreven.

Ze ging vroeg naar haar kamer die avond. Hij was helemaal in roze en wit satijn uitgevoerd, naar een ontwerp van haar moeder, met een roze-witte plaid van vossenbont op bed. Het leek net de kamer van een revuemeisje uit Las Vegas, wat haar moeder diep in haar hart ook altijd was gebleven. Ze had de interieurontwerper precies verteld hoe Melanies kamer eruit moest zien, tot aan de roze teddybeer toe. Naar Melanie, die het juist simpel had willen houden, was niet geluisterd. Haar moeder vond dat haar kamer er zo moest uitzien. Maar het was er wel heel comfortabel, moest Melanie zichzelf bekennen, terwijl ze op bed ging liggen. Het was heerlijk om weer zo in de watten te worden gelegd. Ze voelde zich er wel een beetje schuldig over, vooral wanneer ze dacht aan de mensen in het kamp in San Francisco, die daar waarschijnlijk nog maanden zouden moeten blijven, de meesten dan, terwijl zij thuis op haar met satijn en bont beklede bed lag. Op de een of andere manier voelde dat verkeerd, zelfs al voelde het op een andere manier ook goed. Maar niet goed genoeg. Ten eerste was het niet haar stijl, maar die van haar moeder. Dat werd haar iedere dag duidelijker.

Tot laat die avond lag ze op bed tv te kijken. Ze keek naar een oude film, naar het journaal en uiteindelijk naar MTV. Ondanks zichzelf en ondanks de interessante ervaring die ze had gehad, voelde het fantastisch om weer thuis te zijn.

Op zaterdagmiddag, toen Melanie en haar groep terugvlogen naar L.A., zat Seth Sloane in zijn woonkamer voor zich uit te staren. De aardbeving was inmiddels negen dagen geleden, maar ze waren nog steeds van de buitenwereld afgesneden. Seth wist niet meer of dat een zegen of een vloek was. Hij kon op geen enkele manier aan nieuws uit New York komen. Hij wist niets. Helemaal niets.

Daardoor voelde hij zich dat weekend vreselijk gestrest. Om zijn zinnen te verzetten ging hij met de kinderen spelen. Sarah had al in geen dagen met hem gesproken. Hij zag haar nauwelijks, en 's avonds verdween ze meteen naar de logeerkamer nadat ze de kinderen in bed had gestopt. Hij had er niets over gezegd, dat durfde hij niet.

Op maandagochtend, elf dagen na de aardbeving, zat hij aan de keukentafel koffie te drinken toen de BlackBerry die voor hem lag plotseling tot leven werd gewekt. Het was de eerste kans die hij kreeg om met de buitenwereld te communiceren en hij greep hem met beide handen aan. Het eerste wat hij deed, was een sms'je naar Sully sturen om hem te vragen wat er was gebeurd. Het antwoord kwam twee minuten later.

Sully's reactie was beknopt. 'Ik heb de financiële autoriteiten op mijn dak. Jij bent de volgende. Ze weten het. Ze hebben de bankgegevens. Sterkte.'

'Shit,' fluisterde Seth bij zichzelf. Hij stuurde een nieuw smsje. 'Ben je gearresteerd?' wilde hij van Sully weten.

'Nog niet. Volgende week word ik voorgeleid. We zijn erbij, jongen. We zijn de pineut.'

Het was precies waar hij de hele week bang voor was geweest, maar toch werd hij misselijk toen hij de woorden las. 'We zijn de pineut' was een understatement, vooral als ze Sully's bankgegevens hadden. Seths bank was nog steeds gesloten, maar dat duurde niet lang meer.

De volgende dag ging zijn bank inderdaad open. Seths advocaat had hem opgedragen om niets te ondernemen. Omdat hij niet had kunnen bellen, was hij naar het huis van zijn advocaat gelopen om hem te spreken te krijgen. Volgens de advocaat zou alles wat Seth nu deed, tegen hem pleiten, vooral omdat ze al bezig waren met een onderzoek naar Sully. En omdat een deel van het huis van Seths advocaat was vernield tijdens de aardbeving, kon hij pas voor vrijdag een volgende afspraak maken. De FBI was hem net voor. Op vrijdagochtend, twee weken na de aardbeving, stonden er twee FBI-agenten op de stoep. Sarah liet hen binnen. Ze zeiden dat ze Seth wilden spreken. Sarah bracht hen naar de huiskamer en ging Seth zoeken. Hij zat in zijn studeerkamer boven waar hij zich twee weken lang vol angst verscholen had gehouden. Het zou beginnen, en niemand kon zeggen waar het zou eindigen.

De FBI-agenten spraken twee uur met hem en ondervroegen hem over Sully in New York. Hij weigerde alle vragen over zichzelf te beantwoorden zolang zijn advocaat er niet was en zei zo min mogelijk over Sully. Ze dreigden hem ter plekke te arresteren wegens belemmering van de rechtsgang als hij bleef weigeren om vragen over zijn vriend te beantwoorden. Seth zag er grauw uit toen ze vertrokken. Maar in elk geval was hij nog niet gearresteerd. Hoewel dat niet lang meer op zich zou laten wachten.

'Wat zeiden ze?' vroeg Sarah zenuwachtig nadat de agenten waren vertrokken.

'Ze vroegen naar Sully. Ik heb niet veel verteld, zo min mogelijk in elk geval.'

'Wat zeiden ze over jou?' Ze keek bezorgd.

'Ik zei dat ik niks zou zeggen zonder advocaat en toen zeiden ze dat ze nog terug zouden komen. En daar kun je vergif op innemen.'

'En wat doen we nu?'

Seth was blij dat ze het over 'we' had. Hij wist niet of het uit gewoonte was of dat het iets over haar geestestoestand zei. Hij durfde het ook niet te vragen. Ze had de hele week geen woord tegen hem gezegd, en hij was bang dat ze weer in stilzwijgen zou vervallen.

'Henry Jacobs komt vanmiddag hiernaartoe.' Eindelijk deed de telefoon het weer. Het had twee weken geduurd. Maar hij durfde bijna met niemand te praten. Hij had één cryptisch gesprekje met Sully gevoerd, en dat was alles. Als de FBI onderzoek naar hem deed, zouden ze waarschijnlijk ook zijn telefoon aftappen, en hij wilde het allemaal niet nog erger maken dan het al was.

De advocaat praatte die middag bijna vier uur met Seth in zijn studeerkamer. Ze namen alles tot in detail door. Seth vertelde hem alles, en toen ze klaar waren, was de advocaat niet erg bemoedigend. Hij zei dat hij waarschijnlijk meteen voorgeleid zou worden zodra ze zijn bankgegevens hadden. En daarna zouden ze hem arresteren. Hij was er bijna zeker van dat het tot een proces zou komen. Hij wist niet wat er verder nog kon gebeuren, maar het voorbereidende bezoekje van de FBI voorspelde niet veel goed.

Het weekend was een nachtmerrie voor Seth en Sarah. Het Financial District was nog steeds afgesloten en zat zonder stroom en water, zodat Seth niet naar kantoor kon. Hij bleef thuis zitten wachten op de volgende klap. Die kwam op maandagochtend. Het hoofd van het plaatselijke FBI-bureau belde Seth op zijn BlackBerry. Hij zei dat hun hoofdkantoor nog was gesloten en verzocht Seth en zijn advocaat om een gesprek de volgende middag bij Seth thuis. Hij herinnerde hem eraan dat hij in de stad moest blijven en vertelde hem dat er een onderzoek naar hem was ingesteld op instigatie van de financiële autoriteiten. Hij vertelde Seth ook dat Sully die week in New York zou worden voorgeleid, wat Seth al wist.

Seth ging op zoek naar Sarah. Ze zat in de keuken Ollie te voeren. Het gezichtje van de baby zat onder de appelmoes, en Sarah had tegen hem en Molly zitten praten, met *Sesamstraat* aan op de achtergrond. Ze hadden in het weekend weer stroom gekregen. Een groot deel van de stad zat echter nog zonder, maar er zat vooruitgang in. Zij hadden geluk gehad, waarschijnlijk vanwege de buurt waar ze woonden. Dat de burgemeester een paar straten verderop woonde, had vast geholpen. De elektriciteit werd per gebied aangesloten, en zij bevonden zich gelukkig in het eerste gebied. Er waren ook weer wat winkels open, vooral supermarkten, en ook banken.

Sarah keek heel bezorgd toen Seth haar vertelde over de afspraak met de FBI voor de volgende dag. Het enige goede nieuws voor haar was dat ze, omdat ze zijn echtgenote was, mocht weigeren om tegen hem te getuigen. Bovendien wist ze er toch helemaal niets van. Hij had haar nooit iets verteld over de illegale transacties met zijn hedgefonds. Het was een volslagen schok voor haar geweest.

'Wat ga je nu doen?' vroeg ze met verstikte stem.

'Nou, eerst dat gesprek van morgen met Henry erbij maar eens afwachten. Ik heb geen keus. Als ik weiger, ziet het er nog beroerder voor me uit. Ze kunnen een dwangbevel laten uitvaardigen. Henry komt vanmiddag om me voor te bereiden.' Hij had zijn advocaat meteen na het telefoontje van de FBI gebeld en hem verzocht onmiddellijk te komen.

Henry Jacobs keek somber en officieel toen hij die middag kwam. Sarah deed open en nam hem mee naar de studeerkamer waar Seth al zenuwachtig achter zijn bureau zat te wachten. Hij krabbelde wat op een vel papier en staarde van tijd tot tijd zwaarmoedig uit het raam. Hij was de hele dag al in gedachten verzonken, en na zijn eerdere gesprekje met Sarah was hij naar boven gegaan en had de deur achter zich dichtgedaan.

Ze klopte zacht aan en liet Henry binnen.

Seth stond op om hem een hand te geven, gebaarde hem een stoel te pakken en ging zuchtend weer zitten. 'Fijn dat je bent gekomen, Henry. Ik hoop dat je een toverstaf in je aktetas hebt. Ik kan me hier alleen maar uit redden als er een wonder gebeurt.' Hij haalde een hand door zijn haar, terwijl de somber kijkende advocaat tegenover hem plaatsnam.

'Tja,' zei Henry vaag.

Henry was begin vijftig en had wel vaker zaken als deze bij de hand gehad. Seth had hem een paar keer om raad gevraagd, maar dan omgekeerd. Hij had uitgebreid informatie willen hebben over op welke manieren duistere zaakjes konden worden verhuld. Het was nooit bij de advocaat opgekomen dat hij die methodes zelf wilde toepassen. Het had allemaal erg theoretisch geleken, en Henry was ervan uitgegaan dat Seth het wilde weten om geen verkeerde dingen te doen. Hij had hem zelfs bewonderd om zijn ijver en voorzichtigheid, en pas nu drong tot hem door wat er werkelijk aan de hand was. Hij velde geen oordeel, maar het leed geen twijfel dat Seth flink in de problemen zat, met mogelijk rampzalige gevolgen.

'Ik neem aan dat je het vaker hebt gedaan,' merkte Henry op toen ze alles nog een keer doornamen. Seths handeltje kwam hem zo bedreven, nauwgezet en gedetailleerd voor dat hij zich niet kon voorstellen dat dit de eerste keer was.

Seth knikte. Henry was slim en goed in zijn vak.

'Hoe vaak?'
'Vier keer.'
'Zijn er nog anderen bij betrokken geweest?'
'Nee, alleen diezelfde vriend in New York. We kennen elkaar nog van de middelbare school. Ik vertrouw hem volkomen. Maar ik denk niet dat het daar nu om gaat.' Hij lachte bars en smeet toen zijn potlood op het bureau. 'Als die kloteaardbeving er niet was geweest, was het ons deze keer ook gelukt. Wie had dat nou kunnen denken? Goed, we zaten wat krap in de tijd, maar het was gewoon pure pech dat onze boeken zo snel na elkaar zijn gecontroleerd. Zonder die aardbeving was het ons gelukt.' Omdat het geld had vastgestaan op de bank was hun snode plan aan het licht gekomen.

Twee weken lang had Seth niets kunnen ondernemen, terwijl het geld van Sully's investeerders op zijn rekening stond. Wat blijkbaar niet tot hem doordrong, was dat het niet de schuld van de aardbeving was dat ze waren gesnapt, maar het feit dat ze überhaupt met fondsen hadden geschoven. Behalve bankrekeningen leegplunderen en er met het geld vandoor gaan, was er niks misdadigers op financieel gebied te bedenken. Ze hadden tegen twee groepen investeerders gelogen, gedaan alsof er enorme sommen geld op hun rekeningen stonden en waren gesnapt. Henry schrok er niet echt van – het was zijn werk om mensen als Seth te verdedigen – maar hij had ook geen medelijden met hem.

Seth zag het aan zijn gezicht. 'Nou, hoe sta ik ervoor?' De angst droop van hem af, hij zat als een rat in de val. Hij wist dat het antwoord hem niet zou bevallen, maar toch wilde hij het weten. Sully zou nog deze week worden voorgeleid in New York, op speciaal verzoek van de openbare aanklager. Seth wist dat hij niet lang daarna aan de beurt zou zijn, afgaande op wat hij van de FBI had gehoord.

'Ze beschikken natuurlijk over stevige bewijzen tegen je, Seth,' antwoordde Henry kalm. Het had geen zin om de zaak mooier voor te stellen dan hij was. 'Harde bewijzen, jouw bankrekeningen.' Toen Seth hem had gebeld, had Henry hem meteen geadviseerd om niet aan dat geld te komen. Het was sowieso niet van hem en hij kon er geen kant mee uit. Sully's bankrekening in New York was al bevroren. En hij kon moeilijk zestig miljoen dollar in cash in een koffer onder zijn bed verstoppen. Voorlopig stond het geld dus gewoon op zijn rekening. 'De FBI doet het onderzoek in opdracht van de financiële autoriteiten. Zodra ze hun bevindingen aan hen hebben gerapporteerd, kunnen we ervan uitgaan dat jij ook zult worden voorgeleid. Als de bewijzen hard genoeg zijn, is jouw aanwezigheid niet eens verlangd. Mochten ze besluiten over te gaan tot vervolging, dan zullen ze je waarschijnlijk meteen komen arresteren. Bij afdoende bewijs kun je beter proberen een deal met hen te sluiten. Als je schuld bekent, kunnen we hun misschien voldoende bewijzen leveren om die vriend van jou in New York erbij te lappen. Als de financiële autoriteiten daar oor naar hebben en ons nodig hebben, zul je waarschijnlijk strafvermindering krijgen. Maar ik wil je niks wijsmaken. Als het klopt wat je zegt, en zij kunnen dat bewijzen, dan denk ik dat je de gevangenis in draait, Seth. Het zal moeilijk worden om je hieruit te krijgen. Je hebt een gigantisch spoor achtergelaten. We hebben het hier niet over weinig geld. Dit gaat om een kapitaal. Een fraude van zestig miljoen wordt serieus genomen door de autoriteiten. Ze zullen het er niet bij laten zitten.' Hij dacht ineens aan iets anders. 'Zijn je belastingaangiftes in orde?' Dat zou het nog gecompliceerder maken. Sarah had Seth dezelfde vraag gesteld. Als hij ook belastingfraude had gepleegd, dan zou hij voor heel lange tijd achter de tralies belanden.

'Helemaal,' zei Seth beledigd. 'In mijn aangiftes heb ik nooit gelogen.' Alleen tegen zijn investeerders en tegen die van Sully.

Zelfs boeven hebben hun erecode, dacht Henry bij zichzelf. 'Dat is fijn om te horen,' zei hij droog.

Seth onderbrak hem snel. 'Over hoeveel tijd hebben we het hier, Henry? Hoeveel gevangenisstraf zullen ze me opleggen, in het allerergste geval?'

'In het allerergste geval?' Henry dacht even na, rekening houdend met alles wat hij wist, of wat hij tot nu toe wist. 'Moeilijk te zeggen. De autoriteiten moeten niets hebben van mensen die investeerders geld afhandig maken. Ik weet het niet. Zonder verzachtende omstandigheden of een deal, vijfentwintig jaar, misschien dertig. Maar zover zal het niet komen, Seth,' stelde hij hem gerust. 'We zullen alles zorgvuldig moeten afwegen. En dan wordt het in het ergste geval vijf tot tien jaar. Met een beetje geluk twee tot vijf. Ik denk dat we ons daar op dit moment op moeten concentreren: hopen dat we ze zover krijgen dat het niet meer dan dat wordt.'

'Moet ik echt de gevangenis in? Zouden ze niet bereid zijn tot een of andere elektronische detentie thuis? Daar zou ik veel beter mee kunnen leven.' Hij klonk bang. 'Ik heb vrouw en kinderen.'

Henry zei niet tegen hem dat hij daar ook eerder aan had kunnen denken, maar dat schoot wel even door hem heen. Seth was zevenendertig en uit pure hebberigheid en gebrek aan integriteit had hij ook het leven van zijn gezin verwoest. Het zou een smerige zaak worden, en hij wilde Seth niet de valse hoop geven dat hij kon voorkomen dat hij zijn verdiende straf kreeg. De FBI-agenten die zich met deze zaak bezighielden, lieten niet met zich sollen. Ze haatten mannen als Seth, mannen die bezeten waren van geld, mannen die vol waren van zichzelf en dachten dat ze boven de wet stonden. De wetten op het gebied van hedgefondsen waren juist in het leven geroepen om investeerders te beschermen tegen mannen als hij. En het was Henry's taak om Seth te beschermen, in voor- en tegenspoed. Het viel niet te ontkennen dat dit een moeilijke zaak was, en dat was nog zacht uitgedrukt.

'Ik denk niet dat het realistisch is om te denken dat je thuis zult kunnen zitten met een enkelband om,' zei Henry eerlijk. Hij was niet van plan tegen hem te liegen. Hij wilde hem niet onnodig bang maken, maar hij moest hem vertellen hoe zijn kansen lagen, voor zover hij die nu kon overzien. 'Misschien dat ik op termijn kan zorgen voor een voorwaardelijke vrijlating. Maar niet meteen. Seth, je zult echt onder ogen moeten zien dat je een tijdje de gevangenis in draait. Hopelijk niet al te lang. Maar gezien de grote sommen geld die jij en Sully heen en weer hebben geschoven, zal de straf niet gering zijn, tenzij we met iets kunnen komen wat het voor hen aantrekkelijk maakt om een deal met je te sluiten. Maar dan nog zul je er niet zonder kleerscheuren afkomen.'

Het was min of meer wat Seth ook tegen Sarah had gezegd op de ochtend na de aardbeving. Meteen toen ze door de aardbeving werden getroffen en het telefoonverkeer stil kwam te leggen, had hij geweten dat hij erbij was. En zij had het ook geweten. Henry legde het hem alleen voor alle zekerheid nog eens uit.

Ze namen alles nog eens door, en Seth verzweeg niets meer voor hem. Dat kon niet meer. Hij had Henry's hulp nodig, en Henry beloofde bij het gesprek met de FBI de volgende middag aanwezig te zijn. Op precies dezelfde tijd zou Sully in New York worden voorgeleid. Het was al zes uur toen Henry vertrok, en Seth kwam met een afgetrokken gezicht de studeerkamer uit zetten.

Hij liep naar beneden, waar Sarah in de keuken de kinderen eten gaf. Parmani was in de kelder bezig met de was.

Sarah keek bezorgd toen Seth binnen kwam lopen. 'Wat zei hij?' Net als Seth hoopte ze op een wonder. Alleen dat zou hem kunnen redden.

Seth liet zich op een keukenstoel vallen en keek somber naar zijn kinderen en toen weer naar haar. Molly wilde hem iets laten zien, maar hij negeerde haar. Hij had te veel aan zijn hoofd.

'Ongeveer wat ik had verwacht.' Hij besloot haar eerst te vertellen wat er in het ergste geval kon gebeuren. 'Hij zei dat ik maximaal dertig jaar kan krijgen. Met een beetje geluk, als ze een deal met me willen sluiten, zal het twee tot vijf jaar worden. Daarvoor zal ik wel Sully moeten verraden, wat ik eigenlijk niet wil.' Hij zuchtte en liet haar toen nog een andere kant van hem zien. 'Maar misschien moet het wel. Anders hang ik.'

'Ja, en anders hangt hij.' Ze had Sully nooit gemogen. Ze vond hem een vuilak en hij had ook altijd heel neerbuigend tegen haar gedaan. Ze had gelijk gehad. Hij was fout. Maar Seth ook. En die was bereid om zijn vriend te verraden, wat het allemaal nog erger leek te maken. 'En wat als hij jou voor is en eerder een deal sluit dan jij?'

Seth had daar nog niet aan gedacht. Met Sully waren ze al iets langer bezig. Misschien zat hij hem op ditzelfde moment wel te verraden. Hij vertrouwde hem dat wel toe. Bovendien was Seth zelf ook bereid om het te doen. Na alles wat zijn advocaat had gezegd, had hij al besloten om voor een deal te gaan. Hij had echt geen zin in dertig jaar gevangenisstraf en had er alles voor over om zijn eigen hachje te redden. Zelfs als zijn vriend daardoor levenslang zou krijgen.

Sarah zag aan zijn gezicht wat hij dacht, en ze werd er misselijk van. Niet omdat hij Sully wilde verraden, die in haar ogen niet beter verdiende, maar omdat blijkbaar niets heilig voor hem was, zijn investeerders niet, zijn medefraudeur niet, zelfs zijn vrouw en kinderen niet. Ze wist nu waar ze stond en wie hij was.

'En jij? Hoe denk jij over dit alles?' vroeg Seth bezorgd, nadat Parmani de kinderen mee naar boven had genomen om hen in bad te stoppen. Molly was sowieso nog te klein geweest om het gesprek te kunnen volgen, en Ollie was nog maar een baby.

'Ik weet het niet,' zei Sarah bedachtzaam.

Henry had tegen Seth gezegd dat het belangrijk was dat Sarah alle hoorzittingen en het proces bijwoonde. Het was belangrijk hem zo veel mogelijk als een respectabel man af te schilderen.

'Ik heb je nodig tijdens het proces,' zei hij openhartig, 'en daarna zal ik je nog harder nodig hebben. Misschien moet ik wel heel lang zitten.'

Toen hij dat zei, kreeg ze tranen in de ogen, en ze stond op om de spullen van de kinderen in de gootsteen te zetten. Ze had niet gewild dat haar kinderen haar zouden zien huilen, en ze wilde ook niet dat hij het zag.

Maar hij liep haar achterna. 'Je mag me nu niet in de steek laten, Sarrie. Ik hou van je. Je bent mijn vrouw. Je kunt me nu niet laten vallen,' smeekte hij.

'Waarom heb je daar niet eerder aan gedacht?' vroeg ze fluisterend. De tranen stroomden haar over de wangen, terwijl ze aan het aanrecht stond, in haar mooie keuken, in het huis waarvan ze zo veel hield. Haar probleem met de huidige situatie was niet dat ze haar huis of haar levensstijl kon kwijtraken, maar dat ze getrouwd was met een man die zo corrupt en oneerlijk was dat hij hun leven en hun toekomst had verwoest, een man die nu zei dat hij haar nodig had. Hoe zat het met wat ze van hem nodig had? En hun kinderen? Wat zou er gebeuren als hij voor dertig jaar de gevangenis in draaide? Wat zou er met hen allemaal gebeuren? Wat voor leven zouden zij en de kinderen nog hebben?

'Ik wilde iets voor ons opbouwen,' legde hij zwakjes uit, terwijl hij naast haar aan het aanrecht stond. 'Ik heb het voor jou gedaan, Sarah, voor hen.' Hij gebaarde vaag naar de kinderen boven. 'Waarschijnlijk heb ik het te snel willen doen, en nu is de hele boel ontploft.' Hij liet beschaamd zijn hoofd vallen.

Ze begreep echter donders goed dat hij haar probeerde te manipuleren. Dit was niet anders dan zijn bereidheid om zijn vriend te verraden. Het ging alleen maar om hem. De rest kon naar de hel lopen. 'Je hebt het op een oneerlijke manier geprobeerd. Dat is wat anders,' zei ze. 'Het ging er niet om dat je iets voor ons wilde opbouwen. Dit ging alleen maar om jou, je wilde belangrijk zijn, rijk worden, het maakte je niet uit hoe of ten koste van wie, zelfs de kinderen konden je niet schelen. Als je voor dertig jaar de gevangenis in draait, zullen ze je nooit leren kennen. Ze zullen af en toe op bezoek komen. Allemachtig zeg, je had dan net zo goed dood kunnen zijn,' zei ze, eindelijk boos in plaats van alleen maar gekwetst en bang.

'Nou, je wordt bedankt,' zei hij, met een akelige glans in zijn ogen. 'Maar reken er maar niet te veel op. Ik zal al mijn geld aanwenden voor de beste advocaten en zal het blijven aanvechten, mocht het zover komen.'

Ze wisten echter allebei dat hij vroeg of laat zou moeten boeten voor wat hij had gedaan. De laatste fraude zou de FBI op het spoor zetten van de eerdere fraudes die Sully en hij hadden gepleegd. Sarah wilde echter niet dat hij haar zou meeslepen in zijn val.

'Hoe zit dat met het in voor- en in tegenspoed?' vroeg hij ineens.

'Ik geloof niet dat dat inclusief fraude en dertig jaar gevangenisstraf was,' zei ze met trillende stem.

'Nee, maar wel dat je je man steunt als hij tot aan zijn nek in de stront zit. Ik heb een mooi leven voor ons proberen op te bouwen, Sarah. Een goed leven, een groots leven. Ik heb je niet horen klagen over de "voorspoed" toen ik dit huis kocht en je het van mij mocht vullen met kunst en antiek, toen ik een hele berg sieraden voor je kocht, dure kleren, een huis aan Lake Tahoe, een vliegtuig. Toen heb ik je niet horen zeggen dat het te veel was.'

Ze kon haar oren niet geloven. Ze voelde zich steeds misselijker worden. 'Ik heb steeds gezegd dat het allemaal te duur was en dat ik me zorgen maakte,' bracht ze hem in herinnering. 'Het ging allemaal zo snel.' En ze wist nu hoe dat kon. Hij had het gedaan door fraude te plegen, door investeerders op de mouw te spelden dat hij meer geld bezat dan zij, zodat ze hem geld zouden geven voor riskante investeringen. En misschien had hij daarvan ook nog wel een deel in eigen zak gestoken, bedacht ze ineens. Ja, waarschijnlijk had hij dat ook nog gedaan. Hij had zich door niets laten tegenhouden om de top te bereiken en nu viel hij diep, met fatale gevolgen. Misschien nog fataler voor haar, nadat hij hun leven had verwoest.

'Maar je hebt me er nooit iets van teruggegeven, of geprobeerd me tegen te houden,' verweet hij haar.

Ze keek hem recht in de ogen. 'Had ik je kunnen tegenhouden? Ik dacht het niet, Seth. Volgens mij werd je gedreven door hebzucht en ambitie. Je bent echt te ver gegaan, en nu moeten we daarvoor boeten.'

'Ik ben degene die de gevangenis in draait, niet jij, Sarah.'

'Wat had je dan verwacht als je dit soort klotestreken uithaalt? Je bent geen held, Seth, je bent een oplichter. Meer niet.' Ze begon weer te huilen.

Hij rende de keuken uit en sloeg de deur met een klap achter zich dicht. Hij wilde dat helemaal niet van haar horen. Wat hij van haar wilde horen, was dat ze hem zou blijven steunen, ongeacht wat er gebeurde. Het was misschien veel gevraagd, maar hij vond dat hij het verdiende.

Het was een lange, kwellende nacht voor hen allebei. Seth

sloot zich tot vier uur 's nachts op in zijn studeerkamer, Sarah sliep in de logeerkamer. Om vijf uur 's ochtends ging hij eindelijk naar bed, en hij sliep tot twaalf uur 's middags. Nadat hij was opgestaan, kleedde hij zich aan voor zijn afspraak met zijn advocaat en de FBI.

Sarah was al met de kinderen naar het park. Ze had nog steeds geen auto sinds ze beide auto's waren kwijtgeraakt tijdens de aardbeving, maar Parmani had haar oude Honda, waarmee ze ook de boodschappen deden. Sarah was te erg van streek om er zelfs maar aan te denken dat ze een auto zou kunnen huren, en Seth ging toch nergens heen, dus hij had ook geen auto gehuurd. Hij sloot zich op in huis, te bezorgd om zijn toekomst om eropuit te gaan.

Op de terugweg uit het park kreeg Sarah ineens een ingeving. Ze vroeg aan Parmani of ze haar auto mocht lenen nadat ze de kinderen thuis hadden gebracht voor hun middagdutjes. De lieve Nepalese vrouw gaf meteen haar toestemming. Ze wist dat er iets aan de hand was en was bang dat hun iets akeligs was overkomen, maar ze had geen flauw idee wat en zou er ook nooit naar vragen. Ze dacht dat Seth misschien een minnares had, of dat ze andere huwelijksproblemen hadden. Het zou voor haar ondenkbaar zijn geweest dat Seth binnenkort werd gearresteerd en misschien de gevangenis in draaide, of zelfs dat ze hun huis konden kwijtraken. Voor zover zij wist, waren ze jong en rijk, precies wat Sarah tweeënhalve week geleden ook nog had gedacht. Inmiddels wist ze dat niets minder waar was. Misschien wel jong, maar hun rijkdom was met de kracht van een aardbeving tot stof verpulverd. Ze begreep dat Seth vroeg of laat toch wel zou zijn gesnapt. Het was nu eenmaal onmogelijk om wat hij had gedaan, ongestraft te doen. Het was onvermijdelijk geweest, alleen had zij er niets vanaf geweten.

Nadat Parmani en de kinderen thuis waren uitgestapt, reed

Sarah rechtstreeks de heuvel af en in noordelijke richting de Divisadero op. Ze sloeg links af Marina Boulevard op en reed het Presidio in langs Crissy Field. Ze had geprobeerd Maggie op haar mobieltje te bellen, maar dat stond uit. Ze wist niet eens of Maggie nog wel in het veldhospitaal werkte, maar ze moest gewoon met iemand praten en ze kon niemand anders bedenken. Haar ouders kon ze onmogelijk iets vertellen over de ramp die Seth over hen had afgeroepen. Haar moeder zou in alle staten zijn en haar vader zou woedend worden op Seth. En als het allemaal echt zo erg zou worden als ze vreesden, dan zouden haar ouders het snel genoeg in de krant kunnen lezen. Ze wist dat ze het hun eigenlijk zou moeten vertellen voordat het algemeen bekend raakte, alleen nu nog niet. Op dit moment had ze een verstandig mens nodig om mee te praten, om haar hart bij uit te storten en haar zorgen mee te delen. Intuïtief wist ze dat zuster Maggie daar de aangewezen persoon voor was.

Sarah stapte voor het veldhospitaal uit de kleine, gehavende Honda en liep naar binnen. Ze wilde net vragen of zuster Mary Magdalen er nog werkte, toen ze haar gehaast naar achteren zag lopen, met een stapel beddengoed en handdoeken die bijna groter was dan zij. Sarah liep snel naar haar toe, en toen Maggie haar zag, keek ze haar verbaasd aan.

'Wat leuk om je te zien, Sarah. Wat kom je hier doen? Ben je ziek?' De eerstehulpafdelingen van alle ziekenhuizen in de stad waren weer volop in bedrijf, maar het veldhospitaal van het Presidio bleef voorlopig ook nog open, al was het er niet meer zo druk als een paar dagen eerder.

'Nee, hoor… Ik… Sorry, maar kan ik even met je praten?'

Toen Maggie de blik in haar ogen zag, legde ze het beddengoed en de handdoeken meteen op een leeg bed. 'Kom, dan gaan we even op het strand zitten. Dat zal ons allebei goeddoen. Ik ben al sinds zes uur vanochtend in touw.'

'Graag,' zei Sarah. Ze liep achter Maggie aan naar buiten.

Ze namen de weg die naar het pad naar het strand leidde en kletsten onderweg wat. Maggie vroeg aan Sarah hoe het met Ollies oortje was en Sarah zei dat het er prima mee ging. Toen ze eindelijk op het strand aankwamen, gingen ze in het zand zitten, want ze droegen toch allebei een spijkerbroek. De baai lag er vlak en glinsterend bij. Het was weer een prachtige dag. Het was de mooiste meimaand die Sarah ooit had meegemaakt, hoewel de wereld haar op dit ogenblik erg somber voorkwam. Vooral de wereld van haar en Seth.

'Wat is er aan de hand?' vroeg Maggie vriendelijk, terwijl ze aandachtig het gezicht van de jongere vrouw opnam. Ze zag er vreselijk bezorgd uit, de peilloze diepten van haar ogen hadden iets gekwelds. Maggie vermoedde dat het om huwelijksproblemen ging. Sarah had vaag zoiets gezegd toen ze de baby had binnengebracht met oorpijn. Maar wat het ook was, Maggie zag dat het alleen maar erger was geworden. Ze maakte een radeloze indruk.

'Ik weet bijna niet waar ik moet beginnen.'

Maggie wachtte, terwijl Sarah naar woorden zocht.

De tranen begonnen haar over de wangen te biggelen, maar ze veegde ze niet weg.

De non zat zwijgend naast haar en bad in stilte. Ze vroeg God om Sarah te bevrijden van de last die ze met zich meedroeg.

'Het gaat om Seth...' begon ze na een tijdje, wat Maggie niet verbaasde. 'Er is iets heel ergs gebeurd... Nee, hij heeft iets heel ergs gedaan... Iets wat helemaal fout is... en hij is gesnapt.'

Maggie had geen flauw idee wat dat kon zijn en vroeg zich af of hij soms een vriendin had en dat Sarah dat net had ontdekt, en misschien al eerder had vermoed.

'Heeft hij het je zelf verteld?' vroeg ze zacht.

'Ja. Tijdens de nacht van de aardbeving, toen we thuiskwamen, en de volgende ochtend.' Ze keek Maggie even onderzoekend aan voordat ze verderging, maar ze wist dat ze haar kon vertrouwen. Maggie deelde haar geheimen alleen met God, in haar gebeden. 'Hij heeft iets gedaan wat verboden is... Hij heeft stiekem geld naar zijn hedgefonds gesluisd. Hij was wel van plan om het weer terug te storten, maar door de aardbeving waren alle banken dicht, dus bleef het geld erop staan. Hij wist dat het ontdekt zou worden voordat de banken weer open zouden gaan.'

Hoewel Maggie schrok, zei ze niets. Dit was duidelijk een veel groter probleem dan ze had verwacht. 'En is het ontdekt?'

'Ja.' Sarah knikte met een ongelukkig gezicht. 'Ja, in New York. Op de maandag na de aardbeving. Het is gemeld aan de financiële autoriteiten, en die hebben contact opgenomen met de FBI hier. Er komt een onderzoek en waarschijnlijk volgen er een aanklacht en een proces.' Ze wond er geen doekjes om. 'Als hij wordt veroordeeld, kan hij dertig jaar krijgen. Misschien minder, maar dat zou het in het ergste geval zijn. En nu heeft hij het erover om de vriend te verraden met wie hij dit heeft gedaan. Tegen die vriend loopt in New York al een onderzoek.' Ze begon nog harder te huilen en nam toen de hand van de non in de hare. 'Maggie... Ik ken hem niet eens meer. Hij is een oplichter, een fraudeur. Hoe heeft hij ons dit nu kunnen aandoen?'

'Heb je nooit enig vermoeden gehad?' Maggie maakte zich zorgen om haar. Wat een verschrikkelijk verhaal.

'Nee, nooit. Niets. Ik dacht dat hij helemaal eerlijk was, dat hij gewoon ongelooflijk slim en succesvol was. Ik vond wel dat we te veel geld uitgaven, maar hij zei dan dat geld er is om uit te geven. Nu weet ik niet eens meer of het wel ons eigen geld was. En God mag weten wat hij nog meer heeft uitgespookt. Of wat er nu gaat gebeuren. Waarschijnlijk raken we ons huis kwijt, maar wat erger is, ik ben hem al kwijt. Het kan niet anders of hij wordt veroordeeld, hij kan hier echt niet onderuit komen.

En hij wil van mij dat ik hem steun en bij hem blijf. Hij zegt dat "in voor- en in tegenspoed" dat betekent. En wat zal er met mij en de kinderen gebeuren als hij de gevangenis in moet?'

Maggie wist dat Sarah nog jong was en dat ze, wat er ook gebeurde, altijd een nieuw leven kon beginnen. Maar het leed geen twijfel dat het vreselijk was om op deze manier je man kwijt te raken. Hoewel ze er weinig verstand van had, klonk het zelfs haar afgrijselijk in de oren.

'En wil je hem steunen, Sarah?'

'Dat weet ik niet. Ik weet niet wat ik wil of wat ik denk. Ik houd van hem, maar nu weet ik niet eens meer van wie ik precies houd, of wie die man is die ik al zes jaar ken en met wie ik vier jaar getrouwd ben. Hij is echt een fraudeur. En wat als ik hem niet kan vergeven wat hij heeft gedaan?'

'Dat is een ander verhaal,' zei Maggie verstandig. 'Je kunt het hem vergeven, maar toch besluiten dat je niet bij hem wilt blijven. Je hebt het recht zelf te beslissen hoeveel problemen je in je leven wilt toelaten. Vergiffenis is iets heel anders, maar ik denk dat dat over een tijd vanzelf komt. Het is nu waarschijnlijk nog te vroeg al zulke belangrijke beslissingen te nemen. Je moet het een poosje vol zien te houden en dan kijken hoe je je daarbij voelt. Misschien dat je uiteindelijk besluit om bij hem te blijven, hem te steunen, maar misschien ook niet. Die beslissing hoef je niet nu meteen te nemen.'

'Hij zegt van wel.' Sarah zag er verdrietig en verward uit.

'Dat is niet aan hem, maar aan jou. Hij vraagt wel heel veel van je, na wat hij heeft gedaan. Heeft de politie al met hem gesproken?'

'De FBI is nu bij hem. Ik weet niet wat er daarna gebeurt.'

'Dat is een kwestie van afwachten.'

'Ik weet niet precies of ik hem wel iets verplicht ben. Of dat ik voor mezelf en de kinderen moet kiezen. Ik wil niet samen met hem ten onder gaan of getrouwd zijn met een man die misschien twintig of dertig jaar de gevangenis in moet, of desnoods vijf. Ik weet niet of ik dat zou kunnen. Misschien ga ik hem er wel om haten.'

'Dat hoop ik niet, Sarah, hoe je besluit ook mag uitvallen. Je hoeft hem niet te haten, daar vergiftig je alleen jezelf mee. Hij heeft recht op jouw medeleven en jouw vergiffenis, maar niet het recht om het leven van jou en de kinderen te verwoesten.'

'Ben ik het hem verschuldigd, als echtgenote?' Sarahs ogen waren peilloze diepten van verdriet, verwarring en schuldgevoel.

Maggie had intens medelijden met haar, met hen beiden. Ze zaten in een vreselijke situatie en wat hij ook had gedaan, ze vermoedde dat hij er niet veel beter aan toe zou zijn dan zijn vrouw, en daar had ze gelijk in.

'Je bent hem begrip verschuldigd en medelijden, maar niet je leven, Sarah. Dat kun je hem niet geven, wat je ook doet. Maar de beslissing om hem wel of niet te steunen, is helemaal aan jou, en niet aan hem, wat hij ook zegt. Als het beter voor jou en je kinderen is, dan heb je het recht om weg te gaan. Het enige wat je hem op dit moment verschuldigd bent, is vergiffenis. De rest is aan jou. Vergiffenis brengt een staat van genade met zich mee, en daar zullen jullie je uiteindelijk allebei gezegend door voelen.' Maggie probeerde haar praktische raad te geven, gekleurd door haar eigen overtuigingen, die geheel en al gebaseerd waren op barmhartigheid, vergiffenis en liefde. In de geest van Jezus.

'Ik heb nog nooit zoiets meegemaakt,' bekende Maggie eerlijk. 'Ik wil je geen verkeerde raad geven. Ik wil je alleen maar zeggen wat ik denk. Wat je ermee doet, is aan jou. Maar misschien is het nog te vroeg om al een beslissing te nemen. Als je van hem houdt, is dat al heel wat. Maar welke vorm die liefde uiteindelijk zal aannemen, hoe je hem zal uiten, is jouw keus. Misschien getuigt het uiteindelijk van meer liefde voor jezelf en de kinderen om hem los te laten. Hij moet boeten voor zijn eigen fouten, en zo te horen waren het geen kleine. Jij hoeft daar niet voor te boeten. Maar tot op zekere hoogte gebeurt dat toch wel. Dit zal voor jou ook niet gemakkelijk worden, wat je ook beslist.'

'Dat is het nu al niet. Seth zegt dat we waarschijnlijk het huis zullen kwijtraken. Misschien dat ze het in beslag nemen. Of misschien moet hij het verkopen om zijn advocaten te kunnen betalen.'

'Kun jij ergens terecht?' vroeg Maggie bezorgd. Het was duidelijk dat Sarah zich verloren voelde en dat ze daarom naar haar was toe gekomen. 'Heb je hier familie?'

Sarah schudde haar hoofd. 'Mijn ouders zijn naar Bermuda verhuisd. Ik kan niet bij hen gaan logeren, dat is te ver weg. Ik wil de kinderen niet bij Seth weghalen. En ik wil voorlopig ook nog niks aan mijn ouders vertellen. Als we het huis kwijtraken, kan ik misschien een klein appartement zoeken. En ik zal een baan moeten nemen. Ik heb sinds mijn trouwen niet meer gewerkt, omdat ik er voor de kinderen wilde zijn, en dat was ook fantastisch. Maar ik geloof niet dat ik nog veel keus heb. Als het moet, heb ik zo een baan. Ik heb een MBA. Zo hebben Seth en ik elkaar ook leren kennen, op de Stanford Business School.'

Maggie glimlachte, terwijl ze bij zichzelf dacht dat haar man behoorlijk misbruik had gemaakt van zijn goede opleiding. Maar in elk geval bezat Sarah de juiste diploma's om een goede baan te kunnen vinden en zichzelf en de kinderen te onderhouden. Al ging het daar nu niet om. De grote vraag was wat er van hun huwelijk zou worden, en van Seths toekomst als hij zou worden vervolgd, wat er zo te horen dik in zat.

'Volgens mij moet je het wat tijd gunnen, als je daartoe bereid bent, en zien hoe het uitpakt. Het lijdt geen twijfel dat Seth een grote fout heeft begaan. Alleen jij weet of je hem dat kunt vergeven, of je bij hem wilt blijven. Je moet proberen te bidden, Sarah,' drong ze aan. 'De antwoorden komen vanzelf. Alles zal je duidelijk worden, misschien zelfs wel sneller dan je denkt.' Of sneller dan ze wilde. Maggie wist van zichzelf dat, wanneer ze bad om helderheid in een bepaalde situatie, ze vaak bottere en duidelijker antwoorden kreeg dan ze wilde, antwoorden die haar niet bevielen. Maar dat zei ze niet tegen Sarah.

'Hij zei dat hij me nodig heeft tijdens het proces,' zei Sarah gedeprimeerd. 'Ik zal er ook voor hem zijn. Ik heb het gevoel dat ik hem dat verschuldigd ben. Maar het zal echt vreselijk worden. De media zullen hem afschilderen als een complete crimineel.' Wat hij natuurlijk ook was, en dat wisten ze allebei. 'Het is zo vernederend,' eindigde ze.

'Laat je niet leiden door trots, Sarah,' waarschuwde Maggie haar. 'Laat je leiden door liefde. Daar zal iedereen baat bij hebben. Dat is wat je in feite wilt. Het juiste antwoord, de juiste beslissing, de juiste toekomst voor jou en je kinderen, of Seth daar nu deel van uit zal maken of niet. Zijn kinderen zal hij altijd houden, hij is hun vader, wat er ook met hem gebeurt. De vraag is of hij jou nog zal hebben. En nog belangrijker, of jij hem wel wilt.'

'Ik weet het niet. Ik weet niet meer wie hij is. Ik heb het gevoel alsof ik de afgelopen zes jaar van een hersenschim heb gehouden. Ik heb geen flauw idee meer wie hij in werkelijkheid is. Hij is wel de laatste van wie ik had verwacht dat hij fraude zou plegen.'

'Tja,' zei Maggie, terwijl ze over de baai uitkeken. 'Mensen doen soms rare dingen. Zelfs de mensen die we denken te kennen, van wie we houden. Ik zal voor je bidden,' beloofde ze. 'Probeer zelf ook te bidden. Geef het over aan God. Laat Hem proberen je te helpen.'

Sarah knikte en keek haar met een klein lachje aan. 'Dank je.

Ik wist dat het me zou helpen om even met jou te praten. Ik weet nog niet wat ik ga doen, maar ik voel me al wat beter. Ik dacht echt dat ik gek werd toen ik hiernaartoe reed.'

'Je kunt altijd langskomen, of bellen. Ik ben hier nog wel een tijdje.' Er was nog veel werk voor haar te doen met de mensen die hun huis waren kwijtgeraakt bij de aardbeving en nergens anders naartoe konden. Voor haar was dit nuttig werk dat goed bij haar missie als non paste. Ze gaf liefde, vrede en troost aan allen die ze aanraakte. 'Wees genadig' was de laatste raad die ze Sarah meegaf. 'Genade is belangrijk in het leven. Dat wil nog niet zeggen dat je bij hem moet blijven of je eigen leven voor hem moet opgeven. Maar je zult genadig en liefdevol moeten zijn voor hem en voor jezelf zodra je eenmaal een beslissing hebt genomen, hoe die ook uitvalt. Liefde wil nog niet zeggen dat je bij hem moet blijven, het betekent alleen maar dat je barmhartigheid moet tonen. En dan hebben we het over genade. Je merkt het vanzelf als je zover bent.'

'Dank je wel.' Sarah omhelsde haar toen ze weer voor het veldhospitaal stonden. 'Ik bel je nog.'

'Ik zal voor je bidden,' beloofde Maggie haar. Ze zwaaide Sarah met een liefdevol lachje na toen die wegreed.

Even met Maggie praten was precies wat Sarah nodig had gehad. Ze reed in Parmani's auto terug via de Marina Boulevard en toen in zuidelijke richting heuvelopwaarts Divisadero op. Ze kwam net aanrijden toen de twee FBI-agenten vertrokken, en ze was blij dat ze er niet bij was geweest. Ze wachtte tot ze waren weggereden en ging toen naar binnen. Henry was bezig alles nog eens samen te vatten voor Seth, en ze wachtte tot ook hij vertrok en ging toen Seths studeerkamer in.

'Waar ben je geweest?' Hij maakte een uitgeputte indruk.

'Ik had even wat frisse lucht nodig. Hoe ging het?'

'Beroerd,' antwoordde hij ernstig. 'Ze hebben me niet ontzien. Volgende week word ik in staat van beschuldiging gesteld. Dit gaat heel moeilijk worden, Sarah. Het zou fijn zijn geweest als je vandaag een beetje in de buurt was gebleven.' Hij keek haar verwijtend aan.

Ze had hem nog nooit zo zielig meegemaakt. Ze probeerde te denken aan wat Maggie had gezegd en probeerde mededogen voor hem te voelen. Wat hij haar indirect ook had aangedaan, hij zat diep in de stront en ze had medelijden met hem, meer dan ze had gehad voordat ze Maggie had gesproken. 'Wilde de FBI mij dan ook spreken?' vroeg ze bezorgd.

'Nee. Jij hebt hier niets mee te maken. Ik heb ze gezegd dat jij nergens iets van weet. Je werkt niet voor me. En ze kunnen je sowieso niet dwingen om tegen me te getuigen, omdat je mijn vrouw bent.' Zijn woorden leken haar gerust te stellen. 'Ik wilde gewoon dat je er was, voor mij.'

'Ik ben er ook, Seth.' Voorlopig tenminste. Meer kon ze niet beloven.

'Dank je,' zei hij kalm, en daarna liep ze de studeerkamer uit om even bij de kinderen te gaan kijken. Hij had niets meer tegen haar te zeggen, en ze was zijn kamer nog niet uit of hij sloeg zijn handen voor zijn gezicht en begon te huilen.

Hoofdstuk 12

In de tien dagen die volgden, viel Seths leven steeds meer in duigen. Nadat de zaak was voorgelegd aan de rechtbank, werd hij in staat van beschuldiging gesteld. Twee dagen later kwam de FBI hem arresteren. Ze vertelden hem wat zijn rechten waren en namen hem toen mee naar het politiebureau waar een foto van hem werd gemaakt en hij formeel werd aangeklaagd. Hij bracht de nacht in een cel door en werd de volgende dag op borgtocht vrijgelaten.

Het door fraude verkregen geld op zijn bankrekening werd op gerechtelijk bevel overgemaakt naar New York om aan Sully's investeerders terug te betalen. Sully's investeerders leden dus geen verlies, maar die van Seth hadden in de waan verkeerd dat het fonds waarin ze investeerden, zestig miljoen rijker was dan het in werkelijkheid was, en als resultaat van deze frauduleuze voorstelling van zaken hadden ze er hun geld in gestoken. Door de aard en ernst van Seths misdrijf stelde de rechter de borgtocht op tien miljoen dollar, en Seth moest ter plekke één miljoen dollar betalen om te kunnen worden vrijgelaten. Daarmee waren ze in één klap al hun contante geld kwijt. De borgtocht werd toegekend omdat het vluchtrisico als miniem werd beschouwd en het niet om moord of geweldpleging ging. Zijn misdrijf was veel subtieler geweest.

De enige keus die ze hadden, was om hun huis garant te stellen voor de borg. Het huis was ongeveer vijftien miljoen dollar waard, en op de avond van de dag dat Seth was vrijgelaten, zei hij tegen Sarah dat het huis verkocht moest worden. Tien miljoen ervan was voor de borg en de rest had hij nodig om zijn advocaten te betalen. Henry had hem al verteld dat hun honoraria waarschijnlijk in de buurt van de drie miljoen zouden komen te liggen. Het was een ingewikkelde zaak. Seth vertelde Sarah dat ze hun huis aan Lake Tahoe ook zouden moeten verkopen. Ze moesten zo veel mogelijk zien te verkopen. Het enige goede nieuws was dat het huis aan Divisadero hypotheekvrij was. Op dat aan Lake Tahoe rustte nog wel een hypotheek, waardoor de winst lager zou uitvallen, maar het verschil konden ze gebruiken voor zijn verdediging en bijkomende kosten.

'Ik kan mijn sieraden ook wel verkopen,' zei ze apathisch. De sieraden konden haar niet schelen, maar ze vond het vreselijk dat ze hun huis zouden kwijtraken.

'We kunnen een appartement huren.' Hij had zijn vliegtuig ook al opgegeven. Het was nog niet helemaal afbetaald, en hij had het met verlies moeten verkopen. Zijn hedgefonds was gesloten. Er zou helemaal geen geld meer binnenkomen, er zou alleen maar heel veel geld uit gaan voor zijn verdediging. Door zijn stunt van zestig miljoen zouden ze waarschijnlijk alles kwijtraken wat ze bezaten. Mocht hij worden veroordeeld, dan stond hem niet alleen een gevangenisstraf te wachten, maar ook een torenhoge boete. En de rechtszaken die de investeerders tegen hem zouden aanspannen, zouden zijn ondergang worden. Van de ene op de andere dag waren ze straatarm.

'Ik huur zelf wel een appartement,' zei ze rustig. Die beslissing had ze de avond ervoor genomen, toen hij in de cel zat. Maggie had gelijk. Ze wist niet wat ze verder ging doen, maar het was haar duidelijk geworden dat ze op dit moment niet met hem onder één dak wilde wonen. Misschien dat ze later weer bij elkaar zouden komen, maar voorlopig wilde ze een eigen appartement voor haar en de kinderen. Ook zou ze werk gaan zoeken.

'Ga je hier weg?' Seth leek stomverbaasd. 'Wat voor indruk zal dat wel niet op de FBI maken?' Dat was het enige wat hem op dit moment kon schelen.

'We gaan hier toevallig allebei weg. En het zal de indruk wekken dat je een enorme blunder hebt begaan, dat ik geschrokken ben en dat we even pauze nemen van elkaar.' Dat was allemaal waar. Ze zou niet meteen een echtscheiding aanvragen, ze wilde alleen maar even ruimte voor zichzelf. Ze kon er niet tegen om hun leven in duigen te zien vallen omdat hij ervoor had gekozen om een oplichter te zijn in plaats van een eerlijk mens. Ze had veel gebeden nadat ze met Maggie had gepraat en ze voelde zich goed over haar beslissing. Bedroefd, maar ook goed, precies zoals Maggie had voorspeld. Stapje voor stapje.

De volgende dag belde Sarah de makelaar en zette het huis te koop. Daarna belde ze de borgsteller om te vertellen waar ze mee bezig waren, want ze wilde niet dat hij dacht dat ze iets stiekems deden. Hij was sowieso al in het bezit van de eigendomsakte en legde haar uit dat hij de koop zou moeten goedkeuren en dat alles wat het huis meer opbracht dan de tien miljoen die voor de borg waren, voor hen was. Hij bedankte haar voor haar telefoontje, en hoewel hij het niet zei, had hij medelijden met haar. Hij vond haar man een zak. Toen hij op het politiebureau met Seth had gepraat, had die op hem de indruk gemaakt van een pretentieuze man, een man die vol was van zichzelf. De borgsteller had vaker met mannen als hij te maken gehad. Mannen die zich lieten leiden door hun ego en het uiteindelijk altijd verknalden voor hun vrouw en kinderen. Hij wenste haar succes met de verkoop.

In de dagen daarna ging ze op zoek naar een baan. Ze belde mensen die ze kende in de stad en Silicon Valley, ze schreef haar cv, met daarin de bijzonderheden over haar MBA van Stanford en haar baan bij een investeringsbank in New York. Ze wilde alles aanpakken, ze kon aan de slag als handelaar, als financieel analist. Ze was bereid zich te laten registreren als effectenmakelaar of bij een bank te gaan werken. Ze had hersens en beschikte over de juiste kwalificaties; het enige wat er nog aan ontbrak, was een baan. En ondertussen werd hun huis platgelopen door potentiële kopers. Sommigen kwamen puur uit nieuwsgierigheid, anderen met oprechte belangstelling.

Seth huurde voor zichzelf aan Broadway een appartement in wat wel het Heartbreak Hotel werd genoemd. Het was een modern appartementencomplex met kleine, duur ingerichte appartementen waar voornamelijk mannen woonden die net bij hun vrouw weg waren. Sarah huurde een kleine, gezellige flat in een victoriaans huis aan Clay Street. De flat had twee slaapkamers, eentje voor haar en eentje voor de kinderen. Er was parkeerruimte voor één auto en een kleine tuin. De huren waren scherp gedaald na de aardbeving, zodat ze het voor een goede prijs kreeg. Per 1 juni kon ze erin.

Ze ging Maggie opzoeken in het Presidio om haar te vertellen waar ze mee bezig was. Maggie had medelijden met haar, maar was er ook van onder de indruk dat ze verderging met haar leven en voorzichtige, verstandige keuzes maakte. Seth kocht een nieuwe Porsche ter vervanging van de Ferrari die hij was kwijtgeraakt. Hij sloot een of andere onderhandse lening af, wat zijn advocaat woest maakte. Hij hield hem voor dat hij zich nu beter bescheiden kon opstellen. Hij had veel mensen schade berokkend met zijn deals, en de rechter zou hem al dat uiterlijk vertoon beslist kwalijk nemen. Sarah had een tweedehands Volvo stationcar gekocht ter vervanging van haar verwoeste Mercedes. Haar sieraden zouden in Los Angeles worden verkocht. Ze had haar ouders nog steeds niets verteld. Hoewel ze haar niet zouden kunnen helpen, hadden ze haar wel kunnen steunen. Tot nu toe was, als door een wonder, niets in de media verschenen over de aanklachten tegen Seth en Sully, maar ze wist dat dat niet lang meer kon uitblijven. En dan waren de poppen pas echt aan het dansen.

Everett was dagen bezig om zijn foto's van de aardbeving te bewerken. De meest relevante had hij bij *Scoop* ingeleverd, die een hele serie had afgedrukt over de aardbeving in San Francisco. Zoals te verwachten viel, hadden ze op de omslag een foto geplaatst van Melanie in legerbroek. Ze hadden er maar eentje van Maggie geplaatst en in het bijschrift vermeld dat het om een non ging die vrijwilligerswerk deed in een veldhospitaal in San Francisco na de aardbeving.

Hij verkocht andere foto's aan *USA Today*, aan AP, eentje aan *The New York Times* en nog een stel aan *Time* en *Newsweek*. Hij had daarvoor toestemming gekregen van *Scoop*, aangezien ze er veel meer hadden dan ze konden gebruiken, en ze wilden ook weer niet te veel pagina's aan de aardbeving besteden. Dat er een beroemdheid bij betrokken was, vonden ze veel interessanter, en zes van de negen pagina's over de aardbeving gingen over Melanie. Everett had het artikel zelf geschreven waarin hij de loftrompet had gestoken over de stad en zijn bewoners. Hij was van plan een exemplaar van het blad aan Maggie te sturen. Ook had hij tientallen prachtige foto's van haar. Ze leek licht uit te stralen op de foto's die hij van haar had gemaakt tijdens het verzorgen van de gewonden. Op één foto had ze een huilend kind op haar arm, op een ander troostte ze in schemerig licht een oude man met een snee in zijn hoofd. Er waren er een paar waarop haar felblauwe ogen hem lachend aankeken, vlak nadat ze met elkaar hadden gepraat. En ook eentje die hij van haar had gemaakt toen ze wegreden in de bus en ze zo bedroefd en verloren had gekeken dat hij er bijna van had moeten huilen. Door zijn hele appartement heen had hij foto's van haar op de muur geprikt. Ze keek hem aan wanneer hij 's ochtends zat te ontbijten, of wanneer hij 's avonds achter zijn bureau zat. Hij lag urenlang op de bank naar haar te staren. Hij wilde voor haar ook afdrukken van de foto's maken, wat hij uiteindelijk dan ook deed. Hij wist niet goed waar hij ze heen moest sturen. Hij had haar een paar keer gebeld op haar mobieltje, maar ze nam nooit op. Ze had hem wel twee keer teruggebeld, maar dan was hij er weer niet geweest. Het leek wel of ze krijgertje speelden aan de telefoon. Ze hadden het natuurlijk allebei druk, maar het gevolg was dat hij haar sinds zijn vertrek niet meer had gesproken. Hij miste haar vreselijk en wilde haar laten zien hoe prachtig de foto's van haar waren, en haar ook een paar van de andere tonen.

Op een zaterdagavond zat hij in zijn eentje thuis toen hij eindelijk besloot om naar San Francisco te gaan om haar op te zoeken. Hij had de komende paar dagen geen opdrachten. Op zondagochtend stond hij dus voor dag en dauw op, nam een taxi naar LAX en daarna een vliegtuig naar San Francisco. Hij had haar niet verteld dat hij kwam en hoopte dat hij haar in het Presidio zou kunnen vinden, als er tenminste niets was veranderd tijdens de weken na zijn vertrek.

Het toestel landde om tien uur 's ochtends in San Francisco. Hij stapte in een taxi en gaf het adres aan de chauffeur. Onder zijn arm had hij een doos met daarin de foto's die hij haar wilde laten zien. Het was bijna elf uur toen ze bij het Presidio aankwamen, en hij zag dat er nog steeds helikopters in de lucht patrouilleerden. Hij bleef even naar het veldhospitaal staan kijken, hopend dat ze er nog steeds werkte. Hij wist heel goed dat hij een beetje maf bezig was. Maar hij moest haar spreken. Hij had haar al die tijd gemist.

De vrijwilligster achter de balie zei dat Maggie vandaag vrij had. Het was zondag, en de vrouw, die haar goed kende, zei dat ze waarschijnlijk naar de kerk was. Hij bedankte haar en besloot eerst even te gaan kijken bij het gebouw waar de kerkelijke vrijwilligers en geestelijken van diverse gezindten woonden. Er stonden twee nonnen en een pastoor op de stoep. Hij vroeg hun naar Maggie, en een van de nonnen zei dat ze even binnen zou gaan kijken voor hem. Het wachten leek eeuwig te duren en de moed zonk hem al in de schoenen. Maar toen stond ze plotseling voor hem, in een badjas, met haar felblauwe ogen en nat haar. Ze zei dat ze onder de douche had gestaan. Meteen toen ze hem zag, begon ze te lachen, en hij moest bijna huilen van opluchting toen tot hem doordrong dat hij haar had gevonden. Hij was heel even bang geweest dat hij voor niets was gekomen, maar daar stond ze dan. Toen hij haar omhelsde, liet hij bijna de doos met foto's vallen. Hij deed een stap naar achteren en keek haar stralend aan.

'Wat doe je hier?' vroeg ze, terwijl de andere nonnen en de pastoor aanstalten maakten om weg te gaan. Er hadden zich hier in de eerste dagen na de aardbeving hechte vriendschappen gevormd, dus ze zagen er niets vreemds in dat Everett en Maggie elkaar zo enthousiast begroetten. Een van de nonnen zei dat ze zich hem nog herinnerde uit het kamp, en Maggie zei tegen hen dat ze er zo aankwam. Ze waren al naar de kerk geweest en gingen nu naar de mess om te lunchen. Het begon een beetje te lijken op een eeuwigdurend zomerkamp voor volwassenen. Op weg naar het Presidio was Everett onder de indruk geraakt van hoeveel er in een paar weken tijd al hersteld was in de stad. Maar het vluchtelingenkamp draaide desondanks nog op volle toeren.

'Ben je hier voor een artikel?' vroeg Maggie aan hem. In hun opwinding elkaar weer te zien, begonnen ze bijna tegelijkertijd te praten. 'Sorry dat ik steeds niet opneem, maar ik zet mijn toestel altijd uit als ik aan het werk ben.'

'Dat snap ik... Goh, ik ben zo blij om je te zien.' Hij omhelsde haar weer. 'Ik wilde je gewoon even zien. Ik heb zo veel foto's die ik je wil laten zien en omdat ik niet wist waar ik ze naartoe moest sturen, heb ik besloten om zelf maar te gaan. Ik heb van alle foto's afdrukken voor je gemaakt.'

'Dan ga ik eerst even kleren aantrekken,' zei ze met een brede lach, terwijl ze een hand door haar korte, natte haar haalde.

Vijf minuten later was ze alweer terug, op haar roze basketbalschoenen en in een spijkerbroek met daarop een T-shirt van Barnum & Bailey's Circus met een tijger erop. Hij moest lachen om het misplaatste shirt dat ze uit de stapel tweedehandskleren had opgediept. Ze was echt een heel ongewone non.

Maggie zei dat ze heel benieuwd was naar de foto's. Ze gingen op een bankje in de buurt zitten. Haar handen trilden toen ze de doos openmaakte, en toen ze naar de foto's keek, werd ze een paar keer tot tranen toe geroerd, maar net zo vaak moest ze lachen, terwijl ze samen herinneringen ophaalden aan al die momenten, al die mensen, aan die hartverscheurende tijd. Er waren foto's bij van de vrouw die onder een huis uit was gehaald nadat ze eerst een been hadden moeten amputeren, foto's van kinderen, veel foto's van Melanie, maar nog veel meer van Maggie. Ze stond op bijna de helft van zijn foto's, en bij iedere foto riep ze: 'O ja, dat weet ik nog!' of: 'O mijn god, weet je nog die man?' of: 'Ach, dat arme kind, die lieve oude dame.' Er waren foto's van de verwoesting van de stad tijdens de benefietavond toen alles was begonnen. Het was een prachtige kroniek van een angstige, maar diepontroerende tijd van hun leven.

'O, Everett, wat zijn ze mooi,' zei ze, terwijl ze hem met haar felblauwe ogen aankeek. 'Wat aardig dat je ze me bent komen laten zien. Ik heb zo vaak aan je gedacht en dan hoopte ik dat alles goed ging met je.' Zijn berichtjes waren geruststellend geweest, maar ze had hun gesprekken gemist, bijna net zo erg als hij ze had gemist.

'Ik heb je gemist, Maggie,' vertelde hij eerlijk toen ze alle foto's hadden bekeken. 'Ik heb niemand om mee te praten als jij niet in de buurt bent, niet echt tenminste.' Pas nadat hij haar had leren kennen en haar weer had moeten verlaten, was tot hem doorgedrongen hoe leeg zijn leven was.

'Ik heb jou ook gemist,' bekende ze. 'Ga je nog naar de bijeenkomsten? De bijeenkomst die je hier hebt opgezet, loopt nog steeds.'

'Ik ga twee keer per dag. Heb je zin ergens te gaan lunchen?' Hij had gezien dat op Lombard Street weer een paar hamburgerzaken open waren en stelde voor daar iets te gaan halen en dan naar Marina Green te wandelen. Het was een prachtige dag, en vanaf Marina Green konden ze naar de boten in de baai kijken. Dat kon ook wel vanaf het Presidio-strand, maar het leek hem goed voor haar om er eens uit te zijn, een stukje te lopen, wat frisse lucht op te snuiven. Ze zat al de hele week in het ziekenhuis opgesloten.

'Ja, leuk.' Zonder auto konden ze niet ver weg, maar Lombard was op loopafstand. Maggie ging eerst nog even een trui pakken en zette de doos met foto's die ze van Everett had gekregen in haar kamer.

Een paar minuten later vertrokken ze. Ze wandelden eerst een tijdje ontspannen zwijgend naast elkaar en begonnen toen te kletsen over wat ze hadden gedaan. Ze vertelde hem wat voor herstelwerkzaamheden er in de stad werden uitgevoerd en daarna wat er in het ziekenhuis allemaal was gebeurd. Hij vertelde haar over de opdrachten die hij had gedaan. Hij had ook een exemplaar van het aardbevingsnummer van *Scoop* voor haar meegebracht, met alle foto's van Melanie erin, en ze hadden het erover dat ze zo'n lieve meid was. Bij de eerste fastfoodzaak die ze zagen, kochten ze broodjes en liepen toen door naar de baai waar ze op het grote grasveld van Marina Green gingen zitten. Maggie vertelde hem niets over Sarahs problemen, want dat was haar allemaal in vertrouwen verteld. Ze had inmiddels nog een paar keer wat van Sarah gehoord, en het stond er niet best voor. Ze wist dat Seth was gearresteerd en op borgtocht vrij was. En Sarah had verteld dat ze het huis gingen verkopen. Het was een vreselijke tijd voor Sarah, die dat allemaal niet verdiende.

'Wat ga je doen als je uit het Presidio weggaat?' vroeg Everett aan Maggie, terwijl ze hun broodjes opaten en daarna met hun gezichten naar elkaar toe in het gras gingen liggen, als twee kleine kinderen in de zomer. Ze zag er in de verste verte niet uit als een non in haar circus-T-shirt en met haar roze basketbalschoenen aan, terwijl ze in het gras met hem lag te praten. Soms vergat hij gewoon dat ze dat was.

'Ik denk dat ik nog wel een tijdje blijf, zeker nog een paar maanden. Het zal lang duren voordat iedereen weer een woning heeft.' Er was zoveel verwoest in de stad. Misschien duurde het wel een jaar of langer voordat alles weer was opgebouwd. 'En daarna zal ik wel teruggaan naar het Tenderloindistrict en mijn oude werk weer oppakken.' Terwijl ze het zei, drong ineens tot haar door hoe saai haar leven was. Ze werkte al jarenlang met daklozen. Dat had altijd goed gevoeld, maar nu wilde ze plotseling meer en genoot ze opnieuw van haar werk als verpleegster.

'Wil je echt niet meer dan dat, Maggie? Een eigen leven ooit?'

'Dit is mijn leven,' zei ze met een vriendelijk lachje. 'Dit is wat ik doe.'

'Dat weet ik. Zo gaat het bij mij ook. Ik fotografeer weer voor kranten en tijdschriften. Maar toch is het raar sinds ik terug ben. Er is hier iets met me gebeurd. Ik heb nu steeds het gevoel alsof er iets ontbreekt aan mijn leven.' En terwijl hij haar aankeek, vervolgde hij zacht: 'Misschien jij.'

Ze wist niet hoe ze moest reageren. Ze keek hem even aan en sloeg toen haar ogen neer. 'Pas op, Everett,' fluisterde ze. 'We kunnen het daar beter niet over hebben.' Zelf had ze er ook over nagedacht.

'Waarom niet?' vroeg hij koppig. 'Misschien verander je wel een keer van gedachten en wil je geen non meer zijn.'

'Misschien ook niet. Ik vind het fijn om non te zijn. Dat ben ik al sinds ik van de verpleegopleiding kwam. Ik heb dit altijd gewild. Dit is mijn droom, Everett. Hoe kan ik die nu opgeven?'

'En wat als je hem inruilt voor iets anders? Als je uittreedt, zou je hetzelfde soort werk kunnen blijven doen. Je zou kunnen gaan werken als maatschappelijk werkster of als verpleegster in de daklozenzorg.' Hij had het van alle kanten bekeken.

'Al die dingen doe ik al, en daarbij ben ik non. Je weet hoe ik erover denk.' Hij maakte haar bang, en ze wilde dat hij ophield voordat er te veel gezegd zou worden en ze het gevoel zou krijgen dat ze elkaar beter niet meer konden zien. Ze wilde niet dat dat gebeurde, maar als hij te ver ging, kon het misschien niet anders. Ze moest zich aan haar gelofte houden. Ze was nog steeds non, of hij haar nu leuk vond of niet.

'Nou, dan zal ik me tevreden moeten stellen met af en toe langskomen om je een beetje te plagen. Als dat mag.' Hij wilde haar niet het idee geven dat hij zich opdrong en glimlachte naar haar in het felle zonlicht.

'Dat zou ik leuk vinden, zolang we niets stoms doen,' zei ze, blij dat hij niet aandrong.

'Zeg eens wat je met "stom" bedoelt.'

Hij drong nu toch aan, maar ze was een grote meid en kon het wel aan. 'Het zou stom zijn als jij of ik zou vergeten dat ik non ben. Maar dat doen we niet,' zei ze resoluut. 'Hè, Mr. Allison?' vervolgde ze, grinnikend verwijzend naar de oude film met Deborah Kerr en Robert Mitchum.

'Oké, oké.' Hij sloeg zijn ogen ten hemel. 'En aan het eind ga ik dan terug naar de marine en jij blijft non, net als in de film. Ken je geen films waarin de non uittreedt?'

'Daar ga ik niet naartoe,' zei ze nuffig. 'Ik ga alleen naar films waarin de non zich aan haar gelofte houdt.'

'Die haat ik,' plaagde hij haar. 'Zo saai.'

'Helemaal niet. Heel bewonderenswaardig juist.'

'Ik wou dat jij niet zo bewonderenswaardig was, Maggie,' zei hij zacht, 'en zo trouw aan je gelofte.' Meer durfde hij niet te zeggen, en ze reageerde niet. Hij drong te veel aan, dus veranderde ze van onderwerp.

Tot het eind van de middag lagen ze in de zon. Vanaf het grasveld konden ze zien waar in de stad herstel- en bouwwerkzaamheden plaatsvonden. Toen het wat killer werd, liepen ze terug naar het Presidio waar ze hem uitnodigde om een hapje met haar te gaan eten in de mess voordat hij weer vertrok. Ze vertelde dat Tom terug was naar Berkeley om zijn appartement daar op te zeggen, maar er waren nog veel gezichten in de zaal die Everett kende.

Ze namen allebei een kop soep, en daarna bracht Everett haar terug naar haar gebouw. Ze bedankte hem voor zijn bezoekje.

'Ik kom terug,' beloofde hij. Hij had die dag wat foto's van haar gemaakt, terwijl ze in de zon met hem had liggen praten. Haar ogen hadden dezelfde kleur gehad als de lucht.

'Pas goed op jezelf,' zei ze, zoals ze al eerder had gedaan. 'Ik zal voor je bidden.'

Hij knikte en kuste haar op de wang, die fluweelzacht was. Ze had iets leeftijdloos en zag er verbazingwekkend jong uit in haar maffe circusshirt.

Ze keek hem na, terwijl hij het hek uit liep. Op die zwarte cowboylaarzen van hagedissenleer had hij een bepaald loopje dat ze uit duizenden zou herkennen. Hij zwaaide nog een keer en liep toen Lombard op om een taxi te zoeken die hem kon terugbrengen naar het vliegveld.

Ze ging naar boven en bekeek in haar kamer zijn foto's nog een keer. Ze waren prachtig. Hij had bijzonder veel talent. Maar wat belangrijker was, hij had een bijzondere ziel die maakte dat ze zich tot hem aangetrokken voelde. Ze wilde dat niet, maar toch was het zo, ze voelde zich enorm tot hem aangetrokken, niet als vriend, maar als man. Dat was haar in heel haar volwassen leven nog nooit overkomen, niet sinds ze in het klooster was gegaan. Hij raakte iets in haar waarvan ze niet eens had geweten dat het er was. Misschien was het er ook niet geweest tot ze Everett had leren kennen. Maar het baarde haar grote zorgen.

Ze deed de doos dicht en zette hem op bed naast zich neer. Daarna ging ze liggen en sloot haar ogen. Ze wilde niet dat dit met haar gebeurde. Ze mocht niet verliefd op hem worden. Dat kon gewoon niet. En ze hield zichzelf voor dat het ook niet zou gebeuren.

Ze lag lange tijd te bidden, totdat de nonnen met wie ze de kamer deelde, binnenkwamen. Ze had in heel haar leven nog nooit zo vurig gebeden. Het enige wat ze keer op keer herhaalde, was: 'Alstublieft God, laat me niet van hem houden.' Ze kon alleen maar hopen dat God haar zou horen. Ze wist dat ze dit niet mocht laten gebeuren en herinnerde zichzelf eraan dat ze aan God toebehoorde.

Hoofdstuk 13

Tom was een week nadat Melanie uit San Francisco was vertrokken weer in Pasadena bij zijn ouders en het eerste wat hij deed, was haar bellen. Hij had zijn appartement in twee dagen leeggeruimd, alles in zijn bestelwagen geladen, die wonder boven wonder geen schade had opgelopen, en was naar het zuiden gereden. Hij kon bijna niet wachten tot hij Melanie zou terugzien.

De eerste avond bleef hij thuis bij zijn ouders en zusje, die zich allemaal grote zorgen om hem hadden gemaakt tijdens de aardbeving. Hij moest hun er alles over vertellen. Het was een leuke avond. Hij zei tegen zijn zusje dat hij haar binnenkort zou meenemen naar een concert en vertrok de volgende dag na het ontbijt meteen naar Hollywood. Tegen zijn ouders zei hij dat hij waarschijnlijk laat die avond pas weer thuis zou zijn. Dat hoopte hij tenminste. Melanie had hem uitgenodigd die dag bij haar te komen, en hij was van plan haar op een etentje te trakteren. Hij had haar vreselijk gemist, want in het Presidio had hij haar kunnen zien wanneer hij maar wilde, en daarom zou hij nu ook graag zo veel mogelijk tijd met haar doorbrengen, vooral omdat ze in juli op tournee ging. Hij moest zelf ook iets gaan doen. Het was wel duidelijk dat die baan in San Francisco op niets zou uitlopen. Alles kwam maar traag op gang na de aardbeving, en hij had besloten dat hij beter een baan in Los Angeles kon zoeken.

Melanie stond hem al op te wachten. Ze zag hem komen aanrijden en drukte op de zoemer om het toegangshek te openen. Toen hij zijn bestelwagen voor het huis parkeerde, kwam ze al naar buiten rennen met een brede lach op haar gezicht. Pam, die toevallig even naar buiten keek, moest glimlachen toen ze zag dat ze elkaar kusten. Daarna verdwenen ze het huis in.

Melanie liet hem alles zien. Er was een sportruimte, een biljartkamer, een breedbeeld-tv met comfortabele stoelen ervoor om films te kunnen bekijken, en een enorm zwembad. Ze had hem ook gevraagd om een zwembroek mee te nemen. Maar het enige wat hem echt interesseerde, was zij. Hij sloeg zijn armen om haar heen en kuste haar zacht op de lippen. De tijd leek voor hen stil te staan.

'Ik heb je zo gemist,' zei hij met een tevreden lachje. 'Het was vreselijk in het kamp toen je er niet meer was. Ik ging de hele tijd naar Maggie toe om haar een beetje lastig te vallen. Zij zei dat ze je ook heel erg miste.'

'Ik moet haar bellen. Ik mis haar ook... en ik heb jou gemist,' fluisterde ze, en toen begonnen ze te giechelen, omdat er schoonmakers de trap af kwamen kletteren. Ze nam hem mee naar haar kamer boven. Hij vond het net een kinderkamer met al dat roze en al dat wit die haar moeder voor haar had uitgezocht. Er stonden foto's van Melanie met acteurs, actrices en andere zangers, onder wie heel bekende. Ook stond er een foto van de Grammy-uitreiking, die haar moeder voor haar had laten inlijsten. Verder hingen er foto's van haar favoriete rappers en andere beroemdheden. Toen hij haar kamer had gezien, nam ze hem mee via de achtertrap naar de keuken, waar ze allebei een flesje fris pakten. Daarna gingen ze bij het zwembad zitten.

'Hoe gingen de opnames?' Hij was gefascineerd door wat ze deed, zonder overdreven onder de indruk te zijn van haar beroemdheid. Hij had haar als een gewoon meisje leren kennen, en dat vond hij juist fijn. Tot zijn opluchting was ze niet veranderd, was ze nog steeds hetzelfde aardige meisje op wie hij in San Francisco verliefd was geworden. Ze waren zelfs nog verliefder dan daar. Vandaag droeg ze een korte broek, een topje en sandaaltjes in plaats van de slippers die ze in het kamp had gedragen, maar ze zag er precies hetzelfde uit. Ze had niet meer make-up op dan daar en gedroeg zich nog net zomin als een beroemdheid als in het kamp. Ze was gewoon helemaal zichzelf, terwijl ze naast hem zat op een ligstoel, en later aan de rand van het zwembad met haar voeten in het water. Hij vond het nog steeds moeilijk voor te stellen dat ze echt een wereldberoemde zangeres was. Voor hem betekende dat niets. En dat merkte Melanie aan hem, net zoals ze dat ook in San Francisco al had gemerkt. Hij was oprecht en haar roem deed hem helemaal niets.

Ze zaten een tijdje rustig aan de rand van het zwembad te praten, en ze was hem net aan het vertellen over de opnamesessies, toen haar moeder, die zojuist was thuisgekomen, kwam kijken wat haar dochter deed en met wie. Ze leek het niet erg leuk te vinden om Tom te zien en haar begroeting was dan ook verre van hartelijk.

'Wat moet jij hier?' vroeg ze bot.

Melanie leek zich te generen, maar Tom stond op om haar moeder een hand te geven, wat overigens weinig indruk op Janet leek te maken. 'Ik ben sinds gisteren terug in Pasadena,' legde hij uit. 'En ik kwam even gedag zeggen.'

Janet knikte en keek snel even naar Melanie. Ze hoopte dat hij niet al te lang zou blijven. Tom leek in niets op wat Janet in gedachten had voor een vriend van Melanie. Het maakte haar niet uit dat hij goed opgeleid was, uit een leuk gezin kwam, dat hij waarschijnlijk een fatsoenlijke baan zou krijgen zodra hij eenmaal gesetteld was in L.A., dat hij een vriendelijke, meelevende jongen was die van haar dochter hield. Een leuke jongen uit Pasadena was voor haar totaal oninteressant en dat maakte ze hem ook duidelijk zonder hardop te zeggen dat ze het maar niets vond dat hij Melanie was komen opzoeken. Twee minuten later liep ze het huis in en sloeg de deur achter zich dicht.

'Volgens mij vond ze het niet echt leuk om me te zien,' zei hij met een gegeneerde blik.

Melanie verontschuldigde zich, zoals wel vaker, voor haar moeder. 'Ze zou het leuker vinden als je een of andere halfbakken filmster was met een drugsprobleem, zolang je maar minstens twee keer per week de roddelbladen haalt en het liefst ook uit de gevangenis weet te blijven, tenzij dat je weer veel media-aandacht oplevert natuurlijk.' Ze lachte zelf om de beschrijving die ze van haar moeder gaf en die, vermoedde hij, pijnlijk accuraat was.

'Ik heb nog nooit in de gevangenis gezeten of in roddelbladen gestaan,' zei hij verontschuldigend. 'Ze vindt me vast een sukkel.'

'Ik niet,' zei ze, terwijl ze hem in de ogen keek. Tot nu toe vond ze alles aan hem leuk, vooral het feit dat hij geen deel uitmaakte van al de Hollywoodnonsens. Ze was de problemen die ze met Jake had gehad, gaan haten. Zijn drankmisbruik, de afkickkliniek, het feit dat ze dankzij hem voer voor de roddelbladen was geworden, en ze vergat ook nooit die keer dat hij iemand in een bar een klap in het gezicht had gegeven. Meteen waren ze omringd geweest door paparazzi. Jake was weggevoerd door de politie, terwijl zij haar ogen had moeten dichtknijpen tegen een spervuur van flitslampen. En wat hij met Ashley had gedaan, vond ze nog het allerergste. Ze had hem niet meer gesproken sinds ze terug waren en ze was dat ook niet van plan. Tom was het tegenovergestelde van Jake, hij was respectabel, fatsoenlijk, goed gemanierd, hij stond met beide benen op de grond en hij gaf om haar. 'Zullen we even gaan zwemmen?'

Hij knikte.

Ze zag aan hem dat het hem niet uitmaakte wat hij deed, zolang het maar met haar was. Hij was een normale jongen van tweeëntwintig. En ook nog leuker, intelligenter en aantrekkelijker dan de meesten. Hij was iemand met een toekomst, dat wist ze gewoon. Niet het soort toekomst dat haar moeder voor haar wenste, maar het soort toekomst waar Melanie deel van wilde uitmaken wanneer ze volwassen was, en zelfs nu al. Hij was nuchter en echt, net als zij. Hij had helemaal niets onechts. De Hollywoodscene stond mijlenver van hem af.

Ze nam hem mee naar het huisje aan het eind van het zwembad en wees hem waar hij zich kon omkleden. Een minuut later kwam hij weer naar buiten zetten in een Hawaïaans ogende zwembroek. Met Pasen had hij gesurft met wat vrienden, in Kauai. Melanie ging na hem de kleedkamer in en trok een roze bikini aan waarin haar oogverblindende figuur goed uitkwam. Sinds ze terug was, had ze iedere dag twee uur getraind met haar persoonlijke trainer. Dat hoorde bij de dagelijkse discipline. Net als twee uur op de sportschool. Bovendien had ze iedere dag een zangrepetitie als voorbereiding op het concert in juni. Ze gaf het concert in de Hollywood Bowl die al helemaal uitverkocht was. Dat zou sowieso wel zijn gebeurd, maar na het artikel in *Scoop*, over haar als overlevende van de aardbeving in San Francisco, waren de kaartjes nog sneller verkocht dan normaal. Op de zwarte markt gingen ze nu voor vijfduizend dollar per stuk van de hand. Ze had er twee, plus backstagepasjes, gereserveerd voor Tom en zijn zusje.

Ze zwommen samen een paar baantjes en kusten elkaar. Daarna dreven ze rond op een groot luchtbed en lagen naast elkaar in de zon. Ze had kilo's zonnebrandcrème opgesmeerd. Ze mocht niet bruin worden – dat leek te donker op het podium. Haar moeder zag haar liever wit. Maar het was lekker om zo naast Tom te liggen, hand in hand. Het was allemaal heel onschuldig en lief. Ze voelde zich enorm op haar gemak bij hem, weer net als in het kamp.

'Het wordt echt een cool concert,' zei ze, toen ze het erover hadden. Ze vertelde hem over de speciale effecten en de liedjes die ze zou zingen. Hij kende ze allemaal en zei weer dat zijn zusje helemaal uit haar dak zou gaan. Hij zei dat hij haar nog niet had verteld naar welk concert ze gingen en ook niet dat ze Melanie na afloop backstage zouden opzoeken.

Toen ze genoeg kregen van in de zon liggen, gingen ze naar binnen en maakten wat te eten klaar voor de lunch. Janet zat in de keuken. Ze was aan het bellen en rookte ondertussen een sigaret en bladerde wat in een roddelblad. Tot haar teleurstelling stond Melanie er niet in. Om Janet niet tot last te zijn, namen ze hun broodjes mee naar buiten en gingen aan een tafel onder een parasol vlak bij het zwembad zitten. Daarna lagen ze samen in een hangmat, en Melanie vertelde Tom fluisterend dat ze had lopen denken hoe ze vrijwilligerswerk zou kunnen doen, zoiets als ze ook in het Presidio had gedaan. Ze wilde meer met haar leven doen dan alleen maar naar repetities gaan en zingen.

'Heb je al een paar ideeën?' Hij fluisterde ook.

'Niets wat ik van mijn moeder zou mogen doen.'

Als twee samenzweerders lagen ze te fluisteren en toen kuste hij haar weer. Hoe vaker hij haar zag, hoe leuker hij haar vond. Hij vond dat hij vreselijk veel geluk had, niet omdat ze beroemd was, maar omdat ze zo'n lief, pretentieloos meisje was en zulk leuk gezelschap.

'Zuster Maggie vertelde me over een priester die een katholieke missiepost runt. Hij gaat ieder jaar een paar maanden naar Mexico. Ik zou hem dolgraag willen bellen, maar ik ben bang dat ik zoiets toch niet kan. Ik heb mijn tournee, en mijn impresario is al bezig met concerten te plannen tot het eind van het jaar. Het zal niet lang duren of we beginnen al te boeken voor volgend jaar.' Ze klonk sip toen ze het zei. Ze had genoeg van het eeuwige gereis en bovendien wilde ze meer tijd met hem doorbrengen.

'Dus je bent veel weg?' Hij leek zich er ook zorgen over te maken. Ze hadden elkaar net gevonden, dus wilde hij haar zo vaak mogelijk zien. En het zou allemaal nog moeilijker worden als hij eenmaal een baan had. Dan zouden ze het allebei druk hebben.

'Ik ben ongeveer vier maanden per jaar van huis. Soms vijf. En dan zijn er nog andere concerten waarvoor ik heen en weer vlieg, net als voor die benefiet in San Francisco. Voor dat soort optredens ben ik altijd maar een paar nachten van huis.'

'Ik heb zitten denken... Misschien kan ik naar Las Vegas vliegen en daarna naar nog wat belangrijke optredens uit je tournee komen. Waar treed je precies op?' Hij probeerde nog steeds een manier te vinden om elkaar vaker te kunnen zien. Hij wilde niet wachten tot begin september, wanneer ze weer terugkwam. Dat klonk hun allebei als een eeuwigheid in de oren. Ze hadden zo'n nauwe band gekregen tijdens de nasleep van de aardbeving in San Francisco dat hun gevoelens voor elkaar zich razendsnel hadden ontwikkeld, wat onder normale omstandigheden niet zou zijn gebeurd. Ze zou tien weken wegblijven, wat een standaardtournee was, maar hun nu allebei veel te lang leek. En haar impresario wilde dat ze volgend jaar een tournee zou doen door Japan waar haar cd's de winkels uit vlogen. Ze had precies de look en het geluid waar Japanners gek op waren.

Ze moest lachen toen hij vroeg waar ze precies optrad en begon een hele lijst van steden op te dreunen. Ze zou de hele Verenigde Staten doorkruisen. Maar gelukkig wel in een chartervliegtuig. In de jaren dat ze nog per bus reisden, was het toeren vaak een kwelling geweest. Soms hadden ze de hele nacht doorgereden. Nou ja, bijna altijd eigenlijk. In haar leven en op haar tournees ging het er tegenwoordig heel wat beschaafder aan toe. Nadat ze hem de data had verteld, zei hij dat hij hoopte dat hij haar een of twee keer kon nareizen tijdens de tournee. Het hing een beetje af van hoe snel hij een baan zou vinden, maar het klonk haar alvast fantastisch in de oren.

Ze doken weer het zwembad in en zwommen baantjes tot ze moe werden. Hij had een bijzonder goede conditie en was een heel goede zwemmer. Hij vertelde dat hij op de universiteit deel had uitgemaakt van de zwemploeg en dat hij ook een tijdje had gevoetbald totdat hij last had gekregen van zijn knie. Hij liet haar een klein litteken zien. Daarna vertelde hij over zijn studententijd, over zijn jeugd en over zijn carrièreplannen. Hij wilde uiteindelijk weer gaan studeren, maar was van plan eerst een paar jaar te gaan werken. Het was allemaal al gepland. Tom wist hoe zijn leven eruit moest gaan zien, hij wist dat beter dan de meeste jongens van zijn leeftijd.

Ze ontdekten dat ze allebei gek waren op skiën, tennis, watersport en allerlei atletiekdisciplines, hoewel Melanie meestal geen tijd had voor die dingen. Ze legde hem uit dat ze weliswaar haar conditie op peil moest houden, maar dat daar eigenlijk geen echte sport aan te pas kwam. Ze had het te druk, en haar moeder was bang voor blessures waardoor ze niet op tournee zou kunnen. De tournees leverden haar een enorme smak geld op, hoewel ze dat niet zo zei tegen hem. Dat was niet nodig. Hij kon wel raden dat ze idioot veel geld verdiende. Melanie was zelf veel te discreet om het erover te hebben, maar haar moeder liet vaak genoeg doorschemeren hoeveel geld haar dochter verdiende. Melanie vond dat altijd heel gênant, en haar impresario had Janet ook gewaarschuwd dat ze beter haar mond kon houden, want met het noemen van bedragen zou ze Melanie alleen maar in gevaar brengen. De beveiliging kostte hun al genoeg hoofdbrekens. Iedere beroemdheid in Hollywood kampte tegenwoordig met hetzelfde probleem: ze moesten beschermd worden tegen hun fans. Hoewel Janet het gevaar altijd bagatelliseerde om haar dochter niet bang te maken, maakte ze zelf ook vaak gebruik van een bodyguard. Dan wees ze erop dat fans soms gevaarlijk konden zijn. Wat ze daarbij vergat, was dat het Melanies fans waren, niet de hare.

'Heb je wel eens dreigbrieven gehad?' vroeg Tom, terwijl ze zich naast het zwembad lieten opdrogen. Hij had nooit eerder nagedacht over wat het inhield om iemand in haar positie te moeten beschermen. Het leven in het Presidio was een stuk eenvoudiger voor haar geweest, al had dat dan niet lang geduurd. En hij wist ook niet dat sommige mannen uit haar entourage bodyguards waren die altijd met haar meereisden.

'Af en toe,' zei ze vaag. 'Maar de mensen die mij bedreigen, zijn gewoon gek. Volgens mij doen ze niet echt iets. Sommigen van hen schrijven me al een paar jaar.'

'Dreigbrieven?' Hij leek geschokt.

'Ja.' Ze lachte. Het hoorde erbij, en ze was eraan gewend. Soms kreeg ze zelfs enge, hartstochtelijke brieven van mannen uit extra beveiligde gevangenissen. Ze antwoordde natuurlijk nooit, want dat soort mannen ging je vaak stalken wanneer ze vrijkwamen. Ze zorgde er ook voor dat ze niet zomaar wat in haar eentje rondwandelde. Ze nam dan altijd haar bodyguards mee, die goed op haar letten. Soms vond ze het wel leuk om in haar eentje wat boodschappen te doen of bij vrienden langs te gaan, maar dan nam ze altijd de auto.

'Maakt dat je nooit bang dan?' vroeg hij met toenemende bezorgdheid. Hij wilde haar beschermen, hoewel hij niet zou weten hoe.

'Meestal niet. Soms. Ligt eraan wat de politie over zo'n stalker vertelt. Ik heb er al heel wat achter me aan gehad, maar dat is hier vrij normaal. Toen ik jonger was, maakte het me wel bang, maar nu niet echt meer. De enige stalkers waar ik me nu nog druk over maak, zijn de media. Die verslinden je echt levend. Dat merk je vanzelf nog wel,' waarschuwde ze hem.

Hij begreep niet wat hij ermee te maken had, want hij had nog steeds een heel naïef idee over een leven als het hare en wat dat inhield. Goed, zo'n leven had zo zijn nadelen, maar terwijl hij naast haar in de zon lag te praten, leek alles zo eenvoudig, en was ze gewoon een doorsneemeisje.

Aan het eind van de middag gingen ze een eindje rijden. Hij trakteerde haar op een ijsje, en zij liet hem haar oude middelbare school zien. Ze zei dat ze nog steeds graag wilde gaan studeren, maar dat dat slechts een droom voor haar was, geen echte mogelijkheid. Ze was veel te vaak weg, dus las ze alles wat ze in handen kreeg. Ze gingen samen naar een boekwinkel waar ze ontdekten dat ze dezelfde smaak hadden en veel dezelfde boeken hadden gelezen.

Daarna reden ze weer naar huis, en later die avond trakteerde hij haar op een etentje in een klein Mexicaans restaurant dat ze leuk vond. Na het eten gingen ze naar huis en keken samen naar een film op het enorme plasmascherm in het filmzaaltje. Het was net alsof ze in de bioscoop zaten. Toen Janet thuiskwam, leek ze verbaasd dat hij er nog steeds was. Tom voelde zich ongemakkelijk, want hij merkte haar onvrede. Ze deed dan ook geen enkele poging om die te verbergen. Om elf uur vertrok hij. Melanie liep met hem mee naar de auto op de oprijlaan en ze kusten elkaar nog een keer door het open raampje.

Hij zei dat hij had genoten en zij zei dat dat ook voor haar gold. Het was een keurig en heel plezierig eerste afspraakje geweest. Hij zei dat hij haar de volgende dag zou bellen, maar in plaats daarvan belde hij haar al toen hij het hek nog niet eens uit was.

'Ik mis je nu al,' zei hij.

Ze giechelde. 'Ik jou ook. Ik heb het zo leuk gehad vandaag. Ik hoop dat je het niet saai vond om het grootste deel van de dag een beetje hier rond te hangen.' Het was voor haar soms lastig om de straat op te gaan. Ze werd overal herkend. Toen ze een ijsje waren gaan halen, was er niets aan de hand geweest, maar in de boekwinkel was ze aangestaard, en hadden er drie mensen om een handtekening gevraagd toen ze bij de kassa stonden. Ze haatte dat wanneer ze een afspraakje had. Het voelde altijd als een inbreuk, en mannen met wie ze was, vonden het meestal ook niet leuk. Tom had het wel grappig gevonden.

'Ik heb het hartstikke leuk gehad,' stelde hij haar gerust. 'Ik bel je morgen. Misschien kunnen we komend weekend samen iets gaan doen.'

'Ik vind het altijd leuk om naar Disneyland te gaan,' bekende ze. 'Dan voel ik me weer net een klein meisje. Maar in deze tijd van het jaar is het er veel te druk. In de winter is het beter.'

'Je bent ook nog een klein meisje,' zei hij glimlachend. 'Een hartstikke leuk meisje. Welterusten, Melanie.'

'Welterusten, Tom.' Ze hing met een blije glimlach op.

Haar moeder, die net haar kamer uit kwam zetten, zag haar komen aanlopen. 'Wat had dat allemaal te betekenen vandaag?' vroeg ze, nog steeds een beetje ontstemd. 'Hij is de hele dag gebleven. Waag het niet om iets met hem te beginnen, Mel. Hij komt uit een heel andere wereld.'

Dat was precies wat Melanie zo leuk aan hem vond.

'Hij vindt je alleen maar leuk omdat je beroemd bent,' vervolgde Janet.

'Niet waar, mam,' viel Melanie woedend uit. Zo was Tom niet. 'Hij is een fatsoenlijk, normaal mens. Het maakt hem niet uit wie ik ben.'

'Dat denk jij,' zei haar moeder cynisch. 'Bovendien, met zo'n vriendje haal je de kranten niet en dat is niet goed voor je carrière.'

'Ik wil niks meer over mijn carrière horen, mam,' zei Melanie met een bedroefd gezicht. Het was het enige waar haar moeder het over had. Ze droomde soms over haar en dan zwaaide ze met een zweep. 'Er is wel meer in het leven.'

'Niet als je een grote ster wilt worden.'

'Dat ben ik al, mama. Maar ik wil ook gewoon leven. En Tom is echt heel aardig. Stukken aardiger dan die Hollywoodtypes die ik hiervoor heb gehad.'

'Je hebt gewoon de ware nog niet gevonden,' zei haar moeder kordaat. Melanies gevoelens voor Tom konden haar weinig schelen.

'Zijn die er dan?' vroeg Melanie. 'Ik zie ze niet.'

'Je wilt toch niet beweren dat hij de ware is?' vroeg Janet bezorgd. 'Je kent hem nauwelijks. Hij was gewoon een van de velen in dat verschrikkelijke klotekamp.' Janet droomde er nog wel eens over, en het waren geen prettige dromen. Ze waren allemaal tot op zekere hoogte getraumatiseerd, vooral op het moment van de aardbeving zelf. Ze was nog nooit zo blij geweest als toen ze weer in haar eigen bed had kunnen slapen.

Melanie zei niet dat zij het kamp niet verschrikkelijk had gevonden. Het enige echt verschrikkelijke dat daar was gebeurd, was dat haar zogenaamde vriendje naar bed was geweest met haar zogenaamde beste vriendin. Melanie had ze allebei zonder enige spijt gedumpt.

De enige die daar wel spijt van had, was haar moeder. Janet belde nog minstens één keer per dag met Ashley en beloofde steeds een goed woordje voor haar te doen bij Melanie, die geen flauw idee had dat ze elkaar regelmatig spraken.

Melanie was niet van plan om Ashley ooit weer in haar leven toe te laten. En Jake ook niet. Dat ze Tom had leren kennen, leek een beloning voor het feit dat ze die twee kwijt was. Ze wenste haar moeder welterusten en liep langzaam door de gang naar haar eigen kamer, met haar gedachten bij Tom. Het was echt een volmaakt eerste afspraakje geweest.

Hoofdstuk 14

Tom kwam nog een paar keer bij Melanie op bezoek. Ze gingen samen uit eten, naar de bioscoop en lagen ontspannen bij het zwembad, ondanks de afkeuring van haar moeder. Janet zei bijna geen stom woord tegen Tom, hoewel hij overdreven beleefd tegen haar deed. Hij nam ook zijn zusje een keer mee om haar voor te stellen aan Melanie. Ze gingen barbecueën bij het zwembad en hadden het erg leuk samen. Toms zusje was diep onder de indruk van Melanie. Ze vond haar zo eenvoudig en open en aardig en begripvol. Aan niets was te merken dat ze een beroemdheid was. Ze gedroeg zich echt als het spreekwoordelijke buurmeisje. Toms zusje was door het dolle heen toen Melanie hen uitnodigde voor het concert in de Hollywood Bowl in juni.

Tom en Melanie waren nog niet met elkaar naar bed geweest. Ze hadden besloten om het rustig aan te doen, om te zien hoe het zou lopen en elkaar eerst beter te leren kennen. Melanie voelde zich nog steeds gekwetst door Jake, en Tom drong niet aan. Hij zei steeds dat ze nog alle tijd van de wereld hadden. Ze hadden het altijd leuk samen. Hij nam zijn favoriete films en cd's voor haar mee en niet lang nadat hij Melanie had voorgesteld aan zijn zusje Nancy, nam hij haar mee naar Pasadena voor een etentje bij zijn ouders. Melanie mocht zijn ouders meteen. Het waren oprechte, aardige, vriendelijke mensen. Ze voerden intelligente gesprekken, waren goed opgeleid, hielden van elkaar en gedroegen zich respectvol tegenover haar, met begrip voor wie ze was. Ze deden geen extra moeite, maar verwelkomden haar net zoals ze iedere vriend of vriendin van hun kinderen zouden hebben verwelkomd – heel anders dan Janet, die nog steeds deed alsof Tom een indringer was, of nog erger. Janet deed haar uiterste best om onaangenaam tegen Tom te doen, maar hij zei tegen Melanie dat hij het niet erg vond. Hij begreep dat ze hem als een bedreiging beschouwde en vond dat hij niet het soort man was met wie Melanie om zou moeten gaan, vooral niet omdat ze wilde dat de roddelbladen en belangrijke media over haar bleven schrijven. Melanie verontschuldigde zich steeds tegenover hem voor haar moeder en wanneer ze geen repetities had, zat ze steeds vaker in Pasadena.

Tom ging twee keer mee naar een repetitie en was ongelooflijk onder de indruk van haar professionaliteit. Haar carrière had ze niet te danken aan stom geluk. Ze was briljant in alle technische details, had haar eigen arrangementen geschreven en ook een paar van haar nummers en werkte vreselijk hard. De twee repetities waar Tom bij was, voor het concert in de Hollywood Bowl, duurden tot twee uur 's nachts, tot Melanie het gevoel had dat alles precies goed was. De technici met wie hij sprak terwijl hij door de studio dwaalde, vertelden hem dat het altijd zo ging. Soms werkte ze wel tot vier of vijf uur 's ochtends en dan wilde ze toch dat iedereen om negen uur weer present zou zijn. Ze was niet gemakkelijk voor hen, maar voor zichzelf was ze nog harder. En Tom vond dat ze een engelenstem had.

Ze had gezegd dat hij en zijn zusje op de dag van het concert wel vroeg konden komen om bij haar in de kleedkamer te wachten tot het begon. Hij hield haar aan haar woord, en toen ze aankwamen, liep Janet er iedereen bevelen te geven. Ze dronk champagne, terwijl er een visagiste met haar bezig was, want soms moest Janet ook voor fotografen poseren. Ze negeerde Tom en Nancy zo lang mogelijk en stormde toen de kleedkamer uit om Melanies kapster te gaan halen, die buiten een sigaretje stond te roken met een paar jongens uit de band. De band kende Tom inmiddels, en ze vonden hem allemaal een aardige kerel.

Een halfuur voordat het concert zou beginnen, verlieten ze de kleedkamer. Melanies make-up moest nog voor de laatste keer worden bijgewerkt, en ze moest ook haar kostuum nog aantrekken. Tom vond haar verbazingwekkend kalm als je naging dat ze zo meteen moest optreden voor tachtigduizend mensen. Maar dit was waar ze goed in was. Ze zou vier nieuwe nummers zingen om ze uit te proberen voor haar tournee, die algauw zou beginnen. Hij had beloofd dat hij haar zo vaak mogelijk zou komen opzoeken, hoewel hij in juni begon aan een baan bij Bechtel waar hij erg enthousiast over was. Hij zou veel moeten reizen voor zijn werk. Hij zei dat het hem van de straat zou houden terwijl Melanie op tournee was, en het was ook een veel betere baan dan die hij eerst zou krijgen, in San Francisco voor de aardbeving. Deze was hem min of meer in de schoot geworpen, via connecties van zijn vader. De baan bood meer carrièrevooruitzichten, en als het bedrijf tevreden was over zijn prestaties, zouden ze misschien wel zijn businessopleiding willen betalen.

'Succes, Mel,' fluisterde hij toen ze bij de deur van haar kleedkamer stonden. 'Het wordt vast fantastisch.' Ze hadden van haar plaatsen op de eerste rij gekregen.

'Een van mijn nieuwe liedjes zing ik speciaal voor jou,' fluisterde ze, terwijl hij haar kuste. 'Je merkt vanzelf wel welke. Ik heb het net geschreven. Ik hoop dat je het mooi vindt.'

'Ik hou van je,' zei hij.

Ze keek hem met grote ogen aan. Dit was de eerste keer dat hij dat tegen haar zei, en het was vooral zo verbazingwekkend omdat ze nog steeds niet met elkaar naar bed waren geweest. Dat leek er bijna niet toe te doen op dit moment, want ze waren nog altijd bezig elkaar te leren kennen en van elkaars gezelschap te genieten.

'Ik ook van jou,' zei ze, en toen liep hij de kleedkamer uit.

Haar moeder kwam vlak daarna binnenstormen om haar eraan te herinneren dat ze nog minder dan twintig minuten de tijd had en dat ze verdorie eens moest opschieten. Achter haar stonden vier fotografen klaar om Melanie te fotograferen.

Melanie deed haar ultrastrakke rood satijnen jurkje aan, geholpen door haar moeder, controleerde haar make-up en kapsel en trok haar torenhoge zilveren sandalen met plateauzolen aan. Ze zou zich zes keer omkleden tijdens het optreden, met slechts één pauze. Het zou hard werken worden.

Pam liet de fotografen even de kleedkamer in, en Janet poseerde samen met haar dochter voor twee van de foto's. Melanie leek helemaal te verdwijnen naast haar, want Janet was een grote vrouw met een enorme aanwezigheid.

En toen werd Melanie opgehaald. Het concert zou zo beginnen. Ze rende backstage, behendig over de snoeren en apparatuur springend, begroette snel haar band, bleef net uit het zicht staan en sloot haar ogen. Ze ademde drie keer diep in en uit, hoorde haar cue en liep toen langzaam door rookwolken het podium op. Toen de rook optrok, stond ze er. Ze keek het publiek aan met de meest sexy glimlach die Tom ooit had gezien en kirde hallo. Dit leek helemaal in niets op een repetitie, en Melanie leek ook in niets op het meisje dat hij aan zijn ouders had voorgesteld. Terwijl Melanie het publiek charmeerde en met overgave zong tot het dak er bijna van trilde, was ze tot in het diepst van al haar vezels een ster. Het licht was voor haar te fel om Tom of zijn zusje op de eerste rij te kunnen zien. Maar in haar hart voelde ze hem er zitten en vanavond zong ze alleen voor hem.

'Wow!' Nancy raakte de arm van haar broer even aan, en Tom lachte naar haar. 'Ze is fantastisch!'

'Zeg dat wel,' zei hij trots. Hij kon zijn ogen niet van haar afhouden, en toen het pauze was, rende hij naar haar kleedkamer om haar te vertellen dat ze te gek was. Hij vond het heerlijk om erbij te zijn en genoot met volle teugen van haar optreden. Hij had bijna niet genoeg woorden om haar te vertellen hoe goed hij het wel niet vond.

Melanie bedacht dat hij echt heel anders was dan een vriendje uit de showbusiness. Tom was nooit jaloers op haar. Ze kusten elkaar snel, en toen ging hij weer terug naar zijn plaats. Melanie moest weer een ander kostuum aantrekken. Haar volgende jurkje zat zo strak dat zowel Pam als haar moeder haar moest helpen. Het zat nog strakker dan de jurkjes die ze daarvoor had gedragen, maar ze zag er prachtig uit toen ze voor het tweede gedeelte het podium op stapte.

Ze gaven die avond zeven toegiften. Dat deed ze altijd om haar fans een plezier te doen. En iedereen was gek op het nieuwe liedje dat ze voor Tom had geschreven. Het heette 'When I Found You' en ging over hun eerste dagen samen in San Francisco. De brug kwam erin voor, het strand, en de aardbeving in haar hart. Hij luisterde er als betoverd naar en zijn zusje had ook tranen in de ogen.

'Gaat dat over jou?' fluisterde ze. Toen hij knikte, schudde ze verbaasd haar hoofd. Hoe de relatie van Tom en Melanie zich verder ook zou ontwikkelen, hij was duidelijk in sneltreinvaart van start gegaan en vertoonde nog geen tekenen van vertraging.

Na afloop van het concert gingen ze weer naar de kleedkamer. Het was er druk. Tientallen mensen kwamen haar feliciteren, fotografen, haar assistente, haar moeder, vrienden, groupies die er op de een of andere manier in geslaagd waren om binnen te komen. Tom en Nancy werden bijna geplet in de menigte. Wat later gingen ze eten bij Spago, waar ze nogal laat arriveerden, omdat ze er lang over deden om er te komen. Wolfgang Puck had persoonlijk voor hen gekookt.

Na het eten gingen Tom en Nancy terug naar Pasadena. Tom gaf Melanie een afscheidskus en zei dat hij de volgende ochtend naar haar toe zou komen. Toen ging ieder zijns weegs. Het was een lange avond geweest. Er stond een kilometers lange limo op Melanie te wachten. Dat was weinig discreet, maar vanavond ging het om Melanie als publiek figuur, de Melanie die hij nog niet eerder had meegemaakt. Het was de privé-Melanie van wie hij hield, hoewel hij moest toegeven dat dit ook leuk was.

Toen ze thuis was, belde hij haar op haar mobieltje om nog een keer te zeggen dat hij genoten had. Ze had een echte fan van hem gemaakt, vooral door het liedje dat ze speciaal voor hem had geschreven. Volgens hem zou ze er vast weer een Grammy mee winnen.

'Ik kom meteen morgenvroeg naar je toe,' beloofde hij. Ze wilden zo veel mogelijk tijd samen doorbrengen, voordat ze over een week naar Las Vegas vertrok.

'Dan kunnen we samen de recensies lezen. Dat haat ik altijd. Ze vinden altijd iets om over te zeiken.'

'Dat kan ik me deze keer niet voorstellen.'

'Toch is het zo,' zei ze als een echte professional. 'Pure jaloezie.' Vaak hadden slechte recensies meer daarmee te maken dan met haar optreden, maar toch trok ze zich de kritiek aan, of ze er nu aan gewend was of niet. Het was altijd pijnlijk. Soms verstopten haar moeder of Pam recensies voor haar als ze echt bot waren, wat ook voorkwam.

Toen Tom de volgende dag kwam, lag de keukentafel bezaaid met kranten.

'Tot nu toe allemaal goed,' fluisterde Melanie tegen Tom, terwijl haar moeder haar de kranten een voor een met een tevreden blik aanreikte.

'Ze vinden de nieuwe liedjes mooi,' merkte haar moeder op met een ijzig glimlachje naar Tom. Zelfs zij moest erkennen dat het liedje dat aan hem was opgedragen erg mooi was.

Al met al waren de recensies fantastisch. Het concert was een groot succes geweest, wat veel goeds beloofde voor de tournee en zelfs voor het optreden in Las Vegas, dat wat kleiner was en inmiddels helemaal uitverkocht, net als het concert in de Hollywood Bowl.

'Wat gaan jullie vandaag doen?' vroeg Janet, terwijl ze hen met een tevreden gezicht aankeek, alsof zij het optreden had gedaan. Het was de eerste keer dat ze Tom betrok bij iets wat ze zei. Ze hadden het ergste blijkbaar achter de rug, hoewel Melanie niet wist waarom. Misschien was haar moeder gewoon in een goede bui of was ze er eindelijk achter dat Tom zich heus niet wilde bemoeien met Melanies carrière. Hij was er tevreden mee om het van een afstandje gade te kunnen slaan en haar bij alles wat ze deed te steunen.

'Ik wil gewoon lekker niks doen,' antwoordde Melanie. De volgende dag werd ze weer in de opnamestudio verwacht. En de dag daarna begonnen de repetities voor de show in Las Vegas. 'Wat ga jij doen, mam?'

'Ik ga shoppen op Rodeo,' zei ze stralend. Niets maakte haar gelukkiger dan een groot concert van haar dochter en mooie recensies de dag erna.

Ze vertrok deze keer zonder boze blikken en zonder met deuren te slaan, tot Toms grote verbazing.

'Nou, de inwijdingsrituelen zijn blijkbaar voorbij,' zei Melanie met een zucht. 'Voorlopig tenminste. Waarschijnlijk is ze tot de conclusie gekomen dat je geen bedreiging vormt.'

'Dat doe ik ook niet, Mel. Ik vind het fantastisch wat je doet. Het was gisteravond echt ongelooflijk. Toen ik naar je keek, kon ik me gewoon niet voorstellen dat ik daar zat en toen je dat liedje zong, kreeg ik bijna een hartaanval.'

'Fijn dat je het mooi vindt.' Ze leunde naar voren om hem te kussen. Ze zag er moe, maar tevreden uit. Ze was net twintig geworden, en hij vond haar mooier dan ooit. 'Af en toe wou ik dat ik er even mee kon stoppen. Na een tijdje krijg je het gevoel dat je alles al hebt gezien,' biechtte ze op. Ze had dat de afgelopen weken wel vaker tegen hem gezegd, dat de tijd die ze in het veldhospitaal had gewerkt na de aardbeving gewoon een opluchting voor haar was geweest.

'Wie weet, binnenkort,' zei hij in een poging haar moed in te spreken.

Ze schudde haar hoofd. 'Dat zullen mijn moeder en mijn impresario nooit goedvinden. Ze genieten veel te veel van mijn succes. Ze zullen dit uitmelken tot ik dood ben.'

Ze klonk bedroefd, en Tom sloeg zijn arm om haar heen en kuste haar. De blik in haar ogen had hem diep geraakt, net als haar liedje. Ze was een opmerkelijke vrouw, en hij wist dat hij een bofkont was. Hij had enorm veel geluk gehad. De dag van de aardbeving in San Francisco, met als gevolg zijn ontmoeting met haar, was voor hem de beste dag van zijn leven geweest.

Terwijl Janet die ochtend in Hollywood Melanies recensies zat te lezen, lazen Sarah en Seth de berichten over henzelf. Eindelijk had Seths arrestatie de plaatselijke kranten gehaald, en geen van beiden snapte goed waarom dat zo lang had geduurd. De arrestatie had al weken geleden plaatsgevonden, maar op de een of andere manier was het door niemand opgepikt. Nu was het nieuws echter tot een uitbarsting gekomen als het vuurwerk op onafhankelijkheidsdag. Zelfs AP had er een bericht aan gewijd. Sarah had het vermoeden dat de journalisten die verslag hadden gedaan van Sully's eerdere arrestatie en zijn ophanden zijnde proces, de pers in San Francisco hadden getipt dat hij een handlanger aan de westkust had. Het nieuws over Seth mocht dan een tijd tussen de mazen door zijn geglipt, nu was het voorpaginanieuws. In de *Chronicle* werd melding gemaakt van alle sensationele bijzonderheden, met een foto erbij van Seth en Sarah op de laatste benefietavond. Het was niet mals wat ze over hem schreven. Ze kenden de aanklacht, alle beschikbare details, de naam van zijn hedgefonds en de omstandigheden die tot zijn arrestatie hadden geleid. Ook werd gewag gemaakt van het feit dat hun huis te koop stond en dat hij bovendien nog beschikte over een huis aan Lake Tahoe en over een eigen vliegtuig. Ze stelden het voor alsof dat alles was aangeschaft met door fraude verkregen kapitaal en ze schilderden hem af als de grootste oplichter en fraudeur van de stad. Het was diepvernederend voor Seth, maar voor Sarah was het ook een regelrechte kwelling. Ze twijfelde er niet aan dat haar ouders op Bermuda het onder ogen zouden krijgen nu AP het nieuws had verspreid. Ze begreep dat ze hen moest bellen. Met een beetje geluk kon ze het hun zelf nog vertellen. Voor Seth was het eenvoudiger. Zijn ouders waren al redelijk op leeftijd geweest toen hij was geboren, en ze waren inmiddels allebei overleden. Die van haar waren echter nog springlevend en zouden geschokt zijn, vooral omdat ze van Seth hielden, dat hadden ze meteen vanaf het begin gedaan.

'Niet best, hè?' Seth keek haar aan. Ze waren allebei enorm afgevallen. Hij zag er hol uit, en Sarah uitgeput.

'Tja, er valt ook weinig aan te verfraaien,' zei ze eerlijk.

Ze zouden niet lang meer samen zijn. Ze waren overeengekomen om voor de kinderen in het huis aan Divisadero te blijven totdat het werd verkocht en ze ieder in hun eigen appartement zouden trekken. Ze verwachtten die week wel een bod, en dan zou het niet lang meer duren. Sarah wist dat ze het naar zou vinden om het huis kwijt te raken, maar ze was eigenlijk veel meer van streek over haar man en hun huwelijk dan over het huis waarin ze maar een paar jaar hadden gewoond. Het huis aan Lake Tahoe stond ook te koop, inclusief de hele inboedel, zelfs hun keukenspullen, de tv's en het linnengoed. Op die manier zou het gemakkelijker zijn om het te verkopen aan iemand die een huis zocht voor de skivakanties en geen zin had om zich druk te maken over de inrichting. Het huis in de stad zou leeg opgeleverd worden. Hun antiek zou te koop worden aangeboden bij Christie's, samen met hun moderne kunst. De verkoop van Sarahs sieraden in Hollywood begon ook op gang te komen.

Sarah was nog steeds op zoek naar werk. Ze hield Parmani in dienst voor de kinderen, want ze wist dat ze een kinderjuf nodig had zodra ze een baan had gevonden. Ze vond het een vreselijk idee om haar kinderen naar een kinderdagverblijf te moeten brengen, hoewel ze wist dat velen dat wel deden. Wat ze het allerliefste wilde, was wat ze de afgelopen drie jaar had gedaan, thuisblijven bij de kinderen. Maar die tijd was voorbij. Seth had al zijn geld nodig voor zijn advocaten, en voor de eventuele boetes die hem zouden worden opgelegd, dus ze moest wel gaan werken, niet alleen om een bijdrage te leveren, maar ook om ooit misschien zichzelf en haar kinderen helemaal zelf te kunnen onderhouden, zonder enige hulp van Seth. Als alles wat ze hadden zou worden opgeslokt door zijn verdediging en hij de gevangenis in moest, wie zou hen dan helpen? Ze kon alleen maar op zichzelf vertrouwen.

Na Seths verbazingwekkende en ontstellende verraad vertrouwde ze niemand meer behalve zichzelf. Op hem kon ze niet meer bouwen. En ze wist dat ze hem ook nooit meer zou vertrouwen. Hij zag dat aan haar ogen wanneer hun blikken elkaar kruisten. Hij had geen idee hoe hij het goed kon maken, of hij dat ooit nog zou kunnen. Hij betwijfelde het na alles wat ze had gezegd. Ze had het hem niet vergeven, en hij begon te vermoeden dat ze dat ook nooit zou doen. Hij kon het haar niet eens kwalijk nemen en voelde zich vreselijk schuldig over wat hij haar had aangedaan. Hun leven was verwoest.

Het schokte hem om het krantenartikel te moeten lezen. Er werd gehakt gemaakt van Sully en van hem, en ze werden afgeschilderd als criminelen. De media hadden geen vriendelijk woord voor hen over. Sully en hij waren twee boeven die frauduleuze hedgefondsen hadden opgezet, hun investeerders om de tuin hadden geleid en mensen geld afhandig hadden gemaakt. Tja, wat hadden ze anders kunnen schrijven? Dat was wat hun ten laste was gelegd, en zoals Seth ook had toegegeven tegenover Sarah en zijn advocaat, die beschuldigingen klopten allemaal.

Het hele weekend wisselden ze nauwelijks een woord met elkaar. Sarah beledigde of kleineerde hem niet. Het had geen zin. Ze zei helemaal niets. Ze voelde zich te gekwetst. Hij had het geloof en vertrouwen dat ze ooit in hem had gehad, totaal kapotgemaakt. Hij was haar vertrouwen niet waard. Hij had de toekomst van hun kinderen op het spel gezet en dat van haar zwaar aangetast. Door hem was haar ergste nachtmerrie werkelijkheid geworden.

'Kijk niet zo naar me, Sarah,' zei hij op zondag over de krant heen. In de zondagseditie van *The New York Times* was een nog veel akeliger artikel verschenen waarin ook Seth werd genoemd. Zo groot als hun succes was geweest, zo diep was hun val. En hoewel Sarah er niets mee te maken had, en ze voor de aardbeving niets had geweten van zijn illegale praktijken, voelde ze zich er toch door besmeurd. Hun telefoon had dagenlang roodgloeiend gestaan, maar ze had het antwoordapparaat ingeschakeld. Ze had geen zin om wie dan ook te woord te staan en wilde ook van niemand iets horen. Uitingen van medelijden zouden als een mes door haar ziel snijden, en ze had al helemaal geen trek in slecht verhuld gegniffel van mensen die altijd al jaloers op haar waren geweest. Ze wist zeker dat er daar veel van waren. De enigen die ze die dag had gesproken, waren haar ouders. Die waren vreselijk geschokt en begrepen net zomin als zij wat Seth had bezield. Uiteindelijk kwam het allemaal neer op een gebrek aan integriteit en een enorme hebzucht.

'Je kunt toch op zijn minst proberen om wat vriendelijker te kijken,' verweet hij haar. 'Je weet wel hoe je het allemaal nog erger kunt maken, zeg.'

'Erger dan jij het hebt gemaakt, kan niet, Seth.' Ze ruimde de tafel af en zette de ontbijtspullen in de gootsteen. Ineens begon ze te huilen.

Hij liep naar haar toe. 'Sarah, niet doen...' In zijn ogen blonk een giftige mengeling van woede en paniek.

'Wat wil je dan dat ik doe?' Ze draaide zich naar hem om en keek hem gepijnigd aan. 'Seth, ik ben bang... Hoe gaat het nu verder met ons? Ik hou van je. Ik wil niet dat je naar de gevangenis gaat. Ik wil niet dat dit gebeurt... Ik wil dat je het terugdraait, maar dat kan niet. Het geld kan me niet schelen. Ik wil jou niet kwijt... Ik hou van je, maar jij hebt ons hele leven gewoon weggegooid. En wat moet ik nou?'

Hij kon niet tegen de gekwelde blik in haar ogen, en in plaats van zijn armen om haar heen te slaan, wat het enige was wat ze wilde, liep hij weg. Hij had zelf zo veel verdriet, hij was zo bang, dat hij haar niets kon geven. Hij hield ook van haar, maar hij maakte zich op dit moment te veel zorgen om zichzelf, om haar of de kinderen te kunnen helpen. Hij had het gevoel alsof hij in zijn eentje aan het verdrinken was. Maar voor haar gold hetzelfde.

Sarah kon zich niet herinneren dat haar ooit zoiets vreselijks was overkomen, behalve die keer dat hun te vroeg geboren baby bijna was gestorven. Maar Molly was gered door de afdeling neonatologie. Seth daarentegen was niet te redden. Zijn misdrijf was te groot en te schokkend. Zelfs de agenten van de FBI leken weerzin tegen hem te hebben, vooral toen ze de kinderen hadden gezien. Sarah had nog nooit iemand onder tragische omstandigheden verloren. Haar grootouders waren óf al dood geweest voordat ze was geboren, óf op hoge leeftijd overleden zonder nare ziektes. De mensen van wie ze in haar leven had gehouden, hadden haar altijd door dik en dun gesteund. Ze had een gelukkige jeugd gehad, haar ouders waren keurige mensen. Haar vriendjes waren altijd aardig voor haar geweest. Seth was altijd fantastisch geweest. En haar kinderen waren lief en gezond. Dit was echt het allerergste wat haar ooit was overkomen. Ze had zelfs nog nooit een vriend of vriendin verloren bij een auto-ongeluk of aan kanker. Ze was de eerste vijfendertig jaar van haar leven zonder kleerscheuren doorgekomen, maar nu was er een kernbom op haar gevallen. En de man die die bom had laten vallen, was de man van wie ze hield, haar man. Ze was daar zo stomverbaasd over dat ze de meeste tijd gewoon niet wist wat ze moest zeggen, vooral niet tegen hem. Ze wist niet waar ze moest beginnen om het weer goed te maken, net zomin als hij dat wist. De waarheid was dat het onmogelijk was om het weer goed te maken. Zijn advocaten zouden hun uiterste best voor hem doen, ondanks de verschrikkelijke feiten die op tafel lagen, maar uiteindelijk zou Seth moeten boeten. Net als zij, hoewel ze dat niet verdiende. Dit was het 'in voor- en in tegenspoed'-gedeelte. Ze zou samen met hem ten onder gaan.

Op zondagavond belde Sarah Maggie op haar mobieltje en

ze spraken even met elkaar. Maggie had de artikelen gelezen in de kranten die in de hal van het Presidio lagen en ze had enorm veel medelijden met Sarah gekregen, en zelfs met Seth. Ze moesten een hoge tol betalen voor zijn zonden. Voor de kinderen vond ze het ook vreselijk. Ze zei tegen Sarah dat ze moest bidden, dat zij dat ook zou doen.

'Misschien dat het vonnis mild uitpakt,' zei Maggie hoopvol.

'Volgens Seths advocaten is dat dan nog steeds twee tot vijf jaar. Op zijn ergst kan het wel dertig jaar worden.' Dat had ze Maggie allemaal al een keer verteld.

'Daar moet je nu nog niet aan denken. Je moet vertrouwen proberen te hebben en het hoofd boven water zien te houden. Soms zit er niets anders op.'

Na die woorden hing Sarah op en ging naar boven om de kinderen in bad te doen. Seth had met hen gespeeld, en ze nam het nu van hem over. Ze deden tegenwoordig alles om de beurt en waren nog maar zelden samen in één ruimte te vinden. Zelfs bij elkaar in de buurt zijn was pijnlijk geworden. Onwillekeurig vroeg ze zich af of ze zich beter of slechter zou voelen als ze hier weg was. Misschien allebei.

Everett belde Maggie die avond om het even met haar te hebben over wat hij over Seth had gelezen in de kranten in L.A. Het nieuws was inmiddels in het hele land bekend. Everett was geschokt, vooral omdat hij Sarah en Seth zo'n volmaakt echtpaar had gevonden. Het herinnerde hem er voor de zoveelste keer aan dat je nooit kon weten wat voor duistere zaken mensen met zich meedroegen. Zoals iedereen die erover las, had hij medelijden met Sarah en de kinderen, maar helemaal niet met Seth. Die kreeg zijn verdiende loon, als de beschuldigingen klopten, maar ze leken hem zo goed onderbouwd dat hij vermoedde dat alles waar was.

'Wat erg voor haar. Ik heb haar heel even gesproken op dat benefiet. Ze leek me een aardige vrouw. Maar ja, hij leek ook aardig. Wie had dat kunnen denken?' Hij had haar ook nog een keer in het veldhospitaal ontmoet, maar toen had hij nauwelijks een woord met haar gewisseld. Ze had toen wel van slag geleken, en hij wist nu waarom. 'Mocht je haar nog eens spreken, zeg haar dan dat ik het heel erg voor haar vind,' zei hij op ernstige toon, maar Maggie reageerde er niet op. Ze was trouw aan Sarah en aan hun relatie en wist haar geheimen goed te bewaren. Ze had hem dan ook nog nooit verteld dat ze elkaar regelmatig zagen.

Met Everett ging het verder goed, en Maggie zei dat het met haar ook goed ging. Ze vond het leuk om van hem te horen, maar zoals altijd voelde ze zich onrustig nadat ze had opgehangen. Alleen al zijn stem horen deed iets met haar. Na hun gesprek bad ze even, en die avond maakte ze een lange strandwandeling in de schemering. Ze begon zich af te vragen of het soms beter was om elkaar niet meer te bellen. Maar daarna hield ze zichzelf voor dat ze sterk genoeg was om het aan te kunnen. Hij was maar een gewoon mens per slot van rekening. En zij was de bruid van God. Daar kon toch geen man tegenop?

Hoofdstuk 15

Melanies concert in Las Vegas was een enorm succes. Tom vloog ernaartoe, en ze zong weer zijn liedje voor hem. De show die ze in Las Vegas gaven, had meer speciale effecten en maakte daardoor ook meer indruk op hem, hoewel ze voor een veel kleiner publiek optrad dan in de Hollywood Bowl. De toeschouwers in Las Vegas waren dolenthousiast. Melanie ging op de rand van het podium zitten toen ze de toegiften zong en Tom had haar vanaf de eerste rij kunnen aanraken. De fans duwden zich bijna tegen het podium aan, terwijl de beveiliging hen op afstand probeerde te houden. Het laatste lied deed Melanie in een explosie van licht, terwijl ze op een vlonder omhoog werd gehesen en de longen uit haar keel zong. Het was de indrukwekkendste show die Tom ooit had gezien, hoewel hij het vervelend voor haar vond toen hij hoorde dat ze haar enkel had verstuikt toen ze van de vlonder was gesprongen, want ze had de volgende dag nog twee optredens.

Toen het zover was, ging ze gewoon op, met haar zilveren plateauzolen aan en een enkel zo dik als een meloen. Tom nam haar na de tweede show mee naar de Eerste Hulp. Ze vertrokken zonder iets tegen Melanies moeder te zeggen. In het ziekenhuis gaven ze Melanie cortison, zodat ze de volgende dag weer kon optreden. De laatste drie dagen in Las Vegas waren de kleinere shows. Het openingsconcert was het grootste geweest. Toen Tom aan het eind van het weekend vertrok, liep ze op krukken.

'Pas goed op jezelf, Melanie. Je werkt veel te hard.' Hij keek bezorgd. Ze hadden een leuk weekend gehad, hoewel Melanie het natuurlijk het grootste deel van de tijd druk had gehad met de repetities en de optredens zelf. De eerste avond lukte het hun om naar een van de casino's te gaan. Hij logeerde in de tweede slaapkamer van haar suite, en de eerste twee nachten hadden ze heel omzichtig gedaan. Maar de laatste nacht hadden ze eindelijk toegegeven aan hun behoeften en hun krachtige gevoelens voor elkaar. Ze hadden lang genoeg gewacht en nu voelde het goed. Toen hij wegging, voelde ze een nog nauwere band met hem dan daarvoor. 'Als je niet wat rustiger aan doet, verpest je je enkel voorgoed.'

'Ik ga morgen nog een spuit cortison halen.' Ze was eraan gewend dat ze geblesseerd raakte op het podium, dat kwam vaker voor. Maar ze ging altijd door, wat er ook gebeurde. Ze had nog nooit een optreden afgelast. Ze was een professional.

'Mellie, ik wil echt dat je een beetje op jezelf past,' zei hij, oprecht bezorgd om haar. 'Je kunt niet steeds maar cortison nemen. Je bent geen voetballer.' Hij zag dat ze last had van haar enkel die nog steeds dik was, ondanks de spuit van gisteren. Het enige wat die spuit had bewerkstelligd, was dat ze zichzelf had kunnen mishandelen door weer met hoge hakken op te treden. 'Zorg dat je vanavond wat rust krijgt.' Hij wist dat ze morgenvroeg naar Phoenix zou vertrekken, voor een volgend optreden.

Ze glimlachte naar hem. 'Ik ben het niet gewend dat iemand zich zo om me bekommert. Iedereen verwacht alleen maar van me dat ik weer opga en mijn ding doe, dood of levend. Toen ik op die vlonder stapte, voelde ik al dat hij wankel was, en toen ik er afsprong, brak het touw. Daarom ben ik gevallen.' Ze wisten allebei dat, als het touw eerder was gebroken, de val veel groter zou zijn geweest en misschien wel haar dood was geworden. 'Nou, dan zie je ook eens wat de keerzijde van de showbusiness is.'

Ze stond dicht naast hem, terwijl ze op zijn vliegtuig wachtten. Ze had hem naar het vliegveld gebracht in een lange, witte limousine die het hotel haar ter beschikking stelde tijdens haar verblijf. De extraatjes in Las Vegas waren fantastisch. Als ze eenmaal op tournee waren, zou het allemaal wat minder comfortabel zijn. Ze had tien weken van optredens voor de boeg en zou pas begin september weer terug zijn in L.A. Tom had beloofd om haar over een paar weken een weekend te komen opzoeken. Ze keken er allebei naar uit.

'Je moet echt nog een keer naar de dokter gaan, voordat jullie vertrekken.' Zijn vlucht werd omgeroepen, en hij moest nu echt gaan. Hij trok haar in zijn armen en kuste haar, voorzichtig om haar krukken heen manoeuvrerend, en toen hij haar weer losliet, was ze buiten adem. 'Ik hou van je, Mel,' zei hij zacht. 'Vergeet dat niet als je op tournee bent.'

'Natuurlijk niet. Ik hou ook van jou.' Ze gingen nu iets meer dan een maand met elkaar. Dat was niet lang, maar in Las Vegas was alles in een stroomversnelling geraakt. Bovendien hadden ze in San Francisco samen zoveel meegemaakt, dat het toch al een vliegende start was geweest. Hij was de liefste man die ze ooit had ontmoet. 'Tot gauw.'

'Zeker weten!' Hij kuste haar nog een keer en was de laatste die aan boord ging.

Ze strompelde op haar krukken terug naar de auto die op haar stond te wachten. Haar enkel deed vreselijk zeer, veel erger dan ze aan Tom had willen toegeven.

Terug in haar suite in het Paris, legde ze er ijs op, wat nauwelijks hielp, en nam een pijnstiller. Toen haar moeder om middernacht de suite binnenkwam, lag Melanie nog steeds op de bank, en ze gaf eindelijk toe dat ze ontzettend veel pijn had.

'Maar je moet morgen naar Phoenix,' waarschuwde haar moeder haar. 'Het is er uitverkocht. We gaan morgen nog een spuit voor je halen. Je kunt dat optreden echt niet afzeggen, Mel.'

'Misschien kan ik zittend zingen,' zei Melanie, terwijl ze voorzichtig haar enkel betastte. Meteen kromp ze ineen van de pijn.

'Dan ziet je jurk er niet uit,' zei haar moeder. Melanie had nog nooit een optreden afgezegd, en Janet wilde niet dat ze daar nu mee zou beginnen. Voor je het wist, deden de wildste geruchten de ronde en was je reputatie naar de maan. Janet zag echter wel dat haar dochter werkelijk pijn had. Melanie deed nooit erg moeilijk over blessures en ze klaagde ook nooit, dus dan moest dit haast wel ernstig zijn.

Die avond belde Tom Melanie nog even voordat ze ging slapen, en ze loog tegen hem dat het al beter ging met haar enkel, want ze wilde niet dat hij zich zorgen maakte. Hij zei dat hij haar nu al miste. Terwijl ze in slaap viel, keek ze naar de foto van hem die ze naast haar bed had staan.

De volgende ochtend was haar enkel nog dikker, en Pam bracht haar naar het ziekenhuis. De hoofdarts op de Eerste Hulp herkende haar en nam haar meteen mee naar een hokje. Hij zei dat haar enkel er niet best uitzag en dat hij een foto wilde laten maken. Toen ze de eerste keer naar de Eerste Hulp was gekomen, hadden de dienstdoende artsen gezegd dat ze hem had verstuikt, maar het hoofd van de afdeling twijfelde daaraan. Hij bleek gelijk te hebben. Toen de foto klaar was, liet hij haar zien dat hij was gebroken. Hij zei dat ze vier weken in het gips moest en moest proberen om zo min mogelijk op de enkel te staan.

'Ja, vast,' zei ze lachend. Toen kreunde ze, want bij de minste of geringste beweging had ze al pijn. De show van die avond zou een hel zijn, als ze al kon optreden. 'Ik heb om acht uur vanavond in Phoenix een optreden, voor een uitverkochte zaal,' legde ze uit. 'Ze betalen me niet om me te zien rondstrompelen in gips.' Ze huilde bijna toen ze haar voet verzette.

'Wat denk je van een laars van synthetisch gipsverband?' stelde de arts voor. Hij behandelde vaak artiesten, van wie sommigen van het podium waren gevallen, of erger. 'Die kun je desnoods uittrekken zodra je opgaat. Maar waag het niet iets met hoge hakken of plateauzolen te dragen.' Hij kende haar soort.

Ze keek hem schuldbewust aan. 'Dat is geen gezicht bij mijn kostuums,' zei ze.

'Als je enkel nog dikker wordt, moet je in een rolstoel en dat is helemaal geen gezicht. Gewoon platte schoenen dragen tijdens je optreden. En je moet die krukken echt gebruiken,' deelde hij haar mee.

Ze had geen keus. Haar enkel deed vreselijk veel pijn en kon helemaal geen gewicht dragen. Ze gaf zich gewonnen. 'Oké, dan probeer ik die laars.' Hij kwam tot aan haar knie, was gemaakt van een glanzend plastic materiaal en kon worden dichtgemaakt met klittenband. Toen ze erop ging staan, merkte ze meteen dat het hielp. Ze strompelde het hokje uit, op krukken, en Pam ging de rekening betalen.

'Nou, dat ziet er schattig uit,' zei Janet luchtig, terwijl ze Melanie in de limousine hielp. Ze hadden net genoeg tijd hun koffers op te pikken en samen met de rest van de groep naar het vliegveld te rijden voor hun vlucht naar Phoenix. Hun tournee was begonnen, en de komende tien weken zou Melanie heel Amerika aandoen.

In hun chartervliegtuig legde ze haar voet op een kussen. De band speelde blufpoker en Janet deed ook mee. Tussendoor wierp ze af en toe een blik op haar dochter of schudde haar kussen wat op. Na een tijdje nam Melanie een paar slaappillen en viel in slaap. Pam maakte haar wakker toen ze in Phoenix waren geland, en een paar bandleden droegen haar de vliegtuigtrap af. Ze zag er slaperig en bleekjes uit.

'Gaat het?' vroeg Janet toen ze in een andere limousine stapten, weer een witte. In alle steden die ze aandeden, zouden er limousines en hotelsuites op hen wachten.

'Ja hoor, mama,' stelde Melanie haar gerust.

Nadat ze zich allemaal in hun hotelkamers hadden geïnstalleerd, bestelde Pam een lunch voor hen, terwijl Melanie Tom belde. 'We zijn aangekomen.' Ze deed haar best opgewekter te klinken dan ze zich voelde. Ze was nog steeds een beetje duf van de slaappillen, maar de laars hielp wel bij het lopen. Zonder krukken had ze zich nauwelijks kunnen verplaatsen.

'Hoe gaat het met je enkel?' vroeg hij bezorgd.

'Die zit er nog steeds aan. Ze hebben me in Las Vegas een of andere laars gegeven die je kunt uittrekken. Ik zie eruit als een kruising tussen Darth Vader en Frankenstein. Maar hij helpt wel. Tijdens het optreden mag ik hem uittrekken.'

'Is dat wel verstandig?' vroeg hij op ernstige toon.

'Ik red me wel.' Ze had geen andere keus. Die avond deed ze wat de arts had gezegd en droeg platte schoenen. Ze hadden de vlonder die omhoog werd getrokken uit de show gehaald, omdat ze bang was om te vallen en zich nog een keer te bezeren. Ze zei dat ze zich op die vlonder net een circusartiest voelde en dat ze eigenlijk een net onder haar hadden moeten spannen. Hoewel ze er al twee keer eerder af was gevallen, was dit de eerste keer dat ze geblesseerd was geraakt. Goed, ze had pijn, maar het had veel erger kunnen uitpakken.

Die avond strompelde ze op krukken het podium op en legde die op de grond. Ze ging op een hoge kruk zitten die ze daar voor haar hadden neergezet en begon grapjes te maken tegen het publiek. Ze zei dat het tijdens de seks was gebeurd, wat iedereen erg komisch vond. En het publiek vergat het zelfs helemaal toen de show eenmaal begon. Hoewel ze die avond voornamelijk zat, leek niemand dat erg te vinden. Ze droeg een hotpants, netkousen en een rode lovertjesbeha en zag er zelfs op platte schoenen sexy uit. Ze deed wat minder toegiften dan anders, omdat ze niets liever wilde dan teruggaan naar haar kamer en nog een pil nemen. Ze viel prompt in slaap, nog voordat ze Tom had gebeld om te vertellen hoe het optreden was verlopen. Hij had haar verteld dat hij uit eten zou gaan in L.A. met zijn zusje, dus belde hij haar ook niet. Maar gewoonlijk belden ze elkaar continu op hun mobieltjes.

Ze bleven twee dagen in Phoenix en vlogen vandaar uit door naar Dallas en Fort Worth. In beide steden gaven ze twee concerten en daarna eentje in Austin en nog eentje in de Astrodome in Houston. Wanneer Melanie niet op het podium stond, droeg ze braaf haar laars, en het ging al beter met haar enkel. In Oklahoma City hadden ze eindelijk twee dagen vrij, wat ronduit verrukkelijk was. Ze reisden het hele land af en ze werkte hard. Optreden met een gebroken enkel was gewoon een van de uitdagingen die een tournee met zich meebracht. Een van de roadies had zijn arm gebroken, en hun geluidstechnicus was door zijn rug gegaan toen hij met een kist zware apparatuur sjouwde. Maar wat er ook gebeurde, ze wisten allemaal dat de show gewoon moest doorgaan. Op tournee zijn viel niet mee. Ze maakten allemaal lange dagen, de optredens waren zwaar en hun hotelkamers treurig. Wanneer het mogelijk was, namen ze suites. Op ieder vliegveld stonden limousines op hen te wachten, maar ze hadden geen tijd om er gebruik van te maken, behalve om zich te laten vervoeren van hotel naar concertzaal en vice versa. In veel steden speelden ze in stadions. Na een tijdje begonnen alle plaatsen er hetzelfde uit te zien en wisten ze niet meer waar ze waren.

‘God, ik zou nou wel zin hebben in een pauze,’ zei Melanie op een bijzonder hete avond in Kansas City tegen haar moeder. Het optreden was goed gegaan, maar toen ze van het podium stapte, had ze haar gebroken enkel verdraaid en hij deed nu meer pijn dan ooit. ‘Ik ben moe, mama,’ bekende ze.

Haar moeder keek haar nerveus aan. ‘Als je platina wilt blijven verkopen, moet je toeren,’ zei ze, praktisch als altijd. Ze had veel verstand van de showbusiness en Melanie wist dat ze gelijk had.

‘Ik weet het.’ Ze sprak haar moeder niet tegen, maar toen ze terug waren in het hotel zag ze er afgemat uit. Ze had alleen nog maar zin in een warm bad en dan naar bed. Wat ze had gezegd, was waar. Ze verlangde enorm naar een korte pauze van alles. Zodra ze in Chicago waren, zou iedereen twee dagen vrij krijgen. Het was de bedoeling dat Tom dan naar haar toe zou komen vliegen, en Melanie kon bijna niet wachten tot het zover was.

‘Ze ziet er moe uit,’ zei Pam tegen Janet. ‘Het is vast geen lolletje om met die enkel te moeten optreden.’ In iedere stad hadden ze een kruk voor haar op het podium gezet, maar het was wel duidelijk dat de enkel niet heelde en dat Melanie veel pijn had. Wanneer ze niet optrad, strompelde ze rond op haar krukken en haar zwarte laars. De laars gaf wel enige verlichting, maar niet genoeg, en de enkel was nog net zo dik als in het begin. Er was totaal geen verbetering. Zonder eigen vliegtuig zou het nog erger zijn geweest. Nu kon ze tijdens de vlucht tenminste gaan liggen. Het zou sowieso bijna onmogelijk zijn geweest om lijnvluchten te nemen met al hun apparatuur. Het inchecken zou uren in beslag hebben genomen, en ze zouden er allemaal gek van zijn geworden. Nu konden ze gewoon inladen en vertrekken.

In Chicago stond Tom op haar te wachten in het hotel. Hij

schrok van hoe vermoeid en bleek ze eruitzag. Ze leek totaal uitgeput. Hij tilde haar op, met laars en al, en liet haar voorzichtig op een stoel zakken. Ze straalde van oor tot oor. Tom was een halfuur eerder gearriveerd dan zij en had hun suite al gezien. Het was een keurig hotel en de suite was gigantisch, maar Melanie had schoon genoeg van roomservice, handtekeningenjagers en avond aan avond optreden, of ze nu pijn had of niet. Tom schrok ervan toen hij zag hoe dik en pijnlijk haar enkel nog was.

Het concert was op dinsdag, en het was nu pas zaterdagavond. Tom zou maandagochtend weer vertrekken, want hij moest gewoon werken. Vlak nadat Melanie uit L.A. was vertrokken, was hij aan zijn nieuwe baan begonnen en hij zei dat hij het reuze naar zijn zin had. Hij verheugde zich op de reisjes die ze hem in het vooruitzicht hadden gesteld. Hij werkte bij een bureau voor stadsplanologie, en hoewel ze voornamelijk betaalde opdrachten deden, werkten ze ook wel in ontwikkelingslanden waar ze hun diensten gratis aanboden aan de overheid, wat een kolfje naar Toms hand was. Melanie was trots op hem en ook onder de indruk van die kant van hem, en ze was blij dat hij een baan had die hij leuk vond. Toen Tom was teruggekomen naar Pasadena had hij zich er namelijk zorgen over gemaakt of hij wel werk zou vinden. Zelfs dat hij naar L.A. moest forenzen, vond hij niet erg. Na de aardbeving in San Francisco was hij blij dat hij weer terug was in Pasadena. En die baan maakte het helemaal af voor hem.

Hij nam haar die avond mee uit eten. Melanie nam een reusachtige, vette hamburger met gebakken uitjes. Daarna gingen ze terug naar het hotel en praatten over van alles en nog wat. Ze vertelde hem over de steden waar ze was geweest en dingen die onderweg waren gebeurd. Soms voelden ze zich net kinderen of soldaten op kamp.

Er hing continu een sfeer van tijdelijkheid, van kamp opbreken en verder trekken. Soms was het leuk, ook omdat iedereen het goed met elkaar kon vinden, maar het was desondanks dodelijk vermoeiend. Om de sleur te doorbreken, hielden de bandleden en de roadies gevechten met ballonnen gevuld met water en gooiden soms zelfs een ballon het hotelraam uit met de bedoeling voetgangers te raken. Na een tijdje kwam de hotelmanager daar dan achter en dan kregen ze flink op hun donder. Het waren net kinderen die zich verveelden. Wanneer ze vrij hadden, lieten de roadies en de jongens van de band zich helemaal gaan; ze gingen naar topless bars en striptenten en werden dronken in kroegen. Tom vond het altijd leuk even met hen te praten, maar het liefst was hij bij Melanie. Hij miste haar steeds erger als ze elkaar niet zagen. En Melanie had Pam toevertrouwd dat ze steeds verliefder werd op Tom. Hij was het liefste vriendje dat ze ooit had gehad, en ze vond echt dat ze geluk had gehad met hem. Pam wees haar erop dat ze een van de beroemdste zangeressen ter wereld was en dat hij ook geluk had met haar. Bovendien was Melanie ook een lieve meid. Pam kende haar al sinds haar zestiende en vond haar een van de aardigste mensen die ze ooit had ontmoet, heel anders dan haar moeder, die echt een moeilijke tante kon zijn. Pam vond dat Tom en Melanie heel goed bij elkaar pasten. Ze hadden hetzelfde karakter, gemakkelijk en vriendelijk, ze waren allebei intelligent, en hij leek niet jaloers te zijn op haar roem of haar werk, wat heel zeldzaam was. Pam wist dat er niet veel mensen als zij op aarde rondliepen, en dankzij Melanie genoot ze dan ook van haar werk.

Tom en Melanie hadden een heerlijke tijd in Chicago. Ze gingen naar de film, naar musea, ze gingen uit eten en winkelen en brachten heel veel tijd door in bed. Wanneer Melanie naar buiten ging, gebruikte ze haar krukken en droeg ze de lastige zwarte laars. Dat moest van Tom. Het was een fantastisch weekend, en Melanie was blij dat Tom zo vaak naar haar toe kon komen vliegen. Hij gebruikte er al zijn airmiles voor. De wetenschap dat ze hem vaak zou zien, dat ze samen steden zouden ontdekken, maakte de tournee een stuk dragelijker voor haar. Na Chicago zouden ze naar de oostkust vliegen, helemaal naar Vermont en Maine in het noorden. Ze gaven concerten in Providence en Martha's Vineyard. Tom zei dat hij zou proberen om er in Miami en New York bij te zijn.

Het weekend vloog voorbij, en ze vond het vreselijk toen hij weg moest. Het was drukkend warm toen ze met hem de stoep op liep waar hij een taxi probeerde aan te houden. De korte pauze en het feit dat ze de laars steeds had gedragen, hadden haar goedgedaan, en toen Tom wegging, had ze al veel minder pijn. 's Nachts zette ze de laars altijd naast haar bed en dan had ze het gevoel alsof ze een houten been afdeed. Tom plaagde haar ermee, en één keer had ze hem de laars naar zijn hoofd gesmeten. Hij was bijna van het bed gevallen.

'Hé, rustig aan een beetje!' had hij geroepen. Daarna had hij de laars onder het bed verstopt. Soms waren ze net twee kinderen en ze hadden altijd lol samen. Ze maakten elkaars leven er leuker op en leken steeds verliefder te worden. Voor Tom en Melanie was het een zomer vol ontdekkingen en vreugde.

In San Francisco accepteerden Seth en Sarah het eerste bod op hun huis. Het was een goed bod. De mensen die het bod deden, verhuisden van New York naar San Francisco en hadden dus haast. Ze betaalden net iets meer dan de vraagprijs en wilden er snel in. Hoewel Sarah het treurig vond om het huis kwijt te raken, was ze, net als Seth, opgelucht dat het was verkocht. Ze moesten het meteen ontruimen, en Sarah verstuurde de spullen die ze wilden verkopen naar Christie's. Hun slaapkamermeubilair, een paar dingen uit de woonkamer, de kleren en wat meubels van de kinderen liet ze naar haar nieuwe flat aan Clay Street brengen. De kinderen zouden nu een kamer moeten delen in plaats van elk een eigen kamer te hebben, dus ze konden met veel minder toe. Alle dossiers en papieren uit Seths studeerkamer gingen naar het Heartbreak Hotel aan Broadway. De keukenspullen verdeelden ze onderling. Ze liet een bank en twee leunstoelen naar Seth brengen. En de rest werd opgeslagen. De kunst zou op een veiling in New York worden verkocht. Ze vond het droevig om te zien hoe snel hun huishouden uit elkaar viel, eigenlijk net zoals hun leven uit elkaar was gevallen. Binnen een paar dagen tijd was het huis leeg en zag het er liefdeloos en geplunderd uit. Het deed haar denken aan hun huwelijk dat in duigen viel. Het was verbazingwekkend hoe weinig daarvoor nodig was. Gedeprimeerd maakte ze de laatste dag nog één keer een rondje door het huis. In de studeerkamer trof ze Seth aan, die er net zo gedeprimeerd uitzag als zij zich voelde. Ze was net in de kamers van de kinderen geweest om te controleren of echt alles was ingeladen. De kinderen sliepen die nacht bij Parmani, zodat Sarah alles in Clay Street in orde kon maken.

'Ik vind het vreselijk om hier weg te gaan,' zei ze.

Hij knikte en keek haar toen bedroefd aan. 'Het spijt me, Sarah... Ik had nooit verwacht dat ons dit zou kunnen overkomen.'

Het viel haar op dat hij het voor deze ene keer over 'ons' had en niet over 'mij'.

'Misschien dat het allemaal nog meevalt.' Ze wist niet wat ze anders moest zeggen, en hij blijkbaar ook niet. Ze liep naar hem toe en sloeg haar armen troostend om hem heen. Hij bleef even zo staan, met zijn armen langs zijn zij, maar toen omhelsde hij haar ook. 'Je kunt natuurlijk komen wanneer je maar wilt om de kinderen te zien,' zei ze. Ze was nog niet naar een advocaat geweest om een scheiding aan te vragen. Dat had geen haast, en bovendien zou Seths proces haar toch te veel tijd gaan kosten. Volgens Henry Jacobs zou haar aanwezigheid een stilzwijgende maar positieve factor van belang zijn bij Seths verdediging. Ze hadden nog twee advocaten in de arm genomen voor de verdediging, en Henry en zij zouden als een team samenwerken. Seth kon alle hulp gebruiken die hij kon krijgen. Het zag er niet best voor hem uit.

'Red je het wel?' vroeg hij bezorgd.

Voor het eerst sinds lange tijd maakte hij zich zorgen om iemand anders behalve zichzelf. Dat betekende veel voor Sarah. Ze hadden zo'n moeilijke tijd achter de rug. 'Ja, ik red me wel,' zei ze.

Voor de allerlaatste keer stonden ze samen in de eetkamer. 'Als je me nodig hebt, kun je me altijd bellen, dag en nacht,' zei Seth met een bedroefde blik.

Ze liepen het huis uit. Het was het einde van hun leven samen, van hun thuis. Hij had een einde gemaakt aan het leven zoals ze dat hadden gekend.

Terwijl ze nog een keer omkeek naar het huis waarvan ze zo veel hield, begon ze te huilen. Ze huilde om hun huwelijk, om de verloren dromen, niet om het huis.

Seth kreeg een brok in zijn keel toen hij zag hoe verdrietig ze was. 'Ik kom morgen wel even langs en dan neem ik de kinderen ergens mee naartoe,' zei hij met hese stem.

Ze draaide zich om en knikte. Toen stapte ze in haar auto en ging op weg naar Clay. Het was het begin van haar nieuwe leven. In haar achteruitkijkspiegel zag ze Seth in zijn nieuwe zilverkleurige Porsche stappen die nog niet eens was betaald. Haar keel kneep samen toen ze hem zag wegrijden. Het was alsof de man van wie ze had gehouden, de man met wie ze was getrouwd en van wie ze twee kinderen had gekregen, net was gestorven.

Hoofdstuk 16

Sarahs nieuwe flat aan Clay Street bevond zich in een klein victoriaans huis dat onlangs was gerenoveerd en geschilderd. Het was een duplexwoning en niet erg elegant of mooi, maar Sarah wist dat het er leuker zou uitzien als ze eenmaal haar eigen spullen had uitgepakt. Ze maakte als eerste de kinderkamer in orde. Ze wilde dat haar kinderen zich thuis zouden voelen wanneer ze de volgende dag kwamen. Liefdevol en langzaam pakte ze hun lievelingsspulletjes en andere schatten uit, bang dat er misschien iets was gebroken in de dozen, maar dat was niet gebeurd. Alles leek heel tot nu toe. Ze was uren bezig met het uitpakken van boeken en nog eens twee uur met het op orde brengen van de bedden en het linnengoed. Ze hadden zo veel spullen weggedaan dat hun huishouden ineens erg karig leek. Het was nog steeds moeilijk te geloven dat door Seths bedrog hun hele leven op z'n kop was gezet. De artikelen die in de plaatselijke en landelijke kranten bleven verschijnen, waren ongelooflijk vernederend. Maar vernedering of niet, het belangrijkste was nu dat ze een baan zou vinden. Ze had al een paar relaties gebeld, maar de komende dagen zou ze echt alles uit de kast moeten halen.

Toen ze wat papieren van de benefietavond doorbladerde,

kreeg ze ineens een idee. Het was ver onder haar opleidingsniveau, maar op dit moment was ze blij met iedere baan die ze kon krijgen. Op woensdagmiddag, terwijl haar kinderen een dutje deden, belde ze het hoofd van de afdeling neonatologie. Op het ogenblik probeerde ze het aantal uren dat Parmani voor haar werkte zo klein mogelijk te houden, maar ze was van plan die weer op te voeren zodra ze werk had. De lieve Nepalese vrouw was vriendelijk en begripvol en wilde helpen waar ze maar kon. Ook zij had inmiddels alle artikelen gelezen.

Het hoofd van de afdeling neonatologie van het ICU gaf Sarah de naam die ze zocht en beloofde een goed woordje voor haar te doen. Om hem daarvoor de gelegenheid te geven, wachtte ze tot de volgende ochtend, tot ze bericht van hem kreeg dat hij had gebeld. De vrouw in kwestie heette Karen Johnson. Ze was het hoofd van de afdeling Projecten & Investeringen van het ziekenhuis, belast met geldinzamelingen en investeringen. Het was geen Wall Street, maar Sarah dacht dat het best eens een interessante baan zou kunnen zijn, mochten ze een plekje voor haar hebben op de afdeling. Toen Sarah belde, zei Karen dat ze op vrijdagmiddag kon langskomen voor een gesprek. Ze was erg vriendelijk en bedankte Sarah nog een keer voor de enorme bijdrage die ze had geleverd met de benefietavond voor de afdeling neonatologie. De avond had meer dan twee miljoen dollar opgeleverd. Minder dan Sarah zelf had gehoopt, maar wel een kleine verbetering ten opzichte van een jaar eerder.

Parmani kwam op vrijdagmiddag om de kinderen mee te nemen naar het park, terwijl Sarah naar het ziekenhuis ging voor het gesprek. Ze was zenuwachtig. Het was voor het eerst in tien jaar dat ze ging solliciteren. De laatste keer was op Wall Street geweest, voordat ze naar Stanford was gegaan waar ze Seth had leren kennen. Ze werkte haar cv bij en voegde er de benefietavonden aan toe die ze voor het ziekenhuis had georganiseerd.

Toch wist ze dat het moeilijk zou zijn om een baan te vinden, aangezien ze sinds haar afstuderen niet meer had gewerkt. Ze was toen meteen met Seth getrouwd en was thuisgebleven om voor de kinderen te zorgen. Er zat dus een behoorlijk gat in haar cv.

Karen Johnson was een lange, magere, elegante vrouw uit Louisiana, die tijdens het sollicitatiegesprek vriendelijk en belangstellend was.

Sarah was heel open over de tegenslagen van de laatste tijd, de aanklacht tegen Seth, het feit dat ze nu apart woonden. Ze zei dat het dus wel duidelijk was waarom ze werk zocht, maar wees er ook op dat ze over de juiste capaciteiten beschikte. Toen ze zei dat ze heel goed in staat was om hun investeringen te beheren, raakte ze ineens in paniek, want ze was bang dat ze zouden denken dat ze misschien net zo oneerlijk was als Seth.

Karen zag aan haar gezicht wat ze dacht en stelde haar snel gerust. Ze zei dat ze met haar meeleefde.

'Het was heel moeilijk,' vertelde Sarah naar waarheid. 'Het was een vreselijke schok voor me... Ik had geen idee wat er aan de hand was. Pas op de dag na de aardbeving hoorde ik het.' Hoewel ze liever geen bijzonderheden vertelde, wist ze dat Karen het allemaal in de krant had kunnen lezen. Het was geen geheim dat Seth terecht moest staan wegens fraude en dat hij op het ogenblik op borgtocht vrij was. Dat was algemeen bekend bij degenen die kranten lazen en het nieuws volgden.

Karen vertelde dat ze op haar afdeling altijd een assistente had gehad, maar dat die onlangs naar Los Angeles was verhuisd. Dat was de enige baan die ze te bieden had, en ze zei erbij dat de lonen in ziekenhuizen niet erg hoog lagen. Ze noemde een bedrag dat Sarah best goed in de oren klonk. Het was misschien een bescheiden salaris, maar het was een vast inkomen, iets waar ze op kon rekenen. En de werktijden waren van negen tot drie, zodat ze thuis kon zijn wanneer de kinderen ontwaakten uit hun middagdutjes, en dan had ze nog alle middagen en avonden met hen. En de weekenden natuurlijk. Op Karens verzoek liet Sarah drie kopieën van haar cv achter. Karen zei dat ze volgende week contact zouden opnemen en bedankte haar hartelijk voor haar belangstelling voor de baan.

Sarah was helemaal opgewonden toen ze het ziekenhuis uit liep. Ze vond Karen aardig en ook de baan leek haar wel wat. Het ziekenhuis betekende veel voor haar, en het soort investeringsportfolio dat Karen haar had beschreven, was precies iets voor haar. Het enige wat ze nu nog kon doen, was hopen dat ze de baan kreeg. Zelfs de locatie was goed. Het ziekenhuis bevond zich op loopafstand van haar nieuwe huis. En door de werktijden bleef er nog een groot gedeelte van de dag over voor haar kinderen. Het enige minpuntje was het salaris, dat niet al te hoog was, maar waar ze zich wel van zouden kunnen redden.

Op weg naar huis kreeg Sarah ineens een ingeving. Ze reed door naar het Presidio om even bij zuster Maggie in het veldhospitaal langs te gaan. Ze vertelde haar over het sollicitatiegesprek dat ze net achter de rug had.

Maggie was heel blij voor haar. 'Fantastisch, Sarah!' Ze bewonderde Sarahs moed na alles wat ze had meegemaakt. Sarah had haar net ook verteld dat het huis was verkocht, dat zij en Seth uit elkaar waren en dat ze met haar kinderen in een flatje aan Clay Street was getrokken. Het was nog maar een paar dagen geleden dat ze elkaar voor het laatst hadden gesproken. Alles leek in een stroomversnelling terecht te zijn gekomen.

'Ik hoop echt dat ik die baan krijg. Ik heb het geld hard nodig.' Twee maanden geleden zou ze die woorden nooit in de mond hebben hoeven nemen. Dat zou ondenkbaar zijn geweest, zowel voor haar als voor Seth. Wat snel konden dingen toch veranderen. 'Ik draag dat ziekenhuis een warm hart toe. Ze hebben Molly's leven gered. Daarom organiseer ik die benefietavonden ook voor ze.'

Maggie herinnerde zich Sarahs speech nog, vlak voor de aardbeving, en Melanies optreden meteen daarna. 'Maar hoe gaat het nu tussen jou en Seth?' vroeg ze toen ze de mess in liepen voor een kop thee. Het was tegenwoordig wat minder druk in het Presidio. Een aantal bewoners, afkomstig uit buurten waar weer water en stroom was, was naar huis teruggegaan.

'Niet zo goed,' antwoordde Sarah eerlijk. 'Voordat het huis was verkocht, spraken we al nauwelijks meer met elkaar. Hij woont nu in een appartement op Broadway. Molly vraagt de hele tijd waar papa is.'

'Wat zeg je dan?' vroeg Maggie vriendelijk, terwijl ze met hun thee gingen zitten. Ze genoot van haar gesprekjes met Sarah. Sarah was een goed mens, en Maggie was blij dat ze haar als vriendin had, hoewel ze elkaar nog niet eens zo lang kenden. Maar Sarah had haar ziel en zaligheid voor haar blootgelegd en vertrouwde haar volkomen.

'Ik vertel haar zo veel mogelijk de waarheid. Dat papa nu niet bij ons woont. Daar lijkt ze genoegen mee te nemen. Hij komt ze dit weekend ophalen. Molly blijft dan een nachtje bij hem slapen, maar Oliver is daar nog te klein voor.' Ze zuchtte. 'Ik heb hem beloofd dat ik hem tijdens het proces zal steunen.'

'Wanneer is het?'

'In maart.' Dat was nog ver weg, negen maanden. Lang genoeg om het derde kind te kunnen krijgen dat ze zo graag met Seth had gehad, maar nu zou dat nooit meer gebeuren. Ze kon zich niet voorstellen dat ze weer bij elkaar zouden komen. Daarvoor was het verraad te groot geweest.

'Dat zal heel wat stress opleveren, voor jullie allebei,' merkte Maggie begripvol op. 'En hoe zit het met het vergeven? Ik weet dat dat heel moeilijk is, vooral in dit soort gevallen.'

Maggie was altijd vreselijk aardig, vond Sarah. 'Dat is waar,' beaamde ze zacht. 'Eerlijk gezegd geloof ik dat het me nog niet zo goed lukt. Ik ben soms zo kwaad en voel me zo gekwetst. Hoe heeft hij dat nou kunnen doen? We hadden zo'n mooi leven. Ik houd van hem, maar ik snap gewoon niet hoe hij zoiets heeft kunnen doen, dat hij zo oneerlijk heeft kunnen zijn. Hij heeft geen spatje integriteit.'

'Er moet ergens iets helemaal fout zijn gegaan in zijn hoofd. Hij heeft in elk geval een grove inschattingsfout gemaakt. En zo te horen zal hij daarvoor flink moeten boeten. Misschien dat dat al genoeg straf voor hem is. Dat hij jou en de kinderen kwijtraakt, zal wel de genadeklap zijn.'

Sarah knikte. Het probleem voor haar was dat zij ook moest boeten. Ze was haar man kwijt, en de kinderen hun vader. Maar het allerergste was nog dat ze geen greintje respect meer voor hem had en betwijfelde of ze hem ooit weer zou kunnen vertrouwen. Seth wist dat en had haar daarom de laatste dagen in hun huis nauwelijks durven aankijken. Haar gezicht sprak boekdelen. 'Ik wil niet per se rottig tegen hem doen, maar het is allemaal zo erg. Hij heeft ons hele leven opgeblazen.'

Maggie knikte en dacht even na. Het viel inderdaad moeilijk te begrijpen. Hebzucht waarschijnlijk. En de behoefte om meer te zijn dan hij was. Het was alsof er een of ander akelig karaktertrekje boven was komen drijven dat was veranderd in een stortvloed die alles met zich mee had genomen. Toch zag Sarah er beter uit dan Maggie had durven hopen. Ze voelde ineens de behoefte om ook iets over haar eigen problemen te vertellen, maar ze zou niet weten waar ze moest beginnen. Ze keek Sarah met haar grote blauwe ogen aan, en de jongere vrouw zag de bezorgde blik.

'Gaat het wel goed met je?' vroeg ze.

Maggie knikte. 'Min of meer. Ik heb soms ook zo mijn problemen.' Ze glimlachte. 'Zelfs nonnen hebben wel eens rare ideeën of doen maffe dingen. Soms vergeet ik wel eens dat we ook mensen zijn, met dezelfde zwakheden. Steeds als ik denk dat ik alles weet en dat ik een speciale lijn naar God heb, zet Hij het geluid uit en weet ik niet meer wat ik doe of waar ik ben. Dat herinnert me aan mijn menselijke zwakheden en maakt dat ik niet naast mijn schoenen ga lopen,' zei ze cryptisch. Toen begon ze te lachen. 'Sorry. Wat zeg ik nou toch allemaal?' Hoewel ze de laatste tijd erg in de war was, zich erg gekweld voelde, wilde ze Sarah niet met haar problemen opzadelen. Sarah had genoeg aan zichzelf. Bovendien was er toch niets te doen aan wat haar dwarszat. Dat wist ze al. Ze moest het zich gewoon uit het hoofd zetten. Ze had God en zichzelf beloofd dat ze dat zou doen.

Ze liepen weer terug naar het veldhospitaal. Sarah nam afscheid en beloofde snel weer eens langs te komen.

'Laat me even weten of je die baan hebt gekregen!' riep Maggie toen Sarah wegliep.

Sarah vroeg zich af of ze hem wel zou krijgen. Ze beschikte weliswaar over de juiste capaciteiten, maar het zat haar de laatste tijd niet echt mee. Misschien dat ze deze keer geluk zou hebben. Ze had die baan nodig. Op de cv's die ze had rondgestuurd voor het geval dat de baan in het ziekenhuis niets zou worden, was nog geen enkele reactie gekomen.

Ze reed terug naar Clay Street. Toen ze de flat binnenkwam, zag ze dat Parmani en de kinderen gelukkig al terug waren uit het park. Molly kwam opgetogen gillend op haar afrennen, en Oliver kroop breeduit grijnzend over de vloer naar zijn mama toe. Ze gooide hem in de lucht en ging daarna met hem op schoot op de bank zitten. Molly nestelde zich tegen hen aan, en niet voor het eerst bedacht Sarah dat haar kinderen het grootste geschenk van haar leven waren. Later, terwijl ze met het eten bezig was, dacht ze aan Maggie en aan hoe leuk het altijd was om haar te zien. Ze vroeg zich af wat voor probleem ze kon hebben. Hopelijk was het niet al te ernstig. Ze was zo'n lieve vrouw met zo'n mooie ziel dat Sarah zich bij haar geen problemen kon voorstellen die ze niet zelf kon oplossen. Maggie wist haar altijd zo goed te helpen. Soms waren een luisterend oor en een goed hart al genoeg, hoewel zuster Maggie nog veel meer had dan dat. Ze beschikte ook nog over wijsheid, liefde en gevoel voor humor.

Melanie had nog steeds last van haar enkel toen ze begin september terugkwam in L.A. Ze had er de hele twee maanden durende tournee last van gehad. In New Orleans was ze nog een keer naar de dokter geweest, en later ook nog met Tom toen hij in New York was langsgekomen. Beide orthopedisten hadden gezegd dat de enkel vanzelf zou helen. Op haar leeftijd genazen de meeste dingen snel, maar twee maanden lang al die podia op en af springen en het hele land doorkruisen voor een of twee optredens per stad was zelfs haar zwaar gevallen. In Los Angeles ging ze naar haar eigen dokter, die zei dat het met haar enkel eigenlijk al een stuk beter had moeten gaan. Hij zei dat ze te hard werkte, maar daarmee vertelde hij haar niets nieuws. Ze had hem beschreven hoe de afgelopen maanden waren verlopen en wat ze precies deed op zo'n tournee. Hij was erg geschrokken. Ze droeg nog steeds haar zwarte laars, omdat haar enkel nog niet was geheeld, en de laars zorgde in elk geval voor enige verlichting en beschermde haar tegen verdere schade. Alleen als ze haar laars droeg, had ze geen pijn. Op het podium, of op haar gewone dagelijkse schoenen, zelfs als ze plat waren, had ze altijd vreselijk veel pijn aan haar enkel.

Tom was bezorgd toen ze hem op weg naar huis belde. 'Wat zei hij?'

'Dat ik vakantie moet nemen of misschien zelfs maar beter

helemaal kan stoppen,' zei ze plagend. Ze vond het heerlijk dat Tom zo zorgzaam was. Jake was zo'n klootzak geweest. Tom wilde altijd alles over haar weten, zelfs wat de dokter had gezegd nadat er weer een foto was gemaakt. 'Hij zei dat er nog steeds een breuk te zien is,' vervolgde ze serieus, 'en dat ik het echt rustig aan moet doen, anders moet ik geopereerd worden en krijg ik pinnen in mijn voet. Dus ik denk dat ik maar kies voor rustig aan doen. Bovendien heb ik op dit moment toch haast niks te doen.'

Tom lachte. 'Sinds wanneer heb jij niks te doen?' Ze had hem verteld dat ze al het achterstallige papierwerk dat op haar bureau lag, had afgehandeld toen ze gisteren thuis was gekomen. Melanie had het altijd druk, en hij maakte zich zorgen om haar.

Toen ze thuiskwam, stelde haar moeder dezelfde vragen over haar enkel. Het enige wat Melanie haar vertelde, was dat de dokter had gezegd dat het wel goed kwam als ze maar rustig aan deed en niet weer meteen op tournee ging.

'Ik vraag me af of het wel goed komt,' zei haar moeder terloops. 'Je enkel lijkt iedere keer nog even dik als ik ernaar kijk. Heb je dat wel tegen de dokter gezegd? Je kunt niet eens hoge hakken dragen.'

Melanie keek haar schaapachtig aan. 'Dat ben ik vergeten.'

'En dat noemt zich volwassen,' zei Janet. Wat haar betrof hoefde Melanie trouwens ook helemaal niet volwassen te zijn op haar twintigste. In sommige opzichten was ze nog een kind. Dat was een deel van haar charme. Bovendien had ze een hele horde mensen om zich heen die zich om haar bekommerde. Maar in andere opzichten was Melanie ouder dan haar leeftijd, omdat ze hard en gedisciplineerd had gewerkt voor haar carrière. Ze was tegelijkertijd een vrouw van de wereld en een betoverend kind. Haar moeder had het liefst dat ze altijd kind bleef, dat gaf haar macht. Maar ondanks al Janets pogingen om het tegen te houden, was Melanie bezig uit te groeien tot een zelfstandige vrouw.

Melanie probeerde goed voor haar enkel te zorgen. Ze ging naar fysiotherapie, deed braaf haar oefeningen en zat 's avonds met haar voet in een teiltje water. Het ging al iets beter, maar ze durfde geen plateauzolen of hoge hakken te dragen en wanneer ze tijdens een repetitie te lang stond, speelde haar enkel weer op. De pijn herinnerde haar er continu aan dat haar werk zijn tol eiste en dat het allemaal niet zo eenvoudig was. Ze had de hele zomer opgetreden met een kapotte enkel. Ze was er 's avonds mee op het podium gegaan, was steeds onderweg geweest en had moeten doen alsof het fantastisch met haar ging, of op zijn minst prima, zelfs als dat niet zo was.

Op een nacht, toen ze wakker lag, dacht ze over dat alles na, met haar zere enkel, en 's morgens hing ze meteen aan de telefoon. Sinds ze op die dag in mei uit het Presidio was weggegaan, liep ze al met de naam en het nummer in haar portemonnee rond. Ze maakte een afspraak voor de volgende middag, ging er in haar eentje naartoe en vertelde aan niemand waar ze mee bezig was.

De man met wie ze een afspraak had, was klein en rond, kaal, en had de vriendelijkste ogen die ze ooit had gezien, op die van Maggie na dan. Ze spraken lang met elkaar. En toen Melanie terugreed naar Hollywood, huilde ze. Het waren tranen van liefde, van vreugde en van opluchting. Ze had antwoorden nodig gehad, en alles wat hij had geopperd was goed geweest. En de vragen die hij haar over haar leven had gesteld, waren voer voor verder nadenken. Die dag nam ze slechts één beslissing. Ze wist niet of ze het kon, maar ze had hem en zichzelf beloofd dat ze het zou proberen.

'Is er iets, Mel?' vroeg Tom toen hij haar die avond kwam afhalen om samen uit eten te gaan. Ze gingen naar een sushitent die ze allebei leuk vonden. Het was er rustig, mooi en het eten was lekker. Er hing een serene Japanse sfeer, en Melanie keek hem over de tafel heen glimlachend aan.

'Ja, maar het is iets leuks. Geloof ik.' Ze vertelde hem over het gesprek dat ze die middag had gevoerd met pater Callaghan. Ze zei dat Maggie haar zijn naam en nummer had gegeven toen ze het samen over vrijwilligerswerk hadden gehad. Hij runde twee weeshuizen in L.A. en een missiepost in Mexico, en was maar een deel van het jaar in L.A. Ze had hem precies op het goede moment gebeld, want morgen ging hij alweer weg.

Ze vertelde Tom over het werk dat hij in Mexico deed, vooral met kinderen die in de steek waren gelaten, jonge meisjes die hij uit bordelen redde, jongens die al sinds hun zevende of achtste drugs verkochten. Hij gaf hun onderdak, eten, liefde en zorgde ervoor dat het met hun leven weer de goede kant uit ging. Er was ook een opvanghuis voor mishandelde vrouwen, en hij was bezig met het opzetten van een ziekenhuis voor aidspatiënten. In Los Angeles werkte hij met hetzelfde soort mensen, maar zijn hart lag bij wat hij in Mexico deed. Hij werkte daar al meer dan dertig jaar. Melanie had hem gevraagd wat ze kon doen om hem te helpen. Ze had zich willen aanbieden als vrijwilligster in L.A. en had verwacht dat hij haar misschien zou vragen om een cheque uit te schrijven voor de missiepost in Mexico. In plaats daarvan had hij naar haar geglimlacht en haar uitgenodigd om hem daar te komen opzoeken, eraan toevoegend dat het voor haar misschien ook wel goed zou zijn. Misschien dat ze daar de antwoorden zou vinden op de vragen waarover ze hem had verteld. Ze had tegen hem gezegd dat ze eigenlijk alleen maar dankbaar kon zijn, ze had alles wat haar hartje begeerde: succes, roem, geld, goede vrienden, trouwe fans, een moeder die alles voor haar deed, of ze dat nu wilde of niet, en een fantastische vriend, een echt goed mens van wie ze hield.

'Dus waarom ben ik dan toch zo ongelukkig?' had ze aan de priester gevraagd, terwijl de tranen haar over de wangen stroomden. 'Soms haat ik wat ik doe. Ik heb het gevoel dat iedereen de baas over me is, dat ik alles moet doen wat ze willen, voor hen... En ik heb ook al drie maanden last van die stomme enkel van me. Ik heb er de hele zomer mee doorgewerkt, en nou lijkt hij niet meer te herstellen. En mijn moeder is kwaad op me omdat ik geen hoge hakken aan kan op het podium en ze zegt dat ik er stom uitzie.' De woorden tuimelden eruit, zoals blokken uit de kiepauto van een kind. Haar gedachten buitelden alle kanten uit. Ze herkende ze, bijna, maar kon er geen kaas van maken. Ze kon haar vragen niet ombuigen in iets positiefs.

'Maar wat wil jij, Melanie?' vroeg pater Callaghan haar vriendelijk. 'Vergeet even wat de anderen willen, je moeder, je impresario, je vriend. Wat wil Melanie?'

'Als ik later groot ben, wil ik verpleegster worden,' flapte ze eruit.

'Ik wilde vroeger brandweerman worden, maar uiteindelijk ben ik priester geworden. Soms slaan we andere wegen in dan we van onszelf hadden verwacht.' Hij vertelde dat hij eerst nog een tijdje bouwkunde had gestudeerd voordat hij priester was geworden, waar hij nog steeds profijt van had wanneer ze nieuwe gebouwen neerzetten in de Mexicaanse dorpen waar hij nu werkte. Hij zei niet dat hij ook afgestudeerd psycholoog was, waar hij nog meer aan had, zelfs nu, bij zijn gesprek met haar. Hij was franciscaan, wat goed paste bij het werk dat hij deed, maar hij had gespeeld met de gedachte om jezuïet te worden. Hij hield van de intellectuele kant van zijn jezuïtische broeders en zodra de kans zich voordeed, voerde hij verhitte debatten met hen. 'Je hebt een prachtcarrière, Melanie. Je bent gezegend. Je beschikt over een enorm talent en ik heb het gevoel dat je ook geniet van je werk, soms wel tenminste, als je niet hoeft op te treden met een zere enkel en niet het idee hebt dat je wordt uitgebuit.' Op haar manier verschilde ze niet veel van de meisjes in Mexico die hij uit bordelen redde. Melanie was ook door te veel mensen gebruikt. Alleen werd ze er beter voor betaald en waren de kostuums duurder. Maar hij voelde gewoon dat iedereen, haar moeder inbegrepen, haar probeerde uit te melken. Maar Melanie had niets meer te geven. Dat was begonnen tijdens de laatste tournee, en het enige wat ze nu nog wilde, was weglopen en zich verstoppen. Ze wilde andere mensen helpen, weer voelen wat ze had gevoeld toen ze na de aardbeving in het Presidio had gewerkt. Dat was voor haar een periode van openbaring en transformatie geweest, en daarna had ze weer terug gemoeten naar het echte leven.

'En wat als je allebei zou kunnen doen? Het werk doen waarvan je houdt, zolang het tenminste niet te overweldigend wordt, en misschien alleen op jouw voorwaarden. Misschien moet je proberen om de controle over je leven weer terug te krijgen. Neem de tijd om daar eens over na te denken. En besteed ook een gedeelte van je tijd aan het helpen van anderen, van mensen die je echt nodig hebben, zoals de aardbevingsslachtoffers die je samen met zuster Maggie hebt geholpen. Misschien dat je leven dan meer in evenwicht raakt. Je hebt mensen veel te geven, Melanie. En je zult verbaasd staan over wat je ervoor terugkrijgt van hen.'

Op dit moment gaf niemand haar wat, behalve Tom dan. Ze voelde zich leeggezogen. 'Bedoelt u met u werken in L.A. of op uw missiepost in Mexico?' Ze vroeg zich af waar ze de tijd vandaan moest halen. Haar moeder had altijd plannen voor haar: interviews, repetities, opnames, concerten, benefietoptredens, optredens bij speciale gelegenheden. Ze had helemaal niets te zeggen over haar leven en over wat ze met haar tijd deed.

'Dat zou kunnen. Als je dat wilt. Maar je moet het niet voor mij doen. Met je muziek maak je ook al heel veel mensen gelukkig. Het is nu aan jou, Melanie. Ga in de rij staan, loop naar het loket en ga je kaartje halen. Het ligt al voor je klaar. Niemand kan dat van je afpakken. Laat niet door anderen bepalen waar je naartoe gaat. Haal je kaartje, kies zelf je bestemming en geniet ervan. Het leven is veel leuker dan jij jezelf toestaat. En niemand mag dat kaartje van je afpakken, Melanie. Zij zijn nu eens niet aan de beurt, jij bent aan de beurt.' Hij glimlachte naar haar, en terwijl ze naar hem zat te luisteren, wist ze ineens wat ze wilde.

'Ik wil met u mee naar Mexico,' fluisterde ze. Ze wist dat er voor de komende drie weken niets belangrijks gepland was. Alleen een paar interviews en een fotoshoot voor een modeblad. In september en oktober zat ze in de studio en daarna was er een benefietoptreden. Dat waren echter geen van alle dingen die niet verzet of afgezegd konden worden. Plotseling wist ze dat ze hier weg moest, en het zou haar enkel misschien ook wel goeddoen een tijdje te stoppen met werken in plaats van te proberen op hoge hakken rond te strompelen om haar moeder een plezier te doen. Het werd haar ineens allemaal te veel. En pater Callaghan liet haar een uitweg zien. Ze wilde doen wat hij zei, ze wilde haar eigen keuzes maken. In haar hele leven had ze nog nooit gedaan wat ze zelf wilde. Ze deed wat haar moeder wilde, wat iedereen van haar verwachtte. Ze was altijd het volmaakte lieve, kleine meisje geweest, maar ze was het ineens spuugzat. Ze was twintig en wilde voor de verandering eens een keertje iets doen wat betekenisvol was voor haar. En ze had het gevoel dat dit het was. 'Kan ik niet een tijdje op een van uw missieposten logeren?' vroeg ze.

Hij knikte. 'Je kunt in ons huis voor tienermeisjes wonen. De meesten van hen zijn verslaafde prostituees geweest. Dat zou je niet zeggen als je die engeltjes nu ziet. Maar het zou ze goeddoen als je wat tijd aan hen besteedde. En jou ook.'

'Hoe kan ik contact met u opnemen als u daar bent?' vroeg ze ademloos. Haar moeder zou haar vermoorden als ze dit deed. Alhoewel, misschien probeerde ze het wel om te buigen in een groots mediagebeuren. Dat deed ze namelijk altijd.

'Mijn mobieltje doet het gewoon, maar ik zal je nog wat nummers geven.' Hij schreef ze voor haar op. 'Als het je nu niet lukt om naar Mexico te komen, dan kan het ook over een paar maanden, in de lente bijvoorbeeld. Voor iemand met jouw leven is dit natuurlijk kort dag. Ik ben er zelf tot na kerst, maar je bent altijd welkom en je mag blijven zolang je wilt. Er zal altijd een bed voor je klaarstaan, Melanie.'

'Ik kom nu,' zei ze vastbesloten, in het besef dat er nu echt wat moest gebeuren. Ze kon niet eeuwig doorgaan met het haar moeder naar de zin maken. Ze moest ook haar eigen beslissingen durven nemen. Ze had er genoeg van om de dromen van haar moeder te moeten leven, of beter gezegd: haar droom te zijn. Ze had haar eigen dromen nodig. En dit was een goed moment om ermee te beginnen.

Diep in gedachten verzonken nam ze afscheid. Pater Callaghan omhelsde haar en tekende toen met zijn duim een kruisje op haar voorhoofd. 'Pas goed op jezelf, Melanie. Ik hoop dat je komt. Zo niet, dan neem ik wel weer contact op zodra ik terug ben. Laat af en toe iets van je horen.'

'Dat zal ik doen,' beloofde ze. De hele terugweg dacht ze erover na. Ze wist wat ze wilde, ze wist alleen niet of het haar zou lukken, al was het maar voor een paar dagen. Maar ze wilde langer gaan, misschien zelfs wel een paar maanden.

Terwijl ze sushi aten, vertelde ze Tom erover. Hij leek diep onder de indruk en ook verbaasd, een verbazing die al snel omsloeg in bezorgdheid.

'Je gaat toch niet in het klooster, hè?'

Ze zag de paniek in zijn ogen, maar toen ze lachend haar hoofd schudde, veranderde de paniek in opluchting. 'Nee, echt niet. Daar ben ik een te slecht mens voor. Bovendien kan ik jou niet missen.' Over de tafel heen pakte ze zijn hand beet. 'Ik wil dit gewoon een tijdje doen, mensen helpen, mijn hoofd leegmaken, niet meer die druk voelen van al mijn verplichtingen. Ik weet niet of ze me zullen laten gaan, en mijn moeder krijgt vast een rolberoerte. Maar ik heb het gevoel dat ik even weg moet om uit te zoeken wat echt belangrijk voor me is, behalve jij en mijn werk dan. Pater Callaghan zegt dat ik mijn carrière heus niet hoef op te geven om anderen te helpen, hij zegt dat ik mensen ook hoop en vreugde schenk met mijn muziek. Maar ik wil zo graag een tijdje iets echts doen, net zoals in het Presidio.'

Tom was het er meteen mee eens. 'Ik vind het een fantastisch idee,' zei hij. Hij vond haar er al oververmoeid uitzien sinds ze terug was van haar tournee, en bovendien wist hij dat ze nog steeds last had van haar enkel. Dat was ook geen wonder. Ze had er drie maanden mee doorgelopen, ze had ermee gedanst op het podium, had 's nachts een pil geslikt, had cortisoninjecties genomen alsof ze een voetballer was die dacht dat hij zijn lichaam voor de gek kon houden en gewoon kon doorspelen. Tom wist dat ze onder enorm veel druk stond en ook dat ze een hoge tol betaalde voor haar roem. Hem leek het bijna niet te doen, en hij vond het dan ook een goed idee wanneer ze een tijdje naar Mexico ging. Dat zou goed zijn voor haar lichaam en haar geest. Wat haar moeder ervan zou vinden, was een tweede. Hij kende Janet inmiddels goed en wist dat ze de baas was over het leven van haar dochter. Ze tolereerde hem nu wel en vond hem soms zelfs aardig, maar ze hield haar dochter nog steeds strak aan de leiband. Ze beschouwde Melanie als een marionet waarvan zij de touwtjes in handen had. Alles wat dat dreigde te verstoren, moest meteen uit hun leven verbannen worden. Tom zorgde ervoor dat hij haar niet kwaad maakte en hij zei ook nooit wat over de overweldigende invloed die ze over Melanies leven uitoefende. Hij ging ervan uit dat dat toch niet lang meer kon duren. Maar hij wist dat Janet woest zou worden als Melanie haar vrijheid opeiste. Janet wilde haar macht niet afstaan, al helemaal niet aan Melanie zelf. En Melanie wist dat ook.

'Ik denk dat ik alles eerst gewoon ga regelen en het haar dan pas vertel. Dan kan ze me niet meer tegenhouden. Ik moet mijn impresario en manager zover zien te krijgen wat dingen voor me af te zeggen, zonder dat mijn moeder erachter komt. Ze wil dat ik overal ja op zeg, ze denkt alleen maar aan de publiciteit die het oplevert. Zolang ik maar op de omslag sta. Ze bedoelt het best goed, maar ze snapt soms niet dat het me gewoon te veel wordt. Ik mag ook niet klagen, want zonder haar was het me nooit gelukt. Ze had dit allemaal al in haar hoofd sinds ik heel jong was. Ik wil het alleen veel minder graag dan zij het wil. Ik wil kunnen kiezen en niet blindelings alles doen wat zij wil. En dat is veel, hoor!' Ze grijnsde naar hem.

Hij wist dat ze gelijk had. Sinds mei had hij het allemaal van dichtbij meegemaakt. Hij werd er plaatsvervangend moe van. Terwijl hij toch net zoveel energie had als zij. Maar hij had geen enkel gebroken bij een optreden in Las Vegas. Dat had ook zijn tol geëist. Melanie zag er al maanden vermoeid uit, maar na haar gesprek met de priester leek ze weer helemaal op te leven.

'Je komt me toch wel opzoeken in Mexico?' vroeg ze hoopvol.

Hij knikte glimlachend. 'Natuurlijk. Ik ben trots op je, Mellie. Volgens mij zul je het er erg leuk vinden, als het je allemaal lukt.' Ze wisten allebei dat haar moeder een geduchte tegenstander was die zich bedreigd zou voelen bij de minste of geringste uiting van zelfstandigheid bij haar dochter. Melanie zou het niet gemakkelijk krijgen. Het was de eerste keer dat ze helemaal zelf een belangrijke beslissing nam. En dit was een belangrijke beslissing, vooral omdat hij helemaal niets met haar carrière te maken had. Dat zou Janet nog meer angst inboezemen. Ze wilde niet dat Melanie haar doelen uit het oog verloor, of beter gezegd, haar moeders doel. Melanie mocht zelf geen dromen hebben, alleen die van haar moeder. Dat ging nu veranderen. En die verandering zou haar moeder doodeng vinden.

Op weg naar huis hadden ze het er nog steeds over. Janet was er niet toen ze thuiskwamen, en ze gingen meteen door naar Melanies kamer en deden discreet de deur op slot. Ze bedreven de liefde en keken daarna in bed naar films op tv. Haar moeder vond het niet erg wanneer hij af en toe een nachtje bleef slapen, hoewel ze niet wilde dat hij bij Melanie introk. Dat wilde ze niet voor zichzelf, maar ook niet voor Melanie. Wie Melanie ook mee naar huis nam, zolang de jongeman in kwestie niet al te brutaal werd of te veel invloed op haar uitoefende, wilde Janet zijn bestaan wel tolereren. Tom was slim genoeg om zich discreet te gedragen en nooit de confrontatie met haar aan te gaan.

Uiteindelijk besloot hij om twee uur 's nachts naar huis te gaan, omdat hij morgen weer vroeg op zijn werk moest zijn.

Melanie sliep al bijna toen hij wegging en afscheid nam. Ze glimlachte slaperig en kuste hem. De volgende ochtend was ze vroeg wakker en ze begon meteen te bellen om haar plannen ten uitvoer te brengen. Ze eiste geheimhouding van haar impresario en manager, die allebei zeiden dat ze hun best zouden doen om afspraken te verzetten of af te zeggen, afspraken die bijna allemaal door haar moeder waren gemaakt. Ze waarschuwden haar dat haar moeder het snel genoeg te horen zou krijgen, op welke manier dan ook, en Melanie zei dat ze het haar heus wel zou vertellen, maar pas wanneer ze onder al haar verplichtingen uit was, zodat Janet er niets meer aan zou kunnen veranderen. Haar manager zei tegen haar dat haar verblijf in Mexico het goed zou doen in de media, als ze haar reisje een beetje zou willen uitbuiten.

'Nee!' zei Melanie vastberaden. 'Daar gaat het nou net om. Ik wil weg van al die shit. Ik heb tijd nodig om te ontdekken wie ik ben en wat ik wil.'

'O jezus, je denkt er toch niet over om er helemaal mee op te houden, hè?' vroeg haar impresario. Janet zou hen allemaal vermoorden als dat gebeurde. Diep vanbinnen was ze niet slecht, maar ze wilde nu eenmaal dat haar dochters carrière het grootste evenement ter wereld zou zijn sinds de geboorte van Christus. Ze hield van Melanie, maar ze leefde via haar. Haar impresario vond het goed dat Melanie de navelstreng probeerde door te snijden. Vroeg of laat moest dat toch gebeuren, en het was goed voor haar. Hij had het al zien aankomen. Het probleem was alleen dat Janet het niet zag en dat ze boven op die navelstreng zat. Niemand mocht hem aanraken. Toch had Melanie het recht dat wel te doen. 'Hoe lang denk je dat je wegblijft?'

'Misschien tot kerst. Ik weet dat we op oudejaarsavond een concert in Madison Square Garden in New York hebben. Dat wil ik niet afzeggen.'

'Gelukkig.' Hij klonk opgelucht. 'Want dan had ik mezelf waarschijnlijk net zo goed meteen kunnen verhangen. Maar tot dan zijn het eigenlijk allemaal kleine dingetjes. Ik ga er meteen achteraan,' beloofde hij.

Twee dagen later hadden haar impresario en haar manager allebei gedaan wat ze hadden beloofd. Melanie was helemaal vrij tot twee weken na Thanksgiving. Een paar dingen waren verzet en andere gewoon afgezegd, met de belofte er later nog eens op terug te komen. Niets ervan was echt belangrijk. Dit was het volmaakte moment om het te doen. Het enige wat ze misliep, was de media-aandacht die hoorde bij de feesten en benefietavonden waarvoor ze was uitgenodigd. En je wist van tevoren toch nooit hoe groot die zou zijn. Janet wilde altijd dat ze overal kwam opdraven. En Melanie had dat ook altijd gedaan. Tot nu toe dan.

Zoals te verwachten viel, kwam Janet twee dagen nadat alle afspraken waren afgezegd Melanies kamer binnendrentelen. Niemand had nog iets aan haar verteld, en Melanie had tegen Tom gezegd dat ze het haar die avond zou vertellen. Ze was van plan de maandag erop te vertrekken en had al een vlucht geboekt. Het weekend voor haar vertrek wilde ze met Tom doorbrengen. Hij stond voor de volle honderd procent achter haar. En hij was van plan haar zo vaak mogelijk te komen opzoeken. Hij vond het fantastisch wat ze ging doen en dacht erover om zelf ook een tijdje als vrijwilliger te gaan werken. Net als zij voelde hij de behoefte om zijn medemens te helpen en wilde hij een serieuze carrière combineren met de humanitaire tradities waar hij rotsvast in geloofde.

Hoewel drie maanden niet zo vreselijk lang was, zei hij dat hij haar zou missen. Maar wat ze samen hadden, was zo stevig en goed dat het wel bestand was tegen hun respectievelijke verplichtingen. Hun relatie ontwikkelde zich nog steeds in sneltreinvaart en was voor hen allebei iets fantastisch. Ze waren allebei aardig, sociaal, intelligent en behulpzaam en vonden allebei dat ze geluk hadden gehad dat ze elkaar hadden gevonden. In heel veel opzichten leken ze op elkaar en ze inspireerden elkaar op een opbouwende manier. Hun wereld was groter geworden nu ze elkaar hadden. Tom was van plan om zelf ook een week of twee vrij te nemen om samen met haar op de Mexicaanse missiepost vrijwilligerswerk te gaan doen, als zijn baas daarvoor toestemming zou geven. Hij vond het heerlijk met kinderen te werken en had zich vroeger op de middelbare school aangemeld bij de Big Brotherorganisatie die ervoor zorgde dat kansarme leerlingen door iets oudere medescholieren werden geholpen. Hij had nog steeds contact met de twee jongens van wie hij Big

Brother was geweest. Dus dat in Mexico was precies iets voor hem. Als kind had hij altijd bij het Peace Corps gewild, maar uiteindelijk had hij voor een andere carrière gekozen. Maar hij was wel jaloers op wat Melanie in Mexico ging doen en was er zelf ook het liefst drie maanden naartoe gegaan.

'Dat is gek,' mompelde Janet, met een blik op de stapel papieren in haar hand. 'Ik kreeg net een fax met de bevestiging dat je interview met *Teen Vogue* is afgezegd. Hoe kan dat nou?' Ze schudde haar hoofd en keek haar dochter geërgerd aan. 'En vanochtend kreeg ik een e-mail van de organisatie van het darmkankerbenefiet, waarin ze zeggen dat ze hopen dat je het volgend jaar wilt doen. Maar dat zou al over twee weken zijn. Zo te horen hebben ze je gedumpt voor iemand anders. Ze zeiden dat Sharon Osbourne het nu doet. Misschien vonden ze je te jong. Hoe dan ook, je kunt je maar beter weer wat vaker laten zien, schat, want je weet wat dit betekent: ze beginnen je te vergeten, en dat terwijl je net een tournee van twee maanden achter de rug hebt. Hoog tijd dat je weer voor wat media-aandacht zorgt.' Ze glimlachte naar Melanie die op bed tv lag te kijken.

Melanie had net liggen denken wat ze zou inpakken voor haar reisje naar Mexico. Niet veel. En er lagen een stuk of vijf boeken over Mexico op bed, wat haar moeder wonderbaarlijk genoeg helemaal ontging. Ze keek naar haar moeder en besloot dat dit het moment was om het haar te vertellen. Wanneer ze het ook deed, het zou niet gemakkelijk worden. De spreekwoordelijke bom zou sowieso barsten.

'Eh, nou, mama,' begon ze toen ze zag dat haar moeder weer weg wilde gaan. 'Ik heb die twee dingen zelf afgezegd... en ook nog wat andere dingen... Ik ben nogal moe, het leek me een goed idee er een paar weken tussenuit te gaan.' Ze had zichzelf lopen afvragen of ze haar moeder meteen zou vertellen hoe lang ze wegbleef of dat ze dat beter stukje bij beetje kon doen. Daar was ze nog niet uit. Maar iets moest ze haar vertellen, want ze stond op het punt om te vertrekken.

Janet bleef als door een wesp gestoken staan en draaide zich fronsend om naar Melanie op haar roze satijnen bed. 'Wat zeg je daar, Mel? Hoe bedoel je, een paar weken ertussenuit?' Ze keek alsof Melanie haar net had verteld dat ze hoorns of vleugels had gekregen.

'Nou ja, je weet wel… mijn enkel. Ik heb er echt last van. Ik dacht gewoon… je weet wel… dat het misschien wel eens goed was om een tijdje weg te gaan.'

'Je hebt afspraken afgezegd zonder dat aan mij te vragen?'

Melanie zag aan haar moeders gezicht dat de uitbarsting niet ver weg meer was.

'Ik was wel van plan om het er met je over te hebben, mama, maar ik wilde je niet lastigvallen. De dokter zei dat mijn enkel rust nodig heeft.'

'Is dit soms Toms idee?' Haar moeder wierp haar een woedende blik toe, terwijl ze probeerde te ontdekken wie de boosdoener was die Melanie zover had gekregen om twee afspraken af te zeggen zonder eerst haar te raadplegen. Ze wilde weten wie er zo'n slechte invloed op haar dochter had.

'Nee, mama. Ik wil het zelf. Ik ben moe van die tournee. Dat benefiet wilde ik al helemaal niet doen, en dat interview met *Teen Vogue* kan altijd nog een andere keer. Ze vragen ons daar toch continu voor.'

'Daar gaat het nu niet om, Melanie,' zei haar moeder, terwijl ze met een woedende blik naar het bed kwam lopen. 'Jij zegt geen afspraken af. Je komt naar mij toe en dan doe ik dat voor je. En je kunt ook niet zomaar van de aardbodem verdwijnen omdat je moe bent. Je moet je gezicht blijven laten zien.'

'Mijn gezicht staat op een miljoen cd-hoesjes, mama. Ze zullen me heus niet vergeten omdat ik een paar weken weg ben of niet aan een benefiet meedoe. Ik heb gewoon wat tijd voor mezelf nodig.'

'Waar heb je het over? Ik durf te wedden dat Tom hierachter zit. Die jongen hangt hier de hele tijd rond. Hij wil je waarschijnlijk helemaal voor zichzelf hebben. Hij is jaloers op je. Hij snapt niet – en jij trouwens ook niet – wat het inhoudt om zo'n carrière als die van jou te hebben en wat je moet doen om aan de top te blijven. Je kunt niet maar een beetje op bed blijven liggen niksdoen of tv-kijken of met je neus in een stapel boeken zitten. Je moet je laten zien, Mel. En ik weet niet waar je die paar weken van plan was naartoe te gaan, maar je zult het moeten afzeggen. Ik vertel je wel wanneer je vrijaf kunt nemen. Het gaat prima met je. En nou ophouden met dat luie gedoe en al dat zelfmedelijden. Jezus, het is maar een klein scheurtje in die enkel, hoor. Bovendien is het al vier maanden geleden gebeurd. Aan de slag, Mel. Ik zal *Teen Vogue* voor een nieuwe afspraak bellen. Dat van dat benefiet laat ik maar zitten, want ik wil Sharon niet kwaad maken. Maar waag het niet ooit nog afspraken af te zeggen! Heb je me gehoord?'

Janet trilde van woede, en Melanie van ontzetting. Ze werd gewoon misselijk als ze haar moeder zo hoorde. Janet dacht echt dat haar dochter haar bezit was. Of haar bedoelingen nu goed of slecht waren, Melanie wist dat de constante controle door haar moeder haar leven zou verpesten als ze het nog langer liet doorgaan.

'Ja, ik heb je gehoord, mama,' zei ze kalm, 'en ik vind het jammer dat je er zo over denkt. Maar dit is iets wat ik voor mezelf moet doen.' Ze beet door de zure appel heen en nam een sprong in het diepe. 'Ik ga naar Mexico, tot na Thanksgiving. Maandag vertrek ik.' Ze kromp bijna ineen toen ze het zei. Hoewel ze wel vaker grote aanvaringen hadden gehad wanneer Melanie probeerde haar eigen beslissingen te nemen of iets van onafhankelijkheid op te eisen, was het nog nooit zo erg geweest als nu.

'Wat! Ben je wel goed bij je hoofd? En die duizenden verplichtingen dan die je hebt tot die tijd? Je gaat helemaal nergens heen, Melanie, alleen als ik het zeg. Hoe kom je erbij om mij een beetje te gaan vertellen wat jij zult doen. Laten we niet vergeten door wie je zover bent gekomen.'

Dat was door haar stem, en met haar moeders hulp, maar toch was het wreed om dat te zeggen, en het kwam hard aan bij Melanie. Dit was de eerste keer dat ze tegen haar moeder in opstand kwam, en het was verre van aangenaam. Het liefst zou ze onder de dekens kruipen en huilen, maar dat deed ze niet. Ze hield voet bij stuk. Dat moest. En er was niks mis met wat ze ging doen. Ze weigerde zich een schuldgevoel te laten aanpraten alleen maar omdat ze even tijd voor zichzelf wilde.

'Ik heb de andere boekingen geannuleerd,' vertelde ze eerlijk.

'Wie heeft dat gedaan?'

'Ik.' Ze wilde niet dat haar impresario en manager in de problemen kwamen, dus nam ze zelf de schuld op zich. Zij had hun de opdracht gegeven, en daar ging het om. 'Ik moet er echt even tussenuit, mam. Het spijt me als je daardoor van streek raakt, maar voor mij is het belangrijk.'

'Wie gaat er met je mee?' Janet zocht nog steeds naar de schuldige, degene die de macht van haar had gestolen.

Maar dat was alleen de tijd. Melanie was eindelijk volwassen geworden en wilde op zijn minst een beetje controle over haar eigen leven. Dat had er al een tijdje aan zitten komen. En misschien had Toms liefde haar ook geholpen.

'Niemand. Ik ga in mijn eentje, mama. Ik ga op een katholieke missiepost werken waar ze kinderen opvangen. Ik wil dat graag. Ik beloof je dat ik terugkom en dan weer keihard aan het werk ga. Laat me dit nou gewoon doen zonder dat je je verstand verliest.'

'Ik ben niet degene die zijn verstand heeft verloren, maar jij,' schreeuwde Janet tegen haar.

Melanie had haar stem geen enkele keer verheven, uit respect voor haar moeder.

'Als het voor een paar dagen is, kunnen we er een media-evenement van maken,' zei Janet ineens hoopvol. 'Maar drie maanden kan echt niet. Jezus, Melanie, hoe kom je daar nou bij?' Toen bedacht ze nog wat. 'Zit die kleine non uit San Francisco hier soms achter? Ik vond haar al een echte gluiperd. Je moet oppassen voor dat soort, Melanie. Voor je het weet haalt ze je over om ook het klooster in te gaan. En je kunt haar nu al vertellen dat ik haar eigenhandig vermoord als ze dat soms in gedachten heeft!'

Melanie moest glimlachen toen ze aan Maggie dacht, wat voor onaardige dingen haar moeder ook zei. 'Nee, ik heb hier met een priester gepraat.' Ze vertelde er niet bij dat ze zijn naam van Maggie had gekregen. 'Hij runt een fantastische missiepost in Mexico. Ik wil daar gewoon naartoe, even weg van alles, en als ik dan weer terug ben, zal ik heel hard aan de slag gaan. Echt.'

'God, je doet het voorkomen alsof ik misbruik van je maak.' Haar moeder begon ineens te huilen, terwijl ze zich op de rand van het bed liet zakken.

Melanie sloeg haar armen om haar heen. 'Ik hou van je, mam. Ik ben je echt dankbaar voor alles wat je voor mijn carrière hebt gedaan. Alleen wil ik op dit moment van mijn leven iets meer dan dat.'

'Het komt allemaal door die aardbeving.' Janet schudde snikkend haar hoofd. 'Je hebt last van posttraumatische stress. God, dat zou een mooi verhaal voor *People* zijn, hè?'

Melanie begon te lachen. Haar moeder was gewoon een karikatuur van zichzelf. Ze had het hart op de goede plek, maar ze kon maar aan één ding denken: hoe krijgen we nog meer publiciteit voor Melanie. Het liefst zou ze haar carrière nog groter maken dan die al was, maar dat zou moeilijk worden. Melanie had al haar doelen al bereikt, en toch kon haar moeder haar niet loslaten, liet ze haar niet haar eigen leven leiden. Daar kwam het probleem in het kort op neer. Ze wilde Melanies leven leiden, niet dat van haar.

'Waarom ga jij er ook niet even tussenuit, mam? Naar een kuuroord of zo. Of naar Londen of Parijs met wat vriendinnen. Je kunt je niet de hele tijd met mij bezighouden. Dat is niet gezond. Voor geen van ons beiden.'

'Maar ik hou van je,' jammerde Janet. 'Je beseft niet wat ik allemaal voor je heb opgegeven... Ik had zelf carrière kunnen maken, maar ik heb me op die van jou gericht... Ik heb altijd alleen maar het beste met je voorgehad.'

Het was een speech die met gemak twee uur kon duren en die Melanie al veel te vaak had gehoord en die ze deze keer dan ook in de kiem probeerde te smoren. 'Dat weet ik wel, mama. Ik hou ook van jou. Laat me dit nou gewoon doen. Daarna zal ik weer hard aan het werk gaan. Maar je moet me dingen zelf laten uitzoeken, me mijn eigen beslissingen laten nemen. Ik ben geen klein kind meer. Ik ben al twintig.'

'Je komt nog maar net kijken,' zei Janet boos, want ze voelde zich zeer bedreigd door wat Melanie zei.

'Ik ben volwassen,' zei Melanie vastberaden.

De dagen daarna was Janet afwisselend aan het huilen, klagen en beschuldigen. Ze laveerde heen en weer tussen woede en verdriet. Ze voelde haar macht afnemen en raakte er totaal van in paniek. Ze probeerde zelfs Tom zover te krijgen dat hij met Melanie zou praten om haar op andere gedachten te brengen, maar hij zei diplomatiek dat hij vond dat het misschien wel goed voor haar was en dat het ook heel edelmoedig van haar was, waardoor Janet alleen nog maar bozer werd. Het waren verschrikkelijke laatste dagen, en Melanie kon bijna niet wachten tot ze weg kon. Tom en zij brachten het weekend bij haar thuis door, maar de laatste avond gingen ze naar zijn appartement, alleen maar om haar moeder te ontlopen, en Melanie ging pas om drie uur 's nachts naar huis, zodat ze nog wat kon slapen voordat haar vliegtuig om tien uur 's ochtends vertrok. Tom had een ochtend vrij genomen om haar naar het vliegveld te brengen. Ze had geen zin om in een witte limousine te gaan, want dan zou ze alleen maar aandacht trekken. Als het aan haar moeder had gelegen, was dat ook gebeurd. Waarschijnlijk zou ze rond hebben gebeld om het verhaal te lekken. En misschien had ze dat ook wel gedaan.

Het afscheid van haar moeder was net een scène uit een slechte soap. Haar moeder klampte zich huilend aan haar vast en zei dat ze waarschijnlijk dood zou zijn als Melanie terugkwam, want ze had al pijn op de borst sinds Melanie had verteld dat ze wegging. Melanie zei dat ze het wel zou overleven, beloofde haar vaak te bellen, liet alle belangrijke telefoonnummers achter en rende de deur uit naar Toms auto, met een rugzak en een schoudertas. Ze zag eruit alsof ze uit de gevangenis probeerde te ontsnappen toen ze naast hem plaatsnam.

'Rijden!' riep ze tegen hem. 'Rijden! Schiet op, voordat ze zich op de motorkap stort.'

Hij reed meteen weg, en toen ze bij het eerste stoplicht stonden te wachten, begonnen ze allebei te lachen. Het was net alsof ze in een vluchtauto zaten, en eigenlijk was dat ook zo. Melanie werd bijna dronken van vreugde bij het vooruitzicht van haar vertrek en van wat ze in Mexico ging doen.

Op het vliegveld gaf Tom haar een afscheidskus, en ze beloofde hem te bellen zodra ze was gearriveerd. Hij was van plan over twee of drie weken naar haar toe te komen, maar in de tussentijd zou Melanie allerlei nieuwe avonturen beleven, wist ze.

Haar sabbatical van drie maanden in Mexico was precies wat de dokter haar had voorgeschreven.

Toen ze in het toestel zat, besloot ze vlak voordat de deuren sloten, haar moeder nog even te bellen. Zij ging weliswaar doen wat ze wilde, maar voor Janet was het moeilijk. Melanie wist dat het voor haar moeder als een groot verlies voelde. Het was doodeng voor haar om de controle over haar dochter kwijt te raken, en Melanie had medelijden met haar.

Toen Janet opnam, klonk ze gedeprimeerd, maar bij het horen van haar dochters stem fleurde ze meteen op. 'Ben je soms van gedachten veranderd?' vroeg ze hoopvol.

Melanie glimlachte. 'Nee, ik zit al in het vliegtuig. Ik wilde je gewoon nog even gedag zeggen. Ik bel je uit Mexico zodra het kan.' Op dat moment werd alle passagiers verzocht om hun mobieltje uit te zetten, en Melanie zei tegen haar moeder dat ze moest ophangen.

Een beetje huilerig zei Janet: 'Ik snap nog steeds niet waarom je dit doet.' Ze had het gevoel alsof ze gestraft werd, afgewezen.

Voor Melanie was het iets heel anders. Het was de kans om iets goeds te doen voor anderen. 'Het moet gewoon, mam. Ik ben gauw weer terug. Wees voorzichtig. Ik hou van je,' zei ze snel, terwijl de stewardess haar eraan herinnerde dat ze haar mobieltje uit moest zetten. 'Ik moet nu echt ophangen, mam.'

'Ik hou ook van jou, Mel,' zei haar moeder gehaast, vlak voordat Melanie haar mobieltje uitzette.

Melanie was blij dat ze had gebeld. Deze reis was niet bedoeld om haar moeder te kwetsen. Het was iets wat ze voor zichzelf moest doen. Ze moest ontdekken wie ze was en of ze het in haar eentje kon rooien.

Hoofdstuk 17

Melanie belde Maggie toen ze in Mexico was. Ze vond het er te gek, het was er hartstikke mooi, de kinderen waren schatjes en pater Callaghan was fantastisch. Ze zei dat ze nog nooit zo gelukkig was geweest en dat ze Maggie wilde bedanken voor haar voorstel om contact met de priester op te nemen.

Sarah had Maggie ook gebeld. Ze had de baan in het ziekenhuis gekregen en was blij en had het druk. Er kwam nog steeds veel op haar af, terwijl ze zich probeerde aan te passen aan haar nieuwe leven, maar het ging goed en dat ze het druk had, hielp ook.

Sarah wist, net als Maggie, dat haar nog moeilijke tijden stonden te wachten, vooral wanneer het proces tegen Seth zou beginnen. En daarna zou ze belangrijke beslissingen moeten nemen. Ze had Seth en zijn advocaten beloofd dat ze hem tijdens het proces zou steunen, maar intussen probeerde ze te bedenken of ze zich daarna wel of niet van hem zou laten scheiden. Bepalend voor die beslissing was of ze hem wel of niet zou kunnen vergeven. Ze had nog geen antwoord op die vraag en praatte er veel over met Maggie. Maggie zei dat ze moest blijven bidden, dan kwam het antwoord vanzelf. Tot nu toe was dat echter niet gebeurd. Ze kon alleen maar denken aan hoe verschrikkelijk het was wat Seth had gedaan, dat hij iedereen had verraden en zichzelf ook en dat hij de wet had overtreden. Voor Sarah leek dat bijna onvergeeflijk.

Maggie verbleef intussen nog steeds in het Presidio. Ze waren er nu vier maanden, en de gemeente dacht erover om het kamp de volgende maand, in oktober, te sluiten. Er woonden nog steeds mensen in de hangars en in sommige van de oude stenen barakken, maar veel minder dan in het begin. De meeste mensen waren inmiddels naar huis of hadden iets anders geregeld. Maggie was van plan om later die maand terug te gaan naar haar appartement in het Tenderloindistrict. Ze wist dat ze de kameraadschap van alle mensen die ze hier had leren kennen en met wie ze had samengewoond, zou gaan missen. Het appartement in het Tenderloindistrict zou vast heel eenzaam lijken. Ze hield zichzelf voor dat ze dan tijd zou overhouden om te bidden, maar toch zou ze het kamp missen. Ze had hier fantastische mensen leren kennen met wie ze nauw bevriend was geraakt.

Everett belde haar eind september, een paar dagen voordat ze weer thuis zou gaan wonen. Hij zei dat hij naar San Francisco zou komen voor een interview met Sean Penn en dat hij haar dan graag mee uit eten zou nemen.

Ze aarzelde, begon toen te stamelen dat ze niet kon, terwijl ze met de moed der wanhoop een smoes probeerde te verzinnen, maar toen dat niet lukte, nam ze zijn uitnodiging aan, waar ze later weer heel veel spijt van had. Die avond bad ze om kracht. Ze wilde niet in de war raken en vond dat ze dankbaar moest zijn voor hun vriendschap, zonder meer te willen.

Maar zodra ze hem zag, bonkte het hart haar in de keel. Hij kwam naar haar toe lopen over de stoep voor het ziekenhuis, waar zij al stond te wachten, en met zijn lange, magere benen en cowboylaarzen zag hij er meer dan ooit als een cowboy uit. Hij straalde toen hij haar zag, en ondanks zichzelf moest ze ook glimlachen. Ze waren zo blij elkaar te zien. Hij sloeg zijn armen om haar heen, omhelsde haar stevig en deed toen een stap naar achteren om naar haar te kijken, haar gestalte gretig in zich opnemend.

'Je ziet er fantastisch uit, Maggie,' zei hij blij. Hij kwam rechtstreeks van het vliegveld. Het interview was pas morgen. Deze avond was helemaal van hen.

Hij nam haar mee naar een klein Frans restaurant in Union Street. De stad was weer op orde. Het puin was geruimd en overal werd gebouwd. Bijna vijf maanden na de aardbeving was bijna elke buurt weer bewoonbaar, behalve de zwaarst getroffene, waarvan ze sommige zelfs helemaal plat hadden moeten gooien.

'Ik ga volgende week weer in mijn eigen appartement wonen,' zei Maggie een beetje bedroefd. 'Ik denk dat ik de andere nonnen zal gaan missen. Misschien had ik toch in een klooster moeten blijven,' merkte ze op toen ze begonnen te eten. Ze had vis besteld, en Everett at onder het praten met smaak van een enorme biefstuk.

Zoals altijd voerden ze een levendig en intelligent gesprek waarin geen enkele stilte viel. Ze hadden het over ontelbaar veel onderwerpen, tot Everett uiteindelijk begon over het ophanden zijnde proces tegen Seth Sloane. Maggie kreeg altijd een naar gevoel als het daarover ging of als ze erover las, vooral omdat ze zo'n medelijden had met Sarah. Het was zo stom geweest wat die man had gedaan, zo zonde, en hij had er zo veel mensen schade mee berokkend. 'Wat denk je? Moet jij het proces verslaan?' vroeg ze belangstellend.

'Ik zou het wel graag willen. Maar ik weet niet hoeveel belangstelling *Scoop* ervoor heeft, alhoewel het een fantastisch verhaal is. Heb je Sarah nog gezien? Hoe gaat het met haar?'

'Goed,' zei Maggie, zonder geheimen te onthullen. 'We spreken elkaar af en toe nog. Ze werkt nu in het ziekenhuis, op de afdeling Projecten & Investeringen. Het zal voor haar ook niet gemakkelijk worden. Hij heeft veel mensen meegesleept in zijn val.'

'Dat doet dat soort kerels altijd,' zei Everett zonder al te veel medelijden. Hij had wel medelijden met Sarah, en met Seths kinderen die hem nooit echt zouden leren kennen als hij de komende twintig à dertig jaar in de bak zat. Onwillekeurig moest hij weer aan zijn eigen zoon denken. Op de een of andere manier dacht hij altijd aan Chad wanneer hij bij Maggie was, alsof die twee onzichtbaar met elkaar waren verbonden. 'Laat ze zich van hem scheiden?'

'Geen idee,' antwoordde Maggie vaag. Hoewel Sarah het zelf nog niet wist, vond Maggie toch dat ze het er niet over kon hebben met Everett, en ze stapten over op andere onderwerpen.

Ze bleven nog lang in het Franse restaurant zitten. Het was er gezellig en aangenaam en de ober liet hen met rust terwijl ze praatten.

'Het gerucht gaat dat Melanie in Mexico zit,' merkte Everett op. 'Heb jij daar soms iets mee te maken?'

Hij was niet op zijn achterhoofd gevallen, en Maggie begon te lachen. 'Alleen indirect. Er is daar een missiepost die wordt gerund door een fantastische priester. Het leek me wel iets voor haar. Volgens mij blijft ze bijna tot aan kerst, hoewel ze niemand officieel heeft verteld waar ze is. Ze wil gewoon een paar maanden als een normaal mens kunnen leven. Ze is echt een schat.'

'Ik neem aan dat haar moeder er niet al te blij mee is. Op een missiepost werken doet het niet echt goed op de cv van een beroemdheid en past ook vast niet bij de plannen die haar moeder met haar heeft. Of zit ze daar zelf soms ook?' Hij grinnikte bij het idee.

Maggie schudde lachend haar hoofd. 'Nee. En volgens mij gaat het Melanie daar juist om. Ze wil haar vleugels wat verder uitslaan. Het is wel eens goed voor haar om een tijdje weg te zijn bij haar moeder. En voor haar moeder is het ook goed. Het is soms moeilijk om dat soort banden te verbreken. Sommige mensen kost dat meer moeite dan anderen.'

'En dan heb je nog mensen zoals ik die helemaal geen banden hebben.' Hij zei het een beetje treurig.

Ze keek hem aan. 'Heb je al iets gedaan om je zoon op te sporen?' vroeg ze voorzichtig, zonder echt te willen aandringen. Ze drong nooit aan. Ze vond een lichte aansporing altijd veel effectiever, en dat was het in zijn geval ook.

'Nee, maar dat komt binnenkort wel. Ik geloof dat het tijd is, of zoiets. Ik ga het doen zodra ik er klaar voor ben.'

Hij rekende af, en daarna liepen ze door Union Street, waar niets meer aan de aardbeving herinnerde. De stad maakte een schone en mooie indruk. September was prachtig geweest, met veel warm weer, maar nu hing er af en toe een herfstkilte in de lucht. Onder het wandelen stak Maggie haar arm door de zijne, terwijl ze nog steeds over van alles en nog wat praatten. Ze waren niet van plan geweest om helemaal terug te lopen naar het Presidio, maar het kwam er uiteindelijk wel van. Zo konden ze nog wat langer bij elkaar zijn, en bovendien was de hele wandeling over vlak terrein, wat in San Francisco niet vaak gebeurde.

Hij bracht haar naar het gebouw waar ze woonde. Het was al na elven, dus er was niemand meer buiten. Ze hadden lang over het eten gedaan en zoals altijd waren ze net twee helften van één geheel, wonderbaarlijk goed bij elkaar passend in hun meningen en gedachten.

'Dank je wel voor de leuke avond,' zei ze. Ze vond het nogal stom dat ze geprobeerd had hem te ontwijken. De laatste keer dat ze Everett had gezien, was ze in de war geraakt. Ze had zich toen sterk tot hem aangetrokken gevoeld, maar nu voelde ze alleen maar warmte en een diepe genegenheid. Het was volmaakt, en hij keek ook naar haar met alle liefde en bewondering die hij voor haar voelde.

'Ik vond het fijn om je weer te zien, Maggie. Ik ben blij dat je ja hebt gezegd. Ik bel je nog wel voordat ik morgen wegga. Als ik tijd heb, kom ik misschien nog even langs, maar ik ben bang dat het een lang interview wordt en ik mag mijn vliegtuig niet missen. Maar mocht ik tijd hebben, dan kom ik een kop koffie drinken.'

Ze knikte, terwijl ze hem aankeek. Alles aan hem was volmaakt. Zijn gezicht. Zijn ogen, de ernstige ziel en het oude lijden die er in te zien waren, samen met het licht van de opstanding en de genezing. Everett had een zwaar leven gehad en dat had hem gemaakt tot wie hij was. Ze zag dat hij zich naar haar toe boog en wilde zijn wang kussen, maar voordat ze goed en wel besefte wat er gebeurde, voelde ze zijn lippen op de hare en kusten ze elkaar. Sinds de verpleegopleiding had ze geen man meer gekust en zelfs toen had ze het niet vaak gedaan. Maar nu voelde ze opeens hoe haar hele wezen, haar hart en haar ziel, naar hem toe trok en hoe zijn geest zich vermengde met de hare. Het was de plotse versmelting van twee wezens die één werden door een kus. Toen ze elkaar eindelijk loslieten, voelde ze zich duizelig. Hij had niet alleen haar gekust, ze had ook hem gekust, en ze keek hem vol afschuw aan. Het onvoorstelbare was gebeurd. Terwijl ze zo hard had gebeden om dat niet te laten gebeuren.

'O mijn god...Everett! Nee!' Ze deed een stap naar achteren, maar hij pakte haar arm beet en trok haar zacht naar zich toe, en terwijl ze gekweld haar hoofd boog, hield hij haar vast.

'Maggie, niet doen... Ik was het niet van plan... Ik weet niet wat er gebeurde... Het was alsof iets krachtigs ons naar elkaar toe trok, iets waar ik me niet tegen kon verzetten. Ik weet dat het niet had mogen gebeuren en echt, ik was het ook niet van plan... Maar ik moet wel eerlijk zijn. Het is wel wat ik voel, al vanaf dat ik je ken. Ik hou van je, Maggie... Ik weet niet of dat voor jou wat uitmaakt of niet... maar ik hou van je en ik zal alles doen wat je van me wilt. Ik wil je geen verdriet doen. Daarvoor hou ik te veel van je.'

Ze keek hem zwijgend aan en in zijn ogen zag ze liefde, pure, rauwe, eerlijke liefde. Zijn ogen weerspiegelden wat er in de hare zat.

'We kunnen elkaar niet meer zien,' zei ze diepbedroefd. 'Ik weet niet hoe dit kan.' Ze besloot net zo eerlijk tegen hem te zijn als hij tegen haar was geweest. Hij had het recht het te weten. 'Ik hou ook van jou,' fluisterde ze. 'Maar het kan niet... Everett, je mag me niet meer bellen.' Haar hart brak toen ze het zei.

Hij knikte. Hij had er alles voor over om haar gelukkig te maken. 'Het spijt me.'

'Mij ook,' zei ze treurig. Toen draaide ze zich om en liep zonder nog iets te zeggen naar binnen.

Hij keek naar de deur die achter haar dichtviel en voelde zijn hart met haar meegaan. Toen stopte hij zijn handen in zijn zakken, draaide zich om en wandelde terug naar zijn hotel aan Nob Hill.

In het donker, in bed, zag Maggie eruit alsof haar wereld was ingestort. Ze was zo geschrokken en zo verbaasd dat ze zelfs vergat te bidden. Het enige wat ze kon doen, was op bed liggen en denken aan hun kus.

Hoofdstuk 18

Mexico was precies wat Melanie had gehoopt. De kinderen waren echte schatjes en dankbaar voor de kleinste dingen die voor hen werden gedaan. Melanie had zich beziggehouden met meisjes in de leeftijdsgroep van elf tot vijftien, die allemaal in de prostitutie hadden gezeten en van wie velen verslaafd waren geweest aan drugs. Ze wist ook dat drie van hen aids hadden.

Het was een erg zinvolle periode van persoonlijke groei. Tom kwam twee keer een lang weekend naar haar toe en was diep onder de indruk van wat ze deed. Ze zei tegen hem dat ze zin had om weer aan het werk te gaan wanneer ze terug was, want ze miste het zingen en de optredens, maar er moesten wel een paar dingen veranderen. Het belangrijkste was dat ze voortaan haar eigen beslissingen wilde nemen. Ze waren het erover eens dat dat tijd werd, maar ze wist ook dat het haar moeder zwaar zou vallen. Ze moest echter haar eigen leven kunnen leiden. Melanie vertelde Tom dat Janet zich wel leek te vermaken zonder haar. Ze was op bezoek geweest bij vrienden in New York, ze was zelfs naar Londen geweest en had Thanksgiving gevierd bij vrienden in L.A. Melanie was met Thanksgiving in Mexico gebleven en ze was van plan om er volgend jaar weer een tijdje vrijwilligerswerk te gaan doen. Al met al was de reis een groot succes geweest.

Ze bleef een week langer dan gepland en landde de week voor kerst op LAX. Op de luchthaven hingen kerstversieringen, en ze wist dat dat op Rodeo Drive inmiddels ook wel het geval zou zijn. Toen Tom haar kwam afhalen, zag ze er gebruind en gelukkig uit. In drie maanden tijd was ze van meisje in vrouw veranderd. Haar tijd in Mexico was een rite de passage geweest. Haar moeder was niet naar het vliegveld gekomen, maar ze had thuis wel een surpriseparty georganiseerd met alle mensen die belangrijk waren voor Melanie.

Melanie wierp zich in haar moeders armen en ze huilden allebei van blijdschap. Ze merkte aan alles dat haar moeder haar de reis naar Mexico had vergeven en dat het haar op de een of andere manier was gelukt om te begrijpen en accepteren wat er was gebeurd, hoewel ze Melanie op het feest wel vertelde wat ze allemaal al voor haar had geboekt. Toen Melanie begon te protesteren, begonnen ze ineens allebei te lachen, want ze wisten precies wat er aan de hand was. Gewoontes waren moeilijk te veranderen.

'Oké mam, deze keer krijg je je zin. Alleen deze ene keer. De volgende keer moet je het me eerst vragen.'

'Beloofd,' zei haar moeder met een schaapachtige blik. Het zou voor hen allebei een hele verandering worden. Melanie moest nu de verantwoordelijkheid voor haar eigen leven nemen, en zij moest die verantwoordelijkheid afstaan. Dat zou voor geen van beiden gemakkelijk zijn, maar ze deden hun best. Dat ze elkaar een tijd niet hadden gezien, had de overgang wat eenvoudiger gemaakt.

Tom bracht eerste kerstdag bij hen door. Hij gaf Melanie een ring, een smalle diamanten ring die hij samen met zijn zusje voor Melanie had uitgezocht.

Melanie vond hem prachtig en schoof hem meteen om de ringvinger van haar rechterhand.

'Ik hou van je, Mel,' zei hij zacht.

Janet kwam net de kamer in met een kerstschort van rode en groene lovertjes om en een blad eierpunch in haar handen. Er waren een paar vrienden langsgekomen, en ze was in een goede bui en leek het drukker te hebben dan ooit.

Melanie repeteerde al sinds haar terugkeer voor haar oudejaarsavondconcert in Madison Square Garden in New York. Het zou een fantastische rentree worden en had helemaal niets van een voorzichtig nieuw begin. Tom zou samen met haar naar New York vliegen, twee dagen voor het concert. En haar enkel was helemaal beter, omdat ze drie maanden op sandalen had kunnen lopen.

'Ik hou ook van jou,' fluisterde ze tegen Tom. Hij had het Cartier-horloge om dat hij van haar had gekregen. Hij was er gek op. Maar het allergekst was hij op haar. Het was voor hen beiden een prachtjaar geweest, vanaf de aardbeving in San Francisco tot kerst.

Sarah zette de kinderen op eerste kerstdag af bij Seth. Hij had aangeboden om langs te komen, maar dat wilde ze niet. Het gaf haar een ongemakkelijk gevoel wanneer hij bij haar thuis kwam. Ze wist nog steeds niet wat ze zou doen, hoewel ze het er al een aantal keren met Maggie over had gehad. Maggie had haar eraan herinnerd dat vergeving een staat van genade was, maar wat Sarah ook deed, ze leek die niet te kunnen bereiken. Ze geloofde nog steeds in het 'in voor- en in tegenspoed', maar ze wist niet meer wat ze voor hem voelde. Ze kon gewoon niet verwerken wat er was gebeurd. Ze leek gevoelloos.

De avond ervoor had ze met de kinderen kerst gevierd, op kerstavond, en die ochtend hadden ze in hun kousen gekeken en hun cadeaus van de Kerstman opengemaakt. Oliver was al tevreden als hij cadeaupapier kapot kon scheuren, en Molly was heel blij geweest met alles wat ze had gekregen. Ze hadden gecontroleerd of de Kerstman wel alle koekjes had opgegeten en de melk had opgedronken die ze voor hem hadden neergezet. Rudolph het rendier had aan alle wortels geknaagd en er twee echt opgegeten.

Het bedroefde Sarah dat ze de familietradities zonder Seth voortzette, maar hij zei dat hij het begreep. Hij liep bij een psychiater en slikte medicijnen voor zijn angstaanvallen. Ook dat vond ze verschrikkelijk. Ze had het gevoel dat ze hem had moeten steunen en troosten. Maar hij was als een vreemde voor haar, zelfs al had ze ooit van hem gehouden en deed ze dat misschien nog steeds. Het was een eigenaardig en pijnlijk gevoel.

Seth glimlachte toen hij haar met de kinderen voor de deur zag staan en vroeg haar om even binnen te komen, maar ze kon niet. Ze zei dat ze iets had afgesproken met vrienden, maar in werkelijkheid zou ze met Maggie thee gaan drinken in het St. Francis. Sarah had haar uitgenodigd, en het hotel was niet ver van waar Maggie woonde, al leken het wel twee verschillende werelden.

'Hoe gaat het met je?' vroeg Seth aan haar, terwijl Oliver naar binnen waggelde. Hij kon sinds kort lopen. En Molly stoof naar binnen om te zien wat er onder de kerstboom lag. Seth had voor haar een roze driewieler gekocht, een pop zo groot als ze zelf was en nog een hele stapel andere cadeaus. Financieel stond hij er net zo beroerd voor als Sarah, maar hij had altijd al gemakkelijker geld uitgegeven dan zij. Zelf probeerde ze tegenwoordig voorzichtig om te gaan met haar salaris en het geld dat hij haar voor de kinderen gaf. Haar ouders hielpen haar ook een handje en hadden haar voor de feestdagen uitgenodigd op Bermuda, maar daar had ze geen zin in gehad. Ze had hier willen blijven, om de kinderen in de buurt van Seth te houden. Misschien was het voorlopig wel zijn laatste kerst als vrij man, en ze wilde dat de kinderen en hij daar samen van konden genieten.

'Prima,' beantwoordde ze Seths vraag. Ze glimlachte naar hem, per slot van rekening was het kerst, maar er was eigenlijk te veel naars tussen hen voorgevallen. Dat was in zijn ogen te zien, en ook in de hare. Veel teleurstelling en verdriet, plus de omvang van zijn verraad die voor haar als een donderslag bij heldere hemel was gekomen. Ze begreep nog steeds niet hoe het had kunnen gebeuren, of waarom. Ze besefte dat ze een deel van hem nooit zou kunnen begrijpen, een deel dat meer gemeen had met mensen als Sully en helemaal niets met haar. Dat was juist zo eng. Ze had het huis gedeeld met iemand die ze niet kende. Het was inmiddels te laat om hem nog te leren kennen, en bovendien wilde ze dat niet eens. Die onbekende man had haar leven verwoest. Maar langzaam probeerde ze weer een eigen leven op te bouwen. Er waren al twee mannen geweest die haar mee uit hadden gevraagd, maar ze had beide keren nee gezegd. Wat haar betrof, was ze nog steeds getrouwd, totdat ze anders zouden besluiten, wat nog niet was gebeurd. Ze stelde die beslissing uit tot na het proces, tenzij ze voor die tijd een moment van helderheid kreeg. Ze droeg nog steeds een trouwring, en Seth ook. Voorlopig waren ze nog man en vrouw, al woonden ze dan niet meer samen.

Hij gaf haar een kerstcadeautje voordat ze wegging. Ze had ook iets voor hem gekocht, een kasjmieren jasje en een paar truien. Voor haar had hij een mooi kort bontjasje gekocht. Het was helemaal naar haar smaak, van prachtig glanzende, donkerbruine nerts. Ze trok het meteen aan en gaf hem een kus. 'Dank je wel, Seth. Dat had echt niet gehoeven.'

'Jawel,' reageerde hij bedroefd. 'En je verdient nog veel beter dan dat.' Vroeger zou hij haar een of ander duur sieraad van Tiffany of Cartier hebben gegeven, maar dit was er niet het jaar voor, en dat zou het ook nooit meer worden. Al haar sieraden waren weg. Ze waren een maand eerder eindelijk op een veiling verkocht, en met dat geld zouden ze een deel van de torenhoge nota's van zijn advocaten betalen. Hij voelde zich daar vreselijk over.

Ze nam afscheid van de kinderen die die nacht bij hem zouden blijven slapen. Hij had een draagwiegje voor Ollie gekocht en Molly zou bij hem in bed slapen, want het kleine appartement beschikte maar over één slaapkamer.

Sarah gaf hem ook een afscheidskus, en toen ze wegreed, voelde ze zich somber gestemd. De last die ze allebei moesten dragen, was bijna te zwaar, maar ze hadden geen keus.

Everett ging op de ochtend van eerste kerstdag naar een bijeenkomst van de AA. Hij had zich aangemeld als gastspreker om over zijn ervaringen te vertellen. Het was een grote bijeenkomst, en daar hield hij van. Er waren veel jonge mensen, wat types die er nogal onguur uitzagen, een handjevol rijke Hollywoodbewoners en zelfs een paar daklozen die waren komen binnenwandelen. Sommige van de bijeenkomsten die hij had bijgewoond in Hollywood en Beverly Hills waren te gladjes en tuttig voor hem geweest. Hij hield ervan als het wat ruiger en aardser was. Deze bijeenkomst was dat altijd.

Hij deed ook mee aan het gewone onderdeel van de bijeenkomst. Hij vertelde wie hij was en zei dat hij alcoholist was, en de vijftig mensen in de zaal zeiden allemaal tegelijk: 'Hallo, Everett!' Zelfs na twee jaar gaf hem dat nog steeds een warm gevoel dat maakte dat hij zich op zijn gemak voelde. Wanneer hij iets over zichzelf vertelde, was dat nooit ingestudeerd. Hij zei altijd gewoon wat in hem opkwam of wat hem op dat moment dwarszat. Deze keer vertelde hij over Maggie. Hij zei dat hij van haar hield en dat ze non was. Hij vertelde dat ze ook van hem hield, maar trouw wilde blijven aan haar gelofte, en dat ze hem had gevraagd om haar niet meer te bellen, dus dat had hij ook niet meer gedaan. De afgelopen drie maanden had hij haar vreselijk gemist, maar hij respecteerde haar wens. En toen hij na afloop van de bijeenkomst in zijn auto stapte om naar huis te gaan, dacht hij na over wat hij had gezegd. Dat hij van haar hield zoals hij nog nooit van een vrouw had gehouden, non of geen non. Dat had toch wel wat te betekenen, en hij vroeg zich ineens af of hij er wel goed aan had gedaan om haar wens te respecteren, of hij niet beter voor haar had kunnen vechten. Daar had hij nog niet eerder over nagedacht. Hij was op weg naar huis, toen hij plotseling zijn auto keerde en op weg ging naar het vliegveld. Er was niet veel verkeer op de weg op eerste kerstdag. Het was elf uur 's ochtends, en hij wist dat er om één uur een vlucht naar San Francisco ging. Hij kon dan om drie uur bij haar zijn. Nu hij eenmaal een besluit had genomen, kon niets hem meer tegenhouden.

Hij kocht een ticket, stapte in het vliegtuig en zat uit het raampje naar de wolken en het landschap en de wegen beneden hem te kijken. Er was niemand anders met wie hij kerst had zullen doorbrengen, en mocht Maggie weigeren hem te woord te staan, dan had het hem alleen maar wat tijd en een retourtje L.A.-San Francisco gekost. Het was de moeite van het proberen waard. Hij had haar ontzettend gemist de afgelopen drie maanden, haar wijze inzichten, haar bedachtzame opmerkingen, haar voorzichtige raadgevingen, de klank van haar stem en haar prachtige felblauwe ogen. Hij kon ineens bijna niet meer wachten tot hij haar zou zien. Ze was het allermooiste kerstcadeau ter wereld, het enige wat hij wilde. Voor haar had hij ook niets meegenomen, alleen zijn liefde.

Het vliegtuig landde tien minuten te vroeg, en het was tien

over halfdrie toen de taxi hem in de stad afzette voor haar huis in het Tenderloindistrict. Hij was zenuwachtig als een schooljongen die bij zijn vriendinnetje langsgaat, en begon zich zorgen te maken over wat hij moest doen als ze hem niet binnenliet. Ze had een intercom en zou gewoon kunnen zeggen dat hij weg moest gaan, maar hij moest het in elk geval proberen. Hij kon haar niet zomaar uit zijn leven laten verdwijnen. Liefde was te zeldzaam en te belangrijk om weg te gooien. En hij had nog nooit zo van iemand gehouden als van Maggie. Hij vond haar een heilige. En hij was niet de enige die dat vond.

Nadat hij de taxi had betaald, liep hij nerveus naar de voordeur. Het trapje zag er gehavend uit en het steen was op sommige plekken afgebrokkeld. En er zaten twee dronkaards op die samen een fles deelden. Een stuk of vijf hoeren drentelden de straat op en neer, op zoek naar 'minnaars'. Hier ging het leven zijn normale gang, of het nu kerst was of niet.

Hij belde aan, maar er werd niet gereageerd. Hij overwoog om haar op haar mobieltje te bellen, maar dan was ze gewaarschuwd. Hij ging op de bovenste tree zitten in zijn spijkerbroek en dikke trui. Het was weliswaar kil, maar de zon scheen en het was een mooie dag. Hoe lang het ook zou duren, hij zou op haar wachten. Hij wist dat ze uiteindelijk wel thuis zou komen. Waarschijnlijk was ze ergens een kerstlunch of kerstdiner aan het uitdelen.

De twee dronkaards die iets beneden hem op het trapje zaten, gaven elkaar de fles door tot een van hen omhoogkeek en hem ook een slok aanbood. Het was whisky, van het goedkoopste merk dat er was, in het kleinste flesje. De mannen zagen er allebei ontzettend goor uit, ze stonken en toen ze naar hem lachten, zag hij dat ze geen tanden meer in hun mond hadden.

'Ook een slok?' vroeg een van hen slissend. De ander was nog dronkener en leek half te slapen.

'Hebben jullie er wel eens over gedacht om naar de AA te gaan?' vroeg Everett vriendelijk, terwijl hij de fles met een gebaar afwees.

De man die het aanbod had gedaan, wendde vol afkeer zijn hoofd af. Hij gaf zijn maat een por en zonder een woord te zeggen, stonden beide mannen op en gingen op een volgend trapje zitten drinken.

Everett keek naar hen. 'Bij de gratie Gods,' mompelde hij bij zichzelf, nog steeds wachtend op Maggie. Het leek een volmaakte manier om eerste kerstdag door te brengen, wachten op de vrouw van wie hij hield.

Maggie en Sarah vermaakten zich prima in het St. Francis Hotel. Er werd een echte Engelse high tea geserveerd, met scones, pasteitjes en een ruime keuze aan sandwiches. Onder het genot van een kopje earl grey praatten ze ontspannen met elkaar. Maggie vond Sarah er een beetje droevig uitzien, maar ze zei er niets over. Zelf voelde Maggie zich ook nogal gedeprimeerd. Ze miste Everett, hun gesprekken, hun grapjes, maar ze wist dat ze hem niet meer kon zien na wat er de laatste keer tussen hen was gebeurd. Ze bezat niet de kracht om zich te verzetten als ze hem zag. Ze was te biecht gegaan en daarna had ze zich gesterkt gevoeld in haar besluit. Maar toch miste ze hem. Hij was een dierbare vriend geworden.

Sarah zei dat ze Seth net had gezien en dat ze hem miste, en vertelde toen wat over het geluk van hun oude leventje. Ze had helemaal nooit kunnen bedenken dat daar ooit een einde aan kon komen. Het was wel het laatste wat bij haar was opgekomen.

Ze zei ook dat ze haar baan leuk vond en dat ze leuke mensen leerde kennen. Maar toch bleef ze nog erg op zichzelf. Ze schaamde zich nog steeds te veel om bij vrienden op bezoek te gaan. Ze wist dat het in de stad nog gonsde van de geruchten over hen en dat zou ten tijde van het proces in maart alleen maar erger worden. Door de advocaten was uitvoerig gesproken over of ze wel of niet zouden proberen het proces uit te stellen, maar Seth had besloten dat hij er het liefst zo snel mogelijk vanaf wilde zijn. En hij leek iedere dag nerveuzer te worden. Daar maakte ze zich ook vreselijk veel zorgen over.

Ze hadden het verder over van alles en nog wat. Sarah had Molly meegenomen naar *De Notenkraker*, Maggie had de avond ervoor in de Grace Cathedral bij een oecumenische dienst de mis opgedragen. Het was gewoon een aangenaam en gezellig gesprek tussen twee vriendinnen. De vriendschap die ze dat jaar hadden gesloten, was voor hen allebei een cadeau, een onverwachte, gezegende bijkomstigheid van de aardbeving in mei.

Om vijf uur gingen ze weg uit het St. Francis. Sarah zette Maggie op de hoek van haar straat af en reed door naar het centrum. Ze overwoog om in haar eentje naar de film te gaan. Toen ze Maggie had gevraagd om mee te gaan, had die gezegd dat ze te moe was en liever naar huis wilde. Bovendien leek de film waar Sarah naartoe wilde haar veel te deprimerend.

Maggie wuifde Sarah nog even na en liep toen langzaam haar straat in. Ze glimlachte naar twee van de hoeren, die allebei in haar appartementengebouw woonden. De ene was een mooie Mexicaanse, de andere een travestiet uit Kansas die altijd erg aardig was voor Maggie en haar respecteerde omdat ze non was.

Maggie wilde net het trapje naar de voordeur op lopen, toen ze hem zag zitten. Ze bleef stokstijf staan, terwijl hij naar haar glimlachte.

Hij zat er al twee uur en begon het koud te krijgen. Maar het kon hem niet schelen of hij zou doodvriezen, hij had zich voorgenomen daar te blijven zitten tot ze thuiskwam. En daar stond ze dan, hem vol ongeloof aanstarend. Hij liep het trapje af. 'Hoi Maggie,' zei hij zacht. 'Prettig kerstfeest.'

'Wat doe je hier?' Ze kon haar ogen niet van hem afhouden en wist niet wat ze moest zeggen.

'Ik was vanochtend op een bijeenkomst... en toen heb ik ze over jou verteld... dus toen heb ik een vliegtuig genomen om je persoonlijk een prettig kerstfeest te kunnen wensen.'

Ze knikte. Het was precies iets voor hem om dat te doen. Er was nog nooit iemand geweest die dat soort dingen voor haar had gedaan. Het liefst wilde ze hem aanraken om te kijken of hij echt was, maar dat durfde ze niet.

'Dank je.' Het hart klopte haar in de keel. 'Zullen we ergens een kop koffie gaan drinken? Het is een puinhoop bij me thuis.' Bovendien leek het haar niet netjes om hem binnen te vragen. Het belangrijkste meubelstuk dat er in haar kamer stond, was haar bed. En dat was nog onopgemaakt ook.

Hij begon te lachen. 'Lekker. Ik heb het hier hartstikke koud gekregen. Ik zit hier al vanaf drie uur.'

Terwijl ze naar een koffietent aan de overkant van de straat liepen, veegde hij de achterkant van zijn spijkerbroek af. Het zaakje zag er armoedig uit, maar het was er schoon en goed verlicht en het eten kon er ook best mee door. Maggie at er af en toe wanneer ze van haar werk kwam. Het gehaktbrood en het roerei waren redelijk lekker. En ze waren er altijd aardig tegen haar omdat ze non was.

Ze spraken geen van beiden totdat ze aan tafel zaten en koffie bestelden. Everett nam ook een broodje kalkoen, maar Maggie zat nog vol van de heerlijke high tea die ze net met Sarah had gehad in het St. Francis.

Hij was degene die de stilte verbrak. 'Hoe gaat het?'

'Goed, hoor.' Voor het eerst in haar leven wist ze niet wat ze moest zeggen, maar toen ontspande ze zich wat en leek bijna weer de oude Maggie. 'Zoiets leuks heeft nog nooit iemand voor me gedaan. Het vliegtuig nemen om me een prettige kerst te wensen. Dank je wel, Everett,' zei ze ernstig.

'Ik heb je gemist. Heel erg. Daarom ben ik gekomen. Ik vond het ineens zo stom dat we niet eens meer met elkaar praten. Eigenlijk zou ik me moeten verontschuldigen voor wat er de laatste keer is gebeurd, alleen heb ik er geen spijt van. Het was het mooiste wat me ooit is overkomen.' Hij was altijd eerlijk tegen haar.

'Mij ook.' De woorden waren er al uit voordat ze ze kon tegenhouden, maar het was wel wat ze voelde. 'Ik snap nog steeds niet hoe dat kon gebeuren.' Ze keek er berouwvol en boetvaardig bij.

'O nee? Ik wel. Volgens mij houden we van elkaar. Ik hou in elk geval wel van jou. En volgens mij hou jij ook van mij. Tenminste, dat hoop ik.' Hoewel hij niet wilde dat ze leed onder haar gevoelens voor hem, hoopte hij toch dat ze van elkaar hielden, dat het niet iets was wat alleen hem overkwam. 'Ik heb geen idee wat we daarmee aan moeten. Dat is wat anders. Maar ik wilde je wel vertellen wat ik voelde.'

'Ik hou ook van jou,' zei ze bedroefd. Het was de grootste zonde die ze ooit tegen de kerk had begaan en de grootste uitdaging voor haar gelofte, maar het was de waarheid. En ze vond dat hij het recht had om het te weten.

'Nou, dat is mooi.' Hij nam een hap van zijn broodje. Toen hij die had weggeslikt, lachte hij naar haar, opgelucht om wat ze had gezegd.

'Nee, dat is het niet,' verbeterde ze hem. 'Ik kan mijn gelofte niet verbreken. Dit is mijn leven.' Op de een of andere manier was hij dat inmiddels echter ook. 'Ik weet echt niet wat ik moet doen.'

'Ik stel voor dat we er voorlopig gewoon van genieten en erover nadenken. Misschien kun je een goede manier vinden om een ander leven te gaan leiden. Zoiets als eervol ontslag of zo.'

Ze lachte. 'Daar doen ze niet aan in de kerk. Ik weet dat er mensen zijn die het doen, zoals mijn broer bijvoorbeeld, maar ik heb me nooit kunnen voorstellen dat ik de kerk zou verlaten.'

'Nou, misschien zul je dat dan ook niet doen,' zei hij sportief. 'Misschien blijft het gewoon zoals het nu is. Maar we weten nu in elk geval dat we van elkaar houden. Ik ben hier niet naartoe gekomen om je te vragen met me weg te lopen, hoewel ik dat natuurlijk wel fantastisch zou vinden. Probeer er gewoon over na te denken, zonder jezelf al te veel te kwellen. Neem de tijd om uit te zoeken wat je voelt.'

Zijn redelijkheid en verstandigheid waren precies de dingen die ze zo goed aan hem vond. 'Ik ben bang,' bekende ze.

'Ik ook.' Hij pakte haar hand beet. 'Dit is doodeng. Ik weet niet eens zeker of ik ooit wel eens van iemand heb gehouden. Dertig jaar lang was ik te dronken om me druk over wat dan ook te maken, inclusief mezelf. En nu ben ik wakker, en daar ben jij.'

Ze dronk zijn woorden op. 'Ik heb ook nog nooit van iemand gehouden,' zei ze zacht. 'Tot jou. Ik had echt nooit kunnen dromen dat dit zou gebeuren.'

'Misschien vond God het wel eens tijd worden.'

'Of dit is een test van Hem. Ik zal me vast net een weeskind voelen als ik de kerk verlaat.'

'Nou, dan moet ik je maar adopteren. Dat is een mogelijkheid. Kun je nonnen adopteren?' Toen ze lachte, vervolgde hij: 'O Maggie, ik ben zo blij om je te zien.'

Eindelijk durfde ze zich echt te ontspannen, en ze begonnen weer als vanouds te kletsen. Ze vertelde hem wat ze zoal had gedaan, en hij vertelde haar over zijn werk. Ze hadden het over het ophanden zijnde proces van Seth. Hij zei dat hij het er uitvoerig met zijn hoofdredacteur over had gehad en dat er kans bestond dat hij het proces voor *Scoop* mocht verslaan. Mocht dat het geval zijn, dan zou hij vanaf het begin van het proces in maart wekenlang in San Francisco zijn. Het idee dat hij hiernaartoe zou komen, beviel haar wel, net als het feit dat hij verder nergens op aandrong. Tegen de tijd dat ze de koffiezaak uit liepen, voelden ze zich weer helemaal op hun gemak bij elkaar. Hij hield haar hand vast toen ze de straat overstaken. Het was inmiddels bijna acht uur en tijd voor hem om weer naar het vliegveld te gaan.

Ze vroeg hem niet boven te komen, maar ze bleven nog even voor de deur staan praten. 'Dit is het mooiste kerstcadeau dat ik ooit heb gehad.' Ze glimlachte naar hem.

'Voor mij ook.' Hij kuste haar zacht op haar voorhoofd, want hij wilde haar niet laten schrikken en bovendien wisten de mensen in de buurt dat ze non was. Hij wilde haar reputatie niet op het spel zetten door haar te kussen. Ze was daar trouwens ook nog niet klaar voor. Ze moest nadenken. 'Ik bel je nog, en dan zien we wel hoe het loopt.' Even stokte de adem hem in de keel, en hij voelde zich net een klein jongetje toen hij de vraag stelde. 'Beloof je me dat je erover zult nadenken, Maggie? Ik weet dat het een grote beslissing voor je is. De allergrootste van je leven waarschijnlijk. Maar ik hou van je, ik zal er voor je zijn, en mocht je maf genoeg zijn om het te doen, dan zou ik het een grote eer vinden om met je te trouwen. Dus dan weet je dat ik respectabele bedoelingen heb.'

'Ik had niet anders van je verwacht, Everett,' zei ze preuts, maar toen begon ze te stralen. 'Ik heb nog nooit een huwelijksaanzoek gehad.' Ze voelde zich duizelig terwijl ze naar hem keek. Toen ging ze op haar tenen staan en kuste zijn wang.

'Kunnen een ex-alcoholist en een non samen gelukkig worden? Blijf kijken.' Hij lachte toen hij het zei, maar ineens, als een donderslag bij heldere hemel, drong tot hem door dat ze nog jong genoeg was om kinderen te kunnen krijgen, misschien zelfs wel een paar, als ze niet te lang wachtten. Dat idee beviel hem wel, maar hij zei er niets over tegen haar. Ze had al genoeg aan haar hoofd.

'Dank je wel, Everett,' zei ze, terwijl ze de voordeur openmaakte. 'Ik zal erover nadenken. Echt.'

'Neem de tijd. Ik heb geen haast. Ik wil geen druk op je uitoefenen.' Hij floot naar een taxi die meteen voor de stoep stopte.

'Laten we afwachten wat God hierover te zeggen heeft,' zei ze glimlachend.

'Oké. Vraag jij het Hem maar. Dan steek ik ondertussen vast de kaarsen in de boom aan.' Dat had hij als kind altijd fantastisch gevonden.

Ze zwaaiden nog even naar elkaar voordat ze naar binnen liep, en hij rende het trapje af naar de wachtende taxi. Toen die wegreed, keek hij omhoog naar het gebouw, bedenkend dat dit waarschijnlijk de allermooiste dag van zijn leven was. Hij had liefde. En wat nog beter was, hij had hoop. En het allerbeste was dat hij Maggie had... bijna. Hem had ze in elk geval wel.

Hoofdstuk 19

Op tweede kerstdag installeerde Everett, vol energie nu hij Maggie weer had gezien, zich achter zijn computer en startte zijn zoektocht op internet. Hij wist dat er speciale sites waren die iemand voor je konden opsporen. Nadat hij wat gegevens had ingetypt, verscheen er een vragenlijst op zijn scherm. Hij beantwoordde alle vragen zo zorgvuldig mogelijk, hoewel hij niet over veel informatie beschikte. Naam, geboortedatum, geboorteplaats, de namen van de ouders, het laatst bekende adres. Meer had hij niet. Geen huidig adres, geen sofinummer, geen ander soort informatie. Hij beperkte zijn zoektocht tot Montana. Mocht dat nergens toe leiden, dan kon hij zijn zoektocht alsnog uitbreiden tot andere staten. Hij zat rustig achter zijn computer te wachten tot er iets op het scherm zou verschijnen. Dat gebeurde vrijwel meteen. Voordat hij het goed en wel besefte, stonden er al een naam en adres op het scherm. Het was allemaal zo gemakkelijk en zo snel gegaan. Daar stond hij dan, na zevenentwintig jaar, Charles Lewis Carson. Chad. Met een adres in Butte, Montana. Hij had zevenentwintig jaar gewacht met zijn zoektocht, maar nu was hij er klaar voor. Er stond ook een telefoonnummer en een e-mailadres bij.

Hij overwoog een mailtje te sturen, maar zag daar meteen weer van af. Hij schreef alles over op een papiertje, dacht een tijdje na, ijsberend door zijn appartement, haalde diep adem, belde de luchtvaartmaatschappij en maakte een reservering. Om vier uur die middag ging er een vlucht. Everett besloot hem te nemen. Hij kon Chad wel bellen wanneer hij was aangekomen, of misschien alleen maar even langs het huis rijden om te kijken hoe het eruitzag. Chad was dertig, en in al die jaren had Everett geen foto van hem onder ogen gehad. Het contact met zijn ex was totaal verbroken nadat hij, toen Chad achttien was geworden, gestopt was met geld sturen. In de jaren daarvoor had hun enige contact bestaan uit de cheques die hij iedere maand stuurde en haar handtekening op de achterkant wanneer hij ze terugkreeg. Toen Chad vier was, waren ze gestopt met brieven schrijven, en sinds die tijd had hij geen foto meer gezien, en hij had er ook niet om gevraagd.

Everett wist helemaal niets over hem, of hij getrouwd was, of single, of hij wel of niet had gestudeerd, wat hij voor de kost deed. Ineens kwam een nieuw idee bij hem op en hij typte ook Susans gegevens in, maar hij vond haar niet. Misschien was ze naar een andere staat verhuisd of was ze hertrouwd. Er was een aantal redenen te bedenken waarom er niets over haar te vinden was. Maar het enige wat hij eigenlijk wilde, was Chad zien. Hij wist niet eens zeker of hij wel met hem wilde praten. Hij wilde alleen gaan kijken en dan ter plekke een besluit nemen. Het was niet gemakkelijk voor hem om dit te gaan doen, en hij wist dat zowel Maggie als de AA er veel mee te maken had. Vroeger zou hij hier niet de moed voor hebben kunnen opbrengen. Door dit te doen, moest hij zijn eigen mislukkingen onder ogen zien, zijn onvermogen om een relatie aan te gaan, om een vader te zijn. Toen Chad geboren werd, was hij achttien geweest, zelf nog een kind. Nu was Chad ouder dan hij was geweest toen zijn zoon was geboren. De laatste keer dat Everett hem had gezien, was toen hij op zijn eenentwintigste was vertrokken om als fotograaf over de wereld te gaan reizen, als een soort huurling. Maar of hij zijn eigen beslissing van toen nu mooier probeerde te maken of te romantiseren, vanuit Chads gezichtspunt had zijn vader hem in de steek gelaten en was daarna uit zijn leven verdwenen. Everett schaamde zich ervoor, en hij zou goed kunnen begrijpen wanneer Chad hem haatte. Daar had hij alle recht toe. Toch durfde hij hem na al die jaren eindelijk onder ogen te komen. Maggie had hem het laatste zetje daarvoor gegeven.

Onderweg naar het vliegveld was hij stil en in gedachten verzonken. Hij haalde een beker koffie bij Starbucks die hij mee het vliegtuig in nam en ging toen nippend van de koffie uit het raampje zitten staren. Dit was anders dan zijn uitstapje van gisteren, toen hij naar Maggie in San Francisco was geweest. Of ze nu boos op hem was of hem probeerde te ontwijken, ze hadden toch een soort relatie gehad, en grotendeels een heel plezierige. Hij en Chad hadden niets met elkaar, behalve Everetts complete onvermogen om vader te zijn. Er was niets waarop ze konden verder borduren. Er was zevenentwintig jaar lang geen enkel contact geweest. Op hun DNA na, waren ze complete onbekenden van elkaar.

Nadat het vliegtuig in Butte was geland, vroeg Everett een taxichauffeur om hem langs het adres te rijden dat hij van internet had geplukt. Het was een klein, net, goedkoop gebouwd huis in een buitenwijk. Het was geen deftige villawijk, maar ook geen achterbuurt. Het was een gewone, vriendelijke doorsneebuurt. Het gazonnetje voor het huis was netjes bijgehouden.

Nadat hij even naar het huis had gekeken, vroeg hij aan de taxichauffeur om hem naar het dichtstbijzijnde hotel te brengen. Het was van de Ramada Inn-keten en zat in een heel onopvallend gebouw. Hij vroeg naar de kleinste, goedkoopste kamer, kocht een blikje fris uit een automaat en ging naar zijn kamer. Daar zat hij een hele tijd naar de telefoon te staren. Hij wilde wel bellen, maar hij durfde niet goed. Uiteindelijk vatte hij voldoende moed om het te doen. Hij had het gevoel dat hij wel naar een bijeenkomst van de AA wilde, en hij wist dat hij dat later ook wel kon doen, maar eerst moest hij Chad bellen. Hij kon er zijn verhaal altijd later nog vertellen en zou dat waarschijnlijk ook wel doen.

Na twee keer overgaan werd de telefoon opgenomen. Heel even vroeg Everett zich af of hij niet het verkeerde nummer had gebeld. Als dat zo was, kon het heel lastig worden, want Charles Carson was niet zo'n ongewone naam, waarvan er wel eens heel veel in het telefoonboek konden staan.

'Ik ben op zoek naar Mr. Carson. Is hij er ook?' vroeg hij op beleefde en vriendelijke toon. Hij merkte zelf dat zijn stem beefde, maar de vrouw aan de andere kant van de lijn kende hem niet, dus dat zou haar helemaal ontgaan.

'Nee, sorry, hij is even weg. Ik denk dat hij over een halfuurtje wel weer thuis is,' antwoordde ze meteen. 'Kan ik soms een boodschap doorgeven?'

'Eh... nee... eh... Ik bel wel terug.' Hij hing op voordat ze hem vragen kon gaan stellen. Hij vroeg zich af wie ze was. Zijn vrouw? Zijn zus? Een vriendin?

Hij ging op bed liggen, zette de tv aan en viel in slaap. Toen hij wakker werd, was het acht uur. Hij staarde weer een tijdje naar het telefoontoestel, kroop er toen over het bed naartoe en draaide het nummer. Deze keer nam een man op, met een heldere, duidelijke stem.

'Is Charles Carson er ook?' vroeg Everett, met ingehouden adem het antwoord afwachtend. Hij had het gevoel dat dit het was, en dat vooruitzicht maakte hem een beetje duizelig. Het was veel moeilijker dan hij had verwacht. En nadat hij had gezegd wie hij was, wat dan? Misschien wilde Chad hem wel helemaal niet zien. Waarom zou hij ook?

'U spreekt met Chad Carson,' zei de stem. 'Met wie spreek ik?' Hij klonk een beetje achterdochtig. De beller had gevraagd naar Charles, dus Chad wist dat het niet om een bekende ging.

'Ik...eh... Ik weet dat het stom klinkt en ik weet ook niet waar ik moet beginnen...' Ineens flapte hij het eruit. 'Ik ben Everett Carson. Ik ben je vader.' Doodse stilte aan de andere kant van de lijn, terwijl de man die had opgenomen, probeerde te verwerken wat er net was gezegd. Everett kon zich precies voorstellen wat Chad hem allemaal zou willen toeroepen en 'rot op' was daar nog een van de vriendelijkste dingen van. 'Ik weet niet goed wat ik tegen je moet zeggen, Chad. Als eerste dat het me spijt, maar dat maakt die zevenentwintig jaar natuurlijk niet goed. Ik weet niet eens of het wel goed te maken valt. En als je niet met me wilt praten, dan snap ik dat best. Je bent me niets verschuldigd, zelfs geen gesprekje.' Het bleef stil, terwijl Everett zich afvroeg of hij gewoon moest blijven praten of discreet ophangen. Hij besloot een paar seconden zwijgend te wachten voordat hij het helemaal opgaf. Het had hem zevenentwintig jaar gekost om weer contact op te nemen en zijn zoon te bellen. Voor Chad kwam dit allemaal onverwachts en daarom kon hij van schrik natuurlijk geen woord uitbrengen.

'Waar ben je?' vroeg hij ineens, terwijl Everett zich nog zat af te vragen waar hij aan was begonnen. Het was allemaal even eng.

'In Butte.' Everett sprak het nog steeds als de plaatselijke bewoners uit, al had hij op vele andere plekken gewoond. Nog steeds was vaag aan hem te horen dat hij uit Montana kwam.

'Echt waar?' vroeg Chad verbaasd. 'Wat doe je hier?'

'Er woont hier een zoon van me,' zei hij eenvoudigweg. 'En die heb ik al een hele tijd niet gezien. Ik weet niet of je mij wel wilt zien, Chad. Ik zou het je niet kwalijk nemen als je dat niet wilt. Ik heb hier al een hele tijd mee rondgelopen. Maar ik doe wat jij wilt. Ik ben gekomen om jou te zien, maar het is aan jou of je dat wilt of niet. Je bent me niets verschuldigd. Ik ben degene die zijn verontschuldigingen moet aanbieden voor de afgelopen zevenentwintig jaar.' Weer stilte aan de andere kant van de lijn, terwijl de zoon die hij niet kende zijn woorden verwerkte. 'Ik ben gekomen om het goed te maken.'

'Zit je soms bij de AA?' vroeg Chad voorzichtig. Hij herkende de vertrouwde woorden.

'Ja, al twintig maanden. Het is het beste wat ik ooit heb gedaan. Daarom ben ik nu ook hier.'

'Ik zit er ook bij,' zei Chad aarzelend. Toen kreeg hij een idee. 'Wil je soms naar een bijeenkomst gaan?'

'Graag.' Everett haalde diep adem.

'Er is er eentje om negen uur,' vertelde Chad. 'In welk hotel zit je?'

'De Ramada Inn.'

'Ik kom je afhalen. Ik heb een zwarte Ford pick-up. Ik zal twee keer toeteren. Over tien minuten ben ik er.' Ondanks alles wilde hij zijn vader net zo graag zien als zijn vader hem wilde zien.

Everett gooide wat koud water in zijn gezicht, kamde zijn haar en keek in de spiegel. Wat hij zag, was een man van achtenveertig die heel wat had meegemaakt in zijn leven en die op zijn eenentwintigste zijn toen driejarige zoontje in de steek had gelaten. Het was iets waar hij niet trots op was. Er waren nog veel dingen uit het verleden waar hij last van had, en dit was er één van. Hij had niet veel mensen verdriet gedaan in zijn leven, maar zijn zoon wel. Dat viel niet goed te maken, hij kon hem de jaren zonder vader niet teruggeven, maar in elk geval was hij nu hier.

Hij stond buiten voor het hotel te wachten in zijn spijkerbroek en een dik jack toen Chad kwam voorrijden. Everett zag dat hij een lange, aantrekkelijke jongen was met blond haar en blauwe ogen. Hij was krachtig gebouwd en had het typische loopje van een cowboy uit Montana. Hij kwam naar Everett toe lopen, keek hem diep in de ogen en stak toen zijn hand uit. Terwijl de twee mannen elkaar stonden aan te kijken, moest Everett tegen zijn tranen vechten, want hij wilde de man die tegenover hem stond niet in verlegenheid brengen. Chad zag eruit als een goed mens, als de zoon die iedere vader zich zou wensen en op wie iedere vader trots zou zijn. Ze schudden elkaar de hand, en Chad knikte even. Hij was een man van weinig woorden.

'Fijn dat je me bent komen afhalen,' zei Everett, terwijl hij in Chads truck stapte. Hij zag foto's van twee jongens en een meisje. 'Zijn dat jouw kinderen?' vroeg hij verbaasd. Het was geen moment bij hem opgekomen dat Chad zelf al wel eens kinderen zou kunnen hebben.

Chad knikte glimlachend. 'En nog eentje onderweg. Het zijn leuke kinderen.'

'Hoe oud zijn ze?'

'Jimmy is zeven, Billy vijf en Amanda drie. Ik dacht dat we klaar waren, maar toen kregen we een halfjaar geleden een verrassing. Weer een meisje.'

'Een behoorlijk groot gezin.' Everett glimlachte en begon toen hard te lachen. 'Allemachtig, ik heb mijn zoon nog geen vijf minuten terug, of ik ben al grootvader. Van vier kleinkinderen. Net goed, zal ik maar zeggen. Je bent ook niet laat begonnen,' merkte hij op.

Chad glimlachte. 'Jij ook niet.'

'Wat vroeger dan gepland.' Everett aarzelde even, want hij durfde het bijna niet te vragen. Hij deed het toch. 'Hoe gaat het met je moeder?'

'Prima. Ze is hertrouwd, maar ze heeft geen andere kinderen gekregen. Ze woont hier nog steeds.'

Everett knikte. Hij zag ertegen op haar weer te zien. Hun korte tienerhuwelijk had een bittere smaak in zijn mond achtergelaten, en bij haar waarschijnlijk ook. Ze waren drie ongelukkige jaren bij elkaar gebleven, tot hij het uiteindelijk niet meer had uitgehouden. Ze pasten totaal niet bij elkaar, het was vanaf het begin een nachtmerrie geweest. Op een keer had ze gedreigd hem met haar vaders geweer overhoop te schieten, en een maand later was Everett vertrokken. Hij was bang dat ze hem inderdaad zou vermoorden als hij niet wegging, of anders dat hij haar zou vermoorden. Ze hadden drie jaar lang constant ruziegemaakt. Hij was toen begonnen met drinken en had dat zesentwintig jaar volgehouden.

'Wat doe je?' vroeg hij belangstellend aan Chad. Hij was een opvallend aantrekkelijke man, veel aantrekkelijker dan Everett zelf op die leeftijd was geweest. Hij had scherpe gelaatstrekken en een ruige uitstraling. Hij was zelfs nog langer dan Everett en ook veel krachtiger gebouwd, alsof hij in de buitenlucht werkte, of dat in elk geval zou horen te doen.

'Ik ben assistent-voorman op de TBar7 Ranch. Zo'n dertig kilometer buiten de stad. Een en al paarden en vee.' Hij zag er ook echt als een cowboy uit.

'Heb je je school afgemaakt?'

'Ja, de avondschool. Twee jaar. Mama wilde dat ik daarna rechten zou gaan studeren.' Hij glimlachte. 'Niks voor mij. De avondschool vond ik wel leuk, maar ik voel me een stuk gelukkiger op een paard dan achter een bureau, hoewel ik daar met al die papierrommel van tegenwoordig toch vaak zit. Ik vind het maar niks. Debbie, mijn vrouw, is schooljuf. Groep vier. Ze kan fantastisch paardrijden. In de zomer doet ze aan rodeo.' Ze waren dus het volmaakte cowboyechtpaar, en hoewel Everett niet wist waarom, had hij het gevoel dat ze een goed huwelijk hadden. Chad zag eruit als een man met een goed huwelijk. 'Ben jij hertrouwd?' Chad nam hem nieuwsgierig op.

'Nee, ik was voorgoed genezen,' zei hij, en ze begonnen allebei te lachen. 'Ik heb al die jaren over de wereld gezworven, tot twintig maanden geleden, toen ik naar een afkickkliniek ben gegaan om van de alcohol af te komen. Dat had ik veel eerder moeten doen. Maar al die jaren was ik dus te dronken en had ik het ook te druk om een fatsoenlijke vrouw tegen te komen. Ik ben journalist,' voegde hij eraan toe.

Chad glimlachte. 'Dat weet ik. Mama laat me af en toe een foto van je zien. Dat heeft ze al die jaren gedaan. Je doet wel stoere dingen, zeg, oorlogen en zo. Je hebt vast veel meegemaakt.'

'Ja.' Het drong tot hem door dat hij steeds meer als iemand uit Montana ging praten. Korte zinnetjes, ingeslikte woorden en vooral minder woorden. Alles hier was karig, net als het ruige landschap. Het was er fantastisch mooi, en hij vond het wel interessant dat zijn zoon zo dicht bij huis was gebleven, in tegenstelling tot zijn vader die zijn roots zo ver mogelijk achter zich had gelaten. Hij had hier geen familie meer, de paar familieleden die hij had gehad, waren allemaal dood. Hij was nooit meer terug geweest, behalve nu dan, voor zijn zoon.

Ze kwamen aan bij het kleine kerkje waar de bijeenkomst werd gehouden, en terwijl hij achter Chad de keldertrap af liep, besefte hij dat hij veel geluk had gehad door zijn zoon te vinden, en nog meer geluk dat Chad hem had willen zien. Het had heel gemakkelijk anders kunnen lopen. In stilte bedankte hij Maggie, terwijl hij het zaaltje in liep. Het kwam door haar kalme overtuigingskracht dat hij hiernaartoe was gegaan, en daar was hij nu heel blij om. Meteen de eerste keer dat ze elkaar hadden gesproken, had ze al naar zijn zoon gevraagd.

Tot Everetts verbazing zaten er wel dertig mensen in de zaal, voornamelijk mannen en een paar vrouwen. Chad en hij gingen naast elkaar op klapstoelen zitten. De bijeenkomst was net begonnen en volgde de gebruikelijke procedure. Toen werd gevraagd of nieuwkomers of gasten zich wilden voorstellen, vertelde Everett wie hij was. Hij zei dat hij Everett heette, dat hij alcoholist was en nu twintig maanden van de drank af. Iedereen in de zaal zei: 'Hallo, Everett!' en toen gingen ze weer verder.

Hij vertelde die avond zijn verhaal, net als Chad. Everett sprak als eerste. Hij vertelde dat hij al jong was begonnen met drinken, dat zijn jeugdige huwelijk een moetje was geweest, dat hij uit Montana was weggegaan en zijn zoon in de steek had gelaten. Hij zei dat dat het enige in zijn leven was waar hij ontzettend veel spijt van had, dat hij was gekomen om het goed te maken en de puinhopen van het verleden op te ruimen, mocht dat mogelijk zijn, en dat hij blij was dat hij hier was.

Chad staarde naar zijn voeten, terwijl zijn vader sprak. Hij had afgedragen cowboylaarzen aan, die wel wat op die van zijn vader leken. Everett droeg zijn lievelingslaarzen van hagedissenleer. De laarzen van Chad waren echt die van een cowboy, onder de modderspatten, donkerbruin en flink afgedragen. Alle mannen in de zaal droegen cowboylaarzen, en zelfs twee van de vrouwen. En de mannen hadden allemaal een stetson op schoot liggen.

Chad vertelde dat hij nu al acht jaar niet meer dronk, sinds hij getrouwd was, wat zijn vader interessant vond om te horen. Hij zei dat hij die dag weer ruzie had gehad met de voorman en het liefst ontslag had genomen, maar dat hij het zich niet kon veroorloven, en dat de baby die in de lente werd verwacht, een extra last voor hem betekende. Hij zei dat hij soms bang werd van alle verantwoordelijkheden die hij had. Maar daarna zei hij dat hij hoe dan ook van zijn kinderen hield en ook van zijn vrouw en dat alles vanzelf wel weer goed zou komen. Maar hij gaf toe dat hij zich door de komst van een vierde kind nog meer vast voelde zitten aan zijn baan en dat hij daar soms kwaad over was. En toen keek hij zijn vader even aan en zei dat het maf was om een vader te ontmoeten die hij nooit had gekend, maar dat hij toch blij was dat hij was teruggekomen, al was het dan veel te laat.

Na afloop, nadat de aanwezigen elkaars hand hadden vastgehouden en hadden gebeden, mengden ze zich onder de anderen. En zodra het officiële gedeelte erop zat, heette iedereen Everett welkom en praatten ze even met Chad. Ze kenden elkaar allemaal. Op deze bijeenkomst was Everett de enige buitenstaander. De vrouwen hadden voor koffie en koekjes gezorgd, en een van hen bleek de secretaris van de bijeenkomst te zijn. Everett had tevreden naar alle bijdrages zitten luisteren en zei tegen haar dat hij het een goede bijeenkomst had gevonden. Chad stelde hem aan zijn sponsor voor, een oude, grijze cowboy met een baard en pretoogjes, en aan twee mannen van zijn eigen leeftijd van wie hij sponsor was. Chad vertelde dat hij nu al bijna zeven jaar sponsor in de AA was.

'Je bent al een hele tijd van de drank af,' merkte Everett op toen ze weggingen. 'Fijn dat je me hebt meegenomen. Ik had echt een bijeenkomst nodig.'

'Hoe vaak ga je?' informeerde Chad. Hij had genoten van zijn vaders bijdrage, die hem open en oprecht was voorgekomen.

'Als ik in L.A. ben twee keer per dag. En één keer als ik onderweg ben. En jij?'

'Drie keer per week.'

'Dat is vast niet gemakkelijk met drie kinderen en een vierde onderweg.' Hij had veel respect voor hem. Op de een of andere manier was hij ervan uitgegaan dat Chad al die jaren een soort schijndood was geweest, eeuwig kind was gebleven, maar in plaats daarvan was hij een man met vrouw en kinderen. In sommige opzichten, moest Everett toegeven, had hij meer van zijn leven gemaakt dan zijn vader. 'Hoe zit dat met die voorman?'

'Dat is een klootzak.' Chad zag er ineens jong en geïrriteerd uit. 'Zit me de hele tijd achter de vodden. Hij is vreselijk ouderwets, runt de ranch nog net zoals veertig jaar geleden. Volgend jaar gaat hij met pensioen.'

'Denk je dat jij zijn baan dan krijgt?' vroeg Everett met vaderlijke bezorgdheid.

Chad lachte en keek hem even aan, terwijl hij naar het hotel reed. 'Je bent net een uur terug en maakt je nu al zorgen over mijn baan? Heel aardig van je, pa. En wat die baan betreft, ze kunnen me die maar beter geven, anders word ik heel erg kwaad. Ik werk daar al tien jaar. En het is een goede baan.'

Everett begon te stralen toen zijn zoon hem 'pa' noemde. Het voelde goed, maar het was een eer die hij eigenlijk niet verdiende.

'Hoe lang blijf je hier?' vroeg Chad.

'Dat ligt aan jou,' antwoordde hij eerlijk. 'Wat denk jij?'

'Waarom kom je morgenavond niet bij ons eten? Het wordt niks bijzonders, want ik moet koken. Debbie is behoorlijk misselijk steeds. Dat heeft ze altijd als ze zwanger is, tot aan de laatste dag.'

'Wat stoer van haar om er dan zo veel te nemen. En van jou ook. Het zal niet gemakkelijk zijn om al die kinderen te onderhouden.'

'Ze zijn het waard. Dat merk je morgen wel. Trouwens...' Chad keek hem even met samengeknepen ogen aan. 'Billy lijkt op jou.'

Chad leek helemaal niet op Everett, hij leek op zijn moeder, was Everett opgevallen, en op haar broers, die ook veel op haar hadden geleken. Ze stamden af van grote, stevige Zweden die twee generaties eerder vanuit het Midden-Westen naar Montana waren gekomen, en daarvoor uit Zweden.

'Ik haal je morgen om halfzes af, als ik van mijn werk kom. Dan kun je kennismaken met de kinderen, terwijl ik kook. En let maar niet op Debbie. Die voelt zich hondsberoerd.'

Everett knikte en bedankte hem. Chad was vreselijk aardig tegen hem, veel aardiger dan Everett vond dat hij verdiende. Maar hij was dankbaar dat Chad na al die jaren bereid was zijn vader met open armen te ontvangen. Everett had al te lang een deel uit zijn leven gemist.

Ze zwaaiden nog even naar elkaar, terwijl Chad wegreed, en daarna haastte Everett zich naar zijn kamer. Het vroor, en op de grond lag ijzel. Glimlachend ging hij op bed zitten en belde Maggie.

Ze nam meteen op. 'Nogmaals bedankt dat je gisteren bent gekomen,' zei ze gemeend. 'Het was leuk,' voegde ze er zacht aan toe.

'Ja. Ik moet je iets vertellen. Misschien dat het als een verrassing voor je komt.'

Ze werd een beetje zenuwachtig en vroeg zich af of hij soms meer druk op haar zou gaan uitoefenen.

'Ik ben grootvader.'

'Wat?' Ze begon te lachen. Ze dacht dat hij een grapje maakte. 'Sinds gisteren? Dat heb je snel gedaan.'

'Dat valt wel mee. Ze zijn zeven, vijf en drie. En er is een vierde op komst.' Hij straalde helemaal, terwijl hij het vertelde. Hij vond het ineens een fantastisch idee dat hij familie had, al had hij dan ook het gevoel dat hij stokoud was met drie kleinkinderen. Maar wat dan nog.

'Wacht eens even. Ik snap er niks van. Heb ik iets gemist? En waar ben je trouwens?'

'In Butte,' vertelde hij trots. En het was allemaal dankzij Maggie, nog een cadeau dat ze hem had gegeven.

'In Montana?'

'Precies. Ik heb vandaag een vliegtuig genomen. Hij is echt een fantastische jongen. Nee, geen jongen, een man. Hij is assistent-voorman op een ranch hier in de buurt en hij heeft drie kinderen en een vierde op komst. Ik heb ze nog niet gezien, maar ik ga morgenavond bij ze eten. Hij kookt zelf nota bene.'

'O Everett.' Ze klonk net zo enthousiast als hij. 'Wat ben ik daar blij om! Hoe gaat het tussen jou en Chad? Wat vindt hij van... dat je...'

'Hij is een goed mens. Ik weet niet hoe zijn jeugd is geweest, of hoe hij daarover denkt. Maar hij lijkt het leuk te vinden om me te zien. Misschien zijn we er allebei aan toe. Hij zit ook bij de AA, al acht jaar. We zijn vanavond samen naar een bijeenkomst geweest. Hij staat echt met beide benen op dc grond. Veel volwassener dan ik op zijn leeftijd was, misschien zelfs wel dan ik nu ben.'

'Jij doet het ook prima. Maar ik ben zo blij dat je bent gegaan. Dat hoopte ik steeds al.'

'Zonder jou had ik het nooit gedaan. Dank je wel, Maggie.' Door haar zachte aandringen had ze hem zijn zoon teruggegeven en een heel nieuwe familie.

'Vast wel. Ik ben blij dat je even hebt gebeld om het me te zeggen. Hoe lang blijf je daar?'

'Een paar dagen. Ik kan niet al te lang blijven. Ik moet op oudejaarsavond in New York zijn, om het concert van Melanie daar te verslaan. Maar ik vind het hier fantastisch. Ik wou dat je met me mee kon naar New York. Je zou het vast leuk vinden om een concert van haar bij te wonen. Ze is fantastisch op het podium.'

'Misschien dat ik binnenkort ook wel een keertje ga. Dat lijkt me hartstikke leuk.'

'In mei geeft ze een concert in L.A. Dan nodig ik je uit.' Met een beetje geluk had ze dan misschien ook al een beslissing genomen over of ze zou uittreden of niet. Dat was het enige wat hij nu nog wenste, maar hij zei dat niet. Het was een grote beslissing, en hij wist dat ze tijd nodig had. Hij had beloofd om geen druk op haar uit te oefenen. Hij had haar alleen maar gebeld om haar te vertellen over Chad en de kinderen en om haar te bedanken voor het feit dat ze hem op haar eigen vriendelijke manier zover had gekregen om erheen te gaan.

'Veel plezier met de kinderen morgenavond, Everett. Bel me snel om te vertellen hoe het was.'

'Natuurlijk. Welterusten, Maggie... en nogmaals bedankt...'

'Je moet mij niet bedanken, Everett.' Ze glimlachte. 'Bedank God maar.'

Dat deed hij vlak voordat hij die avond in slaap viel.

De volgende dag kocht Everett cadeautjes voor de kinderen, een flesje eau de cologne voor Debbie en een grote chocoladetaart voor het dessert. Hij had alles bij zich in plastic boodschappentassen toen Chad hem kwam afhalen. Zijn zoon hielp hem de spullen achter in de pick-up te zetten. Hij zei tegen zijn vader dat ze die avond geroosterde kippenvleugeltjes en macaroni met kaas zouden eten. De kinderen en hij bepaalden tegenwoordig wat er op tafel kwam.

De twee mannen waren blij elkaar te zien. Chad reed hem naar het kleine, nette huis dat Everett al had gezien toen hij zich door een taxi naar het adres had laten rijden omdat hij wilde weten waar zijn zoon woonde. Binnen was het warm en gezellig, hoewel de huiskamer bezaaid lag met speelgoed, er kinderen op alle stoelen hingen en de tv aanstond. Een mooi, blond meisje dat er bleek uitzag, lag op de bank.

Everett sprak haar als eerste aan. 'Jij bent vast Debbie.'

Ze stond op en gaf hem een hand. 'Ja. Chad vond het zo fijn dat hij je gisteravond had gezien. We hebben het al heel vaak over je gehad door de jaren heen.' Ze zei het op een toon alsof ze alleen maar aardige dingen over hem hadden gezegd, maar dat kon hij zich bijna niet voorstellen. Er moest toch heel wat woede en verdriet naar boven zijn gekomen als zijn naam werd genoemd, in elk geval bij Chad.

Everett richtte zijn aandacht vervolgens op de kinderen, die hij meteen heel schattig vond. Ze waren net zo mooi als hun ouders en leken geen ruzie te maken. Zijn kleindochter was net een engeltje, en de twee jongens waren stoere cowboys die groot waren voor hun leeftijd. Ze konden als gezin zo op een reclameposter voor Montana. En terwijl Chad voor het eten zorgde en Debbie, zichtbaar zwanger, weer op de bank ging liggen, speelde Everett met de kinderen. Ze waren blij met hun cadeautjes. Hij leerde de jongens trucs met kaarten, met Amanda op zijn schoot, en toen het eten klaar was, hielp hij Chad met het opscheppen. Debbie kon niet aan tafel zitten, alleen al van de aanblik en de geur van eten werd ze misselijk, maar vanaf de bank deed ze wel mee aan het gesprek. Everett genoot volop en vond het jammer toen het weer tijd was voor Chad om hem terug te brengen naar zijn motel. Hij bedankte hem uitgebreid voor de leuke avond.

Toen ze voor het motel stopten, stelde Chad hem een vraag. 'Ik weet niet hoe je erover denkt, maar... zou je mama nog willen zien? Het hoeft niet, hoor. Maar ik wilde je het in elk geval vragen.'

'Weet ze dat ik hier ben?' vroeg Everett nerveus.

'Ik heb het haar vanochtend verteld.'

'Wil ze mij wel zien?' Everett kon zich dat na al die jaren niet voorstellen. Zij had vast geen mooiere herinneringen aan hun huwelijk dan hij, waarschijnlijk zelfs slechtere.

'Ze wist het niet zeker. Ik geloof dat ze wel nieuwsgierig is. Misschien dat het voor jullie allebei goed is, als een soort afsluiting. Ze zei dat ze altijd heeft gedacht dat je terug zou komen. Volgens mij is ze een hele tijd boos geweest omdat dat niet gebeurde. Maar daar is ze nu al heel lang overheen. Ze heeft het weinig over je. Ze zei dat ze morgen wel even tijd heeft, want dan komt ze toch naar de stad voor de tandarts. Ze woont zo'n vijftig kilometer buiten de stad, voorbij de ranch.'

'Misschien dat het wel een goed idee is,' zei Everett nadenkend. 'Dan kunnen we allebei het verleden begraven.' Hij dacht ook niet vaak aan zijn ex, maar nu hij Chad had leren kennen, meende hij dat hij het wel aankon om haar weer te zien, eventjes tenminste. 'Vraag haar maar hoe ze erover denkt. Ik ben de hele dag in het motel en heb verder toch niet veel te doen.' Hij had Chad en zijn gezin voor de volgende avond mee uit eten gevraagd. Chad had gezegd dat ze allemaal dol waren op Chinees en dat er in de stad een goeie zat. En de dag daarna zou hij weer teruggaan naar L.A., waar hij één nacht zou slapen, om dan naar New York te vertrekken, voor Melanies concert.

'Ik zal tegen haar zeggen dat ze kan langskomen als ze wil.'

'Ik laat het helemaal aan haar over.' Everett probeerde nonchalant te klinken, maar de gedachte Susan weer te zien, maakte hem toch een beetje nerveus. Als ze weer weg was, kon hij misschien naar een bijeenkomst gaan, net zoals hij die dag al had gedaan, 's middags, voordat Chad hem kwam afhalen. Hij ging trouw naar zijn bijeenkomsten, waar hij ook was. In L.A. was altijd keus genoeg, hier wat minder.

Chad zei dat hij de boodschap zou doorgeven en dat hij zijn vader morgenavond weer zou komen afhalen.

Everett belde Maggie weer die avond om verslag te doen. Hij zei dat hij het erg leuk had gehad, dat de kinderen heel leuk waren en keurig opgevoed. Hij vertelde haar echter niet dat hij de volgende dag zijn ex misschien zou weerzien, want hij had het idee zelf nog niet goed verwerkt en maakte zich er een beetje zorgen over. Maggie was nog blijer voor hem dan de avond ervoor.

Om tien uur de volgende ochtend maakte Susan haar opwachting in het motel. Everett zat in zijn kamer te ontbijten, met een kop koffie en een broodje. Ze klopte aan, en toen hij opendeed, stonden ze elkaar een tijdje aan te kijken. Er stonden twee stoelen in de kamer, en hij vroeg haar verder te komen. Ze zag er tegelijkertijd anders en hetzelfde uit. Ze was lang, en ze was wat zwaarder geworden, maar haar gezicht was nog hetzelfde. Haar ogen gleden onderzoekend over hem heen. Nu hij haar weerzag, was het alsof hij naar een deel van zijn eigen geschiedenis stond te kijken, een plek en een vrouw die hij zich herinnerde, maar die geen gevoelens meer bij hem opriepen. Hij kon zich niet eens herinneren of hij ooit van haar had gehouden en vroeg zich af of hij dat wel had gedaan. Ze waren allebei erg jong geweest, in de war en boos om de situatie waarin ze zich bevonden.

Ze gingen zitten en keken elkaar aan, zoekend naar woorden. Hij had hetzelfde gevoel als toen, namelijk dat hij absoluut niets met haar gemeen had, iets wat hij in zijn jeugdige begeerte en enthousiasme niet had gemerkt toen ze verkering kregen. En toen was ze zwanger geraakt. Hij herinnerde zich weer hoe wanhopig hij zich toen had gevoeld, alsof ze hem in de val had laten lopen, en hij herinnerde zich ook hoe somber de toekomst hem had toegeschenen toen haar vader had aangedrongen op een huwelijk. Hij had het gevoel gehad alsof hij levenslang had gekregen. Wanneer hij over zijn toekomst nadacht, strekten de jaren zich voor hem uit als een lange, eenzame weg die hem met wanhoop vervulde. Als hij alleen maar dacht aan die tijd, kreeg hij opnieuw bijna geen adem meer. Hij wist precies waarom hij was weggelopen, waarom hij daarvoor al zwaar was gaan drinken. Een eeuwigheid met haar voelde voor hem als zelfmoord. Ze was vast een goed mens, maar voor hem niet de ware. Het kostte hem moeite om zijn gedachten weer naar het heden te brengen, en een fractie van een seconde kreeg hij zelfs zin in alcohol, maar toen herinnerde hij zich waar hij was en dat hij een vrij man was. Ze kon hem niet meer in de val lokken. Het waren ook meer de omstandigheden geweest die dat toen hadden gedaan. Ze waren allebei slachtoffer van hun lot, maar hij had zijn lot niet aan het hare willen verbinden. Hij had nooit kunnen wennen aan het idee zijn hele leven met haar te moeten doorbrengen, zelfs voor zijn zoon had hij dat niet kunnen opbrengen.

'Chad is een fantastische jongen,' complimenteerde hij haar.

Ze knikte, met een vreugdeloos lachje.

Hij vond haar er niet erg gelukkig uitzien, maar ook niet ongelukkig. Ze was gewoon erg middelmatig. 'En hij heeft ook leuke kinderen. Je zult vast wel trots op hem zijn. Je hebt het goed gedaan met hem, Susan. En dat is niet dankzij mij. Het spijt me van al die jaren.' Dit was voor hem de kans om het ook met haar goed te maken, hoe ongelukkig ze samen ook waren geweest. Hij besefte nu pas goed wat een klote-echtgenoot en -vader hij was geweest. Hij was toen zelf nog een kind geweest.

'Maakt niet uit,' zei ze vaag, terwijl hij bij zichzelf dacht dat ze er ouder uitzag dan ze was. Haar leven in Montana was niet gemakkelijk geweest, net zomin als het zijne dat was geweest. Maar hij had wel een veel interessanter leven geleid met al die reizen. Ze was zo heel anders dan Maggie, die altijd zo levendig was. Susan had iets wat hem een doods gevoel vanbinnen gaf, zelfs nu nog. Hij kon zich bijna niet voorstellen dat ze ooit jong en aantrekkelijk was geweest.

'Hij is altijd een goeie jongen geweest. Ik had liever gehad dat hij was gaan studeren, maar hij is het liefst de hele dag buiten met een paard onder zijn gat.' Ze haalde haar schouders op. 'Nou ja, als hem dat gelukkig maakt.'

Everett zag liefde in haar ogen glanzen. Ze hield van hun zoon. Daar was hij blij om.

'Volgens mij is hij dat wel.' Het was een vader-moedergesprek dat raar leek tussen hen. Het was waarschijnlijk het eerste en meteen het laatste gesprek dat ze samen over hun zoon voerden. Hij hoopte dat ze gelukkig was, hoewel ze niet overkwam als een vrolijke, extraverte vrouw. Ze had een ernstig, emotieloos gezicht. Toch leek ze wel tevreden terwijl ze naar Everett keek, alsof ze met hun ontmoeting iets kon afsluiten. Ze waren zo verschillend dat ze doodongelukkig zouden zijn geworden als ze bij elkaar waren gebleven. En terwijl haar bezoekje ten einde liep, wisten ze allebei dat de dingen niet voor niets waren gegaan zoals ze waren gegaan.

Ze bleef maar kort, en hij bood haar nog een keer zijn verontschuldigingen aan. En toen ging ze weg, naar de tandarts, en hij ging een eindje wandelen en daarna naar de bijeenkomst van de AA. Daar vertelde hij dat hij haar had gezien en dat hun ontmoeting hem had herinnerd aan hoe wanhopig hij toen was geweest, en hoe ongelukkig en gevangen hij zich had gevoeld in hun huwelijk. Hij had het gevoel alsof hij pas nu de deur naar zijn verleden op slot kon doen. Door haar terug te zien, wist hij weer waarom hij was weggegaan. Een leven met haar zou zijn dood hebben betekend, maar hij was wel dankbaar voor Chad en zijn kleinkinderen. Dus uiteindelijk hadden ze samen toch iets goeds gehad. Het was allemaal om een reden gebeurd, en nu begreep hij wat die reden was. Hij had toen niet kunnen weten dat hij het pas dertig jaar later allemaal zou snappen, dat Chad en zijn kinderen zijn enige familie zouden worden. Dus ze had toch iets goeds in zijn leven gebracht, en daar was hij haar dankbaar voor.

Het etentje bij de Chinees die avond was grote pret. Chad en hij raakten niet uitgepraat, en de kinderen kletsten en giechelden en knoeiden vreselijk met hun eten. Debbie was er ook en probeerde zich zo min mogelijk aan te trekken van de etensgeurtjes. Ze hoefde maar één keer naar buiten om een luchtje te scheppen. En toen Chad zijn vader later voor het motel afzette, omhelsde hij hem stevig. De kinderen en Debbie volgden zijn voorbeeld.

Toen zei Chad: 'Fijn dat je met mama hebt willen praten. Volgens mij betekende het veel voor haar. Ze had altijd het gevoel dat ze nooit echt afscheid van je heeft kunnen nemen. Ze heeft altijd gedacht dat je terug zou komen.'

Everett wist precies waarom hij dat niet had gedaan, maar dat zei hij niet tegen zijn zoon. Per slot van rekening was Susan zijn moeder. Zij was degene geweest die hem had opgevoed, die er voor hem was geweest. Misschien dat Everett haar saai vond, maar ze had hun zoon goed opgevoed en daarvoor verdiende ze zijn respect. 'Ik geloof dat het voor ons allebei goed was om elkaar weer te zien,' zei hij naar waarheid. Het had het verleden voor hem verduidelijkt.

'Ze zei dat het een prettig bezoek was geweest.' Dat waren haar woorden, dacht hij, niet de zijne. Maar voor Chad was het belangrijk om dat te denken, dus liet hij het erbij.

Hij beloofde terug te komen en contact te houden. Hij gaf hun het nummer van zijn mobieltje met de woorden dat hij veel onderweg was voor zijn werk.

Ze zwaaiden allemaal toen ze wegreden. Het bezoek was een groot succes geweest en hij belde Maggie weer om haar alles te vertellen. Hij voelde zich oprecht bedroefd bij de gedachte dat hij de volgende dag weer zou vertrekken. Maar zijn missie was geslaagd. Hij had zijn zoon gevonden. Chad was een fantastische man, met een lieve vrouw en een leuk gezin. En zelfs zijn ex-vrouw bleek geen monster te zijn, ze was alleen niet de vrouw met wie hij zijn leven had kunnen delen. Het reisje naar Montana had hem alleen maar vreugde gebracht, en degene aan wie hij dat allemaal te danken had, was Maggie. Maggie was de bron van heel veel goede dingen in zijn leven.

De volgende dag keek Everett naar Montana onder hem, terwijl het vliegtuig opsteeg. Het toestel maakte een bocht alvorens in westelijke richting te vliegen, en Everett wist dat ze over het land vlogen waar de ranch lag, waar Chad werkte. Glimlachend keek hij naar beneden, in de wetenschap dat hij een zoon had, en kleinkinderen, en dat hij die nooit meer zou kwijtraken. Nu hij zijn spoken uit het verleden onder ogen had gezien, en zijn eigen falen, zou hij Chad en zijn gezin kunnen opzoeken wanneer hij maar wilde. Hij verheugde zich erop. Misschien zou hij zelfs Maggie een keertje meenemen. Hij wilde zijn nieuwe kleinkind in de lente zien. Het bezoek waar hij zo tegen op had gezien, bleek het gedeelte uit zijn leven te zijn dat hij al die jaren had gemist, misschien zijn hele leven wel. En nu had hij het teruggevonden. De twee grootste geschenken in zijn leven waren Maggie en Chad.

Hoofdstuk 20

Everett maakte voor *Scoop* een verslag van Melanies oudejaarsconcert in New York. Madison Square Garden was tot de nok toe gevuld met fans, en Melanie was fantastisch in vorm. Haar enkel was weer beter, haar geest was kalm en hij zag dat ze gelukkig en sterk was. Backstage praatte hij nog een paar minuten na met Tom en maakte een foto van hem en Melanie. Zoals gewoonlijk liep Janet iedereen bevelen te geven, maar ze leek niet zo kattig als anders en deed ook minder vervelend. Bij hen leek alles goed te gaan.

Op oudejaarsavond, toen het bij Maggie middernacht was, belde hij haar. Ze zat thuis tv te kijken. Het was na het concert en hij was opgebleven om haar te kunnen bellen. Ze zei dat ze aan hem dacht en klonk een beetje bedrukt.

'Gaat het wel goed met je?' vroeg hij bezorgd. Hij was steeds bang dat ze de deur voor hem zou dichtgooien. Hij wist hoe sterk haar loyaliteit aan haar gelofte was en hij vormde een enorme bedreiging voor alles waar ze in geloofde.

'Ik heb veel aan mijn hoofd,' gaf ze toe. Ze moest haar hele leven evalueren en tot een besluit zien te komen, met gevolgen voor zowel haar als zijn leven.

'Bid maar niet te hard. Misschien komen de antwoorden vanzelf, als je de tijd gewoon zijn gang laat gaan.'

'Laten we het hopen,' verzuchtte ze. 'Gelukkig Nieuwjaar, Everett. Ik hoop dat het een mooi jaar voor je wordt.'

'Ik hou van je, Maggie.' Hij voelde zich ineens eenzaam. Hij miste haar en had geen flauw idee hoe alles zou uitpakken. Hij herinnerde zichzelf eraan dat hij per dag moest leven en zei dat ook tegen haar.

'Ik hou ook van jou, Everett. Bedankt voor het bellen. Doe Melanie de groeten van me als je haar weer ziet. Zeg haar maar dat ik haar mis.'

'Dat zal ik doen. Welterusten, Melanie. Gelukkig Nieuwjaar... Ik hoop dat het voor ons allebei een mooi jaar wordt, als dat kan.'

'Dat ligt in Gods handen.' Ze liet het aan Hem over. Meer kon ze niet doen, en ze zou luisteren naar elk antwoord dat in een gebed tot haar kwam.

Toen hij de lamp in zijn hotelkamer uitdeed, zat zijn hoofd vol met Maggie, net als zijn hart. Hij had haar beloofd om geen druk uit te oefenen, al was hij dan ook af en toe bang. Voordat hij ging slapen, bad hij de Serenity Prayer. Het enige wat erop zat, was afwachten en hopen dat alles goed zou komen, voor hen allebei. Hij dacht aan haar, terwijl hij in slaap viel, zich afvragend wat de toekomst brengen zou.

De tweeënhalve maand daarna zag hij Maggie niet één keer, hoewel hij haar vaak belde. Ze zei dat ze tijd en ruimte nodig had om na te denken. Maar half maart kwam hij naar San Francisco om voor *Scoop* Seths proces bij te wonen. Maggie wist dat hij zou komen en wist ook dat hij het heel druk zou hebben. De avond voor het begin van het proces gingen ze samen uit eten. Hij zag haar voor het eerst sinds bijna drie maanden weer en vond dat ze er fantastisch uitzag. Hij vertelde dat Debbie, Chads vrouw, de avond ervoor een baby had gekregen die ze Jade hadden genoemd. Maggie was oprecht blij voor hem.

Ze genoten van een rustig maal, en na afloop bracht hij haar naar huis. Op de stoep bleven ze nog even over Sarah en Seth staan praten. Maggie zei dat ze zich zorgen om Sarah maakte. Ze zouden het allebei erg moeilijk krijgen. Maggie en Everett hadden eigenlijk allebei verwacht dat Seth het op het allerlaatste moment wel op een akkoordje met de aanklager zou gooien om een proces te voorkomen, maar dat had hij blijkbaar niet gedaan. Dus moest hij voor de jury verschijnen. Het zat er niet in dat de uitspraak gunstig voor hem zou uitvallen. Maggie zei dat ze voortdurend bad voor een goede afloop.

Ze hadden het geen van beiden over hun eigen situatie, of over de beslissing waar Maggie mee worstelde. Everett nam aan dat ze het hem wel zou vertellen zodra ze wist wat ze wilde. En blijkbaar wist ze dat nog niet. Dus hadden ze het voornamelijk over het proces.

Sarah belde die avond Seth vanuit haar appartement aan Clay Street, voordat ze naar bed ging. 'Ik wilde je alleen even zeggen dat ik van je hou en dat ik hoop dat het goed uitpakt voor jou. Ik wil niet dat je denkt dat ik kwaad ben. Dat ben ik niet. Ik ben alleen maar bang, om ons allebei.'

'Ik ook,' bekende hij. Van zijn dokter had hij kalmerende middelen en bètablokkers gekregen. Hij wist niet hoe hij het proces moest overleven, maar hij wist dat er niets anders op zat en was blij dat ze even belde. 'Fijn dat je belt, Sarah.'

'Tot morgen. Welterusten, Seth.'

'Ik hou van je, Sarah,' zei hij bedroefd.

'Dat weet ik,' zei ze net zo bedroefd. Daarna hing ze op. Ze had nog niet die toestand van genade bereikt waar ze het met

Maggie over had gehad. Maar ze had wel medelijden met hem. Dat was het enige wat ze op dit moment kon opbrengen, haar medeleven aan hem betonen. Meer dan dat was nog te veel gevraagd.

Nadat Everett de volgende dag was opgestaan, stopte hij zijn camera in zijn schoudertas. Hij mocht hem niet mee de rechtbank in nemen, maar hij kon wel fotograferen wat zich buiten allemaal afspeelde, en de mensen die in- en uitliepen. Hij maakte een foto van Sarah toen ze met een ernstig gezicht naast haar man de rechtbank in liep. Ze droeg een donkergrijs pakje en was lijkbleek. Seth zag er nog beroerder uit, wat goed te begrijpen was. Sarah zag Everett niet. Maar later die ochtend zag Everett Maggie binnenkomen. Ze ging discreet op de achterste rij in de rechtszaal zitten. Ze wilde erbij zijn voor Sarah, misschien dat het haar steunde.

Toen Maggie de zaal weer uit kwam, babbelde ze even met Everett. Hij had het druk, en zij had een afspraak met een maatschappelijk werker om een plek in een opvang te regelen voor een dakloze die ze kende. Everett en zij leidden allebei drukke levens en genoten van hun werk. Die avond ging ze weer met hem uit eten, toen hij klaar was op de rechtbank. Er werd een jury samengesteld, en ze dachten allebei dat het proces wel eens erg lang kon gaan duren. De rechter had de juryleden gewaarschuwd dat het wel een maand kon duren, omdat er zo veel financiële gegevens en ander materiaal bestudeerd moesten worden. Everett vertelde Maggie dat Seth er de hele middag beroerd had uitgezien en dat Sarah en hij nauwelijks een woord hadden gewisseld, maar dat ze wel trouw aan zijn zijde had gezeten.

Alleen de selectie van juryleden duurde al twee weken, wat kwellend lang was voor Seth en Sarah, maar uiteindelijk werd er een jury geïnstalleerd. Er waren twaalf juryleden, en twee substituten. Acht vrouwen en zes mannen. En toen kon het proces eindelijk beginnen. De aanklager en de advocaat van de verdediging hielden hun openingspleidooi. Sarah kromp ineen toen de aanklager Seth beschreef als een immorele fraudeur. Seth keek met een strak gezicht voor zich uit, terwijl de juryleden hem in de gaten hielden. Hij slikte tenminste nog kalmeringsmiddelen. Sarah niet. Ze kon zich niet voorstellen dat Seths advocaten iets konden inbrengen tegen de bewijzen tegen Seth, die zich dag na dag opstapelden, onderbouwd door getuigen en getuige-deskundigen.

In de derde procesweek was Seth volledig uitgeput, en Sarah had het gevoel dat ze nauwelijks meer op haar benen kon staan wanneer ze 's avonds thuiskwam bij haar kinderen. Ze had vrij genomen van haar werk om bij Seth te kunnen zijn, en Karen Johnson van het ziekenhuis had gezegd dat ze zich er niet druk over hoefde te maken. Ze had intens medelijden met Sarah, net als Maggie, die haar iedere avond even belde om te vragen hoe het ging. Ondanks de ongelooflijke druk waaronder ze stond, hield Sarah stand.

Tijdens de moeilijke weken van het proces ging Everett vaak met Maggie uit eten. Pas in april begon hij weer over hun situatie. Maggie zei dat ze er niet over wilde praten, dat ze nog steeds bad. Dus hadden ze het weer over het proces, wat deprimerend was, maar waardoor ze ook allebei geobsedeerd waren. Het was het enige nog waar ze het over hadden wanneer ze elkaar spraken. De openbare aanklager boorde Seth iedere dag dieper de grond in, en Everett zei dat het zelfmoord was geweest om het op een proces te laten aankomen. Seths advocaten deden hun best, maar het pleidooi van de aanklager zat zo goed in elkaar dat ze weinig konden inbrengen tegen de stortvloed aan bewijzen tegen hem. Maggie zag Sarah in de loop der weken steeds bleker en magerder worden wanneer ze naar de rechtbank kwam om haar te steunen. Toch moest ze volhouden. Het proces was een vuurproef voor hen beiden en voor hun huwelijk. Van Seths geloofwaardigheid en reputatie bleef geen spaan heel, en dat was voor iedereen die om hen gaf, moeilijk om aan te zien, vooral omwille van Sarah. Het werd iedereen steeds duidelijker dat Seth het beter op een akkoordje had kunnen gooien dan dit proces doorzetten. Gezien de beschuldigingen, onderbouwd door getuigenverklaringen en bewijzen tegen hem, leek vrijspraak onmogelijk. Sarah droeg geen enkele schuld, net als de investeerders was ook zij gedupeerd, maar uiteindelijk betaalde ze net zo'n hoge tol als Seth, en misschien wel een hogere. Maggie had zielsveel medelijden met haar.

Voor de eerste week van het proces waren Sarahs ouders overgevlogen. Haar vader had echter last van zijn hart, en omdat haar moeder niet wilde dat hij zich te veel vermoeide of te veel stress had, waren ze weer naar huis gegaan, terwijl de bewijzen tegen Seth zich opstapelden. Het kon nog weken duren voordat de zaak voorbij was.

Seths advocaten deden hun uiterste best om hem te verdedigen. Henry Jacobs was een degelijke en geoefende strafpleiter. Het probleem was alleen dat Seth hun weinig had gegeven waar ze iets mee konden, dus hun pleidooi bestond voornamelijk uit gebakken lucht en dat ontging niemand. Op de avond voordat de verdediging het slotpleidooi zou houden, gingen Everett en Maggie wat eten in het café tegenover haar huis, waar ze elkaar vaker 's avonds troffen. Everett schreef dagelijks een stuk over het proces voor *Scoop*. Maggie had gewoon haar werk, maar ze probeerde al haar vrije tijd op de rechtbank te zijn. Zo bleef ze goed op de hoogte van alles wat er gebeurde en bovendien kon ze tussendoor Everett even zien en Sarah zo vaak mogelijk moed inpraten tijdens deze nachtmerrie.

'Wat gaat er met haar gebeuren als hij de bak in draait?' vroeg

Everett aan Maggie. Hij maakte zich ook zorgen om Sarah die er steeds magerder en moedelozer uitzag. Toch was ze nog geen dag van de zijde van haar man geweken. En ze probeerde er ook nog steeds elegant en beheerst uit te zien en vertrouwen in Seth uit te stralen, maar Maggie wist maar al te goed dat ze dat niet had. Soms belden ze elkaar 's avonds laat nog even. Heel vaak kon Sarah dan alleen nog maar snikken, compleet uitgeput door de constante stress. 'Want ik geloof nooit dat hij wordt vrijgesproken,' vervolgde Everett. Na alles wat hij de afgelopen weken had gehoord, was hij ervan overtuigd dat Seth zou worden veroordeeld. En hij kon zich niet voorstellen dat de jury daar anders over zou denken.

'Ik weet het niet. Op de een of andere manier zal ze toch door moeten. Ze heeft geen keus. Haar ouders staan gelukkig achter haar, maar ze wonen ver weg. Dus daar heeft ze niet al te veel aan. Ze zal het in haar eentje moeten zien te rooien. Volgens mij hadden ze niet veel echt goede vrienden, en daarvan zijn de meeste inmiddels afgehaakt. En volgens mij schaamt Sarah zich zo dat ze niet om hulp durft te vragen. Bovendien is ze daar te trots voor. Ze is erg sterk, maar als hij de gevangenis in draait, is ze helemaal alleen. Ik weet niet of hun huwelijk dit zal overleven. Dat is een keuze die zij zal moeten maken.'

'Ik vind het heel bijzonder dat ze het nog zo lang volhoudt. Als ik haar was geweest, had ik die zak meteen laten barsten toen hij werd aangeklaagd. Hij verdient niet beter. Hij heeft haar in zijn val meegesleept. Niemand heeft het recht om dat een ander uit pure hebzucht en oneerlijkheid aan te doen. Het is gewoon een zak.'

'Ze houdt van hem,' zei Maggie eenvoudigweg. 'En ze probeert loyaal aan hem te blijven.'

'Ik vind dat ze daarin te ver gaat. Die vent heeft haar leven compleet verwoest, hij heeft de toekomst van haar en van hun kinderen op het spel gezet uit puur egoïsme, en zij blijft hem steunen. Dat verdient hij gewoon niet. Denk je dat ze hem ook nog blijft steunen als hij wordt veroordeeld, Maggie?' Hij vond Sarahs loyaliteit ongelooflijk en wist van zichzelf dat hij daartoe nooit in staat zou zijn. Hij bewonderde haar enorm en had intens veel medelijden met haar. Hij was ervan overtuigd dat dat voor de hele rechtszaal gold.

'Ik weet het niet,' antwoordde Maggie naar waarheid. 'En ik geloof dat Sarah het zelf ook niet weet. Ze wil de juiste keus maken. Maar ze is pas zesendertig. Ze verdient een beter leven dan dit, als hij de gevangenis in draait. Als ze gaan scheiden, kan ze een nieuw leven beginnen. Zo niet, dan zal ze hem jarenlang moeten bezoeken in de gevangenis en op hem wachten, terwijl het leven langs haar heen glijdt. Ik wil haar niet vertellen wat ze moet doen, dat is niet aan mij. Maar ik heb er zelf gemengde gevoelens over. Dat heb ik haar ook verteld. Wat er ook gebeurt, het is belangrijk dat ze hem vergiffenis schenkt, maar dat wil nog niet zeggen dat ze haar leven voor hem moet opgeven, omdat hij een fout heeft gemaakt.'

'Ik vind vergiffenis veel gevraagd,' zei hij somber.

Maggie knikte. 'Ja, dat is het ook. Ik weet niet of ik het zou kunnen. Waarschijnlijk niet,' zei ze eerlijk. 'Ik wil graag denken dat ik het wel zou kunnen, maar ik geloof niet dat dat zo is. Maar alleen Sarah kan beslissen wat ze wil. En volgens mij weet ze het nog niet. Ze heeft weinig keuze. Ze zou zelfs bij hem kunnen blijven zonder het hem ooit te vergeven, of het hem vergeven en toch bij hem weggaan. Genade neemt soms vreemde gedaantes aan. Ik kan alleen maar hopen dat ze het juiste antwoord voor zichzelf vindt.'

'Ik weet wel wat dat van mij zou zijn,' zei hij onverbiddelijk. 'Ik zou die smeerlap vermoorden. Maar ja, dat helpt haar ook geen steek verder. Ik benijd haar niet, om daar dag in dag uit te moeten zitten aanhoren wat voor oneerlijke klootzak hij is. En toch loopt ze iedere dag met hem de rechtbank uit en geeft ze hem een afscheidskus voordat ze teruggaat naar haar kinderen.'

Terwijl ze op hun toetje wachtten, besloot Everett om een veel gevoeliger onderwerp aan te snijden. Met kerst had Maggie hem beloofd om over hen na te denken. Dat was nu bijna vier maanden geleden, en net als Sarah had ze nog steeds geen besluit genomen en ook ieder gesprek met hem erover vermeden. Hij werd langzamerhand gek van het wachten. Hij wist dat ze van hem hield, maar ook dat ze niet wilde uittreden. Voor haar was dit ook een kwellende beslissing. En net als Sarah zocht ze naar antwoorden en naar een staat van genade waarin ze eindelijk zou ontdekken wat ze moest doen. In Sarahs geval waren alle opties even lastig, maar misschien gold dat voor Maggie ook. Óf ze zou moeten uittreden om haar leven met Everett te kunnen delen, óf ze moest die hoop laten varen en de rest van haar leven trouw blijven aan haar gelofte. In beide gevallen raakte ze iets kwijt waarvan ze hield en wat ze wilde, maar in beide gevallen kreeg ze er ook iets voor terug. Maar ze zou een keuze moeten maken, ze kon niet allebei hebben. Everett keek haar onderzoekend aan, terwijl hij het onderwerp voorzichtig weer probeerde aan te snijden. Hij had beloofd om geen druk uit te oefenen, om haar alle tijd te geven die ze nodig had, maar op sommige momenten wilde hij haar alleen maar in zijn armen nemen en haar smeken om met hem weg te lopen. Hij wist dat ze dat nooit zou doen. Als ze naar hem toe kwam en voor een leven met hem koos, dan zou het een weloverwogen besluit zijn, niet overhaast, en het zou vooral een eerlijk besluit zijn.

'Hoe denk je tegenwoordig eigenlijk over ons?' informeerde hij voorzichtig, terwijl ze eerst in haar koffiekopje staarde en toen naar hem. Hij zag de gekwelde blik in haar ogen en plotseling sloeg de schrik hem om het hart. Misschien had ze al een keus gemaakt, een keus die niet in zijn voordeel was uitgevallen.

'Ik weet het niet, Everett,' verzuchtte ze. 'Ik hou van je. Dat weet ik. Ik weet alleen niet welk pad ik moet volgen, welke richting ik moet nemen. Ik wil zeker weten dat ik het juiste pad kies, in het belang van ons allebei.' Ze had er diep over nagedacht de afgelopen vier maanden, en zelfs al daarvoor, al vanaf hun eerste kus.

'Je weet wat mijn keus zou zijn,' zei hij met een nerveus lachje. 'Ik neem aan dat God van je blijft houden, wat je ook doet, en ik ook. Maar ik zou echt heel graag mijn leven met je willen delen, Maggie.' En ik zou zelfs kinderen met je willen, dacht hij er bij zichzelf achteraan, maar daar had hij het met haar nog nooit over gehad. Eén beslissing per keer was genoeg. Mocht ze voor hem kiezen, dan konden ze het daar altijd nog over hebben. Op dit moment stond ze voor een veel grotere keuze. 'Misschien moet je eens met je broer gaan praten. Hij heeft dit ook meegemaakt. Hoe was dat voor hem?'

'Hij heeft nooit zo'n sterke roeping gevoeld. Toen hij zijn vrouw leerde kennen, was hij binnen de kortste keren vertrokken. Ik geloof niet dat hij zich erg verscheurd heeft gevoeld. Hij zei dat God dat op zijn pad had gelegd, dat het zo moest zijn. Ik wou dat ik ook zo zeker kon zijn. Misschien is dit wel een extreme vorm van verzoeking om me uit te testen, maar misschien is het ook mijn lot.'

Hij zag hoe gekweld ze zich nog steeds voelde en vroeg zich af of ze ooit een keuze zou maken, of dat ze het uiteindelijk gewoon zou opgeven. 'Je kunt gewoon met daklozen blijven werken, net als nu. Je kunt verpleegster worden, of maatschappelijk werkster, of allebei. Je kunt doen wat je maar wilt, Maggie. Dat hoef je allemaal niet op te geven.' Hij had dat al eerder tegen haar gezegd, maar het probleem was voor haar niet zozeer haar werk als wel haar gelofte. Ze wisten allebei dat dat het struikelblok was.

Wat hij echter niet wist, was dat ze inmiddels al drie maanden gesprekken voerde met het hoofd van haar orde, en met haar moeder-overste, met haar biechtvader en met een psycholoog die zich had gespecialiseerd in problemen die zich voordeden in religieuze gemeenschappen. Ze deed alles wat in haar macht lag om een wijs besluit te nemen en worstelde er niet in haar eentje mee. Everett zou blij zijn geweest als hij het had geweten, maar ze wilde hem geen valse hoop geven. Want ze wist nog steeds niet of de beslissing in zijn voordeel zou uitvallen.

'Kun je me nog iets meer tijd geven?' vroeg ze met een gepijnigde blik. Voor zichzelf had ze juni als deadline gesteld, maar ook dat vertelde ze hem niet, om dezelfde reden.

'Natuurlijk,' zei hij wijselijk. Hij liep met haar mee naar haar huis aan de overkant van de straat. Hij was inmiddels een keer in haar appartementje geweest en was geschrokken van hoe klein en kaal en deprimerend het er was. Ze zei steeds dat het haar niet uitmaakte en dat het veel leuker en groter was dan een kloostercel. Hij zei het niet tegen haar, maar hij zou het nog geen dag hebben uitgehouden in haar appartement. De enige versiering was een crucifix aan de muur. Verder was het er leeg, op een bed, een ladekast en een kapotte stoel na die ze op straat had gevonden.

Nadat hij haar had weggebracht, ging hij naar een bijeenkomst van de AA. Toen die voorbij was, ging hij terug naar zijn hotelkamer om zijn verslag over de gang van zaken tijdens het proces van die dag te schrijven. *Scoop* was tevreden over het werk dat hij stuurde. Zijn artikelen waren goed geschreven en hij had een paar fantastische foto's gemaakt buiten de rechtbank.

De verdediging deed bijna een dag over het slotpleidooi. Seth volgde het fronsend, met een bezorgde blik, en Sarah deed een paar keer haar ogen dicht, terwijl ze geconcentreerd luisterde. Maggie zat op de achterste rij te bidden. Henry Jacobs en zijn team hadden Seth zo goed mogelijk verdedigd. Gezien de omstandigheden hadden ze zich goed van hun taak gekweten. Maar de omstandigheden waren niet goed.

De volgende dag instrueerde de rechter de juryleden, hij bedankte de getuigen voor hun verklaringen en de aanklagers en advocaten voor hun werk. Daarna trok de jury zich terug om te beraadslagen. Het hof ging uiteen tot de jury met de uitspraak zou komen. Sarah en Seth en hun advocaten bleven in de rechtbank rondhangen, hoewel iedereen wist dat het wel dagen kon duren.

Everett liep met Maggie mee naar buiten. Maggie had daarvoor nog even met Sarah gepraat, die er beroerd uitzag, maar volhield dat het prima met haar ging. Op straat sprak ze een paar minuten met Everett, maar toen moest ze weg omdat ze een afspraak had. Ze ging weer naar het hoofd van de orde, maar dat zei ze natuurlijk niet tegen Everett. Ze kuste hem op de wang en vertrok. Everett ging weer naar binnen om samen met de anderen te wachten, terwijl de jury zich beraadde.

Sarah zat naast Seth achter in de rechtszaal. Ze hadden even een luchtje geschept, maar niets hielp echt. Sarah had het gevoel dat ze zat te wachten tot de volgende bom zou inslaan. Ze wisten allebei dat hij eraan kwam. De enige vraag was hoe hard hij zou inslaan en hoeveel schade hij zou aanrichten.

'Het spijt me, Sarah,' zei Seth zacht. 'Ik vind het heel erg dat je dit moet meemaken. Ik had echt nooit gedacht dat er zoiets zou kunnen gebeuren.'

Het zou fijn zijn geweest als hij daar van tevoren aan had gedacht in plaats van achteraf, maar dat zei ze niet hardop.

'Haat je me?' Hij keek haar onderzoekend aan.

Ze schudde haar hoofd en begon als zo vaak tegenwoordig

weer te huilen. Alle gevoelens die ze ooit had gehad, leken naar boven te komen. Het was alsof ze niets meer had om zich aan vast te klampen, alsof alles was opgebruikt om hem te kunnen steunen. 'Ik haat je niet. Ik hou van je. Ik wou alleen dat dit niet was gebeurd.'

'Ik ook. Ik wou dat ik het toch op een akkoordje had gegooid in plaats van jou dit allemaal aan te doen. Ik dacht alleen dat we misschien wel een kans hadden om te winnen.'

Ze vreesde dat hij zichzelf daarmee ook voor de gek had gehouden, net zoals hij zichzelf voor de gek had gehouden toen hij samen met Sully die fraude had gepleegd. Uiteindelijk hadden beide mannen tijdens het vooronderzoek elkaar de schuld in de schoenen proberen te schuiven. Ze hadden zelfs zo veel informatie over elkaar prijsgegeven, dat ze daarmee alleen maar hun eigen schuld hadden bewezen en niet, zoals ze hadden gehoopt, hun eigen hachje gered. Ze konden zelfs niet meer op strafvermindering hopen. Met geen van beiden was het op een akkoordje gegooid. In het begin van het onderzoek hadden ze Seth die mogelijkheid nog wel geboden, maar later hadden ze die herroepen. Henry had Seth gewaarschuwd dat een proces nadelig kon uitpakken, maar Seth, die wel van een gokje hield, meer dan iedereen voor mogelijk had gehouden, besloot het erop te wagen, en nu zat hij angstig te wachten op de beslissing van de jury.

'We kunnen nu alleen nog maar afwachten wat ze beslissen,' zei Sarah kalm. Hun lot lag in handen van de jury.

'En jij?' vroeg hij bezorgd. Hij wilde niet dat ze bij hem wegging. Hij had haar nu veel te hard nodig, ongeacht wat het voor haar betekende. 'Heb jij al een besluit genomen over ons?'

Ze schudde alleen maar haar hoofd. Ze hadden op dit moment te veel te verstouwen om er ook nog een scheiding bij te kunnen gebruiken. Ze wilde het oordeel van de jury afwachten.

Seth drong niet aan. Hij was bang voor wat er zou gebeuren als hij dat wel deed. Hij zag dat Sarah een breekpunt had bereikt, dat ze daar al een tijdje tegenaan had gezeten. Het proces was zwaar geweest voor haar, maar ze had hem tot aan het eind trouw gesteund, precies zoals ze hem had beloofd. Ze had woord gehouden, iets wat van hem niet gezegd kon worden.

Everett had hem tegenover Maggie een keer een smeerlap genoemd. Anderen hadden wel ergere dingen over hem gezegd, maar nooit in Sarahs gezicht. Zij was de heldin in het verhaal, en tegelijkertijd het slachtoffer, en in Everetts ogen ook de heilige.

De jury deed er zes dagen over om tot een besluit te komen. De bewijsstukken waren ingewikkeld. Het wachten viel Sarah en Seth zwaar. Iedere avond gingen ze elk naar hun eigen appartement. Op een avond had Seth haar gevraagd of ze met hem mee wilde komen, hij durfde niet alleen te zijn, maar Molly was ziek, en eerlijk gezegd wilde ze de nacht ook niet met hem doorbrengen. Dat zou te moeilijk zijn geweest. Ze probeerde zichzelf te beschermen, hoewel ze het naar vond om nee tegen hem te zeggen. Ze wist dat hij vreselijk veel verdriet had, maar dat had zij ook. Hij ging dus alleen naar zijn appartement waar hij dronken werd. Om twee uur 's nachts belde hij haar en vertelde haar slissend dat hij van haar hield. De volgende dag was te zien dat hij een kater had. Diezelfde dag, aan het eind van de middag, kwam de jury eindelijk de rechtszaal in. En iedereen haastte zich naar binnen, terwijl het hof weer bijeen werd geroepen.

Op plechtige toon vroeg de rechter of de jury tot een uitspraak was gekomen in de zaak Seth Sloane, en de voorzitter van de jury stond op, net zo plechtig en ernstig. Hij was eigenaar van een pizzeria, had de middelbare school niet afgemaakt, was katholiek en had zes kinderen. Hij was enorm plichtsgetrouw en was tijdens het proces iedere dag in pak verschenen.

'Ja, edelachtbare,' zei de voorzitter. Er lagen vijf aanklachten tegen Seth. De rechter las ze stuk voor stuk voor en bij elke aanklacht vertelde de voorzitter wat het oordeel van de jury was. De hele rechtszaal hield de adem in. Seth werd schuldig bevonden aan alle vijf de aanklachten.

Er viel een korte stilte in de zaal, terwijl de aanwezigen het nieuws probeerden te verwerken, maar toen barstte een kakofonie van geluiden los, en de rechter sloeg met zijn hamer, riep iedereen tot de orde, bedankte de jury en zei dat ze konden gaan. Het proces had vijf weken geduurd en de beraadslagingen nog eens een week. Terwijl langzaam tot Sarah doordrong wat er was gebeurd, draaide ze zich om naar Seth. Hij zat in zijn stoel te huilen en keek haar vol wanhoop aan. Volgens Henry Jacobs konden ze alleen maar in hoger beroep gaan wanneer er nieuwe bewijzen opdoken of wanneer zich tijdens de rechtsgang onregelmatigheden zouden voordoen. Hij had Seth al verteld dat ze, tenzij zich iets onvoorziens zou voordoen, geen reden hadden om in beroep te gaan. Het was voorbij. Seth was schuldig bevonden. En over een maand zou de rechter de strafmaat bepalen. Maar het was duidelijk dat hij gevangenisstraf zou krijgen. Sarah was er net zo kapot van als hij. Ze had geweten dat dit zou gebeuren, had zichzelf erop proberen voor te bereiden, en ze was ook niet verbaasd. Ze was alleen overmand door verdriet, om hem, om haarzelf, om hun kinderen die zouden opgroeien met een vader die ze nauwelijks zouden kennen, omdat hij in de gevangenis zat.

'Ik vind het heel erg voor je,' fluisterde ze tegen hem, vlak voordat hun advocaten hen mee de rechtszaal uit namen.

Everett kwam meteen in actie om foto's voor *Scoop* te maken. Hoewel hij het vreselijk vond om op een moment als dit Sarah lastig te moeten vallen, had hij geen keus, en buiten de rechtszaal stormde hij samen met andere fotografen en cameramannen op hen af. Het was zijn werk. Seth baande zich snauwend een weg door de menigte, en Sarah zag eruit alsof ze elk moment kon flauwvallen terwijl ze hem naar de auto met chauffeur volgde die voor de rechtbank op hen stond te wachten. Binnen een paar minuten waren ze verdwenen, maar de journalisten bleven nog wat rondhangen.

Everett zag Maggie op de trap voor de rechtbank staan. Het was haar niet gelukt om in de buurt van Sarah te komen om even iets tegen haar te zeggen. Everett zwaaide naar haar, en ze liep naar hem toe. Ze keek ernstig en bezorgd, hoewel de uitspraak geen verrassing voor haar was. En het vonnis zou waarschijnlijk nog erger worden. Niemand kon voorspellen hoeveel gevangenisstraf de rechter hem zou opleggen, maar het zou waarschijnlijk een lange tijd worden. Vooral omdat hij geen schuld had bekend en had aangedrongen op een proces, wat een verspilling van belastinggeld was, alleen maar in de hoop dat zijn duurbetaalde advocaten hem wel vrij zouden weten te pleiten. Dat had dus niet gewerkt, maar het zou waarschijnlijk wel tot gevolg hebben dat de rechter minder mild zou oordelen. Seth was tot het uiterste gegaan, en de kans bestond dat de rechter dat nu ook zou doen. De rechter beschikte over enige vrijheid van handelen wat betreft de hoogte van de straf. Maggie vreesde het ergst voor Seth, en dus ook voor Sarah.

'Ik vind het zo erg voor haar,' zei Maggie tegen Everett, terwijl ze naar zijn huurauto in de parkeergarage liepen. De auto werd door *Scoop* betaald. Zijn werk in San Francisco zat erop. Hij zou nog een keer terugkomen voor de uitspraak, zodat hij misschien een paar foto's zou kunnen maken van Seth als hij werd afgevoerd in een boevenwagen. Over dertig dagen was alles voorbij voor Seth. Tot dan bleef hij op borgtocht vrij. En zodra de borg werd teruggestort op zijn rekening, ging het geld rechtstreeks naar een fonds dat was opgericht voor zijn verdediging tegen de civiele procedures die tegen hem waren aangespannen door de investeerders die hij had gedupeerd. Zijn veroordeling was voor hen voldoende bewijs om een zaak te kunnen aanspannen en zelfs te winnen. Dus er zou helemaal niets overblijven voor Sarah en de kinderen. Sarah wist dat donders goed, net als Everett en Maggie. Net als zijn investeerders was ook Sarah gedupeerd, maar zij konden hem tenminste nog voor de rechter slepen. Het enige wat Sarah kon doen, was de scherven van haar leven en dat van de kinderen bij elkaar rapen. Maggie vond het allemaal hopeloos oneerlijk, maar zo ging dat soms in het leven. Ze vond het vreselijk om mee te maken dat goede mensen dit soort dingen overkwam, en ze zag er dan ook behoorlijk gedeprimeerd uit toen ze instapte.

'Ik weet het, Maggie,' zei hij zacht. 'Ik vind het ook niks. Maar ze hadden hem nooit kunnen vrijspreken.' Het was een akelig verhaal met een droevig einde. Niet het gelukkige einde dat Sarah met Seth had willen meemaken, een einde dat iedereen die haar kende, haar had gegund.

'Ik vind het allemaal zo erg voor Sarah,' herhaalde Maggie.

'Ik ook,' zei Everett, terwijl hij de auto startte. Het Tenderloindistrict was niet ver van de rechtbank en een paar minuten later al stopte hij voor haar huis.

'Vlieg je vanavond al terug?' vroeg ze droevig.

'Ja. Ze verwachten me morgen weer op mijn werk. En ik moet de foto's uitzoeken en ervoor zorgen dat het artikel klopt. Zullen we nog even een hapje gaan eten voordat ik wegga?' Hij vond het vreselijk om haar achter te laten, maar hij was meer dan een maand in San Francisco geweest, en *Scoop* wilde vast dat hij terugkwam.

'Ik geloof dat ik geen hap door mijn keel zou kunnen krijgen,' antwoordde ze naar waarheid. Ze keek hem met een weemoedig lachje aan. 'Ik zal je missen, Everett.' Ze was er zo aan gewend geraakt dat hij er was, dat ze hem iedere dag kon zien, op de rechtbank en daarna. Ze waren bijna elke avond samen uit eten geweest. Zijn vertrek zou een vreselijk gat slaan in haar leven. Ze besefte echter ook dat dit voor haar de kans was om te zien wat ze voor hem voelde. Net als Sarah stonden haar belangrijke beslissingen te wachten. Sarah had niets om naar uit te kijken als ze bij Seth bleef, behalve zijn vrijlating over heel lange tijd. Hij zat nog niet eens in de gevangenis, er was nog niet eens een vonnis uitgesproken, maar Sarahs gevangenisstraf zou net zolang duren als de zijne. Maggie vond het een wrede straf. In haar eigen geval zou ze ongeacht wat ze besloot, ook haar zegeningen kunnen tellen, hoewel ze ook iets zou kwijtraken. Verlies en winst waren met elkaar verweven, wat haar keuze ook zou zijn. Het was onmogelijk ze van elkaar te scheiden, en dat maakte de keuze juist zo moeilijk voor haar.

'Ik zal jou ook missen, Maggie.' Hij glimlachte naar haar. 'We zien elkaar weer als ik hiernaartoe kom voor de uitspraak van de rechter. Of ik kan ook een keer een dagje komen, als je dat wilt. Zeg jij het maar. Je hoeft me alleen maar te bellen.'

'Dank je,' zei ze kalm. Toen ze hem aankeek, boog hij zich naar haar toe om haar een kus te geven. Haar hart ging naar hem uit. Even klampte ze zich aan hem vast, zich afvragend of ze dat ooit kon opgeven, maar wetend dat ze dat misschien zou moeten. Zonder nog iets te zeggen stapte ze uit. Hij wist dat ze van hem hield, net zoals zij wist dat hij van haar hield. Op dit moment viel er verder niets te zeggen.

Hoofdstuk 21

Sarah ging voor de zekerheid even mee met Seth naar zijn appartement aan Broadway. Hij zag er afwisselend verbijsterd, boos en huilerig uit. Hij wilde niet mee naar haar huis om de kinderen te zien. Hij besefte dat ze zijn ellende en wanhoop zouden aanvoelen, hoewel ze niets van het proces wisten. Toch zouden ze merken dat hun ouders iets vreselijks was overkomen. Dat was in feite maanden geleden al gebeurd, de eerste keer dat hij zijn investeerders om de tuin had geleid in de heilige overtuiging dat ze hem nooit zouden snappen. Hij wist dat het niet lang zou duren voordat Sully in New York de bak in draaide. En nu stond hem hetzelfde te wachten.

Zodra hij binnenkwam, nam hij twee kalmeringspillen en schonk zichzelf een half glas whisky in. Hij nam een grote slok en keek Sarah toen aan. Hij kon niet tegen het verdriet in haar ogen. 'Het spijt me, schatje,' zei hij tussen twee slokken whisky door.

Hij sloeg zijn armen niet om haar heen en probeerde haar ook niet te troosten. Hij dacht alleen aan zichzelf. En blijkbaar was dat nooit anders geweest.

'Mij ook, Seth. Red je je hier vannacht in je eentje? Of wil je soms dat ik blijf?' Ze wilde het eigenlijk niet, maar ze zou het voor hem hebben gedaan, vooral omdat hij dronk, terwijl hij die pillen had geslikt. Hij was nog in staat om zichzelf om te brengen zonder het te willen. Er moest iemand bij hem blijven na de klap van de uitspraak, en als zij dat was, dan moest dat maar. Hij was per slot van rekening haar man en de vader van haar kinderen, hoewel hij weinig begrip leek te kunnen opbrengen voor wat het allemaal met haar deed. Hij was degene die de gevangenis in draaide, niet zij, en daar ging het wat hem betrof om. Maar door zijn toedoen had zij ook levenslang gekregen, al vanaf het moment dat hun leven was opgeblazen, die nacht van de aardbeving in San Francisco, nu elf maanden geleden.

'Ik red me wel. Ik ga me lam zuipen. Misschien blijf ik wel een maand lang dronken, tot die klootzak me honderd jaar geeft, over dertig dagen precies.'

Het was niet de schuld van de rechter, maar zijn eigen schuld. Voor Sarah was dat zonneklaar, maar voor Seth blijkbaar niet.

'Ga nou maar naar huis, Sarah. Ik red me wel.'

Het klonk niet erg overtuigend, en ze maakte zich zorgen om hem. Het draaide eigenlijk altijd om hem, dat was altijd al zo geweest. Maar wat één ding betreft, had hij wel gelijk. Hij zou de gevangenis in gaan, niet zij. Hij had het recht om van streek te zijn, al had hij het dan aan zichzelf te danken. Zij kon nog steeds weglopen van wat er was gebeurd. Hij niet. Over een maand was het leven zoals hij dat had gekend voor hem voorbij. Dat van haar was al voorbij. Die avond begon hij niet over een scheiding. Hij had het niet aangekund om het op dit moment te moeten horen als ze wilde scheiden, en ook had ze hem dat nu niet kunnen zeggen. Ze had bovendien nog niet eens een besluit genomen.

Een week later kwam het onderwerp eindelijk ter sprake toen

hij de kinderen kwam brengen, die bij hem waren geweest. Hij had ze maar een paar uurtjes meegenomen. Meer dan dat kon hij op dit ogenblik niet aan. Hij was te gestrest en zag er verlopen uit. Zelf was Sarah eng mager geworden. Haar kleren hingen los om haar heen en ze had een scherp gezicht gekregen. Karen Johnson van het ziekenhuis drong er steeds op aan dat ze naar de dokter moest, maar Sarah wist wat er aan de hand was. Hun leven was ingestort, en haar man zou voor een heel lange tijd achter de tralies verdwijnen. Ze waren alles kwijtgeraakt, en wat er nog over was, zouden ze binnenkort ook kwijtraken. Ze kon nu alleen nog maar op zichzelf vertrouwen. Zo simpel was het.

Toen Seth de kinderen bij de voordeur afzette, keek hij haar vragend aan. 'Moeten we het niet eens even hebben over wat we met ons huwelijk doen? Ik zou dat eigenlijk wel graag weten voordat ik naar de gevangenis ga. En mochten we bij elkaar blijven, dan zouden we deze laatste paar weken misschien in één huis moeten gaan wonen. Het kan wel eens heel lang duren voordat dat weer kan.'

Hij wist dat ze nog een kind had gewild, maar aan dat soort dingen wilde ze nu helemaal niet denken. Zodra ze had gehoord van zijn criminele activiteiten had ze zich dat idee uit het hoofd gezet. Zwanger raken was wel het allerlaatste wat ze nu wilde, al zou ze best nog een kind willen, alleen niet van hem en niet nu. Dat zei haar genoeg. Maar dat hij voorstelde om de laatste drie weken weer samen te gaan wonen, maakte haar behoorlijk van streek. Ze zag zichzelf niet weer met hem in één huis wonen, de liefde met hem bedrijven, nog meer betrokken bij hem raken dan ze nu al was en hem dan naar de gevangenis te moeten zien vertrekken. Dat kon ze niet aan. Ze moest de waarheid onder ogen zien, en hij had gelijk, het was beter om dat nu te doen dan later.

'Dat kan ik niet, Seth,' zei ze gekweld, nadat de kinderen naar boven waren gegaan om door Parmani in bad te worden gestopt. Ze wilde niet dat ze zouden horen wat ze tegen hun vader ging zeggen. Ze wilde niet dat ze zich deze dag later zouden herinneren. Als ze er oud genoeg voor waren, zou ze hun moeten vertellen wat er was gebeurd, maar niet nu, en ook niet later op een nare manier. 'Ik kan... ik kan niet bij je terugkomen. Ik zou het allerliefst de klok terugdraaien, maar dat kan niet. Ik hou nog steeds van je en ik zal waarschijnlijk altijd van je blijven houden, maar ik geloof niet dat ik je ooit nog zal vertrouwen.' Het was pijnlijk om nietsontziend eerlijk te zijn.

Hij stond als aan de grond genageld naar haar te kijken, wensend dat ze iets anders had gezegd. Hij had haar nodig, vooral als hij de gevangenis in ging. 'Ik snap het.' Hij knikte, en toen bedacht hij ineens iets. 'Zou je iets anders hebben besloten als ik was vrijgesproken?'

Zwijgend schudde ze haar hoofd. Ze kon niet bij hem terugkomen. Dat had ze al maanden vermoed, maar tijdens de laatste dagen van het proces, nog voor de uitspraak, had ze het zeker geweten. Ze had alleen niet de moed gehad om het hem te vertellen, zelfs niet om het zichzelf toe te geven. Maar nu had ze geen keus meer. Ze moest het zeggen, zodat ze allebei wisten waar ze aan toe waren.

'Nou, dan was het toch aardig van je om me tijdens het proces te blijven steunen.'

Dat had ze op verzoek van zijn advocaten gedaan, omdat het er beter uitzag als ze dat deed. Maar ze had het anders ook wel gedaan, uit liefde voor hem.

'Ik zal mijn advocaat bellen en alles in werking zetten voor de scheiding,' zei hij verslagen.

Ze knikte, met tranen in haar ogen. Het was een van de ergste momenten uit haar leven, alleen geëvenaard door die keer dat hun te vroeg geboren baby bijna was gestorven, en door de ochtend na de aardbeving, toen hij haar had verteld wat hij had gedaan. Vanaf dat moment was het hele kaartenhuis gaan instorten, en nu lag alles plat op de grond. 'Het spijt me, Seth.'

Hij knikte zwijgend, draaide zich om en liep weg.

Het was gedaan.

Een paar dagen later belde Sarah Maggie om het haar te vertellen.

Maggie zei dat ze het heel erg voor haar vond. 'Ik weet hoe moeilijk die beslissing je is gevallen,' zei ze vol medeleven. 'Heb je hem al vergeven, Sarah?'

Er viel een lange stilte, terwijl Sarah nadacht. Toen zei ze eerlijk: 'Nee.'

'Ik hoop dat dat nog komt. Maar dat wil nog niet zeggen dat je hem terug moet nemen.'

'Dat weet ik.' Inmiddels begreep ze dat.

'Het zou jullie allebei bevrijden. Je wilt dit toch niet eeuwig als een blok beton in je hart meedragen?'

'Dat zal hoe dan ook wel gebeuren,' zei Sarah op droevige toon.

Na de uitspraak van de jury was het vonnis bijna een anticlimax. Seth had zijn appartement opgezegd en verbleef de laatste paar nachten in het Ritz-Carlton. Hij had zijn kinderen uitgelegd wat er aan de hand was, dat hij een tijdje wegging. Molly had moeten huilen, maar hij had haar verteld dat ze op bezoek kon komen, wat haar gerust leek te stellen. Ze was pas vier en begreep het niet echt. Dat kon ook niet. Zelfs voor de volwassenen die erbij betrokken waren, was het allemaal moeilijk te vatten. Seth had geregeld dat zijn borg werd teruggestort op zijn bankrekening, zodat hij het kon aanwenden voor zijn verdediging in de rechtszaken die door de investeerders tegen hem zouden worden aangespannen. Een klein deel van het geld was naar Sarah en de kinderen gegaan, als bijdrage in hun levensonderhoud, maar lang zouden ze er niet van kunnen leven. Uiteindelijk zou ze het alleen van haar baan moeten doen, of van wat haar ouders haar konden geven, wat niet veel was. Ze waren met pensioen en leefden van een vast inkomen. Als ze echter zonder geld zou komen te zitten en het echt niet redde van haar salaris, zou ze misschien een tijdje bij hen moeten gaan wonen.

Hoewel het Seth speet, kon hij niet meer voor haar doen. Hij had zijn nieuwe Porsche verkocht en gaf het geld met een nogal groots gebaar aan haar. Alle beetjes hielpen. Hij deed zijn spullen in de opslag en zei dat hij later wel zou bedenken wat ermee moest gebeuren. Sarah had beloofd hem te helpen met dingen die zijn advocaten niet voor hem konden doen. In de week dat het vonnis zou worden uitgesproken, had hij een scheiding aangevraagd, die over een halfjaar zou worden uitgesproken.

Sarah moest huilen toen ze de papieren in huis kreeg, maar ze kon zich ook niet voorstellen dat ze getrouwd met hem zou blijven. Ze had niet het gevoel dat ze een keuze had.

De rechter had Seths financiële situatie bekeken en hem een boete opgelegd van twee miljoen dollar, waardoor hij helemaal blut zou zijn nadat hij alles wat hij nog bezat, had verkocht. Plus een gevangenisstraf van vijftien jaar, drie jaar voor elk van de misdrijven waarvoor hij was veroordeeld. Het was niet mals, maar het was gelukkig geen dertig jaar. Terwijl Seth naar het vonnis luisterde, verstrakten zijn kaken, hoewel hij deze keer was voorbereid op het slechte nieuws. De laatste keer, toen hij op de uitspraak van de jury had zitten wachten, had hij nog gehoopt op een wonder. Nu verwachtte hij geen wonderen meer. En terwijl hij naar het vonnis luisterde, begreep hij dat Sarah gelijk had dat ze wilde scheiden. Als hij zijn hele straf uitzat, zou hij drieënvijftig zijn wanneer hij vrijkwam, en Sarah eenenvijftig. Ze waren nu respectievelijk achtendertig en zesendertig. Dat was een lange tijd om op iemand te moeten wachten. Met een beetje geluk zou hij over twaalf jaar vrijkomen. Dan zou ze achtenveertig zijn, ook een lange tijd om het zonder man te moeten stellen. En Molly zou negentien zijn wanneer hij vrijkwam, en Oliver zeventien. Toen hij dat bedacht, wist hij dat Sarah gelijk had.

Hij werd geboeid de rechtszaal uitgevoerd, terwijl Sarah in snikken uitbarstte. Over een paar dagen zou hij naar een staatsgevangenis worden overgebracht. Zijn advocaten hadden gevraagd of hij zijn straf kon uitzitten in een open gevangenis, en dat verzoek werd in beraad gehouden. Sarah had beloofd hem daar zo snel mogelijk te komen opzoeken, ondanks de scheiding. Ze was niet van plan hem uit haar leven te bannen, ze kon het alleen niet meer opbrengen om nog zijn vrouw te zijn.

Voordat ze hem de boeien hadden omgedaan, had hij zich nog even omgedraaid om zijn trouwring naar haar toe te gooien. Hij was die ochtend vergeten om hem af te doen en bij het gouden horloge te stoppen in de koffer die hij bij haar thuis had laten bezorgen. Hij had haar gevraagd om de kleren weg te geven en het horloge voor Ollie te bewaren. Ze voelde zich afgrijselijk, terwijl ze daar stond met zijn trouwring in haar hand. Ze snikte het uit. Everett en Maggie namen haar mee de rechtszaal uit. Ze brachten haar naar huis en stopten haar in bed.

Hoofdstuk 22

In het weekend van Memorial Day, na Seths veroordeling, vloog Maggie naar L.A. voor het concert van Melanie. Ze probeerde Sarah over te halen om met haar mee te gaan, maar die wilde niet. Ze ging met haar kinderen op bezoek bij Seth in de gevangenis. Het was de eerste keer dat ze ernaartoe gingen, en ze wist dat het een schok voor hen alle drie zou zijn, iets waar ze aan zouden moeten wennen.

Everett had Maggie een paar keer gevraagd hoe het volgens haar met Sarah ging, en ze zei steeds dat het technisch gezien wel goed ging. Ze functioneerde, ze ging naar haar werk, zorgde voor haar kinderen, maar begrijpelijkerwijs was ze behoorlijk depressief. Het zou tijd kosten, heel veel tijd misschien, om te verwerken wat haar was overkomen. Het was alsof er een bom op haar leven en haar huwelijk was gevallen. De afwikkeling van de scheiding verliep volgens plan.

Everett haalde Maggie af op het vliegveld en bracht haar naar het kleine hotel waar ze logeerde. Ze had voor die middag een afspraak gemaakt met pater Callaghan en zei tegen Everett dat ze die in geen tijden had gezien. Het concert zou pas de volgende dag zijn. Nadat Everett haar bij het hotel had afgezet, reed hij meteen weg, want hij had een nieuwe opdracht. Zijn verslag van het proces was zo indrukwekkend geweest dat *Time* hem een baan had aangeboden, en ook AP wilde hem weer terug. Hij had nu twee jaar geen druppel gedronken en voelde zich sterk als een os. Hij had Maggie het muntje gegeven dat hij voor zijn tweede jaar bij de AA had gekregen, zodat ze het bij het eerste kon bewaren. Hij zei dat hij hoopte dat het haar geluk zou brengen. Ze koesterde de muntjes en had ze altijd bij zich.

Ze aten die avond bij Melanie, Tom en Janet. Melanie en Tom vertelden dat ze net hun eenjarig jubileum hadden gevierd, en Janet oogde meer relaxed dan Maggie had verwacht. Ze had een man leren kennen met wie ze het goed kon vinden. Hij zat in de muziekindustrie en ze hadden veel gemeenschappelijks. Ook leek ze zich erbij te hebben neergelegd dat Melanie haar eigen keuzes maakte, iets wat Everett nooit voor mogelijk had gehouden. Melanie werd binnenkort eenentwintig en ze was het afgelopen jaar echt volwassen geworden.

Die zomer zou ze een korte tournee doen, van vier weken in plaats van negen, en alleen in grote steden. Tom had twee weken vrij genomen om bij haar te kunnen zijn. En Melanie had met pater Callaghan afgesproken dat ze in september weer naar Mexico zou gaan, deze keer slechts voor een maand. Langer wilde ze niet bij Tom weg. Het jonge stel zag er stralend en gelukkig uit, en onder het eten maakte Everett heel veel foto's, waaronder ook eentje van Melanie en haar moeder, en eentje van Melanie met Maggie. Buiten gehoorsafstand van haar moeder zei Melanie dat ze de veranderingen in haar leven aan Maggie te danken had, dat ze door haar volwassen was geworden en het leven leidde dat ze wilde. In mei was de aardbeving in San Francisco een jaar geleden. Het was een gebeurtenis waar ze allemaal met ontzetting en warmte aan terugdachten. Er waren voor hen allemaal goede dingen uit voortgekomen, maar ze zouden de traumatische ervaringen die er ook bij hoorden, niet snel vergeten. Maggie vertelde dat ook dat jaar weer het Kleine-engeltjesbal was gehouden, maar dat Sarah het deze keer niet had georganiseerd en er ook niet bij aanwezig was geweest. Ze had het te druk gehad met de juridische afhandeling van Seths zaak, maar Maggie zei dat ze hoopte dat Sarah het volgend jaar wel weer zou doen. Ze waren het er allemaal over eens dat het een prachtavond was geweest, voordat de stad door de aardbeving was getroffen.

Everett en Maggie bleven langer plakken dan gewoonlijk na het etentje bij Melanie thuis. De sfeer was ontspannen, er werd veel gelachen, en Everett en Tom speelden ook nog een potje biljart. Tom zei tegen Everett dat Melanie en hij erover dachten om samen te gaan wonen. Het was een beetje ongemakkelijk dat ze nog bij haar moeder woonde, en hoewel Janet inderdaad wat was ontdooid, was ze nog steeds geen gemakkelijke tante. Die avond dronk ze veel te veel, en ondanks het feit dat ze nu een vriend had, voelde Everett dat ze hem best had willen versieren als Maggie er niet bij was geweest. Hij snapte goed dat Tom en Melanie een huis voor zichzelf wilden. Voor Janet was het ook tijd om volwassen te worden en haar eigen plek in de wereld te zoeken, zonder zich achter Melanies rokken en roem te verstoppen. Het afgelopen jaar was voor hen allemaal een leerproces geweest.

Op de terugweg naar het hotel kletsten Everett en Maggie ontspannen na, en zoals altijd vond hij het heerlijk om bij haar te zijn. Ze hadden het over het jonge stel en zeiden allebei dat ze blij voor hen waren. Tegen de tijd dat ze bij het hotel aankwamen, zat Maggie te gapen en viel ze bijna in slaap. Hij kuste haar zacht, terwijl hij haar met zijn arm om haar heen geslagen naar haar kamer bracht.

'Hoe was je gesprek met pater Callaghan trouwens?' Hij was

helemaal vergeten ernaar te vragen, maar hij wilde graag op de hoogte blijven van haar doen en laten. 'Ik hoop maar dat je niet ook naar Mexico gaat,' zei hij plagerig.

Ze schudde haar hoofd en gaapte nog een keer. 'Nee, ik ga hier voor hem werken,' zei ze slaperig. Ze nestelde zich nog even tegen hem aan.

'Hier? In L.A.?' Hij raakte in de war. 'Of bedoel je San Francisco?'

'Nee, ik bedoel hier. Hij heeft hier iemand nodig die zijn missiepost runt als hij straks in Mexico zit, voor vier tot zes maanden. Wat ik daarna ga doen, zie ik dan wel weer. Misschien wil hij me wel aanhouden, als ik het goed doe.'

'Wacht eens even.' Hij keek haar aan. 'Dit moet je even uitleggen. Je hebt een baan genomen in L.A. voor vier tot zes maanden? Wat zeggen ze daarvan in jouw bisdom? Of heb je het hun nog niet verteld?' Hij wist dat ze behoorlijk gemakkelijk deden over waar ze werkte.

'Hm... jawel...' zei ze, terwijl ze haar armen om zijn middel sloeg.

Hij begreep het nog steeds niet. 'En ze vinden het goed dat je hier gaat werken?' Hij glimlachte. Hij vond het fantastisch en zag dat zij dat ook vond. 'Verbazingwekkend gewoon. Wat cool van ze, zeg, om jou zomaar naar een andere stad te laten vertrekken.'

'Ze hebben er niets meer over te zeggen,' verklaarde ze kalm.

Hij keek haar onderzoekend aan. 'Hoe bedoel je dat, Maggie?'

Ze haalde diep adem en hield hem stevig vast. Het was het moeilijkste wat ze ooit had gedaan. Ze had het er nog met niemand buiten de kerk over gehad, zelfs niet met hem. Het was een besluit dat ze helemaal zelf had moeten nemen, zonder dat hij druk op haar zou uitoefenen. 'Twee dagen geleden ben ik van mijn gelofte ontslagen. Ik wilde het je pas vertellen als ik hier was.'

'Maggie! Maggie? Dus je bent geen non meer?' Hij keek haar ongelovig aan.

Droevig schudde ze haar hoofd, vechtend tegen haar tranen. 'Nee. Ik weet niet meer wat ik ben. Ik zit in een identiteitscrisis. Ik heb pater Callaghan gebeld voor die baan, zodat ik hier kan werken, als jij dat wilt. Verder weet ik het ook niet.' Door haar tranen heen lachte ze. 'Ik ben de oudste maagd ter wereld.'

'O, Maggie, ik hou van je... O, mijn god, je bent vrij!' Toen ze knikte, kuste hij haar. Ze hoefden zich niet meer schuldig te voelen. Ze mochten alles wat ze voor elkaar voelden onderzoeken. Ze konden trouwen en kinderen krijgen. Ze kon zijn vrouw worden als ze dat wilden, of niet als ze daar de voorkeur aan gaven. Alle keuzes waren nu aan hen. 'Dank je wel, Maggie,' zei hij ernstig. 'Ik dank je met heel mijn hart. Ik had niet gedacht dat je het zou kunnen, en ik wilde geen druk uitoefenen, maar ik heb maandenlang wakker gelegen van de zorgen.'

'Ik weet het. Ik ook. Ik wilde de juiste keuze maken. Het is me zwaar gevallen.'

'Dat weet ik.' Hij kuste haar opnieuw. Hij wilde nog steeds niets overhaasten, want hij begreep dat ze enorm zou moeten wennen aan de gedachte dat ze geen non meer was. Ze had eenentwintig jaar bij een religieuze orde gezeten, bijna de helft van haar leven. Toch moest hij onwillekeurig aan de toekomst denken. En het mooiste was dat die toekomst nu begon. 'Wanneer kun je hiernaartoe verhuizen?'

'Wanneer je maar wilt. Ik kan mijn huis iedere maand opzeggen.'

'Morgen,' zei hij met een opgetogen blik. Hij kon bijna niet wachten tot hij thuis was en zijn sponsor kon bellen. Zijn sponsor had geopperd dat hij zich misschien maar moest aanmelden bij CODA, een twaalfstappenprogramma voor mensen die moeite hadden met het aangaan van gezonde relaties, want hij dacht dat Everett verslaafd was aan het feit dat Maggie onbeschikbaar was. Onbeschikbaarder dan een non kon je ze namelijk niet krijgen. En nu was de non van hem! 'Als je wilt, kan ik je volgende week wel met de verhuizing helpen.'

Ze begon te lachen. 'Al mijn spullen kunnen in twee koffers. En trouwens, waar moet ik wonen?' Ze had nog niets geregeld, het was allemaal nog zo pril. Ze was pas twee dagen non af en had pas sinds die middag een nieuwe baan. Ze had nog geen tijd gehad om over woonruimte na te denken.

'Wil je niet bij mij komen wonen?' vroeg hij voorzichtig. Dit was de mooiste avond uit zijn leven, en dat gold vast ook voor haar.

Maar ze schudde haar hoofd. Tot sommige dingen was ze niet bereid. 'Nee, alleen als we getrouwd zijn,' zei ze rustig. Ze wilde geen druk op hem uitoefenen, maar ze wilde niet ongehuwd samenwonen. Dat druiste in tegen alles waar ze in geloofde en was veel te modern voor haar. Officieel stond ze pas twee dagen weer in de wereld, en ze was er niet aan toe om in zonde te leven, hoe gelukkig ze ook met hem was.

'Dat kan worden geregeld,' zei hij grinnikend. 'Ik zat alleen maar te wachten tot je vrij zou zijn. Wow, Maggie, wil je met me trouwen?' Hij had het wat stijlvoller willen vragen, maar hij kon gewoon niet wachten. Ze hadden al zo lang op haar besluit moeten wachten.

Ze knikte, stralend, en zei het woord dat hij al zo lang had willen horen. 'Ja.'

Hij tilde haar op, draaide haar in het rond, kuste haar en zette haar weer op de grond. Ze praatten nog even, en toen ging ze glimlachend haar kamer in.

Toen hij wegging, beloofde hij haar meteen morgenvroeg te

bellen, of misschien zelfs nog wel even zodra hij thuiskwam. Hun leven samen zou beginnen. Hij had nooit verwacht dat ze het zou doen. En het was nog verbazingwekkender om te bedenken dat een aardbeving hen had samengebracht. Ze was zo'n moedige vrouw. Hij wist dat hij eeuwig dankbaar zou zijn voor het feit dat Maggie de zijne wilde worden.

Het concert van de volgende dag was fantastisch. Melanie was vreselijk goed. Maggie had nog nooit een grote show van haar bijgewoond, alleen dat korte optreden op de benefietavond. Everett had haar wel alles verteld over Melanies concerten, en ze bezat al haar cd's. Die had Melanie haar na de aardbeving gestuurd, maar toch was ze niet voorbereid op de ongelooflijke ervaring van een liveoptreden en van haar in zo'n grote zaal te horen zingen. Ze was helemaal overdonderd. Het was ook een bijzonder goed optreden. Maggie zat naast Tom op de voorste rij, terwijl Everett foto's maakte voor *Scoop*. Hij had besloten om de baan bij *Time* te accepteren, maar moest zijn oude baan nog wel eerst opzeggen. Ineens veranderde alles in zijn leven, en allemaal ten goede.

Na het optreden gingen Maggie en Everett samen met Tom en Melanie uit eten, en Everett spoorde Maggie aan om hun het grote nieuws te vertellen. Eerst keek Maggie een beetje verlegen, maar toen zei ze dat Everett en zij gingen trouwen. Hoewel ze nog geen datum hadden geprikt, hadden ze wel de hele middag plannen zitten maken. Maggie zag zichzelf geen grote bruiloft geven, zelfs geen kleine. Ze had voorgesteld om zich door pater Callaghan in de echt te laten verbinden, tijdens een intieme plechtigheid, zodra ze naar L.A. was verhuisd. Het voelde niet goed om er als ex-non een hele toestand van te maken. Ze was ook te oud voor een lange, witte jurk, zei ze, en de dag dat ze haar gelofte had afgelegd, was eigenlijk haar eerste huwelijk geweest. Het belangrijkste was dat ze zouden trouwen, maar hoe ze het deden, leek haar een stuk minder belangrijk. Het was het ultieme symbool van haar band met Everett, een heilige verbintenis. De enigen die daarbij aanwezig moesten zijn, zei ze, waren haar man, de God die ze haar hele leven had gediend, en een priester.

Tom en Melanie waren dolblij voor hen, hoewel Melanie stomverbaasd was. 'Dus je bent geen non meer?' Ze keek hen met grote ogen aan, alsof ze dacht dat ze haar voor de gek hielden, maar ineens drong het tot haar door dat dat niet zo was. 'Wow! Hoe komt dat?' Ze had zelfs nooit vermoed dat er iets tussen hen was, maar nu zag ze het. Ze zag hoe gelukkig ze waren, hoe trots Everett was en hoe vredig Maggie keek.

Maggie had, na een moeilijke beslissing, bereikt waar ze het altijd over had, een staat van genade. Ze had eindelijk haar echte roeping gevonden. Ze wist dat ze er goed aan had gedaan en voelde zich eindeloos gezegend. Het was een nieuw hoofdstuk in haar leven. Het oude werd langzaam afgesloten. Ze keek naar Everett, terwijl Tom champagne voor hen allemaal inschonk. Everett glimlachte naar haar, en zijn lach verlichtte haar leven zoals niets en niemand anders had kunnen doen.

'Op de aardbeving van San Francisco!' Tom hief zijn glas naar het gelukkige paar. De aardbeving had hem Melanie geschonken, en blijkbaar hadden ook anderen er hun ware liefde door gevonden. Sommigen hadden er wat bij gewonnen, anderen hadden wat verloren. Sommigen hadden het leven gelaten. Anderen waren verhuisd. Hun levens waren door elkaar geschud, eindeloos gezegend en voor altijd veranderd.

Hoofdstuk 23

Maggie deed er twee weken over om haar leven in San Francisco af te sluiten. Everett had inmiddels ontslag genomen bij *Scoop* en zou eind juni beginnen op het kantoor van *Time* in L.A. Hij was van plan tussen de twee banen door twee weken vrij te nemen voor Maggie. Pater Callaghan had erin toegestemd om hen te trouwen op de dag dat Maggie in San Francisco arriveerde, en Maggie had haar familie gebeld om het te vertellen. Vooral haar broer de ex-priester was erg blij voor haar en wenste haar veel geluk.

Ze kocht een eenvoudig wit pakje voor de plechtigheid, met ivoorkleurige satijnen schoenen met hoge hakken eronder. Het leek in niets op haar habijt en was het teken van een nieuw leven voor hen allebei.

Everett was van plan haar voor de huwelijksreis mee te nemen naar La Jolla, naar een klein hotel dat hij goed kende, en waar ze lange strandwandelingen zouden kunnen maken. Ze zou in juli beginnen met haar werk voor pater Callaghan. Hij had zes weken de tijd haar in te werken voor zijn vertrek half augustus naar Mexico. Hij zou dit jaar wat eerder vertrekken dan normaal, omdat hij wist dat hij zijn missiepost in L.A. in goede handen achterliet. Maggie had veel zin om aan haar nieuwe baan te beginnen. Alles in haar leven was ineens erg opwindend. Een bruiloft, een verhuizing, een nieuwe baan, een heel nieuw leven. Met een schok was tot haar doorgedrongen dat ze nu haar eigen naam kon gebruiken. Mary Magdalen was de naam die ze had aangenomen toen ze in het klooster was getreden. Voor die tijd had ze altijd Mary Margaret geheten. Everett zei dat hij haar altijd Maggie zou blijven noemen. Zo noemde hij haar in zijn hoofd als hij aan haar dacht, zo had hij haar leren kennen en dat was ze nu voor hem. Ze waren het erover eens dat de naam bij haar paste, dus besloot ze hem te blijven dragen. De nieuwe naam die ze verwierf, was Carson. Mrs. Everett Carson. Ze liet de naam over haar tong rollen, terwijl ze haar koffer inpakte en een laatste blik door haar appartementje liet glijden. Het was precies goed voor haar geweest tijdens haar jaren in het Tenderloindistrict, maar die tijd was nu voorbij. Ze had het crucifix in de koffer gestopt. De rest had ze weggegeven.

Nadat ze de sleutel aan haar huisbaas had gegeven en hem het beste had gewenst, nam ze afscheid van de buren die in hun deuropeningen stonden. De travestiet met wie ze altijd goed had kunnen opschieten, zwaaide naar haar toen ze in de taxi stapte. Twee prostituees die ze kende en die haar met haar koffer hadden zien zeulen, zwaaiden ook toen ze langsreed. Ze had niemand verteld dat ze wegging, en ook niet waarom, maar het was alsof iedereen wist dat ze niet zou terugkomen. Ze zei een gebed voor hen op, terwijl de taxi de buurt uit reed.

Haar vlucht naar L.A. vertrok op tijd, en Everett stond haar al op te wachten op het vliegveld. Even was hij bang dat ze van gedachten was veranderd, maar toen zag hij haar komen aanlopen, een kleine vrouw met felrood haar, gekleed in een spijkerbroek en wit T-shirt waarop stond: I LOVE JESUS, op roze basketbalgympen en met een onweerstaanbare lach op haar gezicht. Dit was de vrouw op wie hij zijn hele leven had gewacht. Hij vond dat hij van geluk mocht spreken dat hij haar had gevonden, en zij zag er minstens zo gelukkig uit toen ze hem omhelsde. Hij nam de koffer van haar over, en ze liepen samen naar de uitgang. Morgen was hun trouwdag.

Seth zat in een open gevangenis in het noorden van Californië waar de leefomstandigheden goed waren. Er hoorde een boswachterij bij waar gevangenen als boswachter werkten. Het was hun taak om de veiligheid in het gebied te waarborgen en eventuele branden te blussen. Seth hoopte snel overgeplaatst te worden naar de boswachterij.

Voorlopig hadden ze hem echter een eenpersoonscel toegewezen, nadat zijn advocaten al hun kruiwagens hadden gebruikt. Hij zat er goed en liep ook weinig gevaar. De andere gevangenen zaten er ook allemaal voor witteboordencriminaliteit. De meesten hadden soortgelijke misdrijven begaan als hij, alleen op kleinere schaal. Ze beschouwden hem dan ook als held. Er was een regeling voor echtelijk bezoek voor de gehuwde mannen, ze mochten pakjes ontvangen en de meeste gevangenen lazen de *Wall Street Journal*. Het werd wel de countryclub onder de staatsgevangenissen genoemd, maar desalniettemin was het een gevangenis. Seth miste zijn vrijheid, zijn vrouw en zijn kinderen. Hij had geen spijt van wat hij had gedaan, maar het speet hem zeer dat hij was gesnapt.

Sarah had hem na de uitspraak van de rechter met de kinderen bezocht in de eerste gevangenis waar hij tijdelijk naartoe was gebracht, in Dublin, ten zuidoosten van Oakland. Het was voor hen allemaal ongemakkelijk, eng en schokkend geweest. Wanneer ze tegenwoordig bij hem op bezoek ging, was het alsof ze naar een ziekenhuis ging, of een slecht hotel in een bos. Vlak bij de gevangenis bevond zich een klein stadje waar Sarah en de kinderen de nacht konden doorbrengen. Sarah had gebruik kunnen maken van de echtelijk-bezoekregeling, omdat ze officieel nog getrouwd waren, maar wat haar betrof was hun huwelijk voorbij.

Ook dat was iets wat hem speet, net zo erg als het verdriet dat hij haar had aangedaan. Hij had dat duidelijk in haar ogen kunnen zien toen ze hem twee maanden geleden voor het laatst met de kinderen had bezocht. Dit zou de eerste keer die zomer worden dat hij hen zag. De gevangenis was niet eenvoudig bereikbaar, en bovendien waren Sarah en de kinderen een tijdje weg geweest. Ze hadden sinds juni bij haar ouders op Bermuda gezeten.

Hij was zenuwachtig, terwijl hij op een warme augustusochtend op hen wachtte. Hij had zijn kakibroek en overhemd gestreken en zijn bruine gevangenisschoenen gepoetst. Een van de vele dingen die hij hier miste, waren zijn Engelse maatschoenen.

Bij het aanbreken van de bezoektijd wandelde hij naar het gazon voor het kamp waar kinderen van gevangenen speelden, terwijl mannen en vrouwen praatten, kusten en elkaars hand vasthielden. Toen hij ingespannen naar de weg keek, zag hij hen komen aanrijden. Sarah parkeerde de auto en pakte een picknickmand uit de achterbak. Het was bezoekers toegestaan om eten mee te nemen. Oliver liep naast zijn moeder, zich vastklampend aan haar rok, terwijl hij behoedzaam om zich heen keek. Molly huppelde naast hen, met een pop onder haar arm. Even voelde hij de tranen achter zijn ogen prikken. Toen zag Sarah hem staan, en ze zwaaide, liep naar de controlepost waar ze de mand die ze bij zich had, doorzochten, en toen mochten ze alle drie naar binnen. Ze glimlachte toen ze op hem af kwamen lopen. Hij zag dat ze weer iets was aangekomen en er minder uitgemergeld uitzag dan voor de zomer, na het proces. Molly wierp zich in zijn armen, maar Oliver bleef even op een afstandje staan kijken voordat hij voorzichtig naar hem toe liep. Toen keken Seth en Sarah elkaar aan. Ze kuste hem licht op de wang en zette de mand neer, terwijl de kinderen om hem heen renden.

'Je ziet er goed uit, Sarah.'

'Jij ook, Seth.' Ze voelde zich nog een beetje ongemakkelijk. Het was een tijd geleden dat ze elkaar hadden gezien en er was in de tussentijd veel veranderd. Af en toe stuurde hij een e-mail en dan beantwoordde ze zijn vragen over de kinderen. Hij had meer tegen haar willen zeggen, maar durfde dat niet. Ze had duidelijke grenzen gesteld die hij niet durfde te overschrijden. Hij zei dan ook niet dat hij haar miste, hoewel dat wel zo was. Er was geen plek meer voor dat soort dingen tussen hen. Haar woede was verdwenen, het enige wat er was overgebleven was droefheid, maar ook een soort vrede, terwijl ze probeerde verder te gaan met haar leven. Er viel hem niets meer te verwijten, er viel niets meer te betreuren. Het was gebeurd. Het was klaar. En voor de rest van hun leven zouden ze de kinderen delen, de beslissingen over hen, en de herinneringen aan andere tijden.

Ze gingen lunchen aan een van de picknicktafels. Seth haalde stoelen, en de kinderen zaten om de beurt op zijn schoot. Bij de plaatselijke delicatessenzaak had Sarah heerlijke sandwiches gekocht, fruit en een kwarktaart, want ze wist dat hij daar gek op was. Ze had er zelfs aan gedacht om zijn lievelingsbonbons en een sigaar mee te nemen.

'Dank je, Sarah. Dat was verrukkelijk.' Hij leunde iets naar achteren en trok aan zijn sigaar, terwijl de kinderen wegrenden.

Ze zag dat het goed met hem ging, dat hij zich had aangepast aan waar het lot hem had gebracht. Hij leek het inmiddels te accepteren, vooral nadat Henry Jacobs hem had duidelijk gemaakt dat ze geen hoger beroep konden aantekenen. Het proces was volgens de regels verlopen, er waren geen fouten gemaakt. Seth leek niet verbitterd, en dat was zij ook niet meer.

'Fijn dat je de kinderen hebt willen brengen.'

'Molly gaat over twee weken naar school. En ik moet ook weer aan het werk.'

Hij wist niet wat hij tegen haar moest zeggen. Hij wilde zeggen dat het hem speet dat ze door zijn schuld hun huis waren kwijtgeraakt, dat haar sieraden waren verkocht, dat alles wat ze samen hadden opgebouwd, was verdwenen, maar hij kon niet de juiste woorden vinden. Dus keken ze samen naar de kinderen.

Sarah vulde de ongemakkelijke stiltes met nieuws over haar ouders, en hij vertelde haar hoe de dagelijkse gang van zaken in de gevangenis was. Het was niet zozeer onpersoonlijk als wel anders. Er waren dingen die ze elkaar niet meer konden vertellen, die ze elkaar nooit meer zouden vertellen. Hij wist dat ze van hem hield, dat merkte hij aan de lunch die ze had meegebracht, aan de liefdevolle manier waarop ze de picknickmand had samengesteld, aan het feit dat ze de kinderen naar hem toe had gebracht.

En ze wist dat hij ook nog steeds van haar hield. Op een dag zou ook dat veranderen, maar voorlopig zaten ze nog aan elkaar vastgeplakt met een lijm die in de loop der tijd zou uitdrogen en verkruimelen. Tot ze iets of iemand anders vonden, totdat de herinneringen waren vervaagd of het allemaal te lang geleden was geworden. Hij was de vader van haar kinderen, de man met wie ze getrouwd was geweest en van wie ze had gehouden. Dat zou nooit veranderen.

Sarah en de kinderen bleven tot het einde van de bezoektijd. Een fluitsignaal gaf aan dat de tijd er bijna op zat, dat ze hun spullen moesten pakken en de restjes weggooien. Sarah stopte wat over was van de lunch samen met de rood-witgeruite servetten terug in de mand. De servetten had ze meegenomen van huis om het wat feestelijker te maken.

Ze riep de kinderen en zei dat het tijd was om weg te gaan. Oliver keek bedrukt toen ze tegen hem zei dat hij papa gedag moest zeggen, en Molly sloeg haar armen om zijn middel.

'Ik wil bij papa blijven!' zei ze met een ongelukkig gezicht.

Hij wist dat hij hen hiertoe had veroordeeld, maar hij wist ook dat het in de loop der jaren beter zou gaan. Uiteindelijk zouden de kinderen eraan wennen dat ze hem alleen hier konden zien.

'We komen gauw weer terug om papa te bezoeken,' zei Sarah, terwijl ze wachtte tot Molly haar vader losliet, wat ze uiteindelijk ook deed.

Seth liep met hen mee naar de controlepost, net als zijn medegevangenen met hun bezoek deden.

'Nogmaals bedankt, Sarah,' zei hij op de vertrouwelijke toon van iemand met wie ze zeven jaar haar leven had gedeeld. 'Pas goed op jezelf.'

'Dat zal ik doen. Pas jij ook goed op jezelf.' Na een korte aarzeling, terwijl de kinderen vooruitliepen, zei ze: 'Ik hou van je, Seth. Ik hoop dat je dat weet. Ik ben niet meer kwaad op je. Alleen maar bedroefd, om jou, maar ook om ons. Maar verder gaat het goed.' Ze wilde dat hij dat wist, dat hij wist dat hij zich geen zorgen om haar hoefde te maken, zich niet schuldig hoefde te voelen. Misschien dat hij spijt had van wat hij had gedaan, maar afgelopen zomer was ze tot het inzicht gekomen dat ze het wel zou redden. Dit was haar lot, en daar zou ze mee leren leven, zonder om te kijken, zonder hem te haten, zelfs zonder te willen dat alles anders was gelopen. Ze wist inmiddels dat het was zoals het was. Ze had misschien niet doorgehad wat er aan de hand was, maar het was allemaal wel gebeurd. Het was een kwestie van tijd geweest voordat het aan het licht zou komen. Dat begreep ze nu. Hij was nooit de man geweest voor wie ze hem had gehouden.

'Dank je, Sarah... Dank je wel dat je me niet haat om wat ik heb gedaan.' Hij probeerde het haar niet uit te leggen. Dat had hij al geprobeerd, maar hij wist dat ze het nooit zou begrijpen. Alles wat toen door hem heen was gegaan, was compleet onbegrijpelijk voor haar.

'Het is al goed, Seth. Wat gebeurd is, is gebeurd. Gelukkig hebben we de kinderen nog.' Ze vond het nog steeds jammer dat ze niet nog een kind had gekregen, maar misschien zou dat ooit nog komen. Haar lot lag in andere handen dan de hare. Dat had Maggie gezegd toen ze haar had gebeld om te zeggen dat ze was getrouwd. En terwijl Sarah aan haar dacht, keek ze naar Seth en begon te glimlachen. Ze had het zich niet eerder gerealiseerd, maar zonder dat ze er haar best voor had gedaan, had ze hem vergeven. Er was een zware last van haar schouders gevallen zonder dat ze er iets voor had hoeven doen.

Hij keek haar na terwijl ze door het hek naar de parkeerplaats liepen. De kinderen zwaaiden, en Sarah draaide zich nog een keer om en keek hem glimlachend aan. Hij zwaaide toen ze wegreden. Toen liep hij langzaam terug naar zijn cel, met zijn gedachten bij hen. Zij waren het gezin dat hij had opgeofferd en uiteindelijk weggegooid.

Terwijl Sarah een bocht omging en de gevangenis uit zicht verdween, keek ze naar haar kinderen. Glimlachend besefte ze dat het was gebeurd. Ze wist niet hoe en waarom, maar op de een of andere manier was het haar gelukt. Het was waar Maggie zo vaak op had gedoeld en wat ze nooit had kunnen vinden. Ze had het gevonden, het had haar gevonden, en ze voelde zich zo licht dat ze bijna opsteeg. Ze had Seth vergeven en de staat van genade bereikt waarvan ze zich eerst niet eens een voorstelling had kunnen maken. Het was een ogenblik van pure volmaaktheid, voor eeuwig bevroren in de tijd.